ALEXANDRE
et
GAIA

I

ALEXANDRE et GAIA

A. E. SÉBASTIEN

ADA
JEUNESSE

Éditeur : François Doucet
Révision linguistique : Daniel Picard
Correction d'épreuves : Nancy Coulombe, Katherine Lacombe
Conception de la couverture : Paulo Salgueiro
Photo de la couverture : © Thinkstock
Mise en pages : Paulo Salgueiro
Illustration : Alain E. Parpal
ISBN papier 978-2-89667-734-4
ISBN PDF numérique 978-2-89683-751-9
ISBN ePub 978-2-89683-752-6
Première impression : 2012
Dépôt légal : 2012
Bibliothèque et Archives nationales du Québec
Bibliothèque Nationale du Canada

Éditions AdA Inc.
1385, boul. Lionel-Boulet
Varennes, Québec, Canada, J3X 1P7
Téléphone : 450-929-0296
Télécopieur : 450-929-0220
www.ada-inc.com
info@ada-inc.com

Diffusion

Canada :	Éditions AdA Inc.
France :	D.G. Diffusion Z.I. des Bogues 31750 Escalquens — France Téléphone : 05.61.00.09.99
Suisse :	Transat — 23.42.77.40
Belgique :	D.G. Diffusion — 05.61.00.09.99

Imprimé au Canada

Participation de la SODEC.
Nous reconnaissons l'aide financière du gouvernement du Canada par l'entremise du Fonds du livre du Canada (FLC) pour nos activités d'édition.
Gouvernement du Québec — Programme de crédit d'impôt pour l'édition de livres — Gestion SODEC.

Catalogage avant publication de Bibliothèque et Archives nationales du Québec et Bibliothèque et Archives Canada

Sébastien, A. E.

Alexandre et Gaia
(Alexandre ; 1)
Pour les jeunes de 13 ans et plus.
ISBN 978-2-89667-734-4
I. Titre.

PS8637.E235A83 2012 jC843'.6 C2012-941890-0
PS9637.E235A83 2012

Pour tous les enfants du monde, petits et grands, en espérant que ce roman leur apporte autant de moments de joie que lorsque je l'ai écrit.

Table des matières

I

Avely

Au-delà des champs de blé, d'orge et de foin, passé le bord de la forêt de chênes centenaires et des collines, les nuages gris acier et noirs, gonflés d'eau, menaçaient depuis plusieurs heures d'éclater à nouveau et de noyer non seulement la vallée, mais également le village paisible d'Avely. À part quelques accalmies, aucune relâche depuis quatre semaines. L'Irole poursuivait, à travers le village, son parcours serein, serpentant, infatigable. Une bourrasque de vent s'éleva. La pluie recommença à tomber, drue, froide, inlassable.

— C'est reparti, soupira René Chamboux. Regardez-moi ça ! Les champs ressemblent à des lacs ! On ne pourra jamais rentrer les foins.

Un éclair découpa le ciel, le tonnerre retentit, son roulement se répercutant dans la vallée, suivi d'un râlement lointain, guttural.

— Qu'est-ce que c'est ? demanda, inquiet, le fils aîné, Patrick.

— Je ne sais pas ! répliqua sa mère, jetant un regard interrogateur vers son mari.

Il haussa les épaules, s'avançant vers la fenêtre.

— Quoi que ce soit, ça ne me dit rien de bon !

La musique qui jouait à la radio s'arrêta, remplacée par la voix de la présentatrice. « *Nous venons d'apprendre que le barrage de Nonteau, retenant l'Irole, vient de céder sous la pression des pluies diluviennes que nous avons connues depuis plusieurs semaines, la sécurité publique demande à la popu…* »

… Des parasites sortirent du haut-parleur.

Ils pouvaient entendre, s'intensifiant, le râlement de l'eau que le barrage de Nonteau, à soixante kilomètres en amont d'Avely, venait de libérer. Des bruits de déchirement, d'éclatement, se percutaient de colline en colline, de rocher en rocher. L'Irole déchaînée, libérée de son carcan, avalait tout sur son passage, arbres, maisons, animaux. Rien ne lui résistait plus. Les cloches de l'église Saint-Jean retentirent avec une frénésie depuis longtemps oubliée. À leurs voix métalliques s'enchaîna le cri strident des sirènes d'urgence.

— Mon Dieu, ayez pitié de nous ! dit Simone en se signant.

Les lumières s'éteignirent, les plongeant dans l'obscurité. Seul le feu dans l'âtre jetait un peu de clarté dans la pièce. René gratta une allumette et l'approcha de la bougie sur la cheminée. La flamme jaunâtre de la mèche lança soudainement des ombres grotesques sur les murs et le plafond. Le vieil Octave, assis dans le coin de la cuisine, près de l'âtre, demanda de sa voix frêle :

— Qu'est-ce qu'elle a dit ?

— Elle disait que le barrage de Nonteau venait de céder, lui répondit Patrick.

— Le garage à Brancheau est fermé ? répéta Octave, incrédule.

— Non, grand-père, le barrage de Nonteau a cédé.

— Le message de Proteau ? Quel message ?

Patrick s'approcha de son oreille

— BARRAGE — NONTEAU — CASSÉ.

Il le fixa d'un regard réprobateur.

— T'as pas besoin de crier, mon p'tit. Je ne suis pas sourd, tu sais !

Il tira sur sa pipe, des volutes de fumée s'envolèrent vers le plafond. D'une voix lasse, légèrement rauque, il enchaîna :

— Joshua le savait.

— Qu'est-ce qu'il savait ? pressa Patrick.

— À tous ceux qui passaient devant sa porte, il zézayait. « On n'endigue pas la nature, c'est pas naturel ça. Il va nous arriver un malheur, j'vous l'dis, moi, il va nous arriver un malheur ! »

Faisant une pause, il aspira une autre bouffée de tabac, se balançant dans sa chaise à bascule.

— Personne n'écoute plus les vieux, mon p'tit Patrick. Personne. Les gens nous pensent séniles. Pourtant, Joshua, avec ses quatre-vingt-dix-neuf ans, il en avait vu et entendu des choses.

Il contempla le feu, puis reprit d'une voix presque imperceptible :

— On nous regarde d'un air niais, notre présence presque dérangeante, et on passe son chemin.

Il secoua ses longs cheveux blancs ondulants.

— Même nous, les plus jeunes d'entre les plus âgés, ne prêtions plus attention à ses radotages. Il était devenu invisible et nous, complètement sourds. Tu vois, s'adressant toujours à Patrick, en vingt ans rien n'était jamais arrivé…

Un bruit sourd, un craquement et des beuglements affolés lui coupèrent la parole. Ils se regardèrent consternés.

— L'étable ! cria René.

Il se précipita vers la porte pour sortir.

— Non René ! N'y va pas, c'est trop dangereux ! exhorta Simone, le retenant par la manche de sa veste en laine brune.

— Il faut que je sauve le bétail, Simone, notre survie en dépend. C'est tout ce que nous avons ! dit-il d'une voix rauque.

— Pas au prix de ta vie ! Pense à nos enfants, ils ont besoin de toi… et moi aussi !

— Lâche-moi, s'il te plaît, Simone, laisse-moi aller !

— Non ! S'il te plaît, papa ! s'éleva la voix chargée d'émotions de Patrick.

— On n'peut plus rien, regarde, là !

Il pointa du doigt. Son père s'approcha de la fenêtre. Dans la pénombre, une vision d'apocalypse l'attendait. L'étable construite sur la rive opposée à la maison, ainsi que le petit pont enjambant la rivière, servant à traverser le bétail vers les pâturages, avaient succombé à l'assaut du courant. Les bêtes, vagissantes, essayaient désespérément de nager jusqu'à la berge, sans succès. Des carcasses d'animaux descendant des fermes en amont, les pattes en l'air, s'éloignaient à vive allure vers le barrage de Gonten en aval d'Avely. René, couvrant son visage de ses mains calleuses, soupira de désespoir.

— Nous sommes perdus !

Un cri strident vint de la droite.

— Yoann ! s'exclama Simone.

Yoann, le dernier-né des Chamboux, s'époumonait du haut de ses sept ans, ses cris provenant d'une des chambres du rez-de-chaussée. Simone se leva brusquement, renversant sa chaise, et se précipita en courant dans le couloir, marmonnant des « Oh, mon Dieu ! Oh, mon Dieu ! » qui se noyaient au fur et à mesure qu'elle s'y enfonçait. René prit la bougie et, protégeant la flamme de sa main, se lança aux trousses de sa femme suivie de près par Patrick.

— René, dépêche-toi ! cria Simone, la voix teintée d'une pointe d'hystérie.

— Je ne peux pas ouvrir la porte. Yoann est enfermé à l'intérieur !

De l'eau rougeâtre, remplie d'alluvions, coulait sous la porte, inondant le plancher. Sa chambre se trouvait juste au-dessus du garde-manger, situé dans la cave, qui avait dû être submergée. Plus de doute maintenant. La maison serait la prochaine victime de l'Irole. Yoann redoublait ses hurlements, de plus en plus stridents, appelant à l'aide.

— Regarde, l'eau monte ! Fais quelque chose ! implora Simone.

— Je ne peux pas. La poignée est coincée. Je ne comprends pas !

Quelque chose en effet l'immobilisait. Elle luisait et était chaude, presque brûlante au toucher. Simone regarda son mari, des larmes coulant le long de ses joues blêmes.

— Maman, aide-moi ! suppliait Yoann.

— Courage, mon petit ! Maman et papa sont là ! Nous allons te sortir de là !

René lança son poids contre la porte. Il rebondit sur le mur opposé avec un bruit sourd. Elle semblait fabriquée en caoutchouc. Il réessaya. Rien. Elle épousait simplement la forme de son corps et le renvoyait en face. Les cris du petit frère de Patrick se faisaient de plus en plus pressants. Un éclair blanc stria le ciel. Le tonnerre retentit, la maison trembla sur ses fondations.

« CRAC ! »

Dans le jardin avant, la foudre frappa une branche qui, s'enflammant instantanément et en tombant, fracassa la fenêtre du salon ; le vent et la pluie s'y engouffrèrent.

« CRAC ! »

Dans la cuisine, les photos dans les cadres sur le dessus de la cheminée volèrent en éclats sur le plancher en céramique. Une lueur aveuglante éclaira le couloir, momentanément, suivie d'une forte odeur de soufre. Une boule de feu traversa, en zigzaguant, de l'âtre au salon, ressortant par la fenêtre.

« CRAC ! »

Le plafond en bois de la cuisine s'effondra, en feu. Une épaisse fumée brune envahit le couloir.

— Non ! s'exclama René.

— Non, pas maintenant ! cria Simone hystérique.

— Papa ! hurlèrent Patrick et Yoann à l'unisson.

II

Tegnon

L'horloge sonna sept coups cristallins. Mis à part la pluie qui battait frénétiquement aux carreaux, les bourrasques de vent qui faisaient claquer l'étendard des comtes de Thierry sur le mât dans le jardin et les gargouilles qui crachaient l'eau ; le calme régnait dans la tour ouest du château de Tegnon. Là se trouvaient les appartements d'Alexandre, un garçon gringalet aux yeux couleur de la mer des Caraïbes et aux cheveux ébouriffés châtain clair. Vêtu d'un jean noir et d'un chandail jaune d'or trop grand pour lui, il était recroquevillé dans le gros fauteuil bergère vert chasse fané de son cabinet de travail et rêvassait. Il aimait cette pièce. Les murs étaient tapissés, du plancher au plafond, de livres aux reliures en cuir orangé, brun, rouge vin et vert mousse. Elle avait un air de « je ne sais quoi », parfois mystérieux, parfois joyeux, parfois lugubre, mais était toujours accueillante. Il s'y sentait en sécurité. En face de la porte d'entrée crépitaient les bûches dans la cheminée en marbre italien vert, veiné de blanc. Au-dessus était accroché le portrait grandeur nature de son ancêtre Lutgard. Vêtu d'un costume en velours pourpre, brocart blanc et galons d'or, sa main gauche était posée sur le pommeau d'or de son épée dont la poignée ciselée était incrustée de pierres de lapis-lazuli, de rubis, et de diamants. Peint légèrement de profil, il était assis sur le coin du bureau en bois d'amarante ; le même qui trônait à ce jour sur le tapis oriental au centre de la pièce. Deux immenses fenêtres flanquaient la cheminée et baignaient la pièce de lumière aujourd'hui grisâtre, d'habitude étincelante. Il y avait passé la journée à exécuter les travaux d'histoire, de géographie, de latin et d'anglais, que mademoiselle McTavish lui avait donnés. Mademoiselle McTavish, originaire d'Écosse, avait été engagée par sa mère comme gouvernante et professeure. C'était une femme d'un certain âge, sombre, droite et sèche comme un piquet qui n'entendait pas à rire, ni à folâtrer. Il ne faisait aucun doute qu'elle n'aimait pas sa profession. Son attitude démontrait son dégoût pour les enfants et plus précisément pour lui. Alexandre avait l'impression distincte qu'elle le prenait pour un riche petit morveux, dépourvu de toute intelligence, idiot et de surcroît paresseux. Qu'à cela ne tienne ! C'était tout à fait réciproque, et qu'elle se le tienne pour dit ! Il admettait, toutefois, avoir une tendance à la paresse, n'aimant pas particulièrement les études. Il préférait, de beaucoup et à la moindre occasion, se faufiler à la recherche de passages secrets dont recélait le château. En ce qui avait trait à « idiot », sûrement pas ! « Vous avez jusqu'à trois heures cet après-midi pour finir vos travaux et les remettre sur mon bureau ! » avait dit mademoiselle McTavish de sa voix pointue, roulant ses « r ». « Je vous laisse seul quelques heures, je dois descendre au village chez l'apothicaire Lanctot. Mes rhumatismes me font souffrir horriblement, et j'ai besoin de quelques remèdes. N'oubliez pas, trois heures ! »

« Oui, mademoiselle », avait-il répondu avec un soupir.

Elle l'avait repris, exaspérée. « Mademoiselle MC-TA-VISHHH, *if you please, young sir.* »

« Oui, Mademoiselle McTavish », avait-il répété, avec une pointe de dédain, insistant sur son nom.

Sur ce, elle avait fait volte-face et était sortie du cabinet de travail, sa cape aux tons vert et brun des Highlands flottant derrière elle.

— Bon débarras ! dit-il à haute voix lorsque la porte se ferma.

Il trouvait cela un peu étrange qu'elle se déplace elle-même jusqu'au village, de surcroît par la tempête qui sévissait à l'extérieur, pour acheter des remèdes. Marie, la cuisinière, aurait pu s'en charger, ayant la responsabilité des achats courants de la maison. Un détour chez l'apothicaire était sans conséquence ; sa boutique faisait face à la librairie Bo-Bouquin, rue Panessac. « De toute évidence, pensa-t-il, mademoiselle McTavish ne faisait pas confiance à Marie. » Il est vrai que les deux femmes ne s'entendaient pas. Elles se toléraient à peine et seulement parce qu'elles travaillaient pour le Comte de Thierry, son père, qui n'admettait pas les discordes entre les gens à son emploi. Il les avait sermonnées et menacées de congédiement à moins d'une amélioration immédiate de leurs relations. Un cessez-le-feu, plutôt qu'une paix, s'était établi. Marie la traitait comme si elle était invisible. Mademoiselle McTavish, de son côté, ignorait complètement Marie et prenait ses repas dans sa chambre au donjon, au lieu du réfectoire. Avait-elle peur que Marie l'empoisonne ? Peu probable. Avait-elle quelque chose à cacher et, si tel était le cas, de quoi s'agissait-il ? Plus plausible. Mais quoi ? Plus Alexandre y repensait et plus cette histoire de remèdes semblait saugrenue. D'après Patrick Chamboux, l'apothicaire Lanctot n'avait pas fait l'unanimité à son arrivée dans le village et n'était pas le bienvenu. Les villageois, de prime abord de nature méfiante, le fuyaient comme la peste. Il avait repris l'ancienne boutique de monsieur Désorey qui avait disparu, au dire du chef de police du village, « dans des circonstances très, très louches ». Malgré son bon vouloir, ce dernier, plusieurs mois après l'incident, essayait toujours d'élucider le mystère. Malheureusement, cette énigme dépassait son entendement ainsi que ses capacités de limier, ses interventions policières s'étant principalement et presque exclusivement limitées à ramener à leurs propriétaires quelques bovins égarés. Résultat, l'affaire piétinait. Tout le monde semblait d'accord toutefois sur le fait que ça ne ressemblait pas du tout à monsieur Désorey de s'absenter sans laisser d'adresse, ni de trace. Alexandre devait rencontrer Patrick plus tard et lui en parlerait. Peut-être en avait-il appris davantage depuis leur dernière rencontre ?

L'horloge sonna le quart. Bientôt l'heure du dîner. Il commençait à avoir faim. Se levant de son fauteuil, Alexandre se dirigea vers sa chambre pour se changer. Godefroy, son chat gris cendre, mi-siamois, mi-persan était allongé sur son lit et le salua d'un « *Miaou* » affectueux.

— Bonjour, toi !

Il s'approcha et lui gratta le dessus de la tête.

— Je suis content de te voir, mais tu sais que tu ne devrais pas être ici.

Godefroy, ronronnant, se frotta les moustaches contre sa main.

— Si elle revient et t'attrape, ça va être ma fête !

Il faisait illusion à mademoiselle McTavish, bien entendu. Toujours prête à trouver la moindre excuse pour le mettre en punition, ce qui se traduisait inévitablement par un surcroît de travaux.

— Elle hait les chats, et surtout toi !

Il soupira.

— *Miaou… oui, je sais.*

L'avait-il entendu dire « *oui, je sais* » ? Non, c'était impossible. Le vent jouait des tours dans ses oreilles. Il lui flatta le dessus de la tête.

— Où étais-tu donc passé ?

— *Miaou… oh, pas très loin. J'étais caché derrière le rideau et surveillais ta gouvernante.*

Ahuri, il secoua sa tête pour l'éclaircir et le dévisagea.

— Mais… tu parles ?

— *Non, je ne parle pas. Enfin, pas dans le sens où tu l'entends. Toi, tu me comprends, voilà tout.*

— Je parle… chat ? dit Alexandre abasourdi.

— *Si l'on veut.*

— C'est impossible !

Godefroy se frotta contre lui.

— *Je savais qu'avant longtemps nous pourrions dialoguer. Tu as un don très spécial qui te permet de dialoguer avec les animaux dans leur langue. Seuls nous de l'O.D.A.S. sommes au courant.*

— L'O.D.A.S. ?

— *L'Ordre des Animaux Sorciers. Je t'expliquerai plus tard. Il se passe des choses très étranges depuis l'arrivée de ta gouvernante et de Lanctot.*

— Ça, tu peux le dire !

Un coup de tonnerre retentit, une violente bourrasque de vent projeta une petite branche sur les carreaux, les faisant sursauter.

— Ça n'arrêtera donc jamais !

Il se dirigea vers la baie de la fenêtre et s'agenouilla sur le coussin en brocart or de la banquette. Godefroy sauta à ses côtés et mit ses pattes sur la vitre. La pluie tombait maintenant à l'horizontale, formant un rideau presque opaque.

— On n'y voit rien, dit Alexandre.

Un éclair stria le ciel, illuminant fugitivement les maisons du village.

— Regarde, Godefroy, dit-il en pointant du doigt. Une lumière floue orangée là-bas… quelque chose est en feu… c'est une maison !

Un éclair illumina de nouveau la vallée.

— C'est… la maison de Patrick !

D'un bond, Godefroy sauta de la banquette.

— *Suis-moi !*

Ils se dirigèrent vers le cabinet de travail. Godefroy, s'immobilisant devant la cheminée, s'élança et atterrit sur le manteau. Miaulant, il gratta le tableau de Lutgard trois fois avec sa patte.

— Qu'est-ce que tu fais ? Arrête ! Tu vas le déchirer avec tes griffes ! Descends de là immédiatement !

Alexandre s'avança pour l'attraper.

— *Reste où tu es et tais-toi !* répliqua Godefroy avec autorité, le fixant de ses yeux verts.

Il se retourna vers le tableau et murmura :

— *« Apparea !*[1] *»*

Un courant d'air glacial parcourut la pièce, faisant voler les tentures. Le chandelier en cristal se mit à trembler et les ampoules, à clignoter. Un vrombissement remplit la pièce. Des livres sortirent des rayons et s'immobilisèrent, suspendus dans les airs. Une antiquité, un vase orné de chérubins, tomba et s'écrasa dans un bruit sec, les éclats se figeant en plein vol.

— *« Apparea ! »* répéta Godefroy.

Une pointe de fumée blanche flotta lentement hors du portrait et se posa aux pieds d'Alexandre. Il cria, mais aucun son ne sortit de sa bouche. La fumée devenait de plus en plus dense et prenait la forme de son ancêtre. Il essaya de reculer, mais ses pieds restèrent cloués au plancher. Il ferma les yeux. Il allait sûrement mourir sur-le-champ.

— *Bonsoir Alexandre,* dit la voix douce et grave.

Il entrouvrit les paupières. Devant lui, légèrement translucide, se trouvait Lutgard souriant.

— *Godefroy, je ne suis pas encore moi-même, je manque un peu de substance, tu ne crois pas ?*

— *En effet !*

Godefroy sauta en bas du manteau et, en touchant le sol, se métamorphosa en un homme d'âge mûr, à la barbe longue grisonnante, revêtu d'une sorte de chemise de nuit bleu électrique, chatoyant sous les reflets des flammes. Il sourit et ajouta sur un ton satisfait :

— *Ah, je me sens plus humain !*

---

1. Apparais !

— *Tant mieux*, répliqua Lutgard. *Mais tu le seras encore plus lorsque ta queue aura disparu.*

— *Oh ! Oui… oui… tu as raison. Mais, en premier lieu, occupons-nous de toi.*

Il mit sa main dans sa poche et en sortit une baguette qu'il pointa vers Lutgard.

— *« Substancia !*[2] »

Un jet bleu sortit du bout. Petit à petit, d'à peine translucide, Lutgard se solidifia.

— *Voilà qui est mieux*, dit-il en se tâtant le corps. *Mon cher petit Alexandre, que je suis heureux de te voir enfin ! Tout est tellement plat dans mon tableau et terriblement ennuyeux. Jamais personne à qui parler.*

— *Hum ! Hum !* interjeta Godefroy.

— *D'accord, j'oubliais. Nous avons des choses plus pressantes à régler avant de célébrer nos retrouvailles. Ton ami Patrick est en mauvaise posture.*

Alexandre le regarda, stupéfait.

— Oui, je sais ! dit-il en retrouvant sa voix. Sa maison est en feu. Que voulez-vous que je fasse ? Le village est à plus d'une demi-heure du château, le pont a probablement été emporté. Et même si je le pouvais, je n'y arriverais jam…

Lutgard leva sa main pour l'interrompre et le fixa d'un regard sévère, irrité.

— *Pauvre petit homme de peu de foi !*

— *Lutgard !* lança Godefroy sur un ton de mise en garde.

— *Nous serions-nous trompés à son sujet ?* demanda Lutgard à Godefroy.

— *Pas du tout, Lutgard ! Nous ne nous sommes pas trompés ! Il est jeune et ne comprend pas. C'est tout. Comment le peut-il d'ailleurs, surtout en ce qui concerne notre monde ? Regarde autour de toi. Il n'a jamais été exposé à une telle vision. Nous lui avons fait peur !*

Puis, se tournant vers Alexandre, Godefroy continua :

2. Substance !

— *Ouvre ton esprit. Je sais que tu as des dizaines de questions se bousculant dans ta tête, elles devront attendre un peu. Nous t'observons depuis longtemps et certains d'entre nous auraient préféré que tu sois instruit plus tôt. Nous nous y sommes opposés, pour ta protection. Cela est d'autant plus vrai depuis l'arrivée de mademoiselle McTavish au château.*

Il regarda Lutgard, puis ajouta :

— *Nous ne pouvons plus attendre.*

S'adressant à Alexandre :

— *En toi coule la plénitude des générations précédentes, à commencer par Lutgard, perpétuées jusqu'à aujourd'hui dans tes veines. Fais-toi confiance, crois en toi. Tu as la force, la détermination et la candeur nécessaires, et puis nous serons toujours à côté de toi, bien qu'invisibles. N'est-ce pas, Lutgard?*

Lutgard fixa Alexandre et ajouta dans un souffle :

— *Oui, et si cela peut te consoler, moi aussi, j'avais des doutes à ton âge et je ne voyais pas plus loin que le bout de mon nez.*

— *Lutgard, il est temps!*

— *Soit!* dit-il sur un ton résolu.

Il retira la chevalière sertie d'une pierre de lapis-lazuli, finement ciselée de symboles ésotériques, et la fit rouler entre son pouce et son index, se perdant momentanément dans ses reflets dorés.

— *Ceci est ce qu'il y a de plus précieux, mais aussi de plus dangereux au monde. Entre de mauvaises mains, c'est le chaos; entre de bonnes, l'équilibre des forces du bien et du mal. Tu es l'héritier légitime de ce que je m'apprête à te donner.*

— Pourquoi moi? Mon père est celui à qui elle revient, c'est lui l'héritier légitime.

— *Ce sentiment t'honore et démontre la noblesse qui t'habite.*

Il fit une pause.

— *Disons simplement que le Conseil Suprême de la Magie et ses Anciens en ont jugé autrement, et nous n'avons pas à nous opposer à leur décision.*

Alexandre baissa les yeux et ajouta dans un souffle :

— Je ne comprends pas.

— *Ta destinée est tracée, et rien de ce que tu penses ou fais ne la changera. Ta vie est liée à cette bague depuis bien avant ta naissance.*

Il la lui présenta dans le creux de sa main.

— *Regarde-la.*

Elle scintillait et émettait un son cristallin.

— *Elle s'appelle Gaia. Recueillis en elle sont tous les secrets du monde physique et du fantastique, et ce, depuis la nuit des temps. Qui l'a forgée ? Personne ne l'a jamais su. Son pouvoir est tel qu'elle détruira instantanément celui qui ne démontrera pas des intentions pures et honnêtes. Elle t'aidera et te protégera dans les tâches qui t'attendent. Pour qu'elle te soit utile et efficace, il te faudra, dans un premier temps, vider ton esprit de toutes pensées négatives et, dans un deuxième, articuler clairement ce que tu veux accomplir. Mais prends garde ! Ne pas formuler ta requête de la bonne façon, et le contraire se réalisera.*

Le tonnerre retentit, et un éclair illumina la pièce. La bague se mit à sautiller dans la paume de sa main, émettant maintenant un son ressemblant à un essaim d'abeilles.

— *Le temps est venu de prendre une décision.*

Il lui tendit Gaia. Alexandre hésitait. Son regard se promena de Lutgard à Godefroy, puis revint sur la bague. Voulait-il réellement assumer une telle responsabilité ? En serait-il capable ? Et s'il refusait, que se passerait-il ? Un roulement de tonnerre fit vibrer la tour. Les rafales d'eau sur les fenêtres lui disaient « Prends-moi ». « Prends-moi », répétait le cliquetis.

— *Alexandre ?* demanda Godefroy doucement.

Lutgard approcha sa main, lui touchant presque le torse. Il le fixa dans les yeux, lui sourit et fit un petit signe de tête affirmatif. Alexandre hésitait encore. Une vision de Patrick en difficulté lui apparut. Il appelait à l'aide, mais il ne l'entendait pas. Il inspira profondément et, levant sa main agitée par un tremblement, prit la bague. Elle cessa ses sautillements, le bruit d'essaim s'estompa. Elle était lourde et légère en même temps.

— *Glisse-la à ton doigt.*

Il s'exécuta. Lutgard lui prit la main dans les siennes — elles étaient douces et glacées — et récita d'une voix grave, remplie d'émotion :

Par mes mains à la tienne,
Par les pouvoirs qui m'ont été conférés et qu'elles détiennent,
Gaia, je lègue, au légitime héritier,
En son intérieur, ces mots ciselés :
« ITA VIVAM ![3] »
Ta conduite, deviendra.
Son poids, à porter, parfois lourd, parfois léger, te paraîtra.
Certains jours, ton serment, tu maudiras,
Mais t'en séparer, jamais, tu ne pourras.
Son métal parfois brûlant, parfois glacé,
Te rappellera ta destinée.
Cette bague, de ta vie, deviendra la gardienne,
Et ce, « Ad Æternam[4] », fondue à la sienne.

— *Répète après moi : « Ita Vivam ! »*

— « Ita Vivam ! »

Une décharge électrique traversa son corps, le faisant se contracter. Un vent chaud souffla dans sa figure, l'étouffant. Il essaya de se libérer de l'emprise de Lutgard, la bague, trop grande pour son doigt, rétrécit, brûlant sa peau. Il cria, tant la douleur était intense. Puis tout cessa. Lutgard, le relâchant, lui sourit.

— *Voilà qui est fait !*

3. Sur ma vie !

4. Pour l'éternité.

III

La sphère

La situation ne s'améliorait pas, elle empirait même. Malgré la forte et incessante pluie qui, en temps normal, aurait dû freiner l'avance des flammes, l'incendie ayant pris naissance dans le plafond de la cuisine se propageait à vive allure sur les murs du couloir. Étouffé, toussant, René essaya une fois de plus d'enfoncer la porte de la chambre de Yoann. Il regarda Simone, et elle lut dans ses yeux le désespoir qui l'envahissait. Il venait de faire un choix déchirant.

— Simone, prends Patrick et sauve-toi ! Prends la route et cours au château, l'eau ne montera pas aussi loin. Je vous y retrouverai avec Yoann. Vite !

— Il n'en est pas question ! Je reste avec toi !

— Ne discute pas s'il te plaît ! Il ne sert à rien que nous mourions tous brûlés vifs ! Allez, va ! Nos enfants sont trop jeunes pour devenir orphelins.

Les cris stridents, derrière la porte, avaient cessé, remplacés par des pleurs à peine audibles et des braillements étouffés.

— Je suis là, Yoann, tiens bon. Écoute-moi ! dit-il en regardant Simone. Il reste encore une chance de vous sauver tous les deux. Je te jure que je le sortirai de là. Vas-y maintenant, je t'en supplie, je vous rejoindrai.

Il lui caressa le visage et serra Patrick dans ses bras.

— Partez maintenant !

— Je t'aime papa ! répondit Patrick, en sanglots.

Ils se blottirent l'un contre l'autre et commencèrent à avancer lentement vers le vestibule, la fumée âcre et la chaleur les enveloppant de leurs serres. Le couloir était interminable, il s'allongeait à chaque pas qu'ils prenaient. Simone ne rêvait pas. Elle en était convaincue à présent. Ce n'était pas une illusion d'optique ; plus ils avançaient, plus il s'étirait. Un frisson lui traversa l'échine. C'était fini. Ils n'arriveraient jamais jusqu'à la porte d'entrée. Elle serra Patrick plus fort contre sa poitrine, des larmes tombant sur ses cheveux blonds. Il se détacha soudainement et brutalement de sa mère, la renversant presque, et se mit à trembler avec violence.

— Patrick, qu'est-ce qu'il y a ? Réponds-moi ! demanda-t-elle soudainement, alarmée.

Il était en transe. Une secousse, puis une autre. Ses yeux roulaient dans leurs orbites. Il s'empoigna la tête à deux mains : elle lui faisait mal. Il sentait qu'il allait s'évanouir.

— Patrick !… Patrick !

Simone le prit par les épaules et le secoua vivement. Une sphère blanche, rayonnante, apparut au-dessus d'eux. Elle s'ouvrit délicatement comme les ailes d'un papillon et les enveloppa d'un cocon translucide. L'air à l'intérieur se vida de la fumée et devint frais. Ils aspirèrent à pleins poumons, leur respiration devenant plus facile avec chaque bouffée. Patrick attrapa le bras de sa mère, la fit se retourner et cria.

— Cours !

La sphère ne bougea pas, collée au plancher.

— Essaie plus fort ! hurla-t-il.

— Je ne peux pas. Tu vois bien que ça ne sert à rien. Cette chose nous empêche de retourner en arrière !

Il frappa violemment dans la sphère à coups de poing et de pieds de frustration.

— On ne peut pas les laisser mourir ici !

Sa mère posa tendrement sa main sur son avant-bras.

— Regarde-moi, Patrick. Ton père nous a dit qu'il nous rejoindrait avec Yoann, et c'est ce qu'il fera. Ne le décevons pas. Il faut que tu y croies, sans ça nous sommes perdus. Me comprends-tu ?

Il fit un signe de tête affirmatif.

— Viens ! Allons-y !

Ils se remirent en marche vers le vestibule. Le couloir avait repris sa longueur normale. Arrivés devant la porte, Simone la poussa, et ils se retrouvèrent dans la cour. Un spectacle ahurissant les confronta ; presque une vision apocalyptique. L'Irole avait quitté son lit et submergeait la rue. D'autres maisons brûlaient et crachaient leurs flammes vers le ciel. Des villageois criaient et couraient dans tous les sens. Des camions de pompier, leurs gyrophares clignotant, roulaient vers les foyers d'incendie. L'enveloppe qui les protégeait s'évapora lentement avec un chuintement à peine perceptible. Simone saisit la main de Patrick, et ils se mirent à courir le long de la rue vers le château.

* * *

— Yoann, est-ce que tu m'entends ? demanda René.

— Oui, papa, répondit la petite voix exténuée de l'intérieur.

— Écoute-moi bien.

Il toussa, étouffé par la fumée.

— Tourne la poignée, et je vais pousser en même temps.

— J'ai peur.

— Je sais, je sais !

Il toussa de nouveau.

— Nous allons réussir. Fais-moi confiance.

Il faiblissait.

— Yoann, s'il te plaît, essaie, pour moi, pour maman. Elle sera tellement fière de toi !

De petits points bleus se promenaient devant ses yeux. Il suffoquait, sombrant dans l'inconscience. Tombant à genoux, la main sur la poignée, il poussa la porte avec son épaule dans un dernier effort surhumain. Les petits points bleus devenaient de plus en plus nombreux, ils ressemblaient à des perles d'eau chatoyant sous la lumière du soleil, et il en tombait, il en tombait, encore et encore, par millier, se transformant en chute.

— Comme c'est beau !

Ils prenaient la forme d'un corps. « C'est impossible », pensa-t-il.

— Monsieur Chamboux, réveillez-vous !

Il entendait une voix maintenant. D'où venait-elle ?

— Monsieur Chamboux !

Quelqu'un le secouait.

— Réveillez-vous ! Réveillez-vous ! C'est moi, Alexandre, l'ami de Patrick.

La voix semblait tellement irréelle et venir de si loin. Il ouvrit ses paupières à demi.

— Alexandre ?

— Où est Patrick ?

S'efforçant de répondre, l'effort causant une quinte de toux, il ajouta, las :

— Sa mère et lui sont partis pour le château !

Il regarda Alexandre avec un air ahuri.

— Comment es-tu arrivé ici ?

— Levez-vous, nous devons sortir, la maison est en feu.

René pointa la porte du doigt.

— Yoann... Yoann est pris dans la chambre. La porte ne veut pas s'ouvrir.

— Yoann, est-ce que tu m'entends ? C'est Alexandre !

— Oui ! répondit la petite voix.

— Enlève-toi de derrière la porte et cache-toi sous ton lit !

Il pointa sa bague vers la porte.

— « Expendere ![5] »

Un jet de lumière or s'en échappa. La porte tourna au rouge vif et implosa. Yoann recroquevillé sur le lit tremblait de tout son petit corps.

— Viens ! Dépêche-toi ! Nous n'avons pas une minute à perdre.

Il vit son père gisant sur le plancher, se précipita et l'enlaça.

— Papa !

— Aide-moi à le relever !

Ils le prirent par les bras et réussirent de peine et de misère à le mettre sur ses pieds ; il chancelait et s'agrippa à leurs épaules.

— Nous devons sortir avant que le toit ne s'effondre ! ajouta Alexandre avec urgence.

Yoann se détacha tout à coup de l'emprise de son père et courut vers sa chambre.

— Non !... Yoann !... cria Alexandre, tentant de le retenir.

Il ressortit quelques instants plus tard, tenant par une patte son ours en peluche, et le présenta à Alexandre en souriant.

— Aloysius ! Je ne pouvais pas le laisser quand même. Est-ce que papi Octave vient avec nous ?

Ils se regardèrent stupéfaits.

— Monsieur Chamboux, qui d'autre est dans la maison ?

René avait repris quelque peu ses sens.

5. Ouvrir !

— Mon père était dans la cuisine assis au coin de la cheminée quand Yoann s'est mis à crier. Nous nous sommes tous précipités dans le couloir, et je croyais qu'il nous avait suivis.

René comprit soudainement toute l'ampleur du drame.

— Oh non !

Il se libéra et s'avança en titubant vers la cuisine ; ses jambes fléchirent, et il tomba à genoux. Une poutre enflammée s'écrasa à quelques centimètres devant lui, projetant des gerbes d'étincelles dans tous les sens comme un feu d'artifice un quatorze juillet. Sa route était barrée. Il regarda Yoann et Alexandre tour à tour, la douleur gravée sur son visage. Il pleuvait dans ses yeux bruns.

IV

L'apothicaire

Gravée en lettres d'or fanées par le passage du temps et des intempéries, l'enseigne accrochée au mur du 6 rue Panessac, « ***DÉSOREY — Apothicaire – Des remèdes pour vos maux*** », se ballottait au gré du vent dans des grincements lugubres. L'une des plus anciennes maisons du village, elle avait pris, au fil des ans, une légère inclinaison. Encore visibles, les empreintes d'une époque révolue traînaient avec ténacité sur ses vieilles pierres. Sa devanture en baie à carreaux, dont certains étaient clairs et d'autres avec une bulle en leurs milieux, déformait sur leurs présentoirs les petits pots bleu cobalt poussiéreux alignés comme des soldats au garde-à-vous. L'unique concession des Temps modernes était, dans le coin gauche, la photo décolorée d'une demoiselle annonçant le dentifrice « *Ultrablanc ! – le dentifrice détachant pour un sourire rayonnant !* » Une affichette « FERMÉ » était suspendue à la corde du store à demi baissé. On frappa à l'arrière-boutique qui donnait sur la ruelle Grateloup.

— Nous sommes fermés ! Revenez demain ! dit Lanctot de sa voix fluette.

De toute évidence, la personne qui était de l'autre côté de la porte n'avait pas compris ou entendu. Elle frappa à nouveau, cette fois avec plus d'insistance.

— Allez-vous-en ! reprit Lanctot irrité.

— Ouvrez ! C'est moi, Gwendoline.

— Qui ?

— Gwendoline McTavish. Ouvrez-moi, Lanctot !

Il se leva de sa table de travail, agacé par l'interruption, et entrouvrit la porte qui gémit sur ses charnières.

— Ah ! c'est vous, ma chère, entrez ! dit-il d'un ton sec.

Il s'écarta pour la laisser passer et referma la porte derrière elle. Radoucissant son ton quelque peu, il ajouta :

— Prendriez-vous une tasse de Darjeeling, ma chère ? J'étais justement sur le point de m'en préparer une.

— Ce ne sera pas de refus !

Elle pénétra dans l'arrière-boutique qui faisait office d'appartement, si l'on pouvait l'appeler ainsi. C'était, en tout et pour tout, une seule pièce aux dimensions plutôt modestes. Au fond, contre le mur, était adossé un lit à une place, juste à côté d'un rideau miteux et en lambeaux, gris sale, qui, elle le supposait, séparait l'arrière-boutique de la boutique principale. À sa droite étaient disposés pêle-mêle sur les étagères des flacons de médicaments, des jarres, quelques amphores en grès beige pâle, et des bocaux transparents remplis de liquide verdâtre et de crapauds flottant grotesquement près des bouchons en liège. Suspendus au plafond, des bouquets d'herbes séchées répandaient dans l'air des arômes de thym, de laurier et de marjolaine où s'entremêlait l'odeur piquante d'eucalyptus. Elle s'avança plus avant dans la pièce et s'arrêta devant la bibliothèque. Ses rayons pliaient sous le poids des gros volumes reliés, leurs titres évocateurs gravés sur les tranches. « *Comment réparer les os en deux minutes* par Arthur Ligament, M.D. », « *Le guide de l'apothicaire, guérison des furoncles et verrues*, revu et corrigé par madame Emmanuelle Pustule, tomes I et II », « *Les soins pour amphibiens* par F. Coasse », « *Fines herbes et autres plantes médicinales* par Mirabelle Aromate ». Ces livres appartenaient sans aucun doute à l'ancien propriétaire et, à en juger par l'épaisse poussière qui s'y était accumulée, Lanctot ne les avait jamais consultés. Des registres, des rouleaux de parchemin, des encriers et des plumes remplissaient les moindres trous. Elle changea rapidement de rayon. « *Maitriser les éléments en deux temps, trois tempêtes* par Ignace de la Mousson, O.E. 3e c.[6] », « *Potions et poisons* par Ulrich Gobelet B.sc », « *Sorts & malédictions* par Grandiose Maléphique S. 5e c.[7] », « *Traités de magie noire, l'intégrale*, revus et corrigés par Philomène Nocturne, tomes I, II et III ». Ces derniers ne faisaient pas partie des références ou connaissances nécessaires au fonctionnement d'une boutique de remèdes et appartenaient, de toute évidence, à Lanctot. Elle sourit intérieurement et continua son exploration. En dessous de la seule fenêtre de la pièce, un évier en faïence émaillée était rempli d'éprouvettes, de casseroles et d'assiettes sales. Dans l'âtre, un chaudron ayant connu des jours meilleurs bouillonnait, des volutes de fumée ocre s'en échappant. Au centre de la pièce se trouvait la table de travail en bois, servant également de table à manger, à en juger par les quelques gamelles traînant sur un coin.

La bouilloire siffla bruyamment. Lanctot la prit et ajouta lentement l'eau dans la théière en porcelaine fine qu'il déposa avec soin sur la table. La lumière à l'extérieur commençait à faner. Claquant son index et son pouce ensemble, deux chandelles s'allumèrent.

— Où ai-je donc la tête ?

Il tira une des chaises bancales et l'épousseta, des osselets de rats tombant sur le plancher crasseux.

---

6. Ordre des Élémentaires 3e classe.

7. Sorcier 5e classe.

— Assoyez-vous, je vous en prie.

Il versa le thé et lui présenta la tasse.

— Du lait ou du citron ?

— Noir, merci.

Il s'assit sur un tabouret et s'approcha d'elle. Elle se raidit dans un mouvement instinctif, gênée par sa proximité soudaine. De taille moyenne, élancé, il portait une longue tunique noire où retombaient de longs cheveux poisseux. Un nez crochu, que les lueurs vacillantes des flammes des bougies accentuaient, dominait un visage émacié au teint olivâtre. Un sourire caustique découpait une bouche aux lèvres fines. Des petits yeux jaunes rapprochés soulignaient son regard, par ailleurs glacial. Il prit une gorgée de thé.

— Alors, ma chère Gwendoline, qu'est-ce qui vous amène ici par un temps si exécrable ?

Elle le fixa.

— Avez-vous des nouvelles d'Écosse ?

— Non — il fit une pause. Mais rien ne presse, n'est-ce pas ? En attendant l'arrivée de Maldubh, je me suis amusé à réarranger quelque peu les formules d'Ignace de la Mousson, ajouta-t-il calmement. Ce pauvre homme est un ignare en matière de sortilèges. Il ne saurait même pas comment soulever une tempête dans un verre d'eau ! — il éclata de rire à l'allusion. Mais ne soyons pas méchants envers nos confrères. Ce n'est qu'une question de quelques jours avant d'arriver à notre fin.

— Arriver à notre fin ?… De quoi parlez-vous ?

Il la regarda, surpris.

— De Gaia, bien entendu ! Quoi d'autre ? Nous en emparer. La légende dit qu'à celui qui la porte, tout est accessible.

Ses yeux pétillèrent d'une étrange lueur, un méli-mélo d'envie et de haine.

— Oh, les pouvoirs que nous possèderions ! Je peux les sentir au bout de mes doigts. Rien ni personne ne pourrait plus nous arrêter !

Il baissa la voix jusqu'à ce qu'elle devienne presque un chuchotement.

— Réfléchissez, ma chère. Vous et moi, maîtres de notre monde et de celui-ci !

Il décrivit de son bras un demi-cercle vers l'extérieur. Mettant sa main dans sa poche, il sortit nonchalamment sa baguette qu'il pointa vers le feu.

— « Inflammo ![8] »

Des flammes multicolores naquirent des braises.

— Avez-vous perdu la raison, Lanctot ?

— Pas du tout, ma chère ! Nous avons assez attendu ! L'ultime récompense ! Pensez-y bien, toutes ces années passées en servitude. Jamais aucune marque de gratitude ; jamais le moindre merci. N'en avez-vous pas assez ?

Plus il parlait et plus son ton montait. Il fulminait. Donnant libre cours à sa frustration, il reprit la baguette qu'il avait déposée sur la table et tonitrua :

— « INFLAMMO EXTREMIS ![9] »

Un jet rouge en sortit, atteignant l'âtre avec un bruit d'explosion. Les flammes gonflèrent, remplissant l'âtre, dévorant au passage le chaudron de leurs doigts écarlates pour s'engouffrer dans le conduit de la cheminée avec un hurlement féroce. Gwendoline sursauta.

— Nous ne devons rien à Maldubh, ma chère ! Absolument rien !

Elle se leva brusquement, renversant sa chaise.

— Nous lui devons notre vie ! dit-elle avec passion.

— Ah ? dit-il sur un ton mi-moqueur, mi-sarcastique. Peut-être vous, mais pas moi !

— Nous la lui avons jurée !

Lanctot rit à gorge déployée, un rire d'outre-tombe, lugubre, qui envoya des sueurs froides le long du dos de Gwendoline. Ses joues prirent une teinte cramoisie.

8. Enflammer !

9. Enflammer à l'extrême !

— Vous avez assurément la mémoire courte, Lanctot ! Vous rappelez-vous le sort de Pléthore Racine, votre associé ?

— Racine était un maladroit et un niais. Il ne se serait jamais fait prendre s'il avait été…

— Pléthore n'était ni niais ni maladroit. Combien de fois faut-il vous le répéter ? Maldubh sait tout !

— Détrompez-vous, ma chère, répondit-il mielleusement. Maldubh ne sait pas tout. Il ne peut pas tout savoir. J'ai finalement mis au point un sortilège empêchant toute intrusion de sa part. Nous sommes devenus invisibles ! Il peut sonder autant qu'il veut, tout ce qu'il voit est un épais brouillard. Que dites-vous de cela ?

— Que ce n'est qu'une question de temps avant qu'il ne découvre ce que vous avez fait ! Dans votre folie et sans mon accord, je me retrouve impliquée dans votre stratagème.

Elle venait de comprendre pourquoi il avait accepté la tâche que Maldubh lui avait confiée.

— C'était donc cela ! Votre présence ici n'était qu'un prétexte pour vous emparer de Gaia !

Il lui sourit.

— Oh non, ma chère ! Vous êtes encore loin de toute la vérité. Laissez-moi éclairer votre lanterne quelque peu. Imaginez un échiquier sur lequel sont alignées les pièces ; il en reste peu, abattues au fil des coups ; celles qui restent sont immobiles, tendues, attendant avec appréhension le prochain coup. Nous faisons partie de ces pions, ma chère ! Notre liberté se délimite par le cadre de ses frontières et par le bon vouloir du joueur. Serons-nous chair à canon ou bien cavaliers victorieux, couverts d'éloge et de gloire ? Cette dernière hypothèse est des plus improbables. Une fois Gaia entre ses mains, notre disparition est aussi certaine que le lever du jour. Cependant, avec Gaia en notre possession, nous nous assurons non seulement l'échec, mais l'échec et mat. Nous nous débarrassons de lui à tout jamais !

Gwendoline se sentait en danger. Mettant sa main dans la poche de sa cape, ses doigts se refermèrent fermement sur sa baguette.

— Et je suppose que lorsque j'aurai découvert Gaia et révélé son emplacement, qu'une fois en votre possession, vous vous débarrasserez aussi rapidement de moi !

Se voulant rassurant tout à coup, il adoucit sa voix.

— Ma chère Gwendoline, où allez-vous chercher de pareilles idées ? Voyons ! Enlevez-vous cela de la tête immédiatement ! Je ne vous veux aucun mal ! Ne sommes-nous pas liés par un charme ?

Par ce sortilège lié sera l'Un à l'Autre
Gaia ne touchera l'Un sans l'Autre
Ou mort s'ensuivra de l'Un et l'Autre.

— Certes, mais vous n'aviez pas le droit de me mêler à cette affaire sans m'en avoir parlé au préalable.

Il se leva, fit le tour de la table et remplit à nouveau leur tasse.

— Je vous dois donc des excuses. Dans ma naïveté, j'avais conclu que vous détestiez ce joug autant que moi et je n'avais vu dans mon plan que le moyen de vous aider à vous en libérer.

— Que vaut une libération si le prix à payer est celui de sa vie ! s'objecta Gwendoline avec ardeur.

— Puisque je vous dis que nous n'avons rien à craindre. Vous aurais-je menti jusqu'à présent ?

Elle ne répondit pas, réfléchissant et tournant nerveusement la baguette entre son pouce et son index. Elle savait que Lanctot était un sorcier accompli et un maître de son art. Bien que ses pouvoirs aient été égaux aux siens, il avait dans les yeux la lueur de ceux qui n'ont plus rien à perdre, qu'aucun obstacle n'arrêtera. Cette constatation la mettait mal à l'aise et la rendait vulnérable. C'était un homme dangereux. Il répéta sa question.

— Vous aurais-je menti jusqu'à présent ?

— Non !

— Alors que craignez-vous ?

— Je crois que vous — se reprenant —, *nous* faisons une grave erreur en voulant nous emparer de Gaia à son insu et que nous paierons cher cette trahison. Voilà tout !

— Je serai le seul juge de cela ! répondit-il sèchement. La légende de Gaia ne nous enseigne-t-elle pas qu'elle est issue d'une île qui n'apparaît sur aucune carte de ce monde ou du nôtre ? Que seul le porteur peut l'atteindre ? Voilà l'ultime refuge, le Shangri-La. Mais, pour y arriver, nous devons attirer le porteur jusqu'à nous. Après tout, la légende nous instruit là-dessus également. Celui-ci ne peut rester indifférent lorsque des vies sont en danger et qu'il doit à tout prix les sauver. Même au péril de la sienne. Comprenez-vous maintenant ?

Elle fit un petit signe affirmatif de la tête.

— Que faisons-nous maintenant ?

— Nous savons que Gaia se trouve dans le château puisqu'il a pu la retracer jusque-là. Découvrir son emplacement est de votre ressort ; vous y habitez. Je présume que vous n'avez toujours rien trouvé ?

— Non, pas pour l'instant.

— Avez-vous au moins quelques soupçons ?

— Je crois qu'Alexandre, le fils du comte — en fait, j'en suis presque certaine —, sait quelque chose ; mais il se méfie.

— À n'en pas douter puisque vous ne pouvez pas le sentir ! Forcez-vous un peu, essayez de l'amadouer. Il doit absolument vous faire confiance, ou notre plan est voué à l'échec !

Il se leva, jugeant leur entretien terminé.

— Il est temps pour vous de retourner au château. La maisonnée pourrait commencer à se poser des questions sur votre absence.

— En effet Lanctot, nous ne voudrions pas éveiller des soupçons, n'est-ce pas ? ajouta-t-elle avec sarcasme.

— Nous nous reverrons d'ici quelques jours, dit-il, passant outre à sa remarque. Tenez-moi au courant, et n'oubliez pas ceci.

Il lui tendit un paquet ficelé. Elle le regarda, perplexe.

— Vos remèdes.

Elle prit le paquet emballé de papier ciré brun, le mit dans sa poche et sortit sa baguette.

— À bientôt. « Turris ![10] »

Elle disparut avec un léger « pop ».

10. Donjon !

V

Le pont Marsoit

L'obscurité aurait été presque totale n'eussent été les incendies faisant rage autour d'eux, et qui se réfléchissaient et teintaient les nuages bas de rouge et d'orangé.

— Est-ce que ça va, mon petit ?

Patrick ne répondit pas. Ses pensées étaient ailleurs. Sa culpabilité, comme un étau, lui tenaillait la poitrine. Il s'en voulait de ne pas être resté auprès de son père et de son frère. Aurait-il pu faire quelque chose ? Peut-être que cette chose, cette sphère, qui était apparue et leur avait sauvé la vie pourrait de nouveau se matérialiser. L'avait-il déclenchée ? Il n'en était plus très certain à présent. Pourtant, il y avait bien eu ce tremblement incontrôlé et sa tête voulant éclater. Cela avait été bien réel, il en éprouvait encore de la nausée. Son père avait-il réussi à sortir Yoann de sa chambre ? Étaient-ils en route pour le château ? Il tourna instinctivement la tête vers le village en espérant les voir, accourant vers eux, sains et saufs. La triste réalité était que la maison brûlait toujours et que personne n'était en vue. Une rafale ébouriffa ses cheveux blonds. Il leva la tête vers sa mère.

— Crois-tu qu'ils… ?

Elle lui répondit avec conviction, cachant son inquiétude.

— Oui, j'en suis certaine.

— Je pense qu'on devrait y retourner !

Elle tourna la tête à son tour vers leur maison et soupira.

— Non, mon ange. Cela ne servirait à rien.

Elle l'attira à elle et l'embrassa avec tendresse. Il l'étreignit.

— Allons, viens, nous devons avancer. Ton père ne serait pas heureux de voir que nous traînons ainsi.

Il baissa les yeux. Simone mit son bras autour de ses épaules et, silencieux, ils se remirent en marche. Leur avance était pénible, rendue difficile par l'eau qui leur montait à mi-mollet. Simone ponctuait régulièrement leur silence par des paroles d'encouragement.

— Encore un petit effort. Nous ne sommes plus très loin. Regarde, nous pouvons voir le château.

Patrick comprit qu'elle s'efforçait de leur infuser du courage pour continuer à avancer malgré le peu de progrès réalisé depuis leur départ. Le château, se détachant à peine dans l'obscurité, n'était encore qu'un petit point se découpant à l'horizon. Ils luttaient depuis plus d'une heure contre les éléments. Un éclair illumina le ciel, éclairant temporairement le pont. Simone serra tendrement l'épaule de Patrick.

— Le pont Marsoit ! Nous y sommes presque !

Une fois franchi, il ne leur resterait que quelques kilomètres à parcourir jusqu'au pont-levis. Ils s'y engagèrent. L'eau avait atteint la limite du tablier et commençait à déborder. Des villageois se précipitaient, le traversant à la course dans l'espoir de se retrouver sur l'autre rive avant qu'il ne s'effondre. Monsieur Bonnemie, le boulanger, venant dans la direction opposée, hors d'haleine, les interpella.

— Oh, Madame Chamboux ! Avez-vous vu ma femme ? Nous étions tous les deux à la recherche de notre petite Isabelle, et nous avons été séparés au détour de la rue Cambrole. Voilà deux heures que je cours en tous sens pour les retrouver.

— Non, je suis désolée.

Elle demanda à tout hasard :

— Auriez-vous croisé mon mari et notre plus jeune ? Notre maison est en feu, et ils étaient pris à l'intérieur.

Il fit non de la tête et continua à se frayer un chemin à travers la foule, criant le nom de sa femme. Une déflagration fit vibrer l'air autour d'eux. Le gazomètre où était emmagasiné le propane du village venait de sauter, illuminant la vallée. Le souffle chaud les frappa de plein fouet et avec une telle furie que monsieur Bonnemie et des villageois furent projetés par-dessus le garde-fou, le courant les engloutissant d'emblée. Simone n'eut le temps ni de se retenir ni de réagir. Elle passa par-dessus et fut happée elle aussi par les flots. Le pont implosa, relâchant de son emprise les débris qui s'étaient amoncelés sous les arches. Des cris d'horreur jaillissaient de partout, s'ajoutant au bruit d'un autre corps tombant dans l'eau. En raison de sa petite taille et parce que sa mère l'avait, en partie, protégé de la déflagration, Patrick se retrouva sur le dos collé au tablier. Les pavés étaient froids, lisses, glissants. Ses pieds se mirent à battre avec frénésie, s'efforçant de freiner sa descente vers le trou béant et les remous glacés. Le temps ralentit, les cris autour de lui devinrent des chuchotements, le rugissement de l'Irole s'atténua en un gazouillis. Il glissait inéluctablement. Une branche poussée par le vent le frappa au-dessus de l'oreille, le sonnant. Il cria de douleur et sentit vaguement une main l'attraper par le collet, arrêtant sa chute vers l'abîme, avant de s'évanouir.

VI

Le portail

Non seulement la cuisine brûlait-elle, mais le couloir aussi. La poutre qui s'était écrasée devant René, le manquant de justesse, barrait la porte d'entrée. De plus, dans leur hâte de courir vers Yoann qui criait, enfermé dans sa chambre, personne ne s'était préoccupé d'Octave ; ils ne savaient pas s'il les avait suivis. Il était, en toutes probabilités, resté pris dans la cuisine, écrasé par l'effondrement du plafond. René sanglotait, les yeux noyés dans un torrent de larmes. Alexandre posa délicatement sa main sur son épaule, essayant de le rassurer.

— Monsieur Chamboux, je suis certain qu'il a pu s'échapper avant que le feu ne l'en empêche. Venez, nous ne pouvons plus attendre. Le temps presse, il faut que nous sortions au plus vite.

— Comment veux-tu sortir ? La porte est de l'autre côté de cette poutre. Seul un miracle pourra nous sauver !

Il avait raison, bien entendu. Lui, Alexandre, à l'aube de ses treize ans, n'avait au monde aucun souci hormis celui de produire à temps les travaux dont mademoiselle McTavish le bombardait. Son monde si duveteux avait, en l'espace d'un clin d'œil, chaviré à tout jamais, et ce, par un simple legs : une chevalière du nom de Gaia. Il était là avec deux personnes, captif des flammes qui ne cessaient de gonfler, pris dans un enfer. Derrière lui, le mur du fond du couloir et, devant lui, la poutre qui flambait. Comment pouvait-il les tirer de cette impasse ? La peur, insidieuse, montait en lui, son estomac se nouait, il respirait avec difficulté.

— « ... *Il faudra dans un premier temps que tu vides ton esprit de toutes pensées négatives...* »

C'était la voix de Lutgard.

La peur faisait-elle partie des pensées négatives ? Il ne le savait pas.

— « *...et dans un deuxième temps que tu articules clairement ce que tu veux accomplir...* »

Attribuables en partie à la chaleur accablante du brasier, mais aussi aux doutes qui l'accablaient, des gouttes de sueur se mirent à perler sur son front tandis que d'autres coulèrent le long de sa nuque, le faisant frémir. Et s'il se trompait dans sa requête ? Que leur arriverait-il ? Pourtant... pourtant... Il passa en revue les évènements qui s'étaient déroulés dans son cabinet de travail, dans la tour ouest du château, et qui l'avaient amené à se retrouver dans une situation aussi précaire. Sa mission : retrouver Patrick, le sortir de la maison et le ramener au château. Le pourquoi de la mission était sans importance et n'avait même pas effleuré son esprit. Seule la grande amitié qui les liait importait. Alors, quoi de plus simple ? Bien qu'anxieux, il n'avait pas eu peur, il avait même été excité à l'idée d'une nouvelle aventure. Il s'était concentré, avait visualisé l'intérieur de la maison et, l'instant suivant, s'y était matérialisé. Patrick n'y était pas, à sa grande déception, mais il avait trouvé son père et réussi à extirper Yoann de sa chambre en utilisant les pouvoirs de Gaia pour défoncer la porte. Tout allait bien jusque-là. Mais maintenant, que faire ? Il essaya de se concentrer. L'angoisse paralysait son esprit. Il devait réagir et vite, sinon c'en était fini pour tous. Il murmura, suppliant.

— Gaia, aide-moi !

La voix de Godefroy : « … *Crois en toi, tu as la force, fais-toi confiance…* »

— Alexandre, est-ce qu'on va bientôt s'en aller ?

Yoann le ramena à la réalité.

— Oui ! répondit-il avec fermeté. Prends ma main et tiens celle de ton père !

Il ferma les yeux et se concentra.

— « Ita Vivam ! » J'appelle Gaia !

Un vent froid, tourbillonnant, s'éleva, éteignant les flammes les entourant. Un trou noir béant s'ouvrit dans le plancher. Yoann cria et s'agrippa au bras de son père. Ils reculèrent, effrayés. Alexandre sentit ses jambes faiblir. Désemparé, il regarda l'ouverture.

— Oh non ! Qu'est-ce que j'ai fait ?

Et ajouta en soupirant : « Nous sommes perdus ! »

De la musique jouait, lointaine, à peine perceptible. Des tons doux, calmants. Une lumière diffuse éclaira la brèche et, lentement, un portail monumental s'éleva, silencieux, révélant petit à petit un immense « G » gravé en enluminures. La chevalière à son doigt palpitait, émettant une note aiguë, harmonieuse, en synchronie avec le portail. Le « G » luisit et, se gonflant, révéla la magnificence des enluminures pour se scinder, à la verticale, découpant le portail en deux battants égaux. Des perles de cristal poussèrent des battants. Se détachant une par une, elles s'envolèrent vers Alexandre, René et Yoann, et, se regroupant au-dessus de leurs têtes, elles entreprirent un ballet aérien. Tous les trois ahuris, cloués sur place, contemplaient ce tableau. Elles descendirent le long du bras d'Alexandre, s'immobilisant brièvement sur sa chevalière en signe de reconnaissance, virevoltèrent et fusionnèrent en deux papillons distincts avant de se poser sur le portail pour former les poignées. René rompit leur émerveillement en chuchotant :

— Qu'est-ce qu'on fait maintenant ?

Alexandre s'avança et, empoignant un des papillons qui vibra à son contact, poussa le battant qui glissa sur ses gonds silencieusement. L'intérieur de la maison fondit pour révéler un spectacle tout aussi stupéfiant que celui auquel ils venaient d'assister. Des aurores boréales aux vagues colorées s'agitaient dans un ciel d'encre ; des étoiles aux couleurs de l'arc-en-ciel montaient et redescendaient en pluie dans un mouvement lent et gracieux ; des comètes à la chevelure lumineuse sillonnaient le ciel en tous sens.

— « Ita Vivam ! » répéta Alexandre.

Le tableau s'estompa délicatement, laissant place à une lumière blanche, intense, aveuglante qui se fondit aussitôt en un voile translucide, scintillant. Ils avancèrent avec précaution, sur la pointe des pieds, presque en transe, encore abasourdis par les images qui avaient ensorcelé leurs sens. Ils franchirent le seuil.

VII

La gamelle

Couché en boule, il grelottait. Pourquoi faisait-il si froid dans sa chambre ? Se tournant sur le côté, il chercha à tâtons son édredon pour s'envelopper. Ses doigts attrapèrent une étoffe en laine mince, effilochée. La remontant jusqu'au cou, une odeur de moisi assaillit ses narines. Repoussant la couverture avec dégoût, il s'assit d'un bond sur le lit. Sa tête tambourinait. L'effort de s'être redressé brusquement lui donna la nausée. À demi conscient et étourdi, il perçut des images se mettant à défiler sur l'écran de ses yeux. Le jour rendu opaque par la pluie ; la rue Panessac flanquée par ses maisons et boutiques en rangée ; des gens courant dans tous les sens, affolés. Ils avançaient avec difficulté, lui et sa mère, blottis l'un contre l'autre, marchant en direction du château de Tegnon. Le milieu du pont Marsoit. Une détonation, violente à en éclater les tympans. Un vent chaud, étouffant, l'écrasant brutalement sur le tablier. Sa mère projetée par-dessus le garde-fou, entrainée par les eaux en furie de l'Irole. Son dérapage vers les flots ; l'imminence de sa noyade ; la vague sensation d'être retenu, puis le néant. Qu'était-il arrivé à sa mère ? Avait-elle survécu en s'accrochant à l'un des innombrables débris que la rivière charriait ? Les images se tournèrent vers sa maison en flammes. « … Je vous retrouve au château. Allez ! » avaient été les dernières paroles de son père. Avait-il réussi à s'en sortir avec son frère Yoann ? Sans le vouloir, acteur dans cette tragédie, il lui sembla qu'à l'équinoxe de ses treize ans, le destin s'acharnait sur lui avec beaucoup de perversité. Subir autant de malheurs en une journée dépassait son entendement. Pourtant, cette dernière n'avait pas été le fruit de son imagination, trop fertile parfois. Était-il possible de perdre les gens que l'on aime, le temps d'un battement de cils ? Il soupira, abattu. Tant de questions, et pas une seule réponse. Il refoula la boule qui montait dans sa gorge, menaçant de l'étouffer. Que sa famille ait péri au complet lui était inconcevable. Il ne s'y résoudrait jamais. Ils étaient sûrement à cet instant même à sa recherche, fous d'inquiétude. Comment pouvait-il en être autrement d'ailleurs ? Sa priorité était d'autant plus claire maintenant. Sortir d'ici pour les rassurer. Sa frustration grandissait, où pouvait-il être ? Difficile à valider ; aucun point de repère reconnaissable. Quatre murs, dont l'un troué d'une porte, l'entouraient. La seule et unique fois qu'il avait vu cet agencement avait été lors d'une de ses nombreuses visites au château de Tegnon. Alexandre, son grand ami, l'avait emmené dans le donjon explorer les cachots. Il était bel et bien enfermé dans un cachot. Depuis combien de temps était-il séquestré ? Les indices espace-temps manquaient également à l'appel. Pas de fenêtre pour juger de la période de la journée ; sa montre s'était arrêtée, les aiguilles jouant à cache-cache sous le verre embué. Son sens de l'ouïe percevait le « cloup, cloup » de gouttes d'eau, tombant quelque part dans la cellule, perturbant à peine le silence obsédant. Un faisceau lumineux filtrait sous la porte, éclairant faiblement ses souliers recouverts de boue séchée. Enfin, une indication temporelle. La boue s'effritait, présupposant un laps de temps plus ou moins long. Malgré son mal de tête, il se força à bouger. Posant ses pieds par terre et s'aidant de ses bras musclés par le travail de la ferme, il se leva. Touchant le sol, la sensation d'être sur le pont d'un bateau par une mer houleuse l'envahit, accentuant sa nausée. Il retomba assis, étourdi, haletant, sur le lit humide. Essayant de dissiper le malaise, il se frotta avec vigueur le visage.

— Aïe ! s'exclama-t-il.

Un de ses doigts avait effleuré une bosse de la taille d'une petite prune qui avait poussé derrière l'oreille ; le résultat de la branche qui l'avait frappé et probablement assommé.

— Qui est là ? demanda une voix féminine à peine audible troublant le silence.

Se glissant le long du matelas, il se rapprocha du mur, y prenant appui. Les pierres étaient froides, suintantes au toucher. Luttant contre son haut-le-cœur, il se leva, fit quelques pas et colla son oreille à la paroi.

— Qui est là ?

— Isabelle.

Il connaissait cette voix timide au timbre un peu trop aigu. C'était celle d'Isabelle Bonnemie, son amie d'enfance, la fille du boulanger. Que faisait-elle ici ? Il chercha confirmation.

— Isabelle, c'est toi ?

Bien que déformée par l'épaisseur du mur, la voix de Patrick sembla également être reconnue.

— Patrick, est-ce que c'est toi ?

L'intonation dans sa voix laissait percevoir un mélange de soulagement et de panique.

— Oui, c'est moi ! Es-tu blessée ?

— Je ne me sens pas très bien, Patrick, répondit-elle en sanglotant.

Il frappa sur les pierres.

— Qu'est-ce qu'il y a ?

Elle hésita un instant, hoquetant.

— Je ne peux pas rester enfermée !

— Je comprends ; moi non plus, je n'aime pas ça. On n'a pas le choix pour l'instant. Je suis moi aussi enfermé dans un cachot.

— Tu ne comprends pas ! J'ai peur du noir et je suis claustrophobe !

Des pas irréguliers se rapprochant résonnèrent dans le couloir.

— Y'a quelqu'un qui vient ! Chut !

Il se lança sur le matelas, feignant d'être endormi. Une trappe s'ouvrit, éclairant momentanément la pièce. Le bruit d'une gamelle, lancée sur le sol brusquement, rebondit dans la cellule. La trappe se referma, plongeant à nouveau le cachot dans la pénombre. Il sauta au bas du lit, s'approcha de la porte et tendit l'oreille. Les bruits de trappe et de gamelle se répétèrent à côté. Les pas repassèrent devant sa porte. Il s'écarta instinctivement, retenant son souffle. Les foulées s'éloignèrent pour se perdre au fond du couloir.

— Isabelle ?

Pas de réponse.

— Isabelle ! Réponds-moi !

Il sentit tout à coup une haleine chaude sur son cou. Des frissons coururent le long de son échine, nouant son estomac. Il se retourna subitement, les muscles tendus, poings fermés, prêt à se défendre.

— Oh là ! Doucement Patrick ! C'est moi ! dit-elle en reculant, effrayée, levant les bras pour se protéger.

Maintenant sa posture défensive, hébétée, il se figea.

— Qu'est-ce que… tu fais ici ?… co… comment es-tu… ? dit-il en balbutiant.

Elle lui prit les mains et les tapota gentiment.

— J'ai moins peur maintenant que je suis avec toi.

— Moi aussi ! avoua-t-il. Mais comment as-tu… ?

— Je n'en suis pas certaine. Après que la trappe se fut refermée, je me suis précipitée sur la gamelle, j'avais tellement faim ! En la touchant, je me suis sentie étrange en dedans, toute légère, sans… comment t'expliquer ?… sans matière.

— Sans… matière ? Qu'est-ce que tu veux dire ?

— J'ai eu la sensation que toutes les cellules de mon corps devenaient fluides, tout en restant solides. Tu comprends ?

— Heu… pas réellement non.

Elle soupira, légèrement agacée.

— J'ai perdu l'équilibre. Je croyais que j'allais me fracasser la tête et les os sur le mur, mais au lieu de m'arrêter, j'ai roulé à travers et je me suis retrouvée ici à tes côtés.

Patrick réfléchissait et demanda, la curiosité l'emportant :

— Il y a une chose que je ne comprends pas. Comment t'es-tu retrouvée ici, prisonnière ?

Isabelle ne répondit pas, perdue tout à coup dans ses pensées, se remémorant la dernière conversation avec sa mère.

— Isabelle, ma chérie, va avertir ton père que le dîner est prêt.

— J'y vais dans une minute, maman !

— Tout de suite, Isabelle, s'il te plaît !

— Oui maman. Je termine le paragraphe et j'y vais !

— Lâche ton bouquin, il ne se sauvera pas. Tu le reprendras après dîner !

— D'accord, d'accord !

— Et mets ton imperméable. Il pleut à seaux !

— Oui maman, comme tu veux !

— Et pas de détours ! Tu m'entends ?

Isabelle soupira.

— J'y vais directement !

— Isabelle ?

— Quoi encore ?

— On n'embrasse plus sa mère ?

— Oh, maman !

Elle s'approcha, la câlina et déposa hâtivement un baiser sur sa joue.

— Allez, file maintenant ! Et pas de détours !

Isabelle sortit de la maison et emprunta le trottoir en direction de la boulangerie, deux pâtés plus loin, rue des Pénitents. Marchant la tête baissée contre la pluie, elle s'arrêta au coin de la rue principale et de la ruelle Grateloup. Ses parents lui avaient interdit d'utiliser cette dernière parce qu'elle était sombre et dangereuse. Des personnages peu fréquentables l'arpentaient régulièrement. Cependant, ayant hâte de rentrer chez elle pour reprendre la lecture de son livre, elle savait que son emplacement offrait un raccourci appréciable débouchant sur la rue des Pénitents, légèrement de biais avec la boutique de son père. Un éclair stria le ciel, éclairant la ruelle brièvement de sa froide lumière blafarde. Elle était vide. Scrutant les fenêtres et les encadrements de portes, elle l'enfila nerveusement. Le tonnerre retentit, son écho se répercutant comme un roulement de tambour. Le lampadaire s'éteignit au bout du passage, le plongeant dans l'obscurité. Une poubelle tomba et roula sur les pavés dans un bruit de métal, effrayant un chat qui lança un miaulement aigu. Isabelle, tressaillant, pressa le pas. Plus que quelques mètres et elle déboucherait sur la rue principale. Une porte grinça quelque part derrière elle. Elle regarda par-dessus son épaule. Croyant apercevoir une ombre, elle accéléra sa cadence. Un gros rat se faufila entre ses jambes. Sursautant, elle poussa un cri de frayeur. Regardant de nouveau par-dessus son épaule — elle en était convaincue maintenant —, l'ombre la suivait. Elle se mit à courir, prise de panique. Dans sa hâte, elle buta contre un pavé qui s'était délogé et tomba. Une douleur déchirante lui traversa le pied, montant le long de sa jambe jusqu'au genou ; des larmes noyèrent ses yeux gris. Elle était certaine de s'être cassé la cheville. Rampant jusqu'au chambranle d'une porte et, dans un effort frénétique, s'aidant de ses mains, elle se redressa. Une forme indistincte avançait indubitablement, menaçante, se découpant à peine sur les pierres sombres des murs avoisinants. S'arrêtant à quelques pas, l'ombre un peu plus grande qu'elle sortit sa main du dessous de la cape en tenant un morceau de bois effilé. Un rire machiavélique précéda le jet de lumière rouge qui l'atteignit en pleine poitrine. Isabelle se réveilla désemparée, désorientée, dans le cachot, ses membres inférieurs et sa poitrine élançant.

— Isabelle ! Est-ce que ça va ?

— Oui, oui, ça va aller. Ne t'en fais pas ! C'est juste que…

Elle inspira profondément.

— Mes parents doivent être désespérés et se demander ce qui a pu m'arriver, où je suis passée. Je devais m'absenter une demi-heure, au plus. Le temps d'un aller-retour de la maison à la boulangerie. Je n'aurais jamais dû prendre la ruelle Grateloup ; mon père m'avait bien averti que c'était dangereux.

— Regarde-moi, Isabelle.

Il mit ses mains sur ses épaules, la dévisageant, inquiet. Ses longs cheveux ondulés aux reflets cuivrés encadraient son visage couvert de taches de rousseur, ses yeux rouges et boursouflés lui donnant un air de chien battu. Sa jupe en lambeau était barbouillée de sang à l'ourlet. Un cercle noir tachait son chandail au milieu. Il refoula le sentiment de pitié que son image lui inspirait. Après tout, il ne devait pas avoir l'allure très fringante, lui non plus.

— Ce qui compte pour l'instant, c'est que tu sois vivante !

— Peut-être !

— Il n'y a pas de peut-être, Isabelle. Nous les retrouverons, tes parents, et ce sera le plus beau jour de ta vie ! Pour moi aussi, ce sera le plus beau jour quand j'aurai retrouvé les miens ! Puis, on fera une fête, une fête monstre ! On invitera tous les amis ! Tu verras !

Elle sourit.

— Oui, c'est ça, on fera la fête ! Mais avant tout il faudrait pouvoir sortir d'ici !

Une idée traversa l'esprit de Patrick. Était-elle le moyen qui leur permettrait de s'échapper ? Une lueur d'espoir illumina son regard noisette aux reflets verts.

— Écoute Isabelle, d'après ce que tu m'as dit, tu es devenue « sans matière » après avoir touché la gamelle.

— Où veux-tu en venir ?

Il hésita un instant avant de continuer, grattant le duvet qui commençait à lui pousser sur le menton.

— D'après moi, tu as des pouvoirs magiques !

— Ne sois pas ridicule !

— Penses-y un instant !

— Je ne sais pas, Patrick.

Elle baissa les yeux, fixant le sol.

— Ça ne m'est jamais arrivé auparavant, et je ne suis pas certaine de vouloir refaire l'expérience. J'ai eu très peur, tu sais. Je ne suis pas aussi courageuse que toi ! De plus, c'est peut-être la gamelle qui a été l'activateur. Comment le savoir maintenant ? Elle est de l'autre côté du mur.

— Et celle-là, penses-tu qu'elle a les mêmes pouvoirs que l'autre ?

— Je n'en sais rien ! répondit-elle en haussant les épaules.

Ils s'en approchèrent lentement, Isabelle clopinant, s'arrêtant à quelques centimètres.

— Je ne crois pas qu'on devrait y toucher, Patrick, dit-elle appréhensive.

— En temps normal, j'écouterais ton conseil, mais dans les circonstances, ou on reste ici ou l'on essaye de sortir. Et puis, que penses-tu qu'il va arriver quand ceux qui nous gardent prisonniers découvriront que tu t'es échappée de ta cellule ? Pour l'instant, ils ne se doutent de rien, on a l'élément de surprise de notre côté. De plus, si c'est la gamelle qui t'a aidée à traverser le mur, ce sera d'autant plus facile par la porte qui est plus mince ! Une fois dans le couloir, on avisera.

— Je ne veux pas y toucher, Patrick.

— D'accord, je comprends et respecte ton choix.

Il se baissa pour l'attraper.

— Attends ! Laisse-moi faire, dit-elle en l'arrêtant.

— Es-tu certaine ?

— Non !

La respiration saccadée, Isabelle tremblait comme une feuille.

— Je n'ai jamais eu aussi peur de toute ma vie !

— J'ai une idée. Donne-moi ta main, on va la toucher ensemble.

— J'en ai une meilleure, répliqua-t-elle. Tu tiens la mienne et moi j'y touche.

Retenant son souffle, elle effleura le rebord du doigt, le retirant aussitôt comme brulée par son contact.

— Qu'est-ce qu'il y a ? T'es-tu fait mal ?

— Non !

Isabelle inspira profondément, essayant de se calmer.

— Au compte de trois. Un…

Ils s'agenouillèrent.

— Deux…

Elle avança sa main.

— Trois…

Elle prit le rebord de la gamelle entre son pouce et son index. Le silence autour d'eux était oppressant. Des secondes s'écoulèrent, agonisantes, dans l'attente d'une manifestation quelconque. Patrick serra si fort les doigts d'Isabelle qu'elle poussa un petit cri.

— Désolé !

Il relâcha sa main. Soupirant fortement, il se releva, lui tourna le dos et se dirigea découragé vers le lit.

— Ça ne fonctionne pas, hein ?

— Moi, je crois que oui.

Patrick lui fit face. Elle était devenue transparente tout en ayant gardé sa forme. Il voyait clairement la porte de la cellule à travers elle.

— Je suis désolée, Patrick.

— Non, non ! Tu n'as pas une minute à perdre ! Sauve-toi, monte au château. Trouve mon père, il saura quoi faire pour me sortir d'ici.

— Je ne peux pas te laisser seul.

— Ne t'inquiète pas pour moi. Il ne m'arrivera rien. S'il te plaît, vas-y avant que tu ne redeviennes solide et qu'un garde te surprenne.

Elle traversa la porte.

— Isabelle !

Son visage apparut dans l'encadrement.

— Fais attention à toi ! ajouta-t-il, soucieux.

Elle sourit et disparut, le laissant à son anxiété, à sa solitude. Se jetant sur le lit, il s'abandonna à ses émotions. Le destin lui en voulait décidément beaucoup.

VIII

L'île

Le seuil ayant été franchi et le portail s'étant refermé derrière eux, aussi silencieusement qu'il s'était déployé, Alexandre, René et Yoann se retrouvèrent sur une plage de sable fin, rose pâle, reflétant, tels des diamants, la lumière du soleil. Le flux et le reflux de l'eau s'échouant lapaient leurs souliers. Émerveillés, ils n'osaient pas bouger. Les « papillons-poignées » qu'Alexandre avait utilisés pour ouvrir les portes voletèrent gracieusement autour d'eux une dernière fois. Frôlant son bras en guise d'adieux, ils s'envolèrent vers les champs de fleurs multicolores et s'estompèrent. Au-dessus de leurs têtes, des oiseaux aux longues ailes à l'aspect tanné, semblables à de puissants voiliers, zigzaguaient vers deux lunes, l'une brune, l'autre grise. Elles surplombaient majestueusement un palais en cristal bleuté qui transperçait le ciel de ses innombrables tourelles. L'un des oiseaux, se détachant du groupe, piqua vers la mer bleu azur et plana, suspendu dans les airs, à quelques centimètres des vagues. Fendant soudainement la surface, il reprit son envol, un poisson-arc-en-ciel dans son bec qu'il avala d'un mouvement saccadé. En quête d'une autre proie, regardant de gauche à droite, sa tête massive, allongée, les remarqua. Bifurquant, il effectua un piqué, rasa la cime des palmiers et se posa gracieusement devant eux, ses pattes soulevant deux petites fontaines sablonneuses. Clopinant, il replia ses ailes formées d'une membrane presque translucide le long de ses flancs. Son corps était recouvert non pas de plumes, comme on aurait pu le supposer, mais d'un fin duvet de poils, sa queue se terminant par une membranule en forme de losange. Il inclina la tête et, la relevant, amorça sa métamorphose. Ses ailes se rétractèrent et disparurent, se fondant à son corps. S'étirant, il prit la forme d'une jeune femme drapée d'une longue toge plissée, blanche comme neige, flottant librement au gré de la brise tiède. De sa tête, une chevelure aux reflets cendrés cascadait, encadrant un visage à la peau diaphane où étincelaient des yeux émeraude en amande. Son front légèrement dégagé était ceint d'une délicate ferronnière d'or travaillé, surmonté d'un diamant chatoyant en forme de coquillage. Sa transformation achevée, elle s'ébroua et leur sourit. S'inclinant, elle salua Alexandre en joignant les paumes de ses mains. Sa voix semblait irréelle, presque un écho.

— *« Ita Vivam ! »*

Joignant ses mains, il la salua à son tour.

— « Ita Vivam ! » Je suis Alexandre de Thierry et voici monsieur René Chamboux et son fils Yoann.

Elle s'inclina de nouveau.

— *Je m'appelle Émméfa.*

— Vous êtes un animal dans la vraie vie ? demanda Yoann intrigué.

— Yoann ! grogna son père, ne sois pas impoli !

— *Ne le grondez pas, René Chamboux. Ce n'est que la curiosité normale d'un enfant. Oui, jeune Yoann Chamboux, ma forme habituelle est celle d'un oiseau préhistorique, un ptérosaure. Nous existons depuis la nuit des temps. Avant la « Grande Catastrophe », nous peuplions ton monde. Puis elle arriva, anéantissant nos familles. Nous ne sommes plus que quelques centaines à avoir survécu au désastre. Notre univers est ici, maintenant, sur l'île de Gaia. Mes pouvoirs me permettent de me transfigurer à volonté.*

Elle regarda vers le ciel, ouvrit sa bouche et poussa deux cris perçants en succession. Un oiseau lui répondit au loin et se dirigea vers eux. Il se posa à ses côtés et prit l'apparence d'un jeune homme, pas beaucoup plus vieux qu'Émméfa, athlétique, à la chevelure bouclée rousse, ceinte d'un large bandeau d'or serti de saphirs auréolant un visage angélique au teint basané.

— *Voici mon frère Traban. Il vous conduira au Cercle du Grand Ressourcement, non loin d'ici. Vous y trouverez de quoi vous restaurer et panser les souffrances de votre cœur.*

Elle fit une pause, humant l'air autour d'elle.

— *Je vous sens inquiet, René Chamboux. Alexandre de Thierry vous rejoindra aussitôt son entretien terminé avec les Anciens du Conseil Suprême de la Magie.*

— Où Alexandre va, nous allons !

— *René Chamboux, la rencontre d'Alexandre de Thierry ne concerne que lui. Mes instructions sont de le conduire, seul. Profitez de ce moment pour vous libérer des démons qui habitent votre esprit, pour refaire le plein d'énergie ; vous en aurez besoin. Trebor et Syra, nos deux lunes, vous aideront à soulager vos malaises.*

Piqué au vif, René réagit agressivement.

— De quoi parlez-vous ? Je n'ai pas de démons qui me hantent !

Émméfa inclina la tête lentement.

— *Excusez-moi si je vous ai offensé, René Chamboux. Beaucoup de choses restent enfouies, reléguées aux oubliettes, sans solution, dans les plus profonds recoins de nos êtres. Il faut un jour les confronter et livrer une bataille sans merci. L'humilité, le courage et la persévérance sont vos armes pour les vaincre. Cet instant d'introspection que Gaia vous offre ne se répètera jamais. Personne, à part le Porteur de Gaia, ne peut venir sur son île. Le Conseil Suprême de la Magie, par compassion, à cause du danger que vous couriez, et de l'inexpérience d'Alexandre de Thierry, a dérogé à cette règle. Soyez indulgent envers vous-même et votre fils. Maximisez l'offre qui vous est proposée. Votre temps est compté. Suivez Traban, imbibez-vous de l'environnement. Ouvrez votre esprit. Votre quotidien paraîtra plus facile à accepter de retour dans votre univers. « Ita Vivam ! »*

Traban ajouta de sa voix mélodieuse.

— *Venez, René Chamboux, et toi aussi, jeune Yoann Chamboux !*

— Je suis là si tu as besoin de moi, dit René.

— Merci, Monsieur Chamboux.

Regardant vers Émméfa, il ajouta :

— Je crois que je suis entre bonnes mains !

Yoann leur envoya la main et se mit en marche derrière son père, puis s'adressa à son ourson.

— Qu'est-ce que t'es mal élevé, Aloysius ! T'aurais pu lui dire au revoir au moins ! Il va falloir que je t'apprenne quelques bonnes manières !

Un gong résonna, éparpillant une nuée de papillons.

— *Nous devons y aller, Alexandre de Thierry !*

Faisant volte-face, ils prirent la direction du palais, l'herbe spongieuse bleue feutrant leurs pas. Après avoir marché quelque temps, perdu dans ses pensées, Alexandre brisa le silence.

— Émméfa, pourquoi les Anciens veulent-ils me voir ?

— *Je ne sais pas, Alexandre de Thierry.*

— Croyez-vous qu'ils sont en colère parce que j'ai emmené René et Yoann sur Gaia ?

— *Je ne le crois pas, Alexandre de Thierry.*

— Aurais-je fait quelque chose de mal ?

— *Non, Alexandre de Thierry. Tu n'as rien fait de mal.*

Pensif et après un moment de silence qui parut sans fin, il ajouta en soupirant :

— Je n'ai pas réussi la mission que m'avait confiée Lutgard.

— *Cela est vrai. Toutefois, tu as sauvé tes amis d'une mort horrible.*

— Peut-être. Cela a été plus une erreur qu'un plan.

— *Tu es très dur envers toi-même, Porteur de Gaia. Ton intervention demandait beaucoup de courage. Tu as mis ta vie en danger pour les sauver.*

— Je ne suis pas un héros ! dit-il en protestant.

— *Ta candeur n'a d'égale que ton humilité.*

Elle effleura ses cheveux tendrement, descendant le long de sa joue, et elle prit son menton entre ses doigts effilés. Elle ferma ses yeux, et un banc en cristal se matérialisa à leurs côtés.

— *Assoyons-nous, veux-tu ?*

Émméfa lui prit les mains.

— *L'héroïsme se mesure à la négation du danger de la situation pour soi et non à la grandeur de l'acte posé.*

— Mais je n'ai pas trouvé Patrick.

— *Cela est également vrai. Chaque chose a sa raison d'être.*

Irrité, il se défit de son emprise.

— Si je comprends bien, je n'étais pas censé retrouver Patrick dans la maison et, conséquemment, je n'étais pas censé le sauver non plus ?

Il se leva.

— *Ne pas avoir découvert Patrick à l'instant précis où tu t'y attendais n'est pas une coïncidence,* ajouta-t-elle, le retenant par le bras.

— Je ne saisis pas !

— *En toi réside plus que la grande amitié qui vous lie. Il fallait que tu en fasses abstraction, ce que tu as réussi ! Des vies étaient en danger, et tu as décidé de les secourir. La chevalière que tu portes t'a choisi. Gaia savait, très longtemps avant ta naissance, que tu en hériterais. Elle vit en toi, pour toi. Inversement, tu vis en elle, pour elle, en parfaite symbiose. Toi seul décides de l'action appropriée à chaque situation. Gaia canalise simplement ta demande en puisant l'énergie sur son île.*

— Cela est insensé ! Pourquoi Lutgard m'a-t-il averti que, si je formulais ma demande de la mauvaise manière, le contraire se produirait ?

— *Lutgard avait raison, dans un certain sens, en te donnant ce conseil.*

— Je ne savais pas quoi faire. J'étais paralysé ! J'aurais pu tous nous tuer !

Elle lui sourit avec tendresse.

— *Pas du tout !*

— Que voulez-vous dire ?

— *Gaia est vivante, non pas un objet statique. Elle évolue avec chaque porteur en lui insufflant en premier lieu sa science, puis elle incorpore non seulement le bagage et les connaissances du porteur, mais aussi ses faiblesses et son manque d'expérience. Il n'y a pas de bons ou mauvais choix, Alexandre de Thierry, seulement des circonstances nous poussant à prendre des décisions, le plus souvent avec notre intellect. Gaia ne t'aurait jamais laissé t'exposer inutilement.*

— Et comment pouvais-je le savoir ?

— *Tu le sais maintenant.*

— Et comment vais-je savoir où est Patrick ?

— *Le temps venu, tu l'apprendras.*

Le gong retentit à nouveau, faisant vibrer l'air autour d'eux.

— *Les Anciens s'impatientent, allons !*

— Je veux savoir où se trouve Patrick !

— *Et que feras-tu lorsque tu auras cette information ?*

— J'irai le chercher et le ramènerai ici.

— *Ne t'ai-je pas dit que seul le Porteur de Gaia pouvait venir sur son île ?*

— Dans ce cas, je l'emmènerai au château !

— *C'est une possibilité en effet. Et que feras-tu lorsque tu feras face aux dangers que comporte ce sauvetage ?*

— Quels dangers ? Rien ne peut être pire que ceux auxquels j'ai été confronté tout à l'heure !

— *Le crois-tu vraiment ?*

— Oui !

— *Comment combattras-tu les forces maléfiques qui t'attendent ?*

— De quoi parlez-vous ?

— *De celles qui le retiennent prisonnier contre son gré.*

— Il est prisonnier ? Dites-moi s'il vous plaît !

Émméfa réfléchit un instant avant de répondre. Des images de la « Grande Catastrophe » jaillirent dans son esprit, ravivant la douleur de la perte des êtres qui lui avaient été si chers. C'était pourtant si loin à présent. Les champs, les montagnes, les ravins, les forêts, les rivières, tous ses souvenirs s'effritaient. Ne restait qu'un tiraillement implacable. Elle lui devait la vérité. De toute manière, il ne quitterait pas Gaia sans la permission des Anciens, bien que leur accord soit totalement superflu. Les pouvoirs à sa disposition se passaient de tout assentiment de leur part. Il l'apprendrait assez vite. Il était si jeune, si ardent dans sa quête, si vulnérable.

— *Il se trouve en Écosse.*

— En Écosse ?

— *Il a été enlevé sur la route menant au château, au pont Marsoit.*

— Pourquoi ? Il n'a rien fait !

— *Pour servir d'appât.*

— Je ne comprends pas !

— *Pour t'attirer dans un guet-apens afin de subtiliser Gaia.*

— Qui voudrait s'emparer de Gaia ?

— *Les mêmes qui ont également kidnappé Isabelle Bonnemie pour le même motif.*

Il connaissait Isabelle, évidemment, tous les trois se fréquentaient assidûment.

— Elle aussi est en Écosse ?

— *Alexandre de Thierry, j'en ai déjà trop révélé. Le Conseil Suprême de la Magie est, plus que moi, en mesure de répondre à tes questions. Nous devons poursuivre notre chemin.*

La frustration ressentie par Alexandre s'accentuait. Maintenant qu'il savait où se trouvaient ses amis, il n'avait pas de temps à perdre en conciliabule avec une bande de sorciers qu'il s'imaginait vieux et poussiéreux. De toute façon, que pouvaient-ils lui vouloir ? Grognant, il lui emboîta le pas.

* * *

Le sentier tortueux grimpait lentement. Devant eux, à contre-jour, se dessina enfin une structure ronde lançant des ombres de lumière sur l'abondante végétation bordant le layon. Ça et là, des champignons vivement colorés éclataient avec un léger « pouf », imprégnant l'air du parfum de jacinthes. Yoann tira sur la manche de son père.

— Papa, j'ai faim.

— Dans un instant, Yoann.

— Aloysius a faim aussi !

— Est-ce encore loin ?

— *Non, René Chamboux, au tournant de ce rocher, nous y serons.*

Dans un dernier effort, ils atteignirent le sommet de la butte. Une musique vaporeuse se diffusait, gorgeant l'atmosphère de vibrations harmonieuses. Une enfilade de piliers enroulés de guirlandes de roses blanches et jaunes s'ouvrit à eux, son extrémité aboutissant sur une rotonde au pourtour ceint de bancs en demicercle. La luminosité presque palpable, accentuée par les milliers de particules ténues en suspension, réfléchissait les teintes de rose, d'or et d'argent des rayons du soleil couchant.

— *Nous y voilà !* dit Traban.

Se dirigeant vers une table en albâtre, ils s'assirent sur des coussins aux couleurs vives. Traban, passant sa main au-dessus de la table, fit apparaître trois larges assiettes en or, trois coupes ciselées de cavaliers en costumes d'apparat, ainsi que des couteaux et des fourchettes. Yoann, fasciné, prit la coupe devant lui et la tourna entre ses doigts.

— Regarde, papa ! Regarde ! dit-il, contenant à peine son excitation. Les cavaliers bougent, ils galopent tout autour de la coupe !

— *Vous devez avoir faim !*

Traban repassa sa main au-dessus des assiettes. Des plats fumants remplis de viande, de fruits de mer et de légumes apparurent. D'autres suivirent : des fruits exotiques, un gâteau au chocolat surmonté d'une montagne de crème fouettée, des profiteroles, des glaces aux pistaches et aux fraises. René n'avait jamais vu autant de nourriture, en quantité comme en variété. Quant à Yoann, la vue de tant de desserts lui soutira plus qu'une onomatopée d'émerveillement.

— *Restaurez-vous. Nous parlerons après !*

René, perdu dans ses pensées, déposa de la nourriture dans l'assiette de son fils, son regard se fixant sur un lagon où quelques flamants roses dormaient, figés sur une patte.

— *Vous ne prenez rien, René Chamboux ?*

— Je n'ai pas faim. Merci.

— *Vous priver de manger n'est pas le meilleur moyen de résoudre le sentiment d'inconfort qui vous habite.*

— Que savez-vous de ce que je ressens ?

— *Quelques millénaires passés ici m'ont permis de développer certaines habiletés. Entre autres, celle de percevoir les émotions de ceux qui m'entourent.*

— À quoi cela peut-il vous servir ? Vous n'existez qu'ici !

— *À quoi sert l'inquiétude qui vous ronge, si ce n'est qu'à vous torturer ?*

— Cela me regarde !

— *Détrompez-vous, René Chamboux ! Toutes actions ont leurs réactions. La décision d'être resté avec le jeune Yoann et d'avoir envoyé votre femme et votre aîné, Patrick, au château avait pour conséquence l'ignorance de la réussite ou de l'insuccès de leur démarche. Que pouvez-vous y faire à cet instant précis ?*

— Rien, vraisemblablement.

Il soupira. Un rayon de lune éclaira son visage. L'immense tristesse se dissipait. Curieusement, s'ouvrir à cette étrange créature, si douce et si dure, paraissait la chose la plus naturelle au monde. Un demi-siècle à se sentir inapte, à refouler ses sentiments. Et pourtant, se libérer de cette anxiété, étaler au grand jour ses émotions, se laisser aller, faire face à ses démons comme l'avait fait remarquer Émméfa, était-ce cela, la voie à emprunter ? L'énigme enjoignait une réponse.

— Et mon père alors ?

— *Votre père ?*

— Il est mort dans l'incendie de la maison.

— *D'où vient cette certitude, René Chamboux ? Avez-vous constaté sa disparition ?*

— Il ne nous a pas suivis lorsque nous sommes partis à la rescousse de Yoann.

— *Vous en concluez donc qu'il ne serait pas sorti avant l'effondrement du plafond de la cuisine.*

— Quelle autre explication y a-t-il ?

— *Vous avez vécu en sa présence pendant cinquante ans et vous en ignorez son essence même.*

— Je n'ignore pas qu'il était vieux et frêle, et qu'il avait de la difficulté à bouger. Ces derniers temps, il passait la majeure partie de ses journées assis dans son fauteuil à bascule, fumant sa pipe au coin de la cheminée.

— *Donc, pour vous, ces faits constituent une preuve irréfutable de sa disparition ?*

Yoann, sa fourchette suspendue entre son plat et sa bouche, s'était arrêté de manger, fasciné par leur échange.

— Quelle autre explication y aurait-il ?

— *La possibilité qu'Octave, s'étant vu pris au piège, ait utilisé ses pouvoirs.*

— Quels pouvoirs ?

— *Ses pouvoirs magiques, bien entendu !*

— Mon père n'a aucun pouvoir magique. Ne soyez pas ridicule !

— *Réfléchissez, René Chamboux.*

— Papi Octave nous faisait souvent des tours de magie, à moi et Patrick, dit Yoan

— Les tours de passe-passe ne sont que d'habiles illusions, Yoann, répondit René.

— Oui, mais il faisait apparaître et disparaître des choses. Même qu'un jour, c'est lui qui s'est fait disparaître.

— Que veux-tu dire ?

Le visage de Yoann prit une teinte de pourpre, et il se mordit les lèvres se rendant soudainement compte qu'il en avait trop dit.

— Rien !

— Comment, rien ?

— Il nous a fait jurer à moi et à Patrick de ne jamais en parler à personne, et surtout pas à toi. Il disait que tu ne comprendrais pas et ne nous croirais pas de toute façon !

— Écoute-moi, Yoann. Ce qui s'est passé entre vous trois vous concerne, et je n'ai pas l'intention de m'en mêler. L'important est de nous aider à trouver ce qui lui est arrivé. Comprends-tu ?

— Non ! Tu ne me dis pas tes secrets à toi ! Et puis tu t'occupes de moi et Patrick seulement quand t'en as envie !

Il prit une gorgée de sa coupe.

— Et c'est pas souvent ! Même qu'Aloysius l'a remarqué, et il pleure beaucoup !

Son affirmation eut l'effet d'une gifle. Yoann avait fait mouche. Tout le temps préoccupé par la ferme, il rentrait fatigué par ses journées de labeur, mangeait à la sauvette, pour ensuite s'enfermer dans son bureau jusqu'au petit matin, se demandant s'il arriverait à boucler une autre fin de mois. La vérité sortait souvent de la bouche des enfants, et celle-ci faisait mal. L'histoire se répétait. Son père avait fait la même chose : un choix entre eux et son travail, ce dernier sortant gagnant du combat. Il s'était pourtant juré que ses enfants passeraient avant tout le reste. Belle promesse que la vie s'était chargée de lui faire renier. Un rayon de lune passa brièvement, lui caressant le visage. Il regarda son fils et le prit dans ses bras.

— Je suis désolé, Yoann. Je croyais faire du mieux que je pouvais pour rendre notre vie moins ardue. Tout ce que je voulais était de vous éviter les souffrances que j'avais connues du temps où ton grand-père s'occupait de la ferme. Bien que mes journées soient longues, je les fais de bonne grâce, sachant que vous avez jour après jour de quoi remplir vos estomacs, de quoi vous habiller. J'ai fait fausse route, je l'admets. J'aurais dû porter plus d'attention à vos sentiments. Sans vous, mon existence serait aussi vide que nos champs en hiver, aussi aride que les déserts d'Afrique. Je vous aime, je t'aime mon petit.

Il l'étreignit ; Yoann mit ses bras autour de son cou.

— Moi aussi je t'aime papa. Promets-moi de venir nous border, Aloysius et moi, quand nous irons nous coucher.

— Je te le promets.

— Tu nous liras une histoire aussi ?

— Je te le jure.

René relâcha son étreinte et le fixa dans les yeux.

— Peux-tu nous expliquer ce qui se passait avec papi Octave ?

— Tu crois qu'il sera fâché si je te dis notre secret ?

— Je ne le pense pas, Yoann.

— Il va falloir que je lui dise ce que je t'ai dit.

— Nous le lui dirons ensemble.

— D'accord.

Yoann s'avança sur le bord de sa chaise, comme son grand-père faisait lorsqu'il se préparait à leur raconter une histoire, fronça les sourcils et dit :

— On était tous les trois dans la cuisine, papi Octave assis dans sa chaise et nous, à la table. On l'observait de près, tu comprends, on ne voulait rien manquer ! Tout d'un coup, « pouf ! » et il était parti ! Des fois il ne revenait pas tout de suite ; alors, moi et Patrick on le cherchait, puis, quand on s'y attendait le moins, « pouf ! » il était derrière nous. On ne savait jamais où il allait apparaître.

— Il le faisait souvent, ce tour ?

— Seulement quand tu partais aux champs et que maman s'occupait des animaux dans l'étable. On lui demandait, puis il le faisait. Une fois, il s'est retrouvé accroché à la lampe suspendue au plafond de la cuisine ; il devait être fatigué cette journée-là, il avait fait le tour plusieurs fois. En tout cas, il n'arrivait plus à descendre. Patrick avait été obligé d'aller chercher l'escabeau pour l'aider. On avait bien ri cette journée-là. Tu comprends, il ne voulait pas se faire prendre par toi ou maman, au cas où vous reviendriez plus tôt. Après ça, il voulait moins, il disait qu'il avait autre chose à faire. Patrick lui demandait comment il faisait. Je crois qu'il voulait faire la même chose, juste pour s'amuser bien sûr, mais papi Octave ne lui a jamais dit. « C'est pas pour les jeunes mouflons comme toi, attends de grandir un peu et l'on se reparlera », qu'il lui répétait.

— *Alors René Chamboux, est-ce que cette explication vous suffit pour apaiser vos doutes sur sa disparition ?*

— Que savez-vous, Traban ?

— *Qu'il ne faut jamais sauter à de hâtives conclusions ou abandonner l'espoir !*

— Ce n'est pas ce dont je parlais.

— *Cherchez-vous encore une preuve que votre père est en vie ?*

— Traban, écoutez-moi. Il ne me reste plus rien. Le bétail s'est noyé dans l'Irole, notre maison a été détruite par le feu. Tout ce que nous possédions est parti en fumée. Nous avons tout perdu. De plus, j'ignore si ma femme et mon fils Patrick sont en sécurité. J'ai besoin de savoir. Ne comprenez-vous pas ?

— *Je vous entends, René Chamboux, mais une fois de plus vous errez. Le démon de l'incertitude vous mine encore. Croyez en ce que vous ne pouvez voir ou toucher. Gaia est la preuve qu'une autre dimension existe. Regardez autour de vous. L'enchantement qui nous entoure est palpable. Il vous est possible de toucher cette table devant vous, de voir cette rotonde, nos deux lunes Trebor et Syra, de sentir le parfum délicat de ces roses. Voyez ce groupe d'hommes sveltes, aux cheveux clairs, habillés de vêtements richement décorés, rassemblés près du banc ovale. Ce sont des elfes, des êtres magiques. Ils symbolisent les forces de la nature et sont d'une grande sagesse. Ils descendent directement des Dieux qui ont créé le monde dans lequel vous vivez, ainsi que le nôtre, celui où tout est possible à celui qui croit. Tout cela est-il une création de votre imagination ou est-ce réel ?*

— Cela semble réel en effet, Traban.

— *Convainquons-nous davantage, allons les rejoindre.*

Comme ils s'approchaient, ils constatèrent la beauté inimaginable de ces êtres élégants aux yeux gris perçants. Le teint pâle, presque translucide, le visage imberbe, les oreilles légèrement pointues, tout leur corps respirait la magnificence d'une époque depuis longtemps oubliée, où ils régnaient sans doute en maîtres incontestés sur la terre. Traban s'adressa au plus grand d'entre eux.

— *La paix soit avec toi, Calernon l'Immortel.*

— *Et avec toi, Traban frère d'Émméfa ainsi qu'avec vous, René Chamboux. Dites-moi, jeune Yoann, est-ce dans vos habitudes de flâner ainsi en pyjama à toute heure de la journée ?*

Visiblement mal à l'aise, son visage s'empourpra.

— Euh, je suis désolé. Euh, non, monsieur. C'est qu'on est parti de chez nous très vite ; j'étais prêt pour aller me coucher, puis de l'eau a monté dans ma chambre, puis notre maison s'est mise à brûler, puis Alexandre est venu nous chercher, puis, dans tout ça, j'ai pas eu le temps de me changer, seulement de sauver Aloysius.

Il lui présenta son ourson.

— *Je vois, hum. C'est un ourson qui a beaucoup de chance de vous avoir comme maître.*

— Oh ! Non, monsieur, je ne suis pas son maître, non, non, c'est mon ami. Nous allons ensemble partout. Je ne pouvais pas le laisser, vous comprenez ? Cela aurait été très grave !

Il s'arrêta un instant pour réfléchir.

— C'est ce que font les amis, non ? Ils s'entraident et prennent soin les uns des autres ?

— *Oui, c'est ce que font les vrais amis, et je trouve que, malgré votre âge, vous êtes très courageux, jeune Yoann. Cette bravoure mérite une récompense. Approchez-vous.*

Il regarda son père, hésitant.

— Vas-y.

Calernon retira l'épée du fourreau qu'il portait à sa ceinture, la lame scintillant sous la lumière des lunes, et la déposa sur l'épaule de Yoann.

— *Désormais, vous serez connu sous le nom de « Yoann le Courageux ».*

Il transféra l'épée sur son autre épaule. Des étincelles jaillirent du sol à ses pieds. Remontant en spirale le long de son corps, elles l'enveloppèrent, et il disparut dans un tourbillon de lumière. Se dispersant rapidement, elles le dévoilèrent revêtu d'un costume moiré gris perle. Calernon tendit la paume de sa main, et une broche en argent représentant un chêneau se matérialisa. Il l'accrocha aux plis amples de la cape pourpre drapant à moitié sa poitrine.

— *Ceci est votre attribut. Il incarne votre courage. Portez-le en tout temps. Le chêneau qu'il représente grandira avec vous pour devenir un chêne noble et massif. Il saura vous protéger et vous rendra invisible à vos ennemis. Faites-lui honneur.*

— Oui, monsieur. Merci, monsieur. Merci beaucoup !

De toute évidence, Calernon n'avait pas fini.

— *Ce n'est pas tout, Yoann le Courageux.*

Il sortit du petit sac qu'il portait à la ceinture une sorte d'amulette en forme de goutte d'eau inversée et la plaça sur l'ourson.

— *Par ce pendentif, je confère à Aloysius l'Ourson le pouvoir magique de se transformer en l'humain ou l'animal de son choix. Il ne se manifestera qu'à vous et seulement en des circonstances nécessitant sa transfiguration. Vous ne pourrez en parler à personne ou il perdra ce privilège. Sommes-nous d'accord ?*

— Oui, monsieur.

— *Bien!* dit-il, puis il s'adressa à René. *Êtes-vous maintenant convaincu qu'il existe autre chose et que ceci n'est pas le fruit d'une imagination débordante?*

— J'en conviens, Calernon. Toutefois, tout ceci n'explique pas où se trouve mon père, ni s'il est toujours vivant.

— *Cela, je ne peux le dévoiler, mais je peux vous le montrer.*

Il claqua ses doigts, et une cuvette apparut flottant entre eux.

— *Concentrez-vous et regardez.*

René s'approcha et se pencha au-dessus. Un liquide noir ne réfléchissant aucune lumière le remplissait à ras bord. Il avait l'impression de regarder le fond d'un puits. Une ondulation, puis une autre perturbèrent la surface. Le liquide, jusqu'à présent immobile, tourbillonna à vive allure, tout en se teintant de couleurs floues, et s'immobilisa sur Octave couché, profondément endormi. L'image tournoya en sens inverse et disparut, la surface reprenant son aspect opaque et statique.

— Il est donc en vie?

— *Cela ne peut en être autrement. Votre quête commencera bientôt et, pour vous y aider, je vous offre cette dague. Elle vous avertira de l'approche de vos ennemis, ceux du monde magique. Servez-vous-en avec discernement, elle n'est pas infaillible. Ceux qui semblent être vos ennemis ne le sont pas nécessairement.*

Le sol se mit à trembler soudainement. Alexandre apparut, Émméfa à son côté.

— *Vous n'avez plus une minute à perdre. Il a découvert notre emplacement,* dit Émméfa.

— Qui? demanda Alexandre.

— *Celui qui est à la recherche de Gaia, Alexandre de Thierry. Vous devez rejoindre votre monde et l'arrêter,* répondit Émméfa.

— Qui? répéta Alexandre.

Calernon prit son arc et décocha une flèche qui disparut derrière eux, avalée par l'air ambiant, ouvrant un vortex.

— *Partez!* dit-il sur un ton sans équivoque. *L'autre bout se trouve dans le transept de l'église Saint-Jean dans votre village!*

Tous les trois se regardèrent nerveusement. Émméfa leur sourit, essayant d'apaiser leur appréhension.

— *Vous n'avez rien à craindre. Allez!*

— Nous nous reverrons bientôt! lança Alexandre avant de pénétrer dans le vortex, suivi de près par René, Yoann et Aloysius.

IX

La révélation

Isabelle tendit l'oreille. Des voix parvenaient du bout du corridor. Un rectangle de lumière dessinait sur le mur une silhouette se déplaçant dans sa direction. Regardant désespérément autour d'elle, Isabelle chercha un endroit pour se cacher. Les portes des cellules étaient dans l'alignement du mur et n'offraient aucun moyen de se dissimuler. Ayant repris sa forme solide, retourner dans la cellule où se trouvait Patrick était également impossible. L'ombre menaçante grandissait, accentuée par le vacillement des flammes des torches accrochées aux murs dans leurs supports en fer forgé. Elle recula vers la sécurité relative de la noirceur du fond du corridor, espérant passer inaperçue.

— Guerric, qu'est-ce que tu fais ?

— Je vais voir les prisonniers !

— Pour quoi faire ? T'as peur qu'ils s'envolent ?

— Ne sois pas stupide, Kinnock ! Tu as entendu le seigneur aussi bien que moi. Il nous a dit de les surveiller.

— Tu crois qu'ils vont aller bien loin enfermés comme ils sont ?

— Heu… Non !

— Alors, laisse tomber ! C'est à ton tour de jouer.

L'ombre de Guerric rapetissa et disparut. Une porte se referma, son bruit résonnant sur les murs. Inspirant profondément, Isabelle s'adossa à la pierre, essayant de calmer son cœur qui battait la chamade. S'avançant vers le croisement des deux corridors, elle s'arrêta, écoutant. Se collant à la paroi, elle rasa le mur jusqu'à l'arête et jeta un coup d'œil furtif du coin où elle s'était tapie. Seules les cinq premières marches, creusées par les innombrables allées et venues, étaient visibles à la lumière du flambeau, le reste n'étant qu'un dégradé de lumière conduisant à l'obscurité. Lançant un dernier regard vers la cellule emprisonnant Patrick, elle s'engagea dans l'escalier. Se guidant de sa main, Isabelle gravit péniblement les marches une à une. La dernière débouchait sur une petite plateforme et une porte cloutée en bois massif. À tâtons, elle chercha la poignée. Elle aurait dû s'en douter, la porte était verrouillée. Il lui avait fallu beaucoup de courage pour arriver jusque-là, maîtrisant de peine et de misère sa claustrophobie croissante à chaque pas. Découragée, les nerfs à fleur de peau, Isabelle redescendit les marches deux par deux vers la lumière. Tant d'efforts pour rien ! Haletante et tremblante, elle s'écrasa, sanglotant sur la dernière marche.

— Isabelle ?

Patrick l'appelait. Elle prit une des torches et s'avança vers sa cellule. Sa tête apparaissant dans l'ouverture de la trappe, il lui demanda :

— Qu'est-ce qu'il y a ?

— C'est impossible de sortir. Il y a une porte verrouillée en haut de l'escalier.

— Il y a un autre passage. Alexandre m'avait parlé de certains châteaux possédant au moins deux entrées intérieures aux cachots. L'une officielle, toujours gardée ; l'autre dévoilant un passage secret. Le seigneur féodal utilisait ce dernier pour faire disparaître certains personnages devenus gênants pour son autorité ou qui avaient perdu sa faveur. Celui-là n'était jamais gardé ; ce n'était pas nécessaire, tu comprends, une fois à l'intérieur et enfermé dans ton cachot, tu n'avais aucune chance de t'en échapper. Et pour s'en assurer, au cas où tu aurais pu maîtriser les gardes, un mur en pierres scellait le tout. Pour ressortir, il te fallait enclencher un mécanisme en composant une sorte de code. Cela libérait le contrepoids attaché à des cordes qui glissait sur des poulies ouvrant le mur.

— Merci beaucoup pour tes leçons d'architecture ! Maintenant, as-tu une idée où trouver ce code et à quoi ça ressemble ?

Il passa outre à sa remarque.

— Non. Alexandre n'en avait pas parlé. Il va falloir fouiller les alentours. Fais le tour du corridor. Cherche n'importe quoi qui ne te semble pas être à sa place ici.

Le laissant, elle commença son exploration en scrutant le mur face aux portes. Une torche sur un trépied était éteinte. L'allumant avec celle qu'elle tenait, elle découvrit, pêle-mêle, un amas de caisses, de tonneaux, d'étendards. Les cachots avaient changé de vocation depuis leur construction et ne servaient maintenant qu'à l'entreposage. Cependant, rien dans cet amoncellement ne suggérait un indice pour enclencher un quelconque mécanisme. Il fallait que ce soit à hauteur d'homme. En fouillant, elle accrocha avec son coude un étendard qui tomba sur les dalles avec un bruit sec, soulevant un nuage de poussière. Des rats, dérangés par le bruit, surgirent d'entre les caisses. Poussant un cri aigu, elle recula en sautillant sur la pointe des pieds. Déguerpissant le long du mur, ils disparurent dans la maçonnerie de pierres face à ce qui avait été sa cellule quelques instants plus tôt. Était-ce là le passage secret ? Mettant de côté son aversion pour les bestioles, elle s'approcha et éclaira le mur, trouvant le trou où elles s'étaient faufilées ;

elle illumina les pierres en remontant lentement. À mi-chemin, la flamme vacillante de la torche rencontra un dessin défraîchi.

— Patrick, j'ai trouvé une petite peinture sur les pierres. Crois-tu que ça pourrait être le code ?

— Ça se peut. As-tu essayé de tirer ou de pousser dessus ?

— Non, pas encore.

— Alors ?

— Rien à faire, elles sont solides.

— Il doit y avoir autre chose. Peux-tu me décrire les dessins ?

— C'est difficile à voir, il ne reste pas grand-chose. Un peu de couleur, quelques contours.

— Explique-moi quand même.

— C'est peint sur trois pierres. Trois cavaliers en armure sont assis sur des chevaux dans un champ devant ce qui aurait pu être un château ou une ruine. Ceux du bas sont plus grands que celui en arrière-plan. Armés de lances, celui à ma gauche pointe la sienne vers sa droite, celui à ma droite, vers sa gauche, et le plus petit, vers le bas. Leurs boucliers sont ornés de fleurs de chardon. Trois ou quatre sur le cavalier à gauche, deux sur celui à droite, et sur celui du haut, je ne sais pas, la peinture est partie.

— Hum !

— À quoi penses-tu ?

— J'ai l'impression que les lances indiquent l'emplacement des pierres activant le mécanisme, répondit-il.

— D'accord, mais je commence par où ? Je vais d'abord à droite, à gauche ou en bas ?

— Hum. Je n'ai jamais été très fort en casse-tête.

— Moi non plus ! dit-elle agacée. Mais figure-toi que si l'on ne trouve pas la clé, et vite, toi tu restes enfermé, et moi, je me fais reprendre. Tu peux dire adieu à ton sauvetage !

— Ne te fâche pas !

— Réfléchis un peu, Patrick ! J'ai besoin de ton aide !

— Les boucliers ! s'exclama-t-il.

— Quoi, les boucliers ?

— Ils n'ont pas tous le même nombre de chardons, n'est-ce pas ?

— Non. Et alors ?

— Et alors ? La voilà, ta clé. Trois pierres vers la gauche, deux vers la droite…

— Et le troisième ?

— Je ne sais pas, mais il doit avoir quelque chose à voir là-dedans, sinon il n'y en aurait pas trois !

— Et si ce n'était qu'une ruse ?

— Tu donnes à ces gens plus de valeur qu'ils n'en méritent. Penses-y. Crois-tu vraiment qu'un artiste se serait donné la peine de faire trois peintures alors que deux suffisaient ? De plus, dans des cachots où seulement des prisonniers habitaient ? Je ne crois pas non plus que les gardiens aient été de grands amateurs d'œuvres d'art. Cet endroit n'avait qu'un but. T'enfermer et t'oublier !

— Oui, tu as peut-être raison.

Isabelle se mit à l'œuvre. « *Voyons. Trois pierres à gauche à partir du cavalier de gauche.* » Elle appuya dessus sans succès. « *Essayons la quatrième.* » La pierre s'enfonça, elle poussa un soupir de soulagement. Revenant sur ses pas. « *Deux pierres à droite à partir du cavalier de droite.* » La pierre était solide.

— Zut !

« *Réfléchis, Isabelle !* » Revenant vers celle qu'elle avait déplacée en premier, elle en compta deux vers la droite et poussa. Le cliquetis d'un mécanisme s'enclenchant derrière le mur se fit entendre puis s'arrêta brusquement. « *Plus qu'un et je sors d'ici !* ». Elle examina le dessin à nouveau. Celui du cavalier du haut était peint juste au-dessus et entre les deux du bas. Qu'est-ce que cela suggérait ? Avec son index elle relia les trois lances obtenant un triangle. Le code était non seulement une figure géométrique, mais également une formule mathématique. Quatre divisé par deux, donnant la moitié des pierres à l'horizontale, et une à la verticale. « *Pourvu que ce soit la bonne combinaison!* » Elle appuya sur la pierre qui s'enfonça à moitié. Isabelle repoussa dessus de toutes ses forces. Il n'y avait rien à faire. Frustrée, elle donna un coup de pied dans le mur. « *Elle est coincée! Il faut que je trouve quelque chose pour la débloquer.* » Prenant la torche qu'elle avait déposée dans son support, elle retourna vers l'amas au fond du corridor à la recherche d'un objet qui pourrait faire l'affaire. Le bâton de l'étendard était trop gros et trop arrondi pour être utile. Fouillant minutieusement, un objet en métal attira son attention. Dans sa hâte à éviter les rongeurs, elle n'avait pas remarqué le levier rouillé déposé sur l'une des caisses. Retournant vers la pierre coincée, elle l'inséra dans le trou, le cala et commença un mouvement de haut en bas. La pierre s'enfonçait graduellement. « *Allez! Encore un petit peu!* » Le roulement des poulies s'enclencha enfin, remontant la porte dans le plafond.

— Patrick! J'ai réussi!

— Vas-y tout de suite au cas où une des cordes casserait.

— Ne lâche pas! Je serai de retour le plus vite possible avec de l'aide.

Décrochant la torche, Isabelle s'engagea dans l'ouverture juste à temps. Les cordes se rompirent dans un claquement sec, refermant l'accès. Elle se retrouva au bas d'un escalier étroit et abrupt. La torche la précédant, elle commença à gravir les marches précautionneusement. Mettant le pied sur le palier, une cloison en pierre ferma l'entrée permettant l'accès au donjon et, devant elle, s'étira ce qui ressemblait à un long corridor. Des meurtrières dessinaient des trapèzes de lumière à intervalles réguliers sur le sol en dalles. S'approchant de l'une d'elles, Isabelle regarda à l'extérieur. La pleine lune, dans un ciel sans nuage, illuminait brillamment le paysage recouvert de neige. La face de l'astre, ses rayons étirant en ombres lugubres la silhouette des pins, se reflétait nonchalamment dans la surface d'un lac gelé. À l'horizon, des montagnes inhospitalières se dressaient tels des géants de roc. Un loup aboya, remplissant le silence, son hurlement dispersant une nuée de créatures ressemblant à des chauves-souris qui obscurcirent momentanément sa vision. Un vent glacial s'engouffra dans le couloir par les ouvertures ; elle frissonna. Elle se devait de continuer, de découvrir où elle se trouvait, de s'évader de cet endroit sinistre. Plus déterminée que jamais, elle se remit en marche, ses pas résonnant sous le plafond voûté. Elle arriva juste à temps devant la porte gardant la sortie du couloir avant que la torche qu'elle tenait ne s'éteigne dans un dernier grésillement. Lentement, très lentement, elle tourna la poignée et passa sa tête dans l'entrebâillement. La porte débouchait sur un grand hall d'entrée en ardoises multicolores incrustées d'armoiries seigneuriales. Immédiatement à sa droite un immense escalier grimpait majestueusement jusqu'à un palier. De part et d'autre, deux autres escaliers plus modestes aboutissaient à une mezzanine. Sur sa gauche, une porte massive sculptée de feuilles dentelées et de glands de chêne gardait la sortie. La lumière de la lune, s'infiltrant par deux gigantesques vitraux, peignait le sol de couleurs tamisées. Après s'être assurée qu'il n'y ait personne, Isabelle s'engagea dans le hall. Elle essaierait d'abord la porte d'entrée ; peut-être était-elle déverrouillée ? Elle se ravisa. Admettant qu'elle le soit, à quoi lui servirait-il de sortir ? Où pourrait-elle aller ? L'exploration visuelle de tantôt, dans le corridor, n'avait révélé aucun village ou chemin hors du château. De plus, même en admettant qu'elle tombe par hasard sur une maison ou sur un cottage dans ce paysage lugubre, l'air à l'extérieur était glacial. Elle mourrait de froid dans ses vêtements légers avant d'y arriver. Tout cela sans parler des fortes chances de se perdre. Une arche en pierre, un peu en retrait, drapée d'un épais rideau en velours noir attira son attention. Peut-être trouverait-elle réponse à ses questions de l'autre côté. L'écartant délicatement, une longue galerie au plancher en marqueterie, couvert d'un chemin de couloir rouge écarlate fané, tissé de petits chardons usés, s'ouvrit. Accrochés aux murs, des cadres recouverts de toiles grises poussiéreuses, dont certaines en lambeaux, camouflaient les peintures. Alignées de chaque côté du mur, des commodes en bois de tulipe, aux devants bombés et aux dessus de marbre, leurs ornements en bronze doré, supportaient des candélabres à quatre branches qui éclairaient faiblement le couloir du halo de leurs chandelles à moitié consumées. Cet endroit lui donnait sérieusement la chair de poule. Tremblante et s'assurant, une fois de plus, que le champ était libre, elle traversa le rideau. Un homme et une femme, discutant fortement, retinrent son attention. Leurs voix provenaient d'une des pièces au centre du couloir. Bien qu'Isabelle ne puisse saisir leurs paroles, l'homme était, de toute évidence, très en colère. Elle s'approcha sur la pointe des pieds, écoutant.

— Je vous avais dit de les surveiller !

— C'est ce que je voulais faire, sire. Guerric m'en a empêché. Il me disait que ce n'était pas nécessaire, que les prisonniers étaient bien enfermés.

— Et depuis quand Guerric est-il devenu seigneur de ce château ?

— Non, non, sire, c'est vous le seigneur, pas Guerric !

— Et sais-tu, Kinnock, ce qui arrive à ceux qui me désobéissent ?

— Non, sire, je vous en supplie ! Pitié ! Ce n'est pas de ma faute !

Une lumière rouge remplit brièvement la galerie ; Kinnock poussa un cri effroyable, hérissant le duvet blond blanc tapissant ses bras.

— Était-ce bien nécessaire, Lanctot ?

— Ne vous mêlez pas de mes affaires, ma chère ! Nous devons retrouver la fille, elle n'a pas pu aller très loin. Allons-y.

— Non ! Je pars seule à la recherche de la fille. Maldubh attend le compte rendu de nos démarches. Vous trouverez bien une excuse pour expliquer mon absence. Je m'occupe du petit problème qui nous préoccupe. Elle sera de nouveau dans sa cellule avant votre retour !

— Prenez cet idiot de Guerric pour vous aider !

— Bien entendu !

Isabelle eut à peine le temps de se cacher derrière la commode qu'il sortit de la pièce en trombe, le visage cramoisi par la colère. Il se volatilisa.

Une petite voix dans sa tête lui demanda :

— *Bon ! On l'a échappé belle cette fois-ci. Qu'est-ce qu'on fait maintenant ?*

— *Je n'en sais rien !*

— *On pourrait toujours entrer voir, non ?*

— *Vas-y, toi ! Moi, j'en ai pas envie !*

— *Tu te penses drôle, Isabelle ?*

— *On est dans un fichu pétrin ! J'ai pas envie de rire, crois-moi !*

— *Tu ne peux pas rester cachée pour l'éternité !*

— *Ça, je le sais ! Laisse-moi réfléchir !*

— *On pourrait toujours retourner d'où l'on vient.*

— *Tu tiens absolument à ce que nous nous fassions reprendre ?*

— *Pas du tout ! Trois choix s'offrent à nous.*

— *Je ne veux pas savoir !*

— *Un : on ne bouge pas et, tôt ou tard, elle sortira ou ce Guerric fera son apparition. Deux : on entre et l'on va voir. Trois : on se laisse reprendre. Lequel préfères-tu ?*

— *T'aurais pas envie d'aller te promener ailleurs, non ?*

— *Si c'est ça que tu veux, j'y vais !*

— *Non ! Reste ! Tu n'as pas compris que j'ai peur ?*

— *Je suis toi. Je sais.*

— *Alors, aide-moi !*

— *Je ne peux pas prendre de décisions à ta place !*

— *Tu m'exaspères !*

— *C'est mon rôle ! Alors ? Que décides-tu ? Et pendant que tu es là à tergiverser, pense également à Patrick et à la promesse que tu lui as faite, celle de retrouver son père.*

— *Je n'ai pas oublié ! Il faudrait d'abord savoir où nous sommes avant de sortir d'ici et de l'avertir. Tu ne crois pas ?*

— *Et si… comme ça… par hasard, on trouvait une réponse derrière cette porte ?*

— *Hum ! Et si… par hasard… on tombait sur celle qui est restée à l'intérieur ?*

— *On ne le saura jamais si tu restes plantée là !*

— *T'ai-je déjà dit que je te haïssais ?*

— *Souvent ! Et je suis encore ici malgré tout !*

— *Et je finis toujours par t'écouter, c'est ça ?*

— *Si tu le dis, ce doit être vrai !*

— *Arrrg ! Allons-y avant que je t'étouffe !*

Isabelle sortit de derrière la commode et, s'approchant de la porte, elle s'arrêta hésitante. Encore la petite voix agaçante :

— *Qu'est-ce que tu attends ?*

— *La paix, veux-tu ? Pourvu que la porte ne grince pas !*

Elle saisit la poignée et, poussant délicatement sur la porte, jeta un coup d'œil à l'intérieur. La pièce semblait vide. Pourtant, Isabelle n'avait vu personne en sortir, à part le prénommé Lanctot. Comment était-ce possible ? Elle avait bien entendu trois voix. Y avait-il une autre sortie ? Prenant son courage à deux mains, elle entra sur la pointe des pieds. La pièce était une sorte de petit boudoir où deux fauteuils à hauts dossiers faisaient face à la cheminée noircie par des années de flambées. Une chandelle brûlait sur une table basse entre les deux.

— Je t'attendais !

Isabelle poussant un cri sursauta.

— Je ne voulais pas te faire peur !

L'un des fauteuils parlait.

— Qui est là ?

La porte claqua derrière elle. Elle était prise au piège comme ces autres proies prisonnières dans les innombrables toiles accrochées aux recoins de la pièce. Il lui sembla soudain qu'un millier d'yeux s'étaient allumés, la fixant. Elle frissonna. N'importe quels insectes, mais pas ceux-ci. Elle avait une aversion, frisant l'hystérie, des araignées. Elle était clouée sur place de terreur.

— Félicitations. Tu t'es très bien débrouillée pour sortir des cachots. Résoudre l'énigme des cavaliers n'était pas facile.

— Maintenant que vous m'avez retrouvée, vous allez m'enfermer de nouveau ?

— Cela ne servirait à rien, tu t'es déjà échappée une fois.

— Que me voulez-vous ?

— Ton bien, sans plus.

— Vous avez une drôle de façon de le montrer !

— Oh ! La porte ?

Le fauteuil rit doucement.

— Je ne t'ai pas enfermée, c'est simplement une précaution pour que personne ne nous surprenne.

— Où sommes-nous ?

— En Écosse à Rannoch, dans le château du seigneur Lanctot.

— Comment suis-je arrivée ici ?

— Lanctot est responsable de ta petite expédition.

— Qui est ce seigneur Lanctot ? Qu'est-ce qu'il me veut ?

— Crois-moi, tu ne veux pas savoir.

— Qu'allez-vous faire de moi maintenant ?

— Je vais te renvoyer à Avely.

Isabelle poussa un soupir de soulagement.

— Ne te réjouis pas trop vite ! Une fois au village, Lanctot se remettra à ta recherche. Tu représentes un atout essentiel dans son jeu.

— Je ne le trouve pas très amusant, ce jeu !

— Je me suis mal exprimée. Tu es essentielle à sa machination à cause de l'amitié qui te lie à Alexandre de Thierry.

— Alexandre ? Qu'est-ce qu'il a à voir dans mon enlèvement ?

— Il détient un objet que Lanctot veut à tout prix posséder.

— Quel objet ?

— Moins tu en sauras et mieux tu te porteras !

Isabelle sentait la moutarde lui monter au nez.

— J'ai été attaquée, enlevée, séquestrée. Je suis à des kilomètres de chez moi. Vous refusez de me dire qui vous êtes ou de vous montrer et, tout à coup, je devrais croire que vous ne me voulez aucun mal et que vous allez me ramener chez moi, tout gentiment, comme si de rien n'était ! Me prenez-vous pour une idiote ?

— Non, Isabelle. Je ne veux que te protéger ! répondit doucement la voix.

— Rien ne me dit que vous n'êtes pas de connivence avec ce… ce seigneur Lanctot. C'est peut-être vous qui avez monté ce coup ! Qu'avez-vous à cacher et pourquoi restez-vous derrière ce fauteuil ?

— Je n'ai rien à cacher. S'il te plaît, Isabelle, ne m'en demande pas plus. L'enjeu est trop important !

— Vous êtes donc de connivence avec lui !

— Non ! Non ! Pas du tout ! Bien au contraire ! J'ai appris ta captivité en arrivant au château, lorsque Lanctot m'a révélé son plan. Crois-moi ! Je ne suis pas de collusion avec lui. Je dois jouer son jeu et celui de Maldubh. Dès que j'ai su ce qui s'était passé, je vous ai fait envoyer de la nourriture, mais pas avant d'avoir pris soin d'ensorceler les assiettes pour que tu puisses t'échapper.

— Et Patrick dans tout ça ?

— Il m'était impossible de vous sauver tous les deux.

— Pourquoi ?

Elle resta silencieuse.

— Pourquoi ? répéta-t-elle avec insistance.

— C'est un très ancien sortilège. Il n'a d'effet que sur des gens de même sang.

— Des… gens… de… même sang ?

— Ceux ayant un lien de parenté.

— Un lien de parenté ? Mais enfin, de quoi parlez-vous ?

— J'aurais préféré que tu l'apprennes d'une autre manière, dans des circonstances plus joyeuses.

Elle fit une pause et ajouta, presque dans un soupir, comme si ce qu'elle s'apprêtait à révéler lui faisait honte :

— Ta mère est ma sœur.

— Ma mère est fille unique.

Isabelle était confuse, déroutée par cette révélation. Du coin de l'œil, elle voyait les araignées qui descendaient de leurs toiles, le long de fils argentés, et qui s'avançaient vers elle agilement sur le plancher. Fébrile, elle essaya de les ignorer, se concentrant sur sa conversation avec le dossier du fauteuil.

— Ce que vous dites est insensé ! Je l'aurais su ! Ma mère et moi sommes très proches. Nous n'avons pas de secrets.

Le fauteuil fit demi-tour sans bruit, comme s'il avait été suspendu quelques centimètres au-dessus du plancher sur un coussin d'air.

— Je n'en doute pas.

Isabelle était consternée.

— Vous… vous… êtes… la gouvernante d'Alexandre !

Gwendoline se leva et s'approcha d'Isabelle, la regardant tendrement.

— Tu as les yeux de ton grand-père McTavish, gris et profonds comme le Loch Ness. En te regardant, je vois l'image de notre père. Les mêmes cheveux ondulés aux reflets cuivrés, le même port de tête. Comprends-tu pourquoi j'hésitais à te révéler cette information ?

— Non !

— Si Lanctot apprenait notre lien de parenté, il s'arrangerait pour me faire disparaître, et je ne pourrais plus rien ni pour toi, ni pour ma sœur, ni pour notre famille. C'est un homme dangereux et un sorcier redoutable.

— Il ne me fait pas peur !

— Tu as tort de prendre ce que je te dis à la légère. Il ne s'arrêtera devant rien ni personne pour arriver à ses fins. Ton enlèvement en est la preuve.

— Qu'est-ce qu'il nous veut au juste à moi et Patrick ?

— Se servir de vous pour attirer Alexandre dans un piège. Je te l'ai dit, il détient quelque chose qu'il veut absolument posséder.

— Comment Lanctot pourrait-il l'attirer ici ? Alexandre n'est même pas au courant que nous avons été kidnappés — elle fit une pause. Écoutez, Mademoiselle McTavish, je ne sais pas ce que tout cela veut dire. Vous avez réussi à parfaitement m'embrouiller. Depuis tout à l'heure, vous faites allusion à ce « quelque chose » dont j'ignore tout. Pourquoi ne pas le lui donner ?

— Ce n'est pas aussi simple que ça !

— Il nous laisserait tranquilles. Non ?

— Isabelle, écoute bien. Ton ignorance sur ce sujet est ta garantie de survie. Tu ne connais pas Lanctot. S'il venait à apprendre que tu es au courant, il n'hésiterait pas une seconde à te torturer jusqu'à ce que mort s'ensuive. Crois-moi ! Avant d'expirer ton dernier souffle, tu subirais les pires souffrances. Je sais ce dont il est capable ! Je l'ai vu de mes yeux. Il y a des semaines que je sais où se trouve l'objet de sa convoitise. J'essaie de gagner du temps afin de déjouer ses plans et ceux de Maldubh.

— Maldubh ?

— Maldubh est notre maître, le Grand Sorcier. Tu comprends, je ne peux pas les laisser s'emparer de l'objet. Ce serait catastrophique pour ton monde et le mien.

— Votre monde ? Le mien ?

— Nous vivons dans deux mondes parallèles. Le mien est celui de la magie et de la sorcellerie ; le tien, bien, le tien, disons simplement qu'il sera très différent si Lanctot arrive à ses fins.

— On devrait prévenir Alexandre ; il pourrait prendre ses précautions.

— En temps et lieu. Je ne peux pas lui dire pour l'instant. Je préfère lui laisser croire que quelque chose se trame entre moi et Lanctot. De cette façon, il se méfie et me laisse le champ libre pour élaborer mon plan et le mettre à exécution. Ce qui importe maintenant est de te mettre à l'abri. Je vais t'envoyer à l'église Saint-Jean. Tu y seras en sécurité. Je reste ici pour lui faire un compte rendu de mes recherches.

— Mais je dois retrouver monsieur Chamboux et l'avertir que son fils est retenu prisonnier ici ; et à mes parents, je dois leur dire que je suis saine et sauve.

— Il ne te servirait à rien de lui dire que Patrick est ici ; il ne pourrait y pénétrer. Le château n'est visible qu'à ceux de mon monde. Une fois à l'intérieur de l'église, tu ne dois ni sortir ni te montrer. Est-ce que tu me comprends ?

Isabelle hocha la tête.

— Lorsque j'aurai parlé à Lanctot, je viendrai te chercher. Une dernière chose. Nous ne nous connaissons que de vue, par le biais d'Alexandre.

Isabelle, absorbée par leur échange, n'avait pas remarqué que les araignées formaient maintenant un cercle serré autour d'elles. Elle sentit un chatouillement : l'une des araignées escaladait sa jambe. Elle cria, secouant sa jambe pour se débarrasser de l'insecte. Gwendoline sortit sa baguette et foudroya l'animal qui se désintégra en fumée. Des « clics clics » furieux s'élevèrent de la bande.

— « Petrificus ![11] »

Les araignées se figèrent.

— « Incendio ![12] »

Une à une les araignées s'enflammèrent, laissant des petits tas de cendres. D'autres descendirent du plafond, une armée de commandos suspendus à des cordes de soie, leurs pinces levées, prêtes à l'attaque, poussant des cris.

— Tiens-toi après moi et surtout ne me lâche pas.

Isabelle s'accrocha à la robe de Gwendoline et ferma les yeux, rentrant sa tête dans ses épaules chaque fois que Gwendoline prononçait sa formule magique.

11. Pétrifier !

12. Brûle !

— « Incendio ! »

Le cri des araignées.

— « Incendio ! »

« Clics clics », une autre vague.

— « Incendio ! »

Leurs cris. Une pluie de cendres.

— « Incendio ! »

Elles battaient en retraite.

— « Incendio Extremis ![13] »

Des flammes sortirent de sa baguette aspergeant le plafond comme un lance-flammes, et les toiles grésillèrent sous l'effet de la chaleur.

— C'est fini.

Isabelle entrouvrit les yeux. Les draperies flambaient, le plafond était calciné, un tapis de cendres recouvrait le plancher. Peu importait ce spectacle ; au moins, à son grand soulagement, elles avaient été détruites.

— « Reparus ![14] »

Les rideaux reprirent leur apparence défraîchie, les traces de brûlures au plafond et sur les murs disparurent, redonnant à la pièce son aspect précédant la bataille.

— « Arachnides Domicilum ![15] »

Des toiles se tissèrent un peu partout dans la pièce.

— « Arachnides Opticum ![16] » Voilà qui est fait ! Ni vu, ni connu.

— Vous avez ressuscité les araignées ? ajouta Isabelle, s'efforçant de contenir le sentiment de panique qui venait de refaire surface.

— Rassure-toi, ce ne sont que d'inoffensives imitations. Lanctot ne s'en apercevra pas. Tout au moins pas tout de suite, mais tu seras hors de sa portée d'ici là.

---

13. Brûle à l'extrême !

14. Réparer !

15. Toiles d'araignées !

16. Araignées visible !

— Mais d'où venaient-elles et en si grand nombre ?

— Lanctot les garde comme animaux de compagnie. Je dois avouer qu'elles sont très utiles. Je les utilise moi-même à l'occasion. Elles se faufilent partout, passent inaperçues et rapportent tout ce qu'elles ont vu et entendu. Ce sont de merveilleuses espionnes en miniature. Si je ne les avais pas détruites, notre plan aurait été rapporté dès son retour. D'ailleurs, il ne nous reste plus beaucoup de temps. Son entretien avec Maldubh doit être terminé.

— Pourquoi ne venez-vous pas avec moi tout de suite ?

— Je te l'ai déjà expliqué, n'y revenons pas ! Te souviens-tu des consignes que je t'ai données ?

Isabelle fit un signe de tête affirmatif.

— Es-tu prête ?

— Est-ce que ça va faire mal ?

— Non. Tu te sentiras seulement un peu étourdie à ton arrivée, mais ça passera vite.

Gwendoline leva sa baguette.

— Un instant.

Visiblement gênée, Isabelle demanda :

— C'est que je me demandais… est-ce qu'on va… qu'on va se revoir ?

— À n'en pas douter. Et puis, je t'ai promis que je viendrais te chercher lorsque j'en aurais terminé avec Lanctot. Dans deux heures, au plus tard, je te rejoindrai.

— Merci.

— À bientôt. N'oublie pas !

— Non !

Gwendoline posa le bout de sa baguette sur la tête d'Isabelle.

— « Saint-Jean ! »

Elle disparut avec un léger « pop ».

— À nous deux, maintenant, Lanctot !

X

Artifice

Accrochées au-dessus du haut portail, deux gargouilles s'animèrent. Descendant par bonds le long de la muraille, la tête en bas, elles s'immobilisèrent, menaçantes, devant la porte, leurs lances corsèques[17] prêtes à empaler l'intrus.

— Qui va là ?

Lanctot venait d'apparaître devant le château de Maldubh, une structure médiévale prenant racine dans un fossé rempli d'un liquide stagnant et huileux d'où s'échappaient, par des bulles, des filets de vapeur fétide. Les murailles construites à même le pic rocheux s'élançaient vers le ciel jusqu'aux courtines flanquées de tours carrées et surmontées de gargouilles aux quatre coins. Elles s'étaient animées au même instant que les deux au sol, prêtes à

17. Le fer possède une lame centrale et deux pointes latérales plus courtes ce qui lui donne une forme ressemblant à une fleur de lys.

bondir à la défense du château fort. Des corneilles planaient, la lune découpant leurs contours en ombres chinoises.

— Lanctot, seigneur de Rannoch !

— Mot de passe !

— « Maldubh Victoriosus ![18] »

Les deux gargouilles s'écartèrent, le laissant passer. Se positionnant de chaque côté du portail, elles redevinrent de pierre dans un craquement. Le portail s'ouvrit, grinçant lugubrement sur ses gonds. Lanctot s'avança dans le hall d'entrée ; le ricanement d'une voix féminine se répercuta sur les murs dénudés. Maldubh, un homme musclé de taille moyenne, les cheveux ondulés et grisonnants attachés en queue de cheval, apparut à ses côtés dans un tourbillon de fumée ; visiblement de très mauvaise humeur.

— Vous êtes en retard, Lanctot ! Et où est Gwendoline McTavish ?

Le sorcier s'inclina exagérément.

— Je vous présente mes excuses, sire !

— Lanctot, je n'aime pas que l'on me fasse attendre ! Vous deviez être ici tous les deux pour me faire part de vos démarches.

— Je suis désolé, sire. Gwendoline McTavish a dû rester à Rannoch pour régler certaines affaires urgentes et personnelles !

— Lanctot, aucune affaire, qu'elle soit personnelle ou autre, n'a la préséance sur l'ordre de paraître devant moi !

— Ça ne se reproduira plus !

— Si vous tenez à la vie, assurez-vous-en !

Maldubh souleva sa cape dans un mouvement circulaire, et ils se retrouvèrent dans ses appartements. C'était la première fois que Lanctot pénétrait dans cette pièce aux dimensions imposantes, leurs entretiens se tenant d'habitude dans la bibliothèque au rez-de-chaussée. Impressionnante, une immense cheminée de marbre blanc, surmontée d'un large manteau décoré de fleurs de chardon dorées à la feuille d'or, couvrait l'un des murs. Entre le manteau et

18. Maldubh victorieux.

le plafond, un bloc de marbre sculpté de deux dragons, l'un vert émeraude, l'autre noir de jais, comblait l'espace. Se faisant face, un cercle de feuilles de laurier les encapsulait. Au-dessus de leurs têtes, une couronne également dorée à la feuille d'or sous-entendait un lien royal avec la propriété. Les rubis incrustés dans leurs yeux accentuaient la férocité des bêtes mythiques. Enfoncés dans le sol, deux pieux les retenaient par des chaînes attachées à leurs colliers sertis de diamants. Le plafond et les murs ornés de lambris en noyer royal contribuaient à l'aspect étouffant et sombre de la pièce ; l'absence de fenêtre amplifiant la sensation de réclusion. Des cliquetis, des ronflements et des clapotis provenaient d'objets hétéroclites placés çà et là sur des étagères, des tables basses et des guéridons. Légèrement en retrait du centre de la pièce, une table siégeait. Son dessus habilement marqueté en bois d'essences rares et de métaux précieux représentait le système solaire dont la Terre était le centre. Maldubh en fit le tour nonchalamment, examinant tour à tour les quelques objets déposés sur le dessus. Il prit un instrument et le fit tourner entre ses doigts, l'examinant en détail. Sans lever les yeux, il interrogea Lanctot.

— Alors ? Où en êtes-vous dans vos recherches ?

— Nous touchons au but, sire !

— Ce qui veut dire ?

— Que nous suspectons Alexandre de Thierry d'avoir l'objet en sa possession.

Maldubh semblait calmement parler à son instrument. Toutefois, le timbre de sa voix trahissait son impatience.

— Vous suspectez ?

— Oui, sire !

— Lanctot, expliquez-moi. Y aurait-il quelque chose que vous n'aviez pas saisi lors de nos entretiens ? Ne vous avais-je pas expliqué ce que j'attendais de vous et les échéances précises dont vous disposiez ?

— Non, sire ! Enfin, oui, sire, vous étiez très clair !

— Dans ce cas, quelle est la raison de votre peu, ou manque, de résultats ? Et pourquoi suis-je encore ici à attendre ?

— Je ne suis pas à blâmer, sire !

Il déposa l'instrument qu'il tenait et en prit un autre, toujours sans regarder son interlocuteur.

— Je vois ! Si je vous comprends bien, il y aurait donc quelque chose qui aurait échappé à votre contrôle, un autre fautif dans cette affaire !

— Je ne saurais blâmer personne, sire, sauf que…

— Je vois ! Si ma mémoire m'est fidèle, vous n'êtes que deux chargés de cette affaire, n'est-ce pas ?

— Oui, sire !

— Si je saisis bien ce que vous me dites, Gwendoline McTavish porterait donc la majeure partie du blâme pour votre échec. Est-ce cela ?

— Sire, vous aviez choisi Gwendoline. Il n'était pas de mon ressort de douter ou de juger des compétences d'une consœur, ni même de mettre en doute ses allégeances ! Vous êtes le tout-puissant. Je n'aspire qu'à imiter votre sagesse et votre immense savoir.

— N'essayez pas de tourner la part des responsabilités qui vous incombent en vaines flatteries ! Vous vous croyez au-dessus de mes désirs, de mes lois. Misérable créature ! Votre vie tient à un fil et à mon bon vouloir. Elle n'a pas plus d'importance pour moi que celle d'un insecte ! Je vous ai choisi pour votre nature impitoyable, croyant qu'elle apporterait des résultats concrets, mais elle pâlit lamentablement devant la mienne. Vous avez trahi ma confiance, vous m'avez trahi ! On ne joue pas avec moi, Lanctot ! Ceux assez téméraires pour essayer sont, depuis longtemps, des tas d'ossements au fond de mes oubliettes.

— Non, non, sire, je ne vous ai pas trahi. Ce n'est pas ce que je voulais dire !

Maldubh déposa avec violence l'objet qu'il tenait et le dévisagea. Une main invisible empoigna Lanctot à la gorge et le souleva de terre, sa figure s'empourpra sous la pression. Maldubh se ravisa. Il le relâcha et Lanctot tomba par terre en un tas, essayant de reprendre son souffle.

— Alors Lanctot ? Allons-nous avoir enfin la vérité ?

Toussotant, la voix cassée, se frottant le cou, le sorcier balbutia.

— Je suis convaincu que Gwendoline McTavish sait où se trouve Gaia.

Maldubh gloussa.

— Ah ?

— Elle refuse de me le dire.

— Et quelle serait sa raison ?

— Elle entend garder Gaia pour elle une fois qu'elle l'aura trouvée pour dominer votre empire, ajouta-t-il en chuchotant.

— Qu'avez-vous dit ?

Il se racla la gorge nerveusement.

— Pour vous renverser !

— Me renverser ?

Maldubh rit fortement, amusé. S'arrêtant brusquement, il scruta Lanctot. Ses pupilles se dilatèrent et devinrent rouges, ses paupières se plissèrent formant un trait, son visage carré blêmit, il leva la main, et Lanctot décrivit une pirouette dans les airs, s'écrasant lourdement contre l'une des armoires vitrées, arrosé par son contenu et une pluie de verre. Maldubh s'avança, menaçant. Le souffle coupé, Lanctot essaya de se relever. Piétinant, il se recroquevilla à son approche.

— Lanctot, à qui pensez-vous avoir affaire ?

Sa voix claironnante rebondit sur les murs de la pièce. Aussi rapidement qu'il avait changé de visage un instant plus tôt, Maldubh reprit son calme et lui offrit sa main pour l'aider à se relever.

— Venez Lanctot, prenons une tasse de thé. Vous pourrez m'expliquer tranquillement ce qui vous pousse à suspecter Gwendoline.

Deux fauteuils bergère apparurent ainsi qu'un plateau en or sur lequel reposaient deux tasses en porcelaine blanche, presque translucide, et une théière couverte de grappes de glycines roses et mauves qui se balançaient magiquement sous l'effet d'une brise.

— Asseyez-vous.

Lanctot s'exécuta, craintif. La théière versa le liquide ambre dans l'une des tasses qui flotta jusqu'à Maldubh. La prenant, il avala une gorgée du breuvage dégageant un parfum de bergamote.

— Dites-moi tout maintenant.

— Cela a commencé peu de temps après notre arrivée au village. Gwendoline me donnait l'impression de cacher quelque chose. Lorsque j'insistais, elle devenait évasive, prétextant ne pas pouvoir se rapprocher d'Alexandre de Thierry ; qu'il ne lui faisait pas confiance ! Qui d'autre était mieux placée pour découvrir Gaia ? Je vous le demande. Après tout, elle passait la majorité de son temps avec lui. C'est cela qui m'a mis la puce à l'oreille et...

Il fit une pause, hésitant.

— C'est une femme dont l'ambition n'a pas de bornes, sire, et qui ne s'arrête devant rien. Vous aviez sûrement remarqué que, depuis un certain temps, vous ne pouviez plus nous voir. Gwendoline m'avait ordonné d'évoquer l'incantation de cécité, sous menaces de tortures et même de mort si je ne m'exécutais pas. Je n'avais pas d'autre choix. Elle a réussi à m'impliquer dans son complot contre ma volonté et afin que je porte seul le blâme. C'est une sorcière dont les connaissances de la magie sont très avancées. Elle était tout à fait capable d'évoquer l'incantation elle-même. Sire, je vous implore ! Répartissez votre courroux équitablement ; j'accepterai avec grâce la partie qui me revient, celle de ne pas avoir résisté à Gwendoline et de ne pas vous avoir prévenu aussitôt, mais pas celle de vous avoir trahi.

Lanctot s'agenouilla devant Maldubh en signe de soumission et plaça ses deux mains jointes dans les siennes.

— Sire, je suis votre homme, votre vassal, ma vie vous appartient, et je vous rends hommage.

— Levez-vous, Lanctot ! J'accepte votre hommage et, par votre acte de contrition, vous avez réussi à racheter, bien que temporairement, votre misérable existence. Quant à Gwendoline McTavish…

Il tendit la main dans laquelle apparut une fiole remplie de terre.

— Prenez cette motte de terre. Son fief de Hilda vous appartient désormais.

Il la prit, courbant la tête en remerciement.

De très petites lumières rouges étincelantes se mirent à tournoyer vivement à l'horizontale et se solidifièrent en un long bâton biscornu.

— Ce bâton vous confère le pouvoir absolu sur les vassaux de votre nouveau fief, de les commander selon votre volonté.

— Merci, sire !

— Ne me remerciez pas trop rapidement, Lanctot. Le sort qui vous liait à Gwendoline est maintenant défait. Vous êtes désormais le seul responsable pour me ramener Gaia. Réussissez et vous serez compté parmi mes élus. Échouez et vous goûterez aux délices de mes supplices !

— Je ne vous décevrai pas, sire !

— Vous avez quarante-huit heures !

Maldubh claqua des doigts, et Lanctot se retrouva à l'extérieur du château devant le portail. Les gargouilles s'animèrent et, contrairement à leur premier contact, elles le saluèrent avant de reprendre leur forme solide. Il avait réussi, son stratagème avait fonctionné. Qu'importaient les coups qu'il avait reçus ? Qu'importaient les ecchymoses, elles disparaîtraient rapidement avec une application de compresses de *Symphytum*[19]. Non seulement avait-il dépouillé Gwendoline de ses biens, mais il s'était surtout vu chargé de la récupération de Gaia. Il pourrait enfin mettre son plan à exécution ; la victoire était proche, il la goûtait.

19. Plante médicinale « grande consoude ».

L'horizon se teintait de rose, la lueur de l'aube découpant les pics des montagnes. Souriant, il frappa son bâton sur le sol et disparut.

* * *

Gwendoline faisait les cent pas dans le petit salon lorsque Lanctot apparut dans un bruissement. Elle se retourna, surprise.

— Ah ! Ma chère, vous êtes encore là. Je vous croyais partie sur vos terres.

— Je vous attendais. Comment votre entretien avec Maldubh s'est-il déroulé ?

— Nous avons parlé de choses et d'autres. Rien de bien important.

— Ce n'est pas dans la nature de Maldubh de discuter de banalités. Pourquoi nous avait-il convoqués ?

— Vous savez comment il est, ma chère. Il aime prendre le pouls de ses vassaux de temps en temps, dans le but de renforcer sa domination et de leur rappeler leur allégeance.

— Il ne vous a pas questionné sur l'état de nos recherches pour retrouver Gaia ?

Lanctot soupira, agitant sa main.

— Il a à peine effleuré le sujet.

— Je ne comprends pas, Lanctot ! Maldubh ne fait rien sans but précis.

— N'essayez pas de comprendre, ma chère. Vous savez aussi bien que moi qu'il peut être d'humeur très changeante.

— Oui, oui bien sûr. Cela n'explique pas l'urgence de sa sommation.

— Je vous l'ai dit. Nous n'avons rien à nous reprocher, nous allons bientôt toucher au but. Dites-moi, avez-vous pu mettre la main sur notre fugitive ?

— Malheureusement pas, Lanctot. Guerric et moi avons fouillé partout. Elle semble s'être volatilisée.

— Peu importe ! Cela m'est égal maintenant. Ce château n'est qu'un dédale de corridors et de passages secrets. Elle s'est perdue et a dû rencontrer mes loups-garous ou encore mes fidèles araignées qui n'en ont fait qu'une bouchée.

— Il me semblait que cette fille avait beaucoup d'importance pour vous.

— Oui, bien sûr, mais vous savez, ma chère, elle n'était qu'une partie du plan. L'autre se trouve toujours dans mes cachots. Celui-là n'est pas près de s'envoler, croyez-moi !

Deux gobelets remplis d'un liquide jaunâtre fumant apparurent devant eux, suspendus dans les airs, qu'il prit dans ses mains.

— Votre boisson favorite, ma chère. Buvons à l'aboutissement imminent de notre victoire.

Il lui tendit le gobelet.

— Non merci, Lanctot. Nous célèbrerons lorsque Gaia sera entre nos mains.

— Allons, allons, ma chère ; la nuit a été longue et remplie d'évènements, cela nous remontera.

— N'insistez pas, Lanctot. Je n'en veux pas. Retournons plutôt à Avely.

— Cela aidera vos rhumatismes, ma chère ; je suis apothicaire après tout, et vous, une de mes patientes. Nos châteaux sont si humides. Et de toute façon, nous avons encore un peu de temps. Alexandre de Thierry est encore au pays des rêves à l'heure qu'il est, vous le talonnerez à son réveil.

— Vous avez sans doute raison, Lanctot.

Elle prit le gobelet qu'elle tourna entre ses doigts. Lanctot mentait sur toute la ligne, c'était évident. Maldubh ne les avait pas convoqués en plein milieu de la nuit pour parler de la pluie et du beau temps, et encore moins pour leur faire des cadeaux. Elle avait remarqué le bâton qu'il avait nonchalamment adossé contre l'un des fauteuils. De plus, Lanctot affichait une attitude insouciante, presque joyeuse, compte tenu des évènements. La fuite d'Isabelle ne semblait pas le déranger outre mesure, convaincu peut-être qu'effectivement elle avait péri, dévorée par ses bêtes de compagnie. Quoi qu'il en soit, il lui faudrait redoubler de vigilance et surtout d'adresse. À commencer par cette boisson. Gwendoline était certaine qu'elle était empoisonnée ou tout au moins qu'elle la rendrait impuissante. Gagner du temps pour réfléchir à la meilleure façon de ne pas ingurgiter la potion devenait sa priorité, et c'est pourquoi elle changea de sujet.

— Vous avez fait une nouvelle acquisition ?

— Ah ! Vous avez remarqué ? Maldubh me l'a donné pour accélérer notre recherche. Il a le pouvoir de délier les langues et d'extraire les pensées des têtes un peu trop fortes ou récalcitrantes. Son seul effet secondaire, malheureusement pour la victime, est que sa cervelle se transforme en une soupe épaisse une fois l'extraction terminée. Mais, qu'à cela ne tienne, elle n'en garde aucun souvenir !

— Votre sens de l'humour me dépassera toujours, Lanctot ! Mais je dois avouer que cela pourrait s'avérer très utile.

— Je ne vous le fais pas dire, ma chère. Bon, trinquons et retournons à Avely pour conclure nos recherches. *Tempus Fugit*[20] !

Il claqua son gobelet contre le sien et en prit une gorgée. Portant le sien à ses lèvres, elle fit semblant de boire et le déposa sur le guéridon.

— Allons-y maintenant.

Elle se dirigea vers la patère et en décrocha sa cape.

— Vous ne finissez pas votre verre ?

Il s'approcha, tenant le gobelet dans sa main. Gwendoline enfila sa cape d'un mouvement brusque et, ce faisant, accrocha le gobelet qui roula sur le plancher, laissant une traînée de liquide.

— Pardonnez-moi, je suis si maladroite !

— Il n'y a pas de mal, ma chère ! Je vous en prépare un autre.

20. Le temps passe vite.

— N'insistez pas, Lanctot. Je n'ai pas soif et je n'en veux pas ! Nous avons autre chose à faire que de déguster vos préparations. Nous nous retrouverons dans votre boutique cet après-midi. Je retourne au château de Tegnon.

Elle disparut, laissant Lanctot fulminant.

— Guerric !

Le garde apparut, tremblant.

— Je repars pour Avely. Double la garde, poste Ruairidh et Onchu, les trolls chaotiques, devant la cellule du garçon. Je ne veux pas qu'il s'échappe. M'as-tu compris ?

— Oui, maître !

— Malheur à toi s'il lui arrive quoi que ce soit !

— Je le garderai avec ma vie.

— Je veux que tu m'envoies mon fidèle corbeau Fearghas au moindre problème. Est-ce clair ?

Guerric, tremblant de la tête aux pieds, hocha la tête.

— Et, pendant que tu y es, fais venir les uroks, campe-les dans la forêt ; ils garderont les alentours du château. Nous ne voulons pas de mauvaises surprises.

— À vos ordres, maître.

— Disparais maintenant !

Il sortit de la pièce en courant.

— Gwendoline, Gwendoline, si calme et désinvolte, vous ne m'échapperez pas une deuxième fois.

Il prit son bâton, le frappa sur le plancher et se volatilisa pour Avely.

XI

Revelum Veritas !

Isabelle, légèrement étourdie, se retrouva dans le transept comme prévu, après que mademoiselle McTavish lui eut touché le dessus de la tête avec sa baguette. À cette heure tardive, l'église était déserte, d'un silence déconcertant. Des lampions multicolores brûlaient dans les chapelles, ponctuant stoïquement la pénombre des déambulatoires de leur lumière tamisée. Elle se sentit très lasse tout à coup et s'assit lourdement sur l'un des bancs, essayant de mettre un peu d'ordre, un semblant de raison, dans les évènements précédant son arrivée. Les dernières heures n'avaient pas été de tout repos. Une foule d'émotions se bousculaient dans sa tête, dont une tout particulièrement. Dans l'heure, suivant son évasion des cachots, elle avait appris qu'elle avait une tante en la personne de Gwendoline McTavish. Elle ne comprenait pas. Pourquoi avait-elle maintenu l'anonymat pendant tant d'années ? Plus troublant encore, sa mère n'en avait jamais soufflé mot. Il est vrai que les adultes ne s'expliquaient jamais complètement, ne disaient pas tout, et encore moins leurs secrets à leurs enfants. Bien entendu, il y avait toujours la possibilité qu'il se soit passé quelque chose entre elles et, si tel était le cas, cela avait dû être grave pour que rien n'ait jamais été dit. Son ton affable n'avait toutefois pas réussi à convaincre Isabelle totalement de son innocence, malgré le démenti de son implication dans son enlèvement et même après l'aide qu'elle lui avait fournie pour s'échapper de sa cellule. D'un autre côté, se dit Isabelle — et l'argument était de taille —, son sauvetage relativement à l'attaque des commandos d'araignées avait été probant. S'il y avait un trait de caractère qui décrivait Isabelle plus que tout autre, c'était sa détermination, jumelée à une patience de saint. Elle irait au fond des choses. Dans deux heures, le délai de la promesse de venir la chercher expirerait. Il n'y avait rien d'autre à faire entre-temps qu'à attendre. Elle s'étendit sur le banc, fixant la voûte quelques instants avant de s'assoupir. Son inconscient se peupla aussitôt d'araignées géantes, horriblement poilues, aux gueules remplies de dents acérées d'où dégoulinait une bave verdâtre et visqueuse inondant ses souliers. Elles étaient si près qu'Isabelle pouvait sentir l'odeur fétide de leur haleine. Leurs pinces, dans les airs, en position d'attaque, cliquetantes, essayaient de l'attraper. Leurs yeux démoniaques, aux mille facettes, crachaient des flammes. Elle criait, mais aucun son ne sortait de sa bouche, elle tentait de se faufiler entre leurs pattes, mais sa route était barrée par une araignée plus petite mais tout aussi féroce… À son grand soulagement, une déflagration la tira juste à temps, en sueur, du cauchemar. Une étrange lueur inondait le transept, lançant des reflets mouvants blancs et bleus sur les colonnes. Elle se roula jusqu'au plancher le plus silencieusement possible et rampa vers l'extrémité du banc, restant cachée. Mademoiselle McTavish l'avait avertie que personne ne devait la voir ou savoir qu'elle était ici. Une voix d'adolescent.

— Est-ce que ça va ?

La voix mûre d'un homme.

— Oui!

Une voix fluette d'enfant.

— Dis, papa, on peut recommencer? C'était amusant!

L'homme à nouveau.

— Non, on ne peut pas!

L'adolescent parlait à nouveau.

— Allons au château, nous pourrons établir un plan d'attaque, nous n'y serons pas dérangés.

Malgré la réverbération des voix sous la voûte de pierres, il lui sembla les reconnaître, tout au moins deux d'entre elles, celle de l'adolescent et de l'homme. Il fallait qu'Isabelle en ait le cœur net. Sortant sa tête au-dessus du dossier du banc, elle ne vit pas le vortex se refermer derrière eux, mais seulement les derniers reflets de lumière s'estomper. L'église plongea à nouveau dans la pénombre, anéantissant ainsi la possibilité de découvrir l'identité des trois personnes. Elle était dans une position inconfortable; bougeant son pied pour se remettre d'aplomb, elle perdit l'équilibre. Voulant se retenir, elle accrocha un missel qui tomba sur le sol avec un bruit sec.

— Mettez-vous derrière moi! chuchota l'homme.

Un battement précipité de pieds s'ensuivit.

— Qui est là? tonitrua l'homme.

Isabelle se leva et se mit à courir vers la porte d'entrée.

— « Petrificus! »

Un jet or l'atteint dans le dos, solidifiant ses jambes et la clouant instantanément aux dalles de granit. Elle cria de stupéfaction. C'en était fait. Cette fois-ci, elle ne s'en tirerait pas.

— J'y vais! dit l'homme.

— Non! Restez tous les deux ici. Mettez-vous à l'abri derrière une des colonnes. Je n'ai rien à craindre, Gaia me protégera.

— Fais attention! ajouta l'enfant.

L'adolescent s'avança avec précaution vers le déambulatoire où sa victime pétrifiée faisait des efforts surhumains pour se libérer.

— Qui êtes-vous ?

Elle ne répondit pas, essayant de s'extirper de la raideur de ses jambes.

— Je ne vous le demanderai pas une autre fois ! Qui êtes-vous ?

— Isabelle, Isabelle Bonnemie, répondit-elle à contrecœur, dans un mélange de peur et d'irritation.

Que se passait-il ? Le garçon restait silencieux sans bouger.

— Et vous, qui êtes-vous ? Que me voulez-vous ? demanda-t-elle, provocante.

— Alexandre de Thierry !

— Si c'est bien toi, qu'est-ce que t'attends pour m'aider à me libérer ?

Alexandre ne répondit pas. Le déambulatoire était trop sombre pour être certain de l'identité de la personne se trouvant immobilisée à quelques pas devant lui. S'agissait-il d'une ruse, quelqu'un se faisant passer pour Isabelle ? Il se méfiait. D'autant plus après sa rencontre avec le Conseil. Alors qu'il marchait dans le jardin enclos du palais de cristal en compagnie de Cornélius Centipède, le doyen, connu sous le sobriquet de « *CéCé* » parce qu'il parlait tout le temps, ce dernier l'avait mis en garde, et ses avertissements bourdonnaient encore dans ses oreilles :

— *Certains sorciers peuvent prendre l'apparence de personnes ou d'animaux qui nous sont familiers. Et comme tu le sais, ils ne sont pas tous bons. Bien que Gaia te protège et ne te laissera pas t'exposer inutilement, il est impératif que tu penses de façon logique, froide. Les sentiments n'ont pas leur place dans ton processus de décision. La moindre hésitation pourrait t'être fatale. Au moindre doute sur leur identité, tu dois évoquer le sort de révélation. « Revelum Veritas ![21] » te montrera l'apparence réelle de la personne ou de l'animal brièvement. Si tu découvres l'imposture, tu devras agir rapidement. « Petrificus ! » immobilisera temporairement ton adversaire. « Petrificus Totalis ![22] » l'immobilisera complètement de*

21. Révèle la vérité !

22. Pétrifie totalement !

manière à te faire gagner du temps pour te sauver ou te mettre à l'abri. Tout sorcier digne de ce nom sera capable de se défaire du sort rapidement. La seule façon efficace de vaincre ce dernier est par le sort de la mort, « Cadavra Æternam ![23] ». Utilise-le qu'en ultime recours! Une fois prononcé, aucune magie ne saura le défaire! »

Encore des choix, encore de la pression, mais il devait s'en assurer. Il pointa Gaia et murmura : « Revelum Veritas! »

Une lueur transparente illumina Isabelle reflétant parfaitement son image comme dans une glace. Poussant un soupir de soulagement, il se félicita de ne pas avoir à utiliser le sort « Cadavra Æternam! ». N'étant pas de nature violente, et même dans des circonstances jugées extrêmes, il aurait eu beaucoup de difficulté à le formuler. Après tout, comment pourrait-il justifier la mort de quelqu'un? Et cela, même si ce dernier était son pire ennemi. Oui, il était heureux de ne pas avoir à faire face à cette éventualité pour l'instant.

— Isabelle, tu ne peux pas savoir comment je suis heureux que ce soit toi!

Elle était visiblement en colère.

— Tu t'attendais à qui? Hein?

— Ne sois pas en colère! Je suis désolé de t'avoir immobilisée ainsi, sans préavis, mais je devais m'assurer de ton identité!

— Bien voyons, pourquoi serais-je en colère? T'es tombé sur la tête ou quoi? Tu t'attendais à qui, le loup-garou?

— C'est toi qui m'as fait ça? dit-elle en pointant ses jambes avec sa main.

— Euh... oui!

— T'attends quoi? L'arrivée des lutins du père Noël? Libère-moi!

Il pointa sa bague dans sa direction. Elle leva ses bras pour se protéger.

— Qu'est-ce que tu fais?

---

23. Cadavre pour l'éternité!

— Je te libère en t'enlevant le sort !

— J'espère que tu sais ce que tu fais !

Il haussa les épaules.

— Pour ta santé... ajouta-t-elle, plissant les yeux, menaçante.

— « Liquificus Petrificus ![24] »

Isabelle retrouva l'usage de ses membres inférieurs et le dévisagea, furieuse. Elle s'en voulait premièrement d'avoir été aussi maladroite et, deuxièmement, de s'être laissé prendre aussi facilement.

— Qu'est-ce que tu fais ici de toute façon, Alexandre ? demanda-t-elle en colère.

— Je devrais te poser la même question ! Pourquoi n'es-tu pas au château avec tes parents ? répondit-il tout aussi brusquement.

— Parce que, figure-toi, j'ai été enlevée, enfermée dans un donjon en Écosse ; j'ai failli être dévorée toute crue par des araignées, avant d'être transportée ici par magie...

La pression qui n'avait cessé de monter en elle éclata ; elle se mit à pleurer.

— Je suis désolé ! dit Alexandre, visiblement mal à l'aise devant ses pleurs.

Sortant un mouchoir de sa poche, il le lui tendit.

— Tiens !

— Merci ! Je m'excuse !

— Oublions ça ! Viens, allons retrouver monsieur Chamboux et Yoann.

Elle ravala un sanglot.

— Ils sont avec toi ?

— Oui, ils sont de l'autre côté du transept.

— Il faut que je parle à monsieur Chamboux, c'est urgent !

Ils se dirigèrent vers l'autel.

— Vous pouvez sortir maintenant ! C'était Isabelle Bonnemie, la fille de monsieur Bonnemie, le boulanger ! Venez !

---

24. Liquéfier pétrifier !

Ils sortirent de derrière la colonne et s'approchèrent, l'air soulagé. Heureux de la voir, Yoann lui sauta au cou.

— Nous avons eu un tas d'aventures, moi et Aloysius. On a même rencontré des elfes ! Regarde, ils m'ont donné ce costume ; il est beau, tu trouves pas ?

— Pas maintenant, Yoann, s'il te plaît ! Isabelle, que fais-tu ici au lieu d'être au château ?

— C'est une longue histoire. Il s'agit de Patrick.

— Quoi, Patrick ? Il est au château avec sa mère !

— Bien non, justement, il n'y est pas !

— Qu'est-ce que tu racontes ? Avant qu'Alexandre vienne nous sauver de notre maison en feu, ils partaient pour Tegnon, où je devais les rejoindre.

— Oui, je sais, il me l'a dit.

— Alors, tu l'as vu ?

— Oui, j'ai même passé quelque temps avec lui… dans un cachot !

— Ma foi, Isabelle, le sort qu'Alexandre t'a lancé a perturbé plus que tes jambes !

— Ne vous moquez pas de moi, Monsieur Chamboux ! dit Isabelle, à nouveau au bord des larmes.

Elle leur raconta ses mésaventures dans les moindres détails, omettant toutefois la partie concernant son lien de parenté avec mademoiselle McTavish, honorant ainsi la promesse qu'elle lui avait faite. Ils la regardèrent hébétés, incrédules. René parla le premier.

— Je m'en doutais ! Ce Lanctot ne m'a jamais rien dit de bon. Depuis son arrivée, les choses vont de mal en pis ! Es-tu certaine de ce que tu avances ? Patrick est retenu prisonnier dans son château, en Écosse ?

— Ce n'est pas dans mes habitudes de dire des mensonges pour me rendre intéressante !

— Ce qu'elle dit est vrai, Monsieur Chamboux. Belle dit toujours la vérité !

— Alors, allons-y tout de suite !

— J'ai autre chose à vous dire, Monsieur Chamboux.

Elle regarda Yoann, puis Alexandre tour à tour.

— Peux-tu t'occuper du petit quelques instants, je dois parler à son père.

Alexandre acquiesça d'un signe de tête.

— Viens, Yoann, on va aller s'asseoir là-bas, j'aimerais que tu me racontes tout sur les elfes.

— De quoi s'agit-il, Isabelle ?

— Je ne voulais pas en parler devant Yoann et, croyez-moi, je suis vraiment désolée d'être le porteur de mauvaises nouvelles. Votre femme a disparu.

Son visage blêmit.

— Je suis navrée, Monsieur Chamboux.

— Es-tu certaine de ce que tu avances ?

— Écoutez, je ne pourrais pas le jurer, mais Patrick l'a vue tomber dans l'Irole après l'explosion du gazomètre.

— Est-elle en vie ?

— Je ne sais pas et lui non plus. Il a juste eu le temps de la voir s'accrocher à un des débris qui flottaient avant de perdre connaissance. Je suis vraiment désolée, Monsieur Chamboux. Qu'allez-vous dire au petit ?

Il tremblait de la tête aux pieds.

— Rien pour l'instant. Ce qu'il ignore ne lui fera pas de mal. Au moins, nous savons que Patrick est en vie. Nous devons aller le chercher et le sortir des pattes de ce Lanctot. Rejoignons les autres.

— Qu'est-ce qu'y a, papa ? T'es tout pâle !

— Tout va bien, mon petit !

— De quoi vous parliez, tous les deux ? demanda Yoann.

— J'avais besoin de plus de détails pour élaborer un plan afin de libérer ton frère.

— Je veux y aller moi aussi !

— Ce n'est pas ta place, Yoann. Tu devrais être dans ton lit, bien au chaud avec ton ourson, en train de dormir, et puis c'est trop dangereux !

— Aloysius est très fort et courageux, il me protégera !

— Il n'en est pas question, Yoann ! Alexandre, tu dois être capable de nous transporter là-bas avec l'aide de Gaia, n'est-ce pas ?

— Sans doute. Le hic, c'est que, « là-bas », on ne sait pas où c'est. De plus, selon Isabelle, seuls les gens du monde magique peuvent y entrer. Ce qui réduit de beaucoup nos effectifs !

Isabelle, attristée, se tourna vers Alexandre et le fixa dans les yeux. La petite voix dans sa tête parla.

— *Décidément, Isabelle, tu ne pourrais pas t'arranger pour être porteuse de bonnes nouvelles pour une fois ?*

— *Tais-toi ! Tu préférerais que je me taise, n'est-ce pas ? Ça ferait probablement ton affaire, mais pas la mienne ! Tu m'entends ? C'est mon ami, et je dois l'avertir de ce qui l'attend !*

Ses yeux se remplirent d'eau.

— Tu ne vas pas te remettre à pleurer ? demanda Alexandre une fois de plus visiblement mal à l'aise.

— Non, non, ce n'est rien, mais il y a autre chose que j'ai à te dire.

— Je t'écoute.

— L'enlèvement de Patrick et sa captivité sont des leurres pour t'attirer dans un piège et te prendre un objet que tu as en ta possession. Et ce Lanctot n'a aucune intention de te laisser repartir vivant lorsqu'il l'aura récupéré.

Il mit sa main sur l'épaule d'Isabelle pour la rassurer.

— Tu ne m'apprends rien, Isabelle. Les Anciens du Conseil Suprême de la Magie m'ont mis au courant que quelqu'un était à mes trousses, enfin, à celles de Gaia. Ce qu'ils ignoraient était son identité. Grâce à toi, nous le savons maintenant. Quant à me tuer... nous verrons bien ce que nous verrons ! Tu n'es pas prête à être débarrassée de moi de si tôt !

Il lui tendit sa main, lui montrant la chevalière.

— Voici pourquoi il est à ma recherche. Elle s'appelle Gaia.

— C'est avec ça que tu m'as paralysée ?

Il hocha la tête.

— Écoute Belle, j'ai déjà perdu trop de temps. Il faut que j'y aille ! ajouta-t-il résolu.

— Je viens avec toi, tu ne peux pas y aller seul !

— Ne sois pas ridicule et, de toute façon, je ne serai pas seul, Gaia est avec moi.

— Tu as besoin de moi ! Comment comptes-tu libérer Patrick ? Tu ne connais ni le château ni l'emplacement des cachots.

— Une fois sur place, je me débrouillerai.

— Ma foi, Alexandre, tu es tombé sur la tête ! Qu'est-ce que tu n'as pas compris dans « je ne sais pas où se trouve le château » ?

— J'ai très bien compris, Isabelle ! Cette mission est trop importante ! De toute façon, c'est à moi que mon ancêtre Lutgard l'a confiée. J'ai échoué une fois, je n'échouerai pas une deuxième !

— T'as un plan ? demanda Isabelle sur un ton sarcastique.

— Non !

— Puisque c'est ton ancêtre qui t'a donné la mission, pourquoi ne pas mettre toutes les chances de notre côté et lui demander conseil ?

Alexandre la regarda, cherchant une faille dans son raisonnement. Il s'avoua que son idée était sensée. Après tout, qui de mieux placé que Lutgard, et même Godefroy pour l'aider ?

— D'accord ! On fait comme tu dis. Allons à Tegnon. Prends ma main ; Yoann, donne-moi la tienne. Monsieur Chamboux ? Êtes-vous prêt ?

— Quand tu voudras !

Alexandre se vida l'esprit, se concentrant sur son cabinet de travail. Ils furent enveloppés de minuscules lumières brillantes, tourbillonnantes, et disparurent.

XII

La silhouette

— Le gazomètre du village venait d'exploser dans un bruit infernal lançant une gigantesque boule de feu dans le ciel couvert de nuages. La force de l'explosion frappa Simone de plein fouet, chassant l'air de ses poumons, et la projetant dans les airs par-dessus le garde-fou du pont Marsoit. Tombant dans l'Irole, son poids l'entraîna sous l'eau glacée. Faisant surface, toussant, confuse, elle aperçut du coin de l'œil une grosse branche fonçant directement sur elle. Elle nagea, mais pas assez rapidement. La branche lui accrocha l'épaule, lui arrachant un cri de douleur. Se mettant sur le dos pour reprendre son souffle, elle se laissa emporter la tête dans le sens du courant afin de voir venir les innombrables débris défilant autour d'elle. Ceux-ci, toutefois, étaient son moindre souci. Née dans le village d'Avely, elle avait passé son enfance le long du cours de l'Irole et en connaissait les moindres contours. Celle-ci était ponctuée de quatre chutes le long de ses méandres, chacune augmentant en intensité et en hauteur. La première, la plus petite, une cascade de deux mètres, se situait après le pont, au tournant du coude de la rivière. La dernière, la plus spectaculaire, mais aussi la plus dangereuse, en mesurait plus de trente et se jetait dans le réservoir du barrage de Gonten, le village en aval d'Avely. Un tronc d'arbre se déplaçait vers elle ; en l'empoignant elle aurait peut-être une chance de chevaucher les premiers remous sans trop de mal. Elle s'y accrocha, son poids le ralentissant temporairement et le faisant dévier vers la rive. Un éclair stria le ciel, le tonnerre retentit. L'écho des cris de détresse des villageois, qui s'efforçaient désespérément d'agripper ce qui flottait près d'eux, ricochait d'une rive à l'autre. Monsieur Opuscule, le propriétaire de la boutique Bo-Bouquin, passa à quelques mètres de sa bouée de fortune.

— Eustache ! Par ici !

Il nagea péniblement vers elle.

— Encore un petit effort, vous y êtes presque ! Donnez-moi la main !

Leurs doigts s'effleurèrent ; un remous l'avala.

— Eustache ! cria Simone.

Le remous le relâcha et il refit surface, crachotant. Ils entraient dans le coude de la rivière. Dans six cents mètres, ils arriveraient à la cascade.

— Nagez, Eustache ! Vite !

Il gagnait du terrain, mais pas assez rapidement. Simone, avec sa main libre, défit la ceinture qu'elle portait à la taille et, la retenant par une extrémité, la lança dans sa direction, manquant de peu sa cible. Elle relança. Eustache l'attrapa ; une douleur intense lui traversa l'épaule. La tension sur la ceinture était insupportable et elle faillit lâcher prise. Le son de la cascade s'intensifiant la rappela à l'ordre. Plus que trois ou quatre cents mètres avant d'y arriver. Dans un effort surhumain, elle tira sur la ceinture, priant pour qu'elle résiste à la pression. La perception de son environnement changea subitement. Tout se mit à tourner au ralenti, le vacarme de l'eau en ébullition s'atténua, devenant un chuintement, la rivière coula paisiblement, le paysage défila normalement ; monsieur Opuscule se rapprochait tranquillement, s'agrippant enfin, juste à temps. La réalité reprit le dessus lorsqu'ils entrèrent dans les eaux blanches de la cascade. Leur radeau de fortune se transforma en un bronco en furie, essayant de les désarçonner, plongeant à maintes reprises et tentant de les noyer. Refaisant surface une dernière fois, ses deux cavaliers étaient secoués, mais toujours bien accrochés.

— Eustache, écoutez-moi, nous devons essayer de rejoindre la rive !

— J'ai si froid ! J'en suis incapable, Simone !

Monsieur Opuscule était un homme maigre et chétif, qui n'était pas habitué aux travaux physiques de la ferme comme Simone. Son plus lourd labeur était de lever quelques piles de livres pour les placer sur les rayons de sa librairie. Ses dents claquaient au même rythme que les remous.

— Bien sûr que vous l'êtes, Eustache. Rappelez-vous lorsque nous étions enfants, nous traversions la rivière d'une rive à l'autre sans cligner. C'était à qui arriverait le premier !

— C'était il y a longtemps. J'ai vieilli depuis et je suis malade.

Simone regarda au loin devant elle. La deuxième chute, bien qu'encore lointaine, commençait à faire entendre son grondement.

— Voyons Eustache, nous avons presque le même âge ! Je suis persuadée que nous pouvons y arriver ! Un petit effort ! Et puis ça vous réchauffera.

Ils se mirent à battre des pieds et à nager de leur bras libre, leurs efforts demeurant infructueux.

— Arrêtez, Eustache ! Reprenons notre souffle. Il y a deux cous de cygne dans cette partie de la rivière. Avec un peu de chance, le tronc déviera vers la rive au premier. Ménageons nos forces, nous y sommes presque.

Le tronc entama son entrée et, comme l'avait prévu Simone, se dirigea vers la rive.

— Maintenant !

Ils redoublèrent leurs efforts, gagnant du terrain, ils y étaient presque. Le tronc heurta une roche submergée et fut repris par le courant.

— Cela ne sert à rien, Simone. Nous n'y arriverons jamais !

— Écoutez-moi bien, Eustache, je ne suis pas une femme qui abandonne ! L'adversité et moi sommes des connaissances de longue date, et elle ne m'a jamais encore défaite ! Ce n'est pas un peu de courant aujourd'hui qui va m'arrêter ! J'ai deux enfants et un mari qui comptent sur moi ! Non monsieur, je ne me laisserai pas abattre ! Est-ce clair ?

Eustache jugea préférable de ne pas argumenter, se montrant conciliant.

— Nous essayerons au deuxième cou de cygne si vous voulez, Simone !

— Là, je vous reconnais, mon bon Eustache ! Ce ne sera plus très long.

Le coude commençait à apparaître et le courant dirigeait l'arbre en diagonale vers la rive.

— À mon signal !

Les secondes s'écoulant dans l'attente du moment précis semblaient une éternité.

— Allons-y !

Ils battirent des pieds et des mains comme des forcenés. Leurs efforts portaient fruit, mais c'en était trop. Le tronc, d'abord parallèle à la rive, devint perpendiculaire ; le courant le retourna bout pour bout. Plus que cinquante mètres les séparaient de la chute. Ils la descendraient lui faisant dos.

— Accrochez-vous, Eustache ! Nous sommes sur la chute !

Au lieu de suivre le cours de l'eau et de tomber, le tronc s'envola à l'horizontale, leur faisant lâcher prise. Tous les deux se retrouvèrent suspendus dans les airs, immobiles pour un bref instant, avant d'amorcer leur descente, criant et dégringolant comme deux poids de plomb vers les eaux bouillonnantes. Leur chute se ralentit progressivement, ils semblaient être retenus par des fils. S'arrêtant à quelques centimètres de l'eau, ils furent aspirés violemment vers la rive pour y être déposés délicatement, ahuris.

— Nous sommes sauvés, Eustache ! Nous sommes sauvés !

Simone sautillait de joie.

— Je vous avais dit que l'adversité n'aurait pas le dessus !

Un éclair stria le ciel illuminant brièvement la silhouette d'un homme trapu zigzaguant à travers les arbres.

— Vous avez vu ?

— Quoi ?

— Un homme qui courait dans la forêt.

Elle l'interpella.

— Oh là !... Attendez !

Il plissa les yeux pour mieux voir.

— Il n'y a personne, Simone.

— Si, si, je vous le jure ! Regardez ! Là-bas !

— Je ne vois rien, Simone.

— Ce devait être un animal, ajouta-t-elle déçue. Nous devons retourner à Avely.

— Nous sommes à des kilomètres !

— Et alors ? Nous ne pouvons tout de même pas rester ici à attendre des secours qui ne viendront jamais ! Je me demande qui ça pouvait être ! ajouta-t-elle dans un chuchotement.

— Qui ?

— Ça n'a pas d'importance !

Réfléchissant, Eustache la regarda.

— Cela fait longtemps, mais il me semble qu'il y avait une grotte quelque part dans le coin. Vous rappelez-vous, Simone ? Nous pourrions attendre que la tempête se calme un petit peu, juste le temps de reprendre quelques forces. Qu'en dites-vous ?

— Vous avez raison, Eustache. Laissez-moi réfléchir. Oui il y en avait une non loin d'ici, juste après la chute si je ne me trompe pas.

Elle le regarda ; son teint avait tourné au gris cendre.

— Vous sentez-vous bien ? Vous êtes tout blême !

— Ça va aller !

— Tenez, appuyez-vous sur mon bras.

Simone gémit.

— Ce n'est rien, c'est juste un peu sensible, une branche m'a écorché l'épaule tout à l'heure.

— Vous saignez !

— Ne vous inquiétez pas. Ce n'est pas une petite égratignure qui m'arrêtera ! Allons !

Ils se mirent en route en direction de la grotte. Eustache faiblissait, traînant ses pieds. Trébuchant sur une racine, elle le retint, la douleur dardant le long de son bras.

— Ce n'est plus très loin, Eustache. Tenez bon !

Il s'évanouit.

— Non, s'il vous plaît, pas maintenant !

Il tomba en un tas sur le sol recouvert de feuilles et d'épines de pins. Simone le souleva et, le mettant sur son dos, se remit en marche. Elle pouvait voir l'entrée de la grotte, un trou noir béant se dessinant à travers les branches.

— Tu y es presque, Simone. Encore un tout petit effort ! Une petite côte, une toute petite côte ! René, où es-tu quand j'ai besoin de toi ?

Dans un effort suprême, elle grimpa la côte abrupte et pénétra dans la grotte. Tombant à genoux, exténuée, elle déposa son fardeau brusquement sur le sol et perdit connaissance.

XIII

Exarmus !

Le jour pointant fébrilement à l'horizon s'épanouissait sur un paysage de désolation. Le ciel, temporairement calmé, mais encore lourd de nuages noirs, avait cessé de déverser ses trombes d'eau. Ça et là, les pompiers combattaient toujours les quelques foyers d'incendie faisant encore rage, attisés par les bourrasques de vent. L'Irole, moins furieuse, s'était retirée quelque peu dans son lit rocailleux, laissant derrière elle, sur ses rives, alluvions et débris de toutes sortes. Les rues étaient désertes, sauf pour quelques chats maigrelets, aux pelages miteux, en quête de nourriture et une figure solitaire, tête baissée, enveloppée dans une cape aux tons de vert et brun des Highlands, en route vers l'église Saint-Jean. Gwendoline, suivant la promesse qu'elle avait faite à Isabelle quelques heures auparavant au château de Rannoch, venait la chercher pour la mettre hors de portée de Lanctot. Un oiseau sillonnant le ciel décrivit un cercle au-dessus de sa tête encapuchonnée. Croassant, il s'éloigna rapidement, pour disparaître derrière le toit d'une des maisons. Gwendoline se demanda un bref instant s'il s'agissait de Fearghas, le corbeau de Lanctot. Elle était certaine qu'il avait pris ses précautions avant de revenir à Avely, et laissé ses ordres à Guerric, le plus important sans doute : celui de lui envoyer son fidèle compagnon au moindre problème. Guerric avait dû découvrir le subterfuge des araignées et décidé d'en avertir son maître. Cela était loin de faire l'affaire de Gwendoline. Elle était déjà en retard à cause de Lanctot, qui l'avait retardée en insistant pour qu'elle boive une potion, soi-disant pour ses rhumatismes. « Pourvu qu'Isabelle soit encore là et qu'elle ne se soit pas montrée », se dit-elle en hâtant le pas. Arrivée sur le parvis de l'église, elle trouva la porte verrouillée. Redescendant les marches en courant, elle se dirigea vers le côté de l'église, jusqu'à la porte des appartements du curé Bonsecours. Elle frappa avec le heurtoir en forme de chérubin. Ses coups restèrent sans réponse. Le curé Bonsecours devait être dans l'église et ne pouvait l'entendre, ou bien il s'était réfugié au château avec le reste des villageois. Le corbeau réapparut.

— « Natura Imitasio ![25] »

Gwendoline devint transparente, prenant l'apparence des pierres adjacentes. L'oiseau tournoya en spirale trois ou quatre fois avant de se poser sur les dalles en pierres. Sautillant devant elle, il pencha sa tête de droite à gauche et de haut en bas, la cherchant. Déconcerté, il reprit son envol dans un battement d'ailes, éparpillant les épines de pins couvrant le sol. Sortant sa baguette de sa cape, elle la pointa vers la serrure.

— « Expendere ! »

Elle se déverrouilla, et la porte s'entrouvrit. Jetant un dernier regard vers le ciel pour s'assurer que le corbeau n'était pas en vue, elle pénétra dans le vestibule et referma délicatement la porte derrière elle. Se dirigeant vers ce qui semblait être une antichambre,

25. Imiter environnement !

elle découvrit une pièce vide, au fond de laquelle une porte entrebâillée laissait passer la lumière des lampions. La traversant, elle se retrouva devant un mur en demi-cercle, cachant le chœur. Elle s'avança à pas feutrés, d'abord parce qu'elle ne voulait pas attirer l'attention au cas où le curé Bonsecours serait dans l'église, mais aussi pour ne pas effrayer Isabelle, le sort n'offrant que l'invisibilité et non pas le silence, et ses pas pouvaient être entendus. Un bruit de froissement près du portail principal l'immobilisa. La silhouette d'un homme venait d'apparaître. Elle ne s'était pas trompée sur sa supposition. Le corbeau était bien Fearghas et, l'ayant reconnue, il en avait fait part à son maître. Son subterfuge n'avait pas fonctionné. Elle venait, du même coup, d'avoir la confirmation de ses soupçons. Lanctot était bel et bien à ses trousses, et elle ne comprenait pas pourquoi ou enfin qu'à moitié. Son attitude avait changé depuis son entretien avec Maldubh. Bien que toujours aussi affable, du moins en surface, il semblait plus sûr de lui, à la limite, arrogant.

— « Revelum Veritas ! » dit Lanctot.

Un arc de lumière rouge sortit de son bâton et il commença à balayer lentement le déambulatoire. Il était hors de question que Gwendoline lui permette de découvrir Isabelle.

— « Exarmus ![26] »

Un jet bleu sortit de sa baguette et lui enleva le bâton qui s'envola dans les airs, replongeant l'église dans la pénombre. Gwendoline sentit, plus qu'elle ne vit, la main de Lanctot s'enfoncer sous sa cape, et eut à peine le temps de s'abriter qu'un jet rouge atteignit une des pierres du chœur, la désintégrant.

— « Petrificus ! » dit Gwendoline.

— « Deflectere ![27] »

Lanctot dévia le sort.

— Allons, ma chère, vous pouvez faire mieux que ça !

— « Inflammo Extremis ! »

---

26. Désarmer !

27. Dévier !

— « Frigorifus ![28] » lança Lanctot.

Les flammes se figèrent sur place pour tomber en neige sur les dalles. Lanctot avançait par l'allée centrale d'un pas résolu, sa baguette pointée devant lui.

— Je sais que vous êtes là, ma chère. Cessons ce petit jeu ridicule, vous savez très bien que j'en sortirai vainqueur !

Gwendoline regarda autour d'elle, cherchant un moyen de l'arrêter ou tout au moins de le ralentir. Deux grands candélabres gardaient chaque extrémité d'une demi-barrière en fer forgé séparant le chœur du transept. Retenu par une chaîne à gros maillons, un chandelier aux proportions gigantesques s'accrochait à une poulie à la voûte centrale de la croisée du transept. Son plan était formulé. Elle commencerait par le faire tomber. Lanctot, occupé à arrêter sa chute, n'aurait pas le temps de réagir aux deux candélabres.

— « Sectura Chandelabrum ![29] »

Un faisceau bleu trancha la chaîne en son milieu dans un bruit d'explosion, libérant le chandelier qui entreprit, en raison de son poids, sa descente à vive allure. Comme Gwendoline l'avait prévu, ce dernier infléchit sa chute, et le chandelier s'écrasa à quelques mètres de lui.

— « Catapulta Candelabrum ![30] »

Les deux candélabres s'arrachèrent de leurs socles en même temps.

— « Deflectere ! »

Lanctot fit dévier l'un d'eux qui se planta dans un des bancs derrière lui, alors que l'autre le frappa de plein fouet.

— « Exarmus ! »

La baguette de Lanctot décrivit un demi-cercle dans les airs et se dirigea vers Gwendoline. Elle ne pouvait courir le risque

28. Congeler !

29. Sectionner chandelier !

30. Lancer candélabre !

qu'il l'attaque de nouveau lorsqu'il reprendrait conscience ; elle le pétrifia, son corps se raidissant instantanément.

Gwendoline redevint visible.

— Isabelle ! C'est moi, Gwendoline.

Pas de réponse.

— Isabelle ! Où es-tu ? Viens, tu peux sortir de ta cachette maintenant. Nous devons partir d'ici avant qu'il ne se réveille !

Toujours rien. Mais où pouvait-elle bien être ?

— « Lumens ![31] »

Le bout de sa baguette s'alluma, projetant un halo de lumière blanchâtre. Se mettant à sa recherche, elle commença par le déambulatoire à chapelles rayonnantes derrière le chœur et explora chacune d'elles tour à tour. Les autels et les statues en bois d'olivier de saints, grandeur nature, offraient des endroits propices pour se dissimuler. Sa recherche étant restée infructueuse, elle se dirigea vers l'absidiole, l'une des chapelles semi-circulaires s'ouvrant sur le transept. Sur un piédestal de marbre blanc, des lampions rouges, or et verts, groupés par couleurs, éclairaient de leurs reflets multicolores une sculpture richement décorée de la Vierge Marie tenant Jésus dans ses bras.

— Isabelle ?

Gwendoline fit le tour de la sculpture. Elle n'y était pas non plus. Où pouvait-elle être ? Traversant le croisillon en se dirigeant vers le portail, elle aperçut un morceau d'étoffe blanche sur les dalles qu'elle ramassa. Les initiales « A.T. » étaient brodées en fil doré sur l'un des coins.

— « A.T. » ?

Le monogramme lui était familier. Elle l'avait déjà vu, mais où ? Elle répéta dans un soupir.

— « A.T. »... « A.T. »... Alexandre de Thierry ! Ce sont les initiales d'Alexandre de Thierry !

Gwendoline était perplexe. Comment ce mouchoir était-il arrivé ici ? Lanctot gémit.

31. Lumière !

— « Somnus Profundis ![32] »

Il s'endormit profondément ; cela le tiendrait tranquille un moment de plus, le temps de réfléchir. Si Alexandre était venu dans l'église, quel était son but ? Ce n'était sûrement pas pour secourir Isabelle ; il ne savait rien de son enlèvement, ni que Gwendoline l'avait aidée à s'échapper par magie. Le seul qui aurait pu accidentellement découvrir sa présence était le curé Bonsecours. Et encore aurait-il fallu qu'Isabelle lui tombe dessus en apparaissant dans le transept. Non, il y avait une autre explication. Que s'était-il passé entre le moment où elle avait laissé Alexandre dans son cabinet de travail et son retour au château, après sa conversation avec Lanctot dans sa boutique ? Gwendoline était retournée directement dans ses appartements au donjon et donc ne l'avait pas vu. Elle supposait qu'il était encore dans le château et, selon ses habitudes, en quête d'une aventure, puisque les travaux qu'elle lui avait donnés étaient terminés, comme en témoignait la pile minutieusement placée sur son bureau. Une hypothèse, plus plausible, prenait forme dans sa tête. Alexandre avait finalement Gaia en sa possession et, n'ayant aucune idée des pouvoirs de la chevalière, par inadvertance s'était retrouvé dans l'église. Isabelle, sans aucun doute surprise de le voir apparaître, s'était montrée, et ils étaient repartis ensemble. Restait à savoir comment et pour où ? Le comment était facile à deviner. Alexandre, probablement secoué par son expérience, s'était retenu de penser ou de dire quoi que ce soit, de peur de se retrouver n'importe où. Ils étaient repartis à pied. Le « où » restait à résoudre. Ou ils étaient en route pour la maison d'Isabelle, ou bien en direction de la boulangerie de son père, les deux étant relativement près de l'église. Ils n'avaient sûrement pas pensé au château, ce dernier étant trop éloigné pour être considéré comme une destination possible. Elle essaierait la maison en premier, mais d'abord elle devait s'occuper de Lanctot. Il ne fallait pas qu'il ait de souvenirs de ce qui venait de se passer. Le sort d'effacement de la mémoire réglerait

32. Sommeil profond !

son problème. Gwendoline attira par magie le bâton qui traînait près de la porte d'entrée et le lui mit entre ses mains ; elle plongea également sa baguette dans la poche de sa cape.

— « Oblitare Memoria ![33] »

Il ne se souviendrait de rien après la première apparition de Fearghas.

— « Désorey ! »

Il disparut.

— « Reparus ! »

Les candélabres reprirent leurs places dans le chœur ainsi que l'immense chandelier de la voûte, les morceaux de chandelles se solidifiant. Il n'y avait plus rien à faire ici. Elle apparut au 40, rue des Peupliers, la maison de sa sœur, derrière le haut mur du jardinet.

— « Natura Imitasio ! »

Elle se fondit à son environnement.

— « Expendere ! »

Gwendoline entra. Un couloir étroit menait au fond de la maison aboutissant dans la cuisine. Un escalier tout aussi étroit et abrupt grimpait à l'étage. Tel un métronome, une pendule dans le salon battait la mesure de son tic-tac régulier. Une planche craqua dans le plafond, la figeant sur place. Elle leva la tête instinctivement vers le bruit. Le plancher craqua de nouveau.

— « Levitatum ![34] »

Son corps se mit à flotter et à monter les escaliers, suspendu à quelques centimètres au-dessus des marches. Elle s'éleva lentement vers l'étage. Entre les barreaux de la rampe d'escalier, une tête garnie d'une paire de longues moustaches blanches et de deux yeux verts en amande l'attendait. L'animal cracha et donna un coup de griffes dans sa direction. Gwendoline, les nerfs à fleur de peau, retint un cri de stupeur.

33. Effacer la mémoire !

34. Léviter !

— *Que fais-tu ici ?* demanda l'animal.

— Je devrais te poser la même question !

— « *Apparea !* »

Il prononça la formule dans un sifflement. Apparaissant, elle se posa sur la marche.

— *Tu n'as plus besoin de te cacher. Il n'y a personne ici ; que toi et moi !*

— Qu'est-ce que tu me veux ?

— *Savoir pourquoi tu es ici.*

— Je n'ai pas de comptes à te rendre, Godefroy !

Il se métamorphosa.

— *Non, pas à moi, en effet, mais aux Anciens du Conseil, certainement !*

— Je n'ai rien à faire du Conseil et encore moins des Anciens. Nous n'avons plus rien à nous dire depuis longtemps !

— *Soit ! Cela te regarde. Ce que je ne peux ignorer est leurs ordres. Ton arrivée à Avely avec Lanctot, ainsi que les malheurs qui se sont abattus sur le village, ne sont pas passés inaperçus, et certains du Conseil se demandent si vous n'êtes pas responsables de ces évènements.*

— C'est pour ça que tu m'espionnes ?

— *Espionner est un bien grand mot, Gwendoline. Je surveille, voilà tout !*

— Et je suppose que mes moindres faits et gestes sont fidèlement rapportés au Conseil ?

— *En effet, cela fait partie de la mission qu'ils m'ont confiée.*

Il fit une pause.

— *Alors, pourquoi es-tu ici ?*

— Ça ne te regarde pas, Godefroy !

— *Soit raisonnable, Gwendoline. N'étions-nous pas amis autrefois ?*

Elle resta silencieuse.

— « *Exarmus !* »

Sa baguette s'arracha de ses mains, et Godefroy la glissa sous sa robe de sorcier. Gwendoline essaya de la rattraper.

— Non !

Attristée, elle ajouta à voix basse :

— Tu ne peux pas comprendre !

— *C'est ce que j'essaie de faire depuis longtemps, Gwendoline. Je me suis toujours acharné à te défendre, à excuser tes actions devant les Anciens. Mais plus le temps passait et plus tes agissements confirmaient leur décision de t'avoir bannie. Pourquoi ?*

— Parce qu'ils m'ont trahie !

— *Était-ce une raison pour te tourner vers la magie noire ?*

— Je voulais me venger de ce qu'ils m'avaient fait, et seule celle-ci pouvait me donner les pouvoirs nécessaires !

— *Et c'est la raison pour laquelle tu es venue ici ; pour te venger ? Pourquoi les Bonnemie ? Que t'ont-ils fait ?*

— Je te l'ai déjà dit. Ça ne te regarde pas !

— *Cesse de t'entêter ! Tu sais très bien qu'*Ils *ont des moyens pour obtenir la vérité !*

— Bien sûr ! Tant qu'à y être, pourquoi ne pas se cacher derrière leur hypocrisie et la suprématie du Conseil pour commettre des actes on ne peut plus douteux, mais surtout défendus ? Ne crois pas qu'ils me font peur ! J'en ai vu d'autres !

— *Ne le prends pas comme ça. Je t'explique simplement les faits.*

— Les faits, je les connais très bien, Godefroy, toi, non ! C'est une longue histoire, et je n'ai pas envie d'entrer dans les détails. Par contre, si cela peut te rassurer, je ne suis pas ici pour faire du mal aux Bonnemie, mais pour les protéger.

Godefroy la regarda, l'incompréhension se dessinant sur son visage de vieillard.

— *Les protéger ?*

— Oui ! Les protéger ! Ça t'étonne ?

— *Mais de qui, de quoi ?*

Elle laissa planer la question, puis ajouta :

— La réponse est la même dans les deux cas. Lanctot ! Il avait enlevé Isabelle. Je l'ai retrouvée dans son château en Écosse. J'ai réussi à l'en sortir et l'ai renvoyée à Avely.

— *Ma foi, Gwendoline ! Utiliser la magie devant les non-initiés ? À quoi pensais-tu ?*

— À la sauver, justement. Mais je suis arrivée en retard à notre rendez-vous, et elle n'y était pas.

— *Tu sais très bien que nous devons rester anonymes et en aucun cas nous montrer sous notre vrai jour, ou pratiquer la magie devant les Innocents !*

— Vos règlements ne s'appliquent plus à moi, Godefroy ! De toute façon, sais-tu vraiment si elle ne fait pas partie de notre monde ?

— *Tu sais très bien que le Conseil sait tout !*

— Ah oui ? dit-elle moqueuse. Et que savent-ils sur Lanctot et son maître Maldubh ?

— *Maldubh est en exil et ne peut rien !*

— Êtes-vous donc tous aveugles en plus d'être inconséquents ?

Une pointe de colère passa dans les yeux de Godefroy.

— Oh, ne me regarde pas comme ça ! Un seul mot transcende tous les autres et en est la clé. Gaia ! Maldubh sait où elle se trouve et nous a envoyés la dérober. Je suis au courant qu'Alexandre l'a en sa possession. Lanctot le suspecte, mais, sans mon aide, il ne peut rien. Il s'en est pris à Isabelle pour attirer Alexandre dans un piège, à cause de l'amitié qui les lie. Es-tu satisfait ?

— *Je n'en savais rien ! Es-tu certaine de ce que tu avances ?*

Elle fit la moue.

— *Ils ne m'ont rien dit de tout cela au Conseil, c'est très bizarre ! Je n'aime pas ça ! Je crois que je commence à comprendre ce que tu voulais dire !*

— Enfin ! Que vas-tu faire maintenant ? Courir au Conseil et leur raconter tout ce que je viens de te dire ?

Godefroy hésita un instant, réfléchissant.

— *Non, je ne leur dirai rien pour l'instant, Gwendoline ! Je dois parler à Lutgard ! Alexandre est en danger !*

Il mit la main dans sa robe et sortit la baguette de Gwendoline.

— *Tiens !*

— Tu n'as pas peur que je t'ensorcèle ?

Godefroy haussa les épaules et passa outre à sa remarque.

— *Viens avec moi au château.*

— Je ne peux pas, je dois retrouver Isabelle.

— *Quelle est l'importance maintenant ?*

Elle balaya l'air de la main.

— Peut-être qu'un jour je t'en parlerai.

— *Je te l'ai expliqué, il n'y a personne ici. La maison est vide, et c'est la même chose pour la boulangerie. Je suis passé devant tout à l'heure. Toutes les lumières étaient éteintes et les toiles, baissées. Je te promets que je t'aiderai à retrouver Isabelle si tu veux mon aide, mais pour l'instant viens avec moi expliquer cette affaire à Lutgard.*

Gwendoline le fixa de ses yeux couleur de brume, cherchant une confirmation sur son visage de sa sincérité à vouloir l'aider.

— *Je te le jure, je t'aiderai !*

Elle hésita encore un instant.

— D'accord, allons-y !

Godefroy reprit sa forme féline, et ils partirent pour Tegnon.

XIV

Le plan

Non ! Non ! Et non ! vociféra Alexandre à bout de patience.

La conversation était on ne peut plus animée, frôlant la dispute. Isabelle, René et Alexandre essayaient depuis plus d'une heure d'élaborer le plan de sauvetage de Patrick, sans que le moindre consensus se pointe à l'horizon, chacun s'étant retranché sur ses positions. Pour Alexandre, la discussion était close ; personne ne l'accompagnerait. Isabelle n'avait pas démordu de sa rhétorique : sans son aide il n'arriverait à rien ; quant à René, qu'Alexandre le veuille ou non, il ferait partie du sauvetage. Après tout, il s'agissait de son fils, et rien ni personne au monde ne l'en dissuaderait. Yoann, exténué, était allé se coucher et dormait sur le lit à baldaquin dans la chambre d'Alexandre, Aloysius sous le bras.

— Alexandre, je n'ai jamais vu quelqu'un d'aussi déraisonnable !

— Et toi, Isabelle, je n'ai encore jamais rencontré personne d'aussi têtue !

— Ça suffit, vous deux ! cria René. Vous croyez que c'est utile de se quereller comme chien et chat ? Je croyais que nous étions ici pour demander conseil à Lutgard. Où est-il ?

Alexandre, toujours en colère et faisant la moue, pointa du doigt vers le tableau suspendu au-dessus de la cheminée.

— Bon, je vois, on parle au tableau et il nous répond, c'est ça ? dit René sur un ton sarcastique.

Yoann apparut dans l'ouverture de la porte, les cheveux ébouriffés, se frottant les yeux.

— Je croyais que tu dormais, toi ! dit son père.

— Vous nous avez réveillés, moi et Aloysius, et — ajoutant dans un bâillement — pourquoi vous criez comme ça ?

— Alexandre veut qu'on demande conseil à un tableau, répondit René agacé. À celui-là ! montrant la peinture d'un mouvement de la tête. Depuis quand est-ce que les peintures parlent ?

— Tu as oublié ce que Traban et Calernon ont dit, c'est ça ?

— Ils ont dit tellement de choses, Yoann…

— Oui, mais, la plus importante, c'était qu'il fallait croire ce qu'on ne pouvait pas voir ou toucher.

René venait de se faire prendre une autre fois. Le ciel, sa terre, ses animaux, c'étaient des choses tangibles qu'il pouvait voir et toucher. C'était *a priori* un homme pratique ; d'une action découlait la réaction. Bête malade – vétérinaire, plantation des graines – épis de blé. Avoir une conversation avec une peinture était d'un tout autre ordre ; non seulement était-ce difficile à concevoir, mais ça allait aussi à l'encontre de toute logique. Aussi obscur que cela puisse paraître, il fallait admettre que la raison n'avait pas sa place en ce lieu. C'était une question de voir et de croire avec son cœur en l'inexplicable, au fantastique. Après tout, qu'est-ce que cela lui enlevait ? Combien de personnes pouvaient se vanter d'avoir vu des elfes, des oiseaux se transformer en humain, des papillons devenir des poignées de porte, l'enchantement d'une pluie d'étoiles ? Il regrettait déjà ses paroles lancées un peu trop hâtivement.

— Je suis désolé Alexandre, je ne voulais pas…

— Je comprends ce que vous ressentez, Monsieur Chamboux. C'est tout nouveau pour moi aussi, vous savez, j'ai également de la difficulté à y voir clair parfois.

— Écoute, Alexandre, il faut que nous arrivions à un compromis ; je comprends que tu veuilles sauver Patrick seul, mais parfois on a besoin des autres pour nous aider un peu. C'est tout ce que l'on veut faire, Isabelle et moi.

— Oui, mais… s'objecta Alexandre.

— Laisse-moi finir. Je sais également que c'est à toi que la mission a été confiée, mais essaie de te mettre à ma place un instant. Il s'agit de mon fils, et je ne peux pas ne pas y aller. Comprends-tu ?

— Je vous comprends, Monsieur Chamboux, mais je ne vois pas comment je pourrais vous emmener.

— N'y a-t-il pas un moyen pour que nous ayons des pouvoirs magiques temporairement, le temps du sauvetage ?

— Je ne sais pas, Monsieur Chamboux, répondit Alexandre, fixant les dessins du tapis oriental.

— Comment fais-tu pour parler à ton ancêtre ?

— Quand Godefroy le fait sortir de son cadre.

— Et c'est qui, Godefroy ?

— C'est mon chat, répondit Alexandre d'un air gêné.

René se gratta la tête ; les évènements prenaient une tournure de plus en plus bizarre.

— D'accord, je veux bien faire un effort, mais là c'en est trop !

Il se dirigea vers la fenêtre et regarda la cour intérieure du château, soupirant.

— Chassez le naturel et il revient au galop !

— Pardon ? demandèrent Isabelle et Alexandre en même temps.

— Un chat magicien maintenant et quoi d'autre ?

Alexandre se tourna vers Isabelle et haussa les épaules.

— C'est pas un chat magicien, Monsieur Chamboux, c'est un chat sorcier, membre de l'O.D.A.S.

— Membre de quoi ?

— L'Ordre des Animaux…

Tout à coup, la dague que l'elfe Calernon avait donnée à René se mit à bourdonner et à clignoter lentement d'un vert pâle, coupant court à leur conversation. Ils se retournèrent et la fixèrent, se regardant tour à tour.

— Qu'est-ce que c'est ? demanda Isabelle.

— D'après Calernon l'Immortel, elle avertit lorsqu'il y a des ennemis du monde magique qui sont près de nous, répondit Yoann.

Provenant de la chambre d'Alexandre, deux « pop » successifs se firent entendre. Yoann courut vers son père et se cacha derrière lui, étreignant son ourson. Alexandre prit Isabelle par le bras et la poussa derrière le bureau. S'accroupissant près d'elle, il lui fit signe de ne pas faire de bruit en mettant son doigt sur ses lèvres. René empoigna la dague et sortit la lame du fourreau. Une grosse boule de poils gris cendre bondit du pas de la porte, parcourut la longueur de la pièce dans les airs pour atterrir agilement sur le bureau. René baissa son arme et sourit.

— Je crois qu'on vient de trouver ton chat !

Sortant de sa cachette, Alexandre demanda à Godefroy avec empressement :

— Fais sortir Lutgard de son tableau, il faut que je lui parle !

Godefroy le fixa de ses yeux en amande, s'assit, sa queue battant de droite à gauche, éparpillant les feuilles de papier sur le sous-main.

— Il faut que tu m'aides, c'est important !

Godefroy se leva, tourna en rond, puis, s'allongeant de tout son long, posa sa tête sur ses pattes et ferma les yeux.

— Il y a quelque chose qui ne va pas, dit René en regardant l'arme. Cette dague aurait dû s'arrêter de bourdonner et de clignoter. Il y a quelqu'un d'autre ici !

— Godefroy ! cria Alexandre maintenant très en colère.

Il ouvrit un œil, leva la tête, se lécha la patte une ou deux fois et reprit sa pose.

— Cesse de jouer avec moi ! Monsieur Chamboux est au courant à ton sujet.

— *Miaou… tu n'aurais pas dû !*

— Et il a vu ce que Gaia peut faire en plus d'y être allé avec moi !

— *Miaou… les Innocents ne doivent pas être au courant de nos pouvoirs magiques, Alexandre !*

— Je n'ai pas le temps de débattre de ce sujet avec toi ! Fais ce que je te demande. J'ai besoin de demander conseil à Lutgard.

— *Miaou… soit !*

Il sauta du bureau sur le manteau de la cheminée et gratta le tableau trois fois.

— *Miaou… « Apparea ! »*

Comme la première fois où Godefroy avait prononcé la formule magique, une pointe de fumée blanche flotta hors du portrait et se posa aux pieds d'Alexandre. Devenant de plus en plus dense, Lutgard prenait forme sous leurs yeux. Godefroy sauta du manteau et, en touchant le sol, se transforma.

— Bravo ! cria Yoann en applaudissant.

— *Voilà qui est fait !* dit-il sur un ton légèrement contrarié, s'adressant à Alexandre.

— *Que puis-je faire pour toi, Alexandre ?* demanda Lutgard de sa voix douce et grave.

— Patrick est retenu prisonnier en Écosse dans le château de Lanctot, mais nous ne connaissons pas son emplacement exact ; de plus, Isabelle nous a dit qu'il n'est accessible qu'aux personnes du monde de la magie.

— *Cela est vrai ! Mais, toi, tu peux y aller. Je ne vois pas où est le problème.*

— Ils veulent tous venir avec moi.

— *Qui ça, tous ?* demanda Godefroy.

— Monsieur Chamboux, Yoann et Isabelle.

— *Ah ! Je vois !* dit Lutgard. *Qu'à cela ne tienne. Ne les as-tu pas emmenés tout à l'heure de l'église Saint-Jean ?*

— Euh... oui !

— *Ne t'ai-je pas dit que tu n'avais qu'à te concentrer sur ce que tu voulais accomplir ?*

— Euh... oui !

— *Alors, qu'est-ce qui t'en empêche ?*

— Excusez-moi de vous interrompre, dit René, inquiet. Mais cette dague n'arrête pas d'avertir qu'il y a un ennemi près de nous.

— *Il n'y a pas d'ennemis ici !* rétorqua Godefroy.

— Alors, cette chose ment !

— *Un instant, je reviens !*

Godefroy sortit de la pièce et revint avec Gwendoline à ses côtés. La dague brilla d'un vert éclatant, éblouissant René.

— *Rangez cette lame, Monsieur Chamboux. Elle n'a pas d'utilité ici. Gwendoline McTavish n'est pas venue en ennemie.*

René s'exécuta, et s'ensuivit un long silence gêné qui remplit la pièce. Ils dévisageaient la femme sur le pas de la porte, droite et sèche comme un piquet, le capuchon de sa cape aux tons vert et brun des Highlands couvrant à moitié son visage. Chacun, pour différentes raisons, était consterné. Pour Alexandre, il s'agissait plutôt d'incompréhension. Comment Godefroy pouvait-il se tenir à côté d'elle alors qu'il avait laissé sous-entendre, lors de leur dernière conversation, que les choses étranges qui se passaient au village n'avaient commencé que depuis l'arrivée de la gouvernante ? À quel jeu se prêtait-il ? La dague, en raison de son pouvoir magique, ne pouvait mentir ! C'était donc cela ! Mademoiselle McTavish faisait partie du même monde que Godefroy et Lutgard, ainsi que lui maintenant. Restait à savoir dans quel camp elle avait porté allégeance. Mais tout cela faiblissait devant le sentiment d'animosité qu'il ressentait chaque fois qu'il se trouvait en sa présence. Le blêmissement des joues d'Isabelle à son apparition ne lui était pas passé inaperçu non plus. Pourtant, Isabelle n'était pas la fille à être déstabilisée facilement. Se sentait-elle menacée par Gwendoline ? Non, mais cela Alexandre ne pouvait le savoir. Isabelle ne se sentait pas menacée, seulement désarçonnée par son apparition soudaine. Après tout, ne partageaient-elles pas un secret ? Devait-elle la reconnaître, lui parler ou tout simplement l'ignorer ? Elle crut cependant, le temps d'un bref instant, apercevoir dans ses yeux le soulagement de l'avoir retrouvée saine et sauve. Elle crut même entrevoir l'esquisse d'un sourire sur les lèvres de Gwendoline. Quant à René, ignorant les raisons d'un tel malaise, il avait mis le tout sur le compte de la surprise, ressentant toutefois la tension qui régnait encore, la dague ne cessant de briller et de bourdonner n'aidant pas. Godefroy n'avait pas réussi à convaincre Alexandre par ses paroles. Il y avait bel et bien un ennemi sur les lieux. Il roulait la chevalière autour de son doigt nerveusement, délibérant à savoir s'il devait l'utiliser par mesure de sécurité pour tout le monde. Gwendoline entama un mouvement de la main vers l'intérieur de sa cape. Il n'avait plus besoin de délibérer, le temps était venu de passer à l'action.

— « Petrificus Totalis ! »

Un jet or sortit de Gaia, atteignant Gwendoline, qui se raidit de tout son corps. Elle tomba à la renverse, s'écrasant sur le plancher en bois franc dans un bruit sourd.

— *Non !* cria Godefroy.

— Elle est morte ! s'exclama Isabelle, alarmée.

— Alexandre ? dit René, ahuri.

Yoann et Lutgard éclatèrent de rire, amusés par le spectacle.

— *Pourquoi as-tu fait ça ?* demanda Godefroy en colère.

— Elle mettait sa main sous sa cape, je croyais que…

— *Godefroy ! Silence ! Il n'a fait que ce que n'importe qui d'entre nous aurait fait à sa place, et qui nous aurait semblé approprié dans les circonstances. Et je dois dire que je ne le blâme pas ! Que vient-elle faire ici ?* demanda Lutgard irrité.

— *Gwendoline avait accepté de venir pour nous aider !* répondit Godefroy, indigné et toujours en colère.

— *Nous aider à faire quoi ? Nous n'avons pas besoin des gens de son espèce ! Ceux qui se mêlent au côté noir de notre art n'ont plus leur place parmi nous et restent bannis à jamais pour vivre dans l'obscurité. Malheur à eux s'ils se font prendre ou à ceux qui les aident !*

— *Elle sait des choses à propos de Lanctot et Maldubh !* rétorqua Godefroy.

— *Que peut-elle nous apprendre que nous ne savons déjà ?*

— *Maldubh veut posséder Gaia et avait envoyé Lanctot et Gwendoline ici pour découvrir son emplacement et s'en emparer !* répondit Godefroy.

— *Et alors ? Gaia est en sécurité !*

— *Ce n'est pas tout, Lutgard ! Les Anciens ne m'en ont pas parlé.*

— *Ils ne nous disent pas tout, tu le sais !*

— *D'accord ! En revanche, ne trouves-tu pas cela un tantinet bizarre, surtout lorsqu'il s'agit de la sécurité de Gaia et d'Alexandre ?*

— *Il est tout à fait capable de se défendre,* rétorqua Lutgard. *La preuve !* montrant Gwendoline sur le plancher du revers de la main.

— *Étais-tu au courant également que Lanctot avait enlevé Patrick et Isabelle pour l'attirer dans un piège, et que ce piège lui serait fatal ?*

— *Je suis au courant que Patrick est détenu à Rannoch, oui !*

— *Ne trouves-tu pas cela étrange que le Conseil ne nous en ait pas soufflé mot non plus, considérant l'importance de l'information ?*

— *Cesse de parler par métaphores, Godefroy ! Où veux-tu en venir ?* répondit Lutgard de plus en plus agacé.

— *Qu'un ou plusieurs des Anciens sont de connivence avec Maldubh et nous gardent sciemment dans l'ignorance pour arriver à leur fin. Gwendoline a fait allusion à une trahison du Conseil, ce qui l'aurait poussée à s'allier aux forces du mal.*

— *Tu divagues, mon pauvre Godefroy !*

— *Le crois-tu vraiment ? Toi, qui es l'un des fondateurs du Conseil Suprême de la Magie et à qui rien n'échappe, comment expliques-tu cette omission de leur part ?*

— *Je n'ai pas de réponse à cette question !*

Godefroy fixa Lutgard intensément.

— *Et si Gwendoline avait raison ?*

Il prit une profonde inspiration.

— *Si rien d'autre n'a d'importance en ce moment, au moins, donnons-lui la chance de se racheter.*

— *Laisse-moi y réfléchir !* répondit-il d'un air obstiné, rejetant l'appel de Godefroy.

— Excusez-moi, je ne voudrais pas troubler vos retrouvailles, mais il me semble que nous avons autre chose de plus pressant à régler comme, par exemple, sortir mon fils de son cachot, dit René.

— *Oui, oui, Monsieur Chamboux, vous avez tout à fait raison de nous rappeler à l'ordre,* dit Lutgard. *Alexandre, aurais-tu l'obligeance de délivrer mademoiselle McTavish de ton sort ?*

— Je ne suis pas certain que ce soit une bonne idée. Si ce que vous dites est vrai et qu'elle fait partie des forces du mal, ne courons-nous pas le danger qu'elle nous ensorcèle ou disparaisse ?

— *Ne t'inquiète pas pour ça, Alexandre,* répondit Lutgard. *Godefroy, s'il te plaît.*

Godefroy sortit sa baguette.

— *« Substancia ! »*

— *Merci ! « Exarmus ! »*

Lutgard attrapa la baguette de Gwendoline au vol.

— *Te sens-tu plus en sécurité maintenant ? Fais ce que je t'ai demandé, s'il te plaît !*

— « Liquificus Petrificus Totalis ! »

Gwendoline gémit en se relevant.

— Je savais que je n'aurais pas dû venir ici ! vociféra-t-elle. Tu m'as dupée, Godefroy !

— *Non ! Je te le jure !*

— Mademoiselle McTavish, c'est moi qui vous ai lancé le sort. Ne vous en prenez pas à Godefroy. Nous avons besoin…

Alexandre se reprit, bien que cela lui était difficile de l'admettre.

— *J'ai* besoin de votre aide. Vous connaissez l'emplacement exact du château de Lanctot, vous seule êtes en mesure de nous aider à délivrer Patrick.

— Je connais en effet son emplacement, mais nous devons conclure une entente avant que je t'y emmène.

— Qu'à cela ne tienne, Mademoiselle McTavish!

— Ce n'est pas avec toi que je veux conclure une entente, Alexandre, mais avec lui, dit-elle en pointant Lutgard du doigt.

— *Je t'écoute,* répondit ce dernier, méfiant.

— Tu dois me garantir qu'une fois le sauvetage terminé, tu entreprendras une enquête pour me disculper de toutes les accusations de trahison dont j'ai été victime, et que tu poursuivras le véritable coupable en justice.

Lutgard la regarda, outré.

— *Tu voudrais que j'enquête sur l'un des nôtres? C'est hors de question!*

— Et ce n'est pas tout. Je veux être réintégrée dans mes anciennes fonctions.

— *Il n'en est pas question, tes demandes sont totalement déraisonnables! Je ne me prêterai pas à ce genre de chantage. Jamais! Tu m'entends? Jamais!*

— Telles sont les conditions pour mon aide, ajouta Gwendoline déterminée.

— Lutgard, je ne connais rien aux rouages du Conseil Suprême de la Magie, ni de cette histoire de trahison, mais il me semble que mademoiselle McTavish est en droit de demander, comme n'importe qui, que justice soit faite si des torts lui ont été faits, et je serai le premier à appuyer sa requête et même à partir aux trousses du coupable si cela est nécessaire. Le simple fait qu'elle ait accompagné Godefroy jusqu'ici, sachant probablement ce qui l'attendait, est un gage de sa bonne foi. Mademoiselle McTavish, je jure sur Gaia et devant la compagnie ici assemblée que ce que vous demandez sera fait.

— *Alexandre, tu n'as pas le droit…*

— Lutgard, sauf le respect que je vous dois, Gaia est en ma possession maintenant. « Son métal parfois brûlant, parfois glacé, te rappellera ta destinée. » Ce sont vos propres mots. Je suis dans l'obligation de me porter à l'aide de ceux qui me le demandent. Telle est ma destinée ! Ma décision est prise !

— *Tu as raison, et je m'incline devant ta décision. Une fois cette sordide affaire d'enlèvement réglée, je ferai ce que Gwendoline demande.*

— Merci Lutgard ! Est-ce que cela vous convient, Mademoiselle McTavish ?

Alexandre s'approcha, la main tendue ; Gwendoline la prit dans la sienne, le lapis-lazuli serti sur Gaia lançant un léger éclat bleuté à peine perceptible à son contact. Il lui sembla, l'espace d'un instant, qu'elle la lui serra presque affectueusement, mais peut-être n'était-ce rien d'autre que son imagination.

— Le marché me convient. Mais ce ne sera pas facile d'entrer au château. Lanctot a dû prendre ses précautions avant de revenir à Avely. La forêt de Rannoch est enchantée, et je serai surprise s'il n'y a pas posté quelques-uns de ses amis favoris, des uroks. Ce sont des créatures sournoises et impitoyables, qui ne font pas de quartier. Nous devrons être sur nos gardes à tout moment. Nous savons toutefois que leurs tactiques sont d'attaquer toujours en bande, jamais seuls. Cela devrait nous faciliter la tâche quelque peu. Le plus difficile restera à faire une fois à l'intérieur du château, qui en passant est non seulement enchanté, mais truffé de pièges dont la plupart sont mortels. Je sais dans quel donjon Patrick est retenu ; ce que j'ignore est ce qui nous y attend, mais, pour cela, j'ai ce qu'il nous faut.

Gwendoline fouilla dans sa cape et en ressortit une petite boîte sculptée qu'elle ouvrit lentement. Une grosse araignée poilue et deux plus petites grimpèrent rapidement sur le couvercle. Isabelle recula, dégoûtée à leur vue.

— Mes espions !

Yoann s'approcha, excité.

— Oh ! qu'elles sont belles ! Je peux les toucher ?

— Non, Yoann. Elles risqueraient de te mordre, et il n'existe pas d'antidote à leur poison ; leurs morsures sont fatales.

— Oh, dit-il déçu.

— Je les introduirai dans le donjon, et elles me rapporteront ce qu'elles ont vu, ajouta Gwendoline. Nous pourrons alors ajuster notre plan de sauvetage en conséquence. Y a-t-il des questions ?

Tous restèrent silencieux. Alexandre parla le premier.

— Monsieur Chamboux, sachant ce qui nous attend, êtes-vous toujours prêt à nous suivre ?

— Plus que jamais !

— Isabelle ? Es-tu certaine de vouloir t'exposer à ces dangers ?

— Alex, Patrick est mon ami aussi, et je lui ai fait la promesse, avant de partir, de revenir avec de l'aide.

— Godefroy ? Lutgard ? Êtes-vous des nôtres ?

Ils répondirent sans hésitation à l'unisson.

— *Nous sommes à ta disposition !*

Et Lutgard ajouta à voix basse dans sa barbe :

— *Si ce n'est que pour la surveiller !*

— Yoann, je vais appeler Marie pour qu'elle s'occupe de toi pendant notre absence.

— Je veux y aller, moi aussi !

— Non ! Mais je te promets que je viendrai te chercher lorsque nous aurons libéré ton frère et qu'il sera en sécurité. D'accord ?

— C'est pas juste ! Je n'ai jamais d'aventures, moi !

— Ton tour viendra, fais-moi confiance ! ajouta Alexandre avec un clin d'œil.

Il se dirigea vers la porte et tira sur un cordon près du chambranle.

— Marie va être ici dans un instant. Attends-la et dis-lui que je lui demande de s'occuper de toi jusqu'à mon retour. Compris ?

Yoann fit la moue et hocha la tête.

— Bien ! dit Alexandre en lui tapotant l'épaule. Et sois un gentil petit garçon !

— Un détail, dit Gwendoline en s'adressant à Lutgard. Tu as quelque chose qui m'appartient.

Elle ouvrit sa main.

— Ma baguette, s'il te plaît !

Il la lui tendit à contrecœur. Gwendoline regarda Isabelle.

— Donne-moi la main. Monsieur Chamboux, prenez la sienne. Nous ne voulons perdre ni l'un ni l'autre en chemin, et n'oubliez pas votre dague. Alexandre, quand tu veux !

— Allons-y !

— « Forêt de Rannoch ! » prononça Gwendoline.

Yoann courut et s'accrocha au bras d'Alexandre à l'instant même où s'engageait le sort, et disparut en même temps qu'eux.

XV

Cadavra Æternam !

Ils apparurent dans une petite clairière en bordure de la forêt de Rannoch, près d'une maison de ferme d'où s'échappaient des volutes de fumée, et dont les seuls vestiges restants étaient les murs en pierre noircie par les flammes de l'incendie qui l'avait ravagée. De nombreux pieds bottés, s'éloignant des ruines de la maison vers la forêt, avaient laissé des empreintes fraîches dans la neige qui couvrait le sol. Il se mit à neiger. Une bourrasque de vent glacial balaya la clairière, happant au passage des flocons qui tourbillonnèrent violemment, enveloppant le petit groupe d'un épais nuage blanc. Ils frissonnèrent, la rafale traversant leurs vêtements légers.

— J'ai froid, papa, dit Yoann accourant vers ce dernier et se blottissant.

— Que fais-tu ici ? dit-il visiblement en colère. Nous t'avions dit de rester au château avec Marie !

— Il s'est accroché à moi avant que nous disparaissions, ajouta Alexandre pour essayer de désamorcer la situation.

— On aurait dû apporter des manteaux ! dit Isabelle.

Elle prononça les mots entre chaque claquement de dents et se frappa les côtes de ses bras pour essayer de se réchauffer.

— Et des gants, renchérit Alexandre.

Il sautillait et soufflait dans ses mains, sa respiration se transformant en buée.

Gwendoline claqua des doigts. Apparurent alors de longues capes, couleur vert et brun des Highlands, qui couvrirent leurs épaules. Elles arboraient les armoiries de Hilda, brodées en fil d'argent sur un écusson représentant deux loutres se faisant face, assises sur un rocher entouré d'eau, sur un fond vert foncé. Des gants en laine doublés de fourrure enveloppèrent leurs mains. Des bonnets duveteux avec des cache-oreilles pendants de chaque côté couvrirent leurs têtes, et des foulards assortis aux capes s'enroulèrent délicatement autour de leurs cous.

Des bottes en cuir doublées de laine de mouton remplacèrent leurs souliers, réchauffant instantanément leurs pieds.

— Ils sont venus ici il n'y a pas longtemps, quatre ou cinq, dit Gwendoline en examinant les traces.

— Qui ? demanda René.

— Les uroks. Ce sont eux qui ont probablement saccagé et mis le feu à la maison. Nous allons devoir redoubler de vigilance !

— Que faisons-nous maintenant ? demanda Alexandre.

— Nous y allons ! répondit Gwendoline en regardant vers l'orée de la forêt.

— Vous voulez qu'on entre là-dedans ? demanda Isabelle incrédule, pointant vers les pins noirs saupoudrés de blanc.

— Que pensais-tu que nous allions faire ? Nous devons traverser la forêt à pied, c'est le seul moyen d'aller au château.

Elle s'arrêta et ajouta dans un même souffle :

— Je peux toujours te renvoyer à Avely si c'est ce que tu veux !

— Non, non, c'est pas ce que je voulais dire ! Je pensais qu'on aurait pu y aller sans passer par là ! répondit Isabelle.

— La forêt protège le château par son enchantement. Quiconque veut s'y rendre doit la traverser. Une autre des idées de Lanctot pour empêcher les trop curieux ou les attaques. Même moi, à qui il fait confiance, je dois me plier à son petit jeu. Les multiples sentiers qui l'entrecroisent aboutissent à des pièges, sauf un. Espérons qu'il ne l'a pas changé.

— Nous perdons un temps précieux ! ajouta René, impatient.

— Une dernière directive : ne vous éloignez pas, restez les uns près des autres et surtout, silence ! Nous ne voulons pas éveiller l'attention des uroks !

— *Heureusement que ce n'était qu'une directive !* ajouta Lutgard à voix basse, mais assez fort toutefois pour que tous l'entendent.

Gwendoline ne releva pas sa remarque désobligeante, et ils se mirent en route, Gwendoline en tête, suivie d'Alexandre, d'Isabelle, de Yoann ; son père et Lutgard assurant leurs arrières ainsi que Godefroy qui s'était retransformé en chat. Le vent cessa de souffler à l'instant même où ils passèrent les premiers arbres. Devant eux s'ouvraient une multitude de sentiers allant dans toutes les directions. Un sinistre silence régnait à l'intérieur, rien ne bougeait ; pas une feuille, pas une épine, pas le moindre froissement d'ailes ou de chants d'oiseaux. Gwendoline pointa vers un chemin embrumé et leur fit signe de la main de la suivre. Plus ils avançaient et plus la forêt devenait dense, le sentier rétrécissant à vue d'œil, les ronces des sous-arbrisseaux s'accrochant à leurs capes comme des griffes. Tout à coup, venant de derrière, le bruit d'une épée sortant de son fourreau se fit entendre. S'arrêtant, inquiets, ils tournèrent leurs têtes et écoutèrent attentivement. Alexandre sortit de la file et, faisant demi-tour, se dirigea en courant vers la queue de la colonne, la brume l'engloutissant. Gwendoline tenta de le retenir, sa main glissant sur l'étoffe de sa cape.

— Ce garçon est insupportable ! « Lumens ! »

La pointe de sa baguette s'illumina, créant une boule de lumière blanchâtre qui semblait suspendue dans la brume et qui se ballotait à chacun de ses pas.

S'adressant en chuchotant à Isabelle, René et Yoann :

— Mettez-vous derrière ces pins et ne bougez pas. Je vais voir ce qui se passe !

— Lutgard ! Où êtes-vous ? murmura Alexandre, appelant son ancêtre.

— *Ici !* répondit-il en chuchotant.

— Je n'y vois rien dans cette purée de pois !

Gwendoline arriva sur ces entrefaites.

— Que se passe-t-il, Lutgard ? Pourquoi as-tu tiré ton épée ?

— *J'ai entendu du bruit derrière nous ! Je crois que nous sommes suivis !*

— Où est Godefroy ? demanda Alexandre.

Deux yeux ronds apparurent à travers la brume, reflétant la lumière de la baguette comme deux phares d'automobile.

— *Je n'ai rien vu, Lutgard !* dit Godefroy.

— *Éteins cette baguette, ils vont nous découvrir !* ajouta Lutgard d'un ton agacé.

— *Nous ferions mieux de presser le pas, ils ne doivent pas être loin derrière !* avertit Godefroy.

Une lance manquant de justesse l'oreille d'Alexandre se planta dans l'arbre derrière lui avec un bruit sourd. Des mugissements rauques, sauvages, retentirent autour d'eux. Il était trop tard pour faire demi-tour ; les uroks attaquaient. Un cri provint d'où René était caché, suivi de hurlements de Yoann. Une flèche fendant la brume siffla et transperça le chapeau de Gwendoline. Elle s'accroupit instinctivement. Un urok passa à quelques mètres d'eux en direction d'Isabelle. Se concentrant, Alexandre pointa Gaia.

— « Petrificus Totalis ! »

Un jet or sortit de la chevalière, figeant la créature sur place.

— Êtes-vous blessée ? demanda-t-il, se tournant vers Mademoiselle McTavish.

— Non, non, je n'ai rien ! répondit Gwendoline en essayant de contenir son tremblement.

Un urok rugissant se dirigeait sur eux en courant et en brandissant une hache au-dessus de sa tête casquée.

— « Petrificus Totalis ! »

Lui aussi se figea instantanément. La créature était si près qu'ils voyaient ses dents pourries et sentaient son haleine de poisson en décomposition. Des bruits de métal contre métal provenaient d'un peu plus loin ; Lutgard se battait. Godefroy arriva et prit sa forme humaine.

— *Gwendoline ! Vite ! Viens avec moi ! René Chamboux a été blessé, et ils ont enlevé son fils !*

Il eut à peine le temps de compléter sa phrase qu'une lance se logea dans sa poitrine. Surpris, il regarda la hampe qui disparut, laissant un trou dans sa robe de sorcier. Ses yeux roulèrent dans leurs orbites, et il tomba à la renverse ; il reprit sa forme animale, ses pattes se convulsant dans un dernier mouvement saccadé.

— NON ! crièrent ensemble Gwendoline et Alexandre.

Ils se précipitèrent à son chevet et s'agenouillèrent.

— Godefroy ! dit Alexandre en le secouant. Godefroy !

Il regarda Gwendoline puis, se levant précipitamment, arracha la cape de son cou d'une main et se mit à courir, rugissant en direction des bruits de métal. Lutgard se battait vaillamment, parant habilement les coups de hache répétés. Le bras tendu, il cria :

— « CADAVRA ÆTERNAM ! »

Le jet qui jaillit de Gaia n'était pas or comme précédemment, mais d'un rouge écarlate, éblouissant, et accompagné d'un grondement qui fit trembler le sol sous ses pieds. L'urok se désintégra, les arbres avoisinants aussi, le souffle de l'explosion projetant Alexandre par en arrière contre un tronc d'arbre. La fumée se dissipa, des cendres pleuvaient au ralenti. Tout ce qui restait de la créature et de cette parcelle de la forêt était un large cratère. Hors d'haleine, Alexandre se releva. Il fut pris soudainement d'un tremblement incontrôlé ; ses jambes, devenues molles, cédèrent sous son poids, et il tomba à genoux. Se mettant en boule, cachant son visage dans ses mains, il éclata en pleurs, aveuglé par la douleur, ses épaules tressautant avec chaque sanglot. Lutgard, ahuri, regardait la désolation. Il connaissait très bien la puissance que Gaia pouvait déployer, ayant été lui-même porteur, mais la violence dont il venait d'être témoin dépassait tout ce qu'il avait vu ou fait. Gaia avait été conçue pour porter secours, sauver des vies, non pour détruire sur une si grande échelle. Cet évènement soulevait plus que de sérieux doutes dans sa tête. Il n'y avait aucune sagesse dans son legs à quelqu'un d'aussi jeune et inexpérimenté. Il n'y avait pas non plus de justification plausible à l'empressement de certains membres du Conseil pour que lui, Lutgard, se défasse de Gaia. Ou était-ce calculé ? Était-il possible que les informations données par Gwendoline soient véridiques ? Avaient-ils formé une alliance avec Maldubh ? Il était convaincu à présent que d'avoir légué Gaia avait été une erreur, mais maintenant, il était trop tard. Cependant, une chose était certaine et parlait en faveur d'Alexandre. Que l'ennemi ait été anéanti, c'était de bonne guerre ! Lui-même en avait fait un tel usage, sans regret, et cela pouvait se justifier ; aucun d'entre eux n'avait provoqué quoi ou qui que ce soit ; ils essayaient simplement de se rendre au château pour sauver Patrick. Le temps viendrait où le coupable aurait à répondre de ses actes. Il s'en ferait un devoir.

— *Alexandre ?* dit-il doucement, s'accroupissant et mettant sa main sur son épaule pour le réconforter.

Ses yeux, couleur de la mer des Caraïbes en furie, se noyaient dans les vagues d'un océan d'incompréhension, de tristesse et de répugnance.

— Ils ont tué Godefroy, dit-il, hoquetant.

— *Je sais…*

— Je ne voulais pas…

— *Nous n'étions pas prêts…*

— J'étais si en colère…

— *Je comprends… Lève-toi! Allons retrouver les autres.*

— Non! Laissez-moi!

Il poussa Lutgard et essaya d'enlever Gaia de son doigt.

— *Cela ne sert à rien, Alexandre.*

— Vous avez vu ce que j'ai fait? Je ne l'utiliserai plus jamais pour le reste de ma vie! dit-il d'un ton résolu, refoulant une autre boule qui lui montait à la gorge.

— *Ne parle pas comme ça! L'apprentissage est un long processus, et tu ne fais que commencer. Tu as permis à ta douleur d'accéder à ta colère et à te laisser guider par elle. Tu n'as rien fait de mal! Tu n'as utilisé Gaia que dans le but de nous sauver!*

— Piètre consolation! Ça ne ramènera pas Godefroy!

— *Non, mais ceux du monde de la magie ne disparaissent jamais réellement.*

— Je vais le revoir, alors? demanda-t-il, un regain d'espoir dans la voix.

— *Je ne saurais le dire, mais je sais qu'il a plus d'un tour dans son sac. C'est un chat avant tout!*

— Et ils ont neuf vies, c'est ça?

— *C'est ce que l'on dit!*

— Monsieur Chamboux, Yoann, Patrick et Isabelle n'en ont pas neuf, eux, et j'ai mis leurs vies en danger!

— *Ce sont eux qui ont fait le choix, sachant pertinemment ce qui les attendait. Ils ont besoin de ton aide et de celle de Gaia plus que jamais maintenant.*

— Mais les uroks ont enlevé Yoann !

— *Ne t'inquiète pas pour lui, il est bien protégé. Nous devons nous regrouper. Ils vont revenir en force pour achever leur besogne.*

— Qu'ils viennent, je les attends ! Je vous jure que ce que vous avez vu n'est rien comparativement à ce que je vais leur faire subir !

— *Non, Alexandre ! NON !* dit Lutgard alarmé tout à coup. *Tu ne dois pas ! En acceptant d'être le Porteur de Gaia, tu as aussi accepté de ne l'utiliser que pour le bien ! Assouvir tes sentiments de vengeance, quoique justifiés, ne servirait qu'à te détruire. Rappelle-toi ! Gaia anéantira instantanément celui qui ne démontrera pas des intentions pures et honnêtes !*

Il le regarda un instant silencieux et ajouta doucement :

— *Est-ce cela que tu veux ?*

— Je ne sais plus, Lutgard, répondit-il à voix basse, ses yeux se remplissant d'eau à nouveau. J'ai si peur de me tromper !

— *Je t'aiderai, si tu le veux, à surmonter cette peur, mais pour l'instant, viens !*

Lutgard lui tendit la main, l'aidant à se relever. Le cœur lourd, il remonta le sentier derrière Lutgard, en silence, se battant contre les sentiments de peine, de culpabilité et de colère qui l'assaillaient tour à tour. Il n'aurait jamais dû céder à leurs demandes. Godefroy serait toujours en vie et Yoann, en sécurité. Oh ! combien Gaia était lourde en cet instant, combien il regrettait de l'avoir acceptée.

— Lutgard ! Enfin ! Où étiez-vous tous les deux ? Monsieur Chamboux est blessé !

C'était la voix de Gwendoline. René était étendu sur le dos, sans connaissance, une tache sur sa poitrine teintant l'écusson de rouge.

— Il a perdu beaucoup de sang, Lutgard !

— Isabelle ? appela Alexandre.

— Ici Alex ! dit-elle, sortant de derrière l'arbre où elle s'était dissimulée.

— Es-tu blessée ?

— Non, je n'ai rien, répondit-elle. Et toi ?

— Ça va!

— Qu'est-ce que t'as? demanda-t-elle inquiète.

Mademoiselle McTavish parlait à nouveau.

— Leurs armes sont empoisonnées, Lutgard; il faut que je le transporte à Tegnon tout de suite. J'ai un antidote dans mon donjon. Nous devons tous y retourner!

— Non, je reste! s'objecta fortement Alexandre. Je ne peux pas abandonner Yoann!

— *Gwendoline, pars avec monsieur Chamboux et fais ce que tu peux pour le sauver. Je ne veux pas avoir la mort d'un Innocent sur la conscience; celle de l'un des nôtres est suffisante.*

Il fit une brève pause.

— *Et amène Godefroy aussi. Nous ne voulons pas le laisser comme proie aux créatures qui errent dans cette forêt. Je tiendrai compagnie à Alexandre jusqu'à ton retour. Nous essayerons d'échapper aux uroks et de retrouver Yoann en t'attendant.*

— Isabelle, viens avec moi, demanda Gwendoline. Je vais avoir besoin de ton aide.

— Pas question! répondit Isabelle vivement.

— S'il te plaît, Isabelle, dit Gwendoline presque suppliante.

— Va avec elle, Belle. Je ne suis pas certain de pouvoir assurer ta sécurité pour l'instant! ajouta Alexandre, bien qu'il eût préféré qu'elle reste. Je vais avoir besoin de toi une fois dans le château de Rannoch.

— Es-tu certain?

Il fit un signe affirmatif de la tête.

— Va!

— « Levitatum! » dit Gwendoline.

Le corps de René se mit à flotter. De l'autre bout du sentier, le corps inerte d'un chat ondoya et s'arrêta près de René.

— « Turris! »

Ils se volatilisèrent, laissant Alexandre pensif. Il appuya son front sur le tronc d'arbre à côté de lui, ferma les yeux et soupira profondément, envahi par une vague insoutenable de culpabilité. Il murmura à l'écorce :

— « Ita Vivam ! »

La forêt fondit autour de lui, et il disparut, entraînant Lutgard.

XVI

Felix Sylvestris !

René, en nage, allongé sur le lit, gémissait et se tordait de douleur. Gwendoline, Isabelle et lui venaient tout juste d'arriver de la forêt de Rannoch dans le donjon de cette première, une pièce sombre et austère, aux murs de pierres, ayant pour toute source de lumière une simple lucarne s'accrochant désespérément à l'un des murs. Des ululements retentirent, suivis d'un battement d'ailes.

— Qu'est-ce que c'est ? demanda Isabelle, mal à l'aise.

— Bubobuso ! Viens !

Une forme indistincte descendit du haut du donjon. Un oiseau au plumage blanc pur, moucheté de noir, se posa gracieusement sur son avant-bras.

— Voici ma chouette.

Elle lui flatta le dessus de la tête, et approcha l'oiseau qui sauta sur le coin de la table. Sortant sa baguette de sa cape, elle la pointa vers la cheminée.

— « Inflammo ! »

Des langues de feu jaillirent des buches déposées dans l'âtre, leur rayonnement se glissant dans la pièce et la remplissant d'une agréable chaleur. Une marmite en fonte noircie apparut et se suspendit à la crémaillère ; les flammes orangées flattant sa base arrondie. Le liquide à l'intérieur se mit à bouillir presque immédiatement, laissant échapper des serpentins de vapeur.

— Je dois préparer un alexipharmaque.

Isabelle la regarda, ne comprenant pas.

— Un antidote, dit Gwendoline. Tu trouveras un grimoire avec les initiales « GM » gravées sur la couverture, là-bas dans le secrétaire. Apporte-le-moi, s'il te plaît.

Bubobuso poussa un ululement agacé lui rappelant qu'elle voulait être nourrie.

— Tout à l'heure, Bubobuso ! Je dois d'abord m'occuper du malade !

La chouette, mécontente, s'envola en poussant un cri strident. Gwendoline s'approcha de René et écarta délicatement la cape. Soulevant sa chemise imbibée de sang, elle examina la blessure. Il grimaça.

— Je suis désolée, Monsieur Chamboux, dit-elle en fronçant les sourcils.

La chair avait commencé à se putréfier, et le pourtour de la blessure avait pris une teinte bleu noir. Le poison se répandait plus rapidement que Gwendoline ne l'avait cru. Il lui saisit la main.

— Mademoiselle McTavish !

Sa voix était faible.

— Oui, Monsieur Chamboux, je suis ici !

Elle épongea les gouttes de sueur qui perlaient sur son front. Il lui serra la main.

— Je n'en ai plus… pour… long…

Une quinte de toux le secoua.

— Chut! Ne parlez pas, gardez vos forces!

Il l'attira vers lui.

— Mademoiselle McTavish…

Il toussa de nouveau, son visage se contorsionnant de douleur à chaque toussotement.

— Promettez-moi… vous ferez tout… retrouver Simone… femme… enfants…

— Vous la retrouverez vous-même. Je vous prépare une potion qui vous aidera à guérir! Calmez-vous!

Elle lui tapota le dessus de la main. Il l'implora de ses yeux fiévreux.

— Jurez-moi!

— Allons, allons, cessez de dire des sottises et reposez-vous!

René se leva sur un coude, ouvrit la bouche pour parler et retomba sur sa couche sans connaissance.

— Isabelle! L'as-tu trouvé? demanda Gwendoline avec une pointe d'impatience dans la voix.

— Tenez!

Elle prit le grimoire qu'elle feuilleta, tournant avec précaution les pages en parchemin décoloré et aux coins écornés.

— Uroks… uroks… ah! La voici.

Les armes fabriquées par les maîtres-forgerons uroks sont particulièrement redoutables. En effet, la moindre égratignure est fatale si elle n'est pas traitée dans les deux heures suivant la blessure subie par la victime. Ceci est en raison du fait qu'il entre dans la fabrication de leurs armes deux métaux particulièrement reconnus pour leur propriété toxique : l'Écrurem et l'Emrhorc qu'ils extraient des profondeurs de leurs mines. Ces minerais, toutefois, ne semblent pas les affecter, cela étant possiblement en raison de leur physiologie bestiale. Une décoction des ingrédients suivants est toutefois possible comme potion alexitère. Dans un mortier en albâtre, broyer les ingrédients dans l'ordre pour obtenir une poudre fine.

1. Deux jeunes plantes à larges feuilles frisées, cueillies un vendredi treize à la pleine lune et une année bissextile.

2. Deux petits orteils de diablotin, sans ongles. Ajouter la poudre à l'eau bouillante de la marmite et remuer trois fois dans le sens des aiguilles d'une horloge et deux fois dans le sens contraire. Le liquide tournera au jaune.

Ajouter le troisième ingrédient.

3. Une moustache de deux centimètres de long de « Felix sylvestris » du Caucase.

Votre potion tournera au brun, puis au vert clair. Comptez six bouillons, pas un de plus ou de moins après ce changement de couleur, et ajouter le quatrième ingrédient.

4. Une langue de jeune crapaud rouge et vert de la forêt amazonienne.

Puis, comme agent catalysant :

5. Deux gouttes de sang de la victime.

Votre potion sera réussie à condition que celle-ci devienne bleue ; vous pourrez alors l'administrer à votre patient par petites gorgées. Faire suivre l'absorption d'un morceau de chocolat afin d'enlever l'arrière-goût amer de la décoction (facultatif).

Il est également possible d'utiliser la potion pour les affections suivantes, sous forme de cataplasme ou de pommade en variant l'ordre des ingrédients. Pour plus de détails, voir :

- Calvitie
- Arthrite pernicieuse
- Pied d'athlète

Gwendoline se leva du chevet de René et se dirigea vers le mur adjacent à la cheminée.

— « Expendere ! »

Une porte de pierre glissa dans le mur, révélant des tablettes recouvertes de pots identifiés par des étiquettes, de petits sacs de toile, d'osselets de toutes sortes, de crânes nains de singes et de crocodiles. Elle pénétra dans la pièce et prit des pots, des sacs, des osselets, et ressortit avec un mortier et un pilon qu'elle déposa sur sa table de travail. Mettant les feuilles et les osselets dans son mortier, elle broya le tout en une poudre fine. Satisfaite, elle les transféra dans la marmite. Le liquide donna un bouillon et tourna au jaune. Elle ajouta la moustache ; le liquide devint brun, puis vert clair.

— Ce ne sera plus très long, dit-elle. Lorsque ce sera devenu bleu, ce sera prêt.

— Est-ce que monsieur Chamboux va mourir ? demanda Isabelle, soucieuse.

— Son état est grave, mais c'est un homme fort ; il s'en tirera, j'en suis certaine !

— Mademoiselle McTavish…

— Tu peux m'appeler tante Gwendoline ; ça me ferait même plaisir que tu le fasses.

Isabelle hésita un instant.

— Tante Gwendoline, je me demandais, que s'est-il passé entre vous et ma mère ?

— Il ne s'est rien passé entre nous, bien au contraire.

— Je ne comprends pas pourquoi elle ne m'a jamais parlé de vous.

Fixant la marmite, Gwendoline soupira et remua la potion avec une cuillère de bois, perdue dans ses ondulations, attendant le moment propice pour ajouter la langue de crapaud.

Puis elle expliqua :

— C'était la semaine précédant Noël. Comme tous les ans, nous étions de retour au château de Hilda pour célébrer les Fêtes, Duncan, ton grand-père, Élizabeth, ta grand-mère, mon frère Jamie, ta mère Anne et moi. Les préparatifs avaient commencé tôt le matin. Jamie, ton oncle, était très excité comme on peut l'être à six ans ; il attendait le père Noël avec beaucoup d'anticipation. Jock, le jardinier, s'était surpassé ; il avait coupé et ramené de la forêt le plus beau sapin que nous ayons jamais vu ! Majestueux, fourni ; ses aiguilles vert tendre et vert foncé avaient une apparence cirée ; il devait mesurer au moins dix mètres de haut par trois mètres de large à sa base. Son parfum capiteux embaumait tout le hall et se répandait partout du rez-de-chaussée jusqu'à nos chambres à l'étage. La journée avait commencé comme d'habitude par un petit déjeuner copieux que nous prenions dans la salle à manger rouge. Du hareng fumé, du haggis, de la bouillie d'avoine baignant dans du miel et de la crème tiède de la traite des vaches, des saucisses, des rôties avec de la marmelade, le tout arrosé de thé au jasmin et de chocolat chaud. Tout le monde riait et essayait de deviner les cadeaux qu'ils espéraient recevoir le vingt-cinq au matin, tous, sauf ta mère qui semblait préoccupée et mal à l'aise. Maman s'en était aperçue et avait fait comme si de rien n'était, et nous expliquait la manière dont elle allait décorer l'arbre avec les larges guirlandes de velours or et rouge. Elle les sortirait de leurs boîtes une à une avec sa baguette, à la queue leu leu, et les ferait s'entrecroiser, monter vers le plafond, puis redescendre en cascade et, frôlant le plancher, elles tournoieraient autour de nous pour faire l'ascension de l'arbre jusqu'à son sommet et, finalement, s'enrouler autour en s'entrelaçant. Ta mère avait la mine de plus en plus basse et était de toute évidence ailleurs, perdue dans ses pensées. Cela n'avait pas échappé à notre père qui commençait à se douter que quelque chose ne tournait pas rond. Essayant de détourner son attention, je m'étais mise à décrire comment j'allais décorer l'arbre en commençant par les boules de verre multicolore, puis les anges aux ailes déployées, les pères Noël, les oiseaux : les rouges-gorges au plumage rouge orangé, les hirondelles, les pinsons, les chardonnerets, les rossignols qui chanteraient dès qu'ils se poseraient sur les branches ; les étoiles scintillantes, dont certaines filantes, les clochettes tintant de leurs voix cristallines. Jamie contenait à peine son excitation et poussait de petits gloussements tout en applaudissant.

Gwendoline jeta un coup d'œil sur le liquide qui s'était mis à bouillir de nouveau dans la marmite. Elle compta.

— Quatre… cinq… six.

Elle ajouta la langue, et la potion devint bleue ; les deux gouttes de sang de René, et le liquide s'épaissit.

— C'est prêt.

Elle prit une louche en bois et la plongea dans le liquide qui siffla à son contact, et en versa une petite quantité dans une coupe.

— Allons la lui faire boire.

Elles s'approchèrent de René. Gwendoline lui toucha le bras doucement.

— Monsieur Chamboux !

— Il n'a pas l'air de bien aller, tante Gwendoline.

— Ne t'en fais pas, une fois qu'il l'aura bue, il se sentira mieux. Éponge son front pendant que je dépose quelques gouttes sur sa blessure.

Elle écarta délicatement le pan de la chemise et versa sur la plaie quelques gouttes, qui grésillèrent à son contact et commencèrent à la cicatriser. Le trou laissé par la lance se referma sous leurs yeux, effaçant la blessure.

« Voilà qui est bien », pensa Gwendoline, satisfaite. Elle souleva la tête de René, qui ballota dans sa main, et approcha la coupe de ses lèvres, la penchant pour le faire boire. Une petite quantité du liquide bleuté coula le long de son menton.

— Monsieur Chamboux ! Un petit effort ! Allons ! Buvez, cela vous fera du bien !

Elle lui tapota la joue. Il ne réagit pas.

— Je vous demande pardon, Monsieur Chamboux !

Elle le gifla. René ouvrit à demi ses yeux sous l'effet.

— Buvez ! dit-elle d'un ton sans équivoque.

Gwendoline rapprocha la coupe et l'aida à boire. Il toussota et grimaça.

— C'est bien ! Continuez ! Dans peu de temps, vous vous sentirez mieux. Encore un petit effort, allez, il n'en reste presque plus, dit-elle en l'encourageant.

Il vida la coupe, et Gwendoline reposa sa tête délicatement sur l'oreiller ; il s'endormit aussitôt.

— Qu'est-ce qu'on fait maintenant ?

— Nous attendons, répondit Gwendoline dans un soupir.

— Est-ce que vous avez enrayé le poison à temps ?

— Je l'espère, Isabelle. Nous avons eu assez de calamités pour une journée.

Elle toucha affectueusement du bout des doigts le corps de Godefroy, étendu et immobile. Ses yeux se remplirent d'eau.

— C'était votre ami, n'est-ce pas ?

Gwendoline hocha la tête lentement tout en lui caressant tendrement une patte.

— Nous nous connaissions depuis très longtemps.

— Et vous ne pouvez rien pour lui ?

— Non, je ne peux pas ramener à la vie ceux qui nous ont quittés, même s'ils sont du monde de la magie.

Elle fit une pause.

— Mais il n'est pas réellement parti, tu sais, il reste là, pointant vers sa poitrine avec son index. À tout jamais.

Elle regarda René. Son visage reprenait un peu de couleur, sa respiration était moins pénible.

— Je crois que ça commence à faire effet. As-tu faim ?

— Pas vraiment.

— Nous n'avons rien mangé depuis notre départ de Tegnon. Un peu de fromage et une tasse de thé nous feront du bien.

— Comme vous voulez, répondit Isabelle sans conviction.

Un bloc de fromage et quelques biscuits secs apparurent sur la table ainsi que le thé. Gwendoline versa le liquide ambré qui, en s'écoulant dans la tasse, dégagea une odeur sucrée. Bubobuso, attirée par l'arôme du cheddar, atterrit dans un battement d'ailes et courut vers Gwendoline en poussant de petits cris. Elle coupa un morceau du bloc et le lui tendit.

— Tiens, ma gourmande !

Bubobuso prit délicatement le morceau dans son bec et l'avala d'un coup. Regardant Gwendoline, la chouette s'avança et lui picora le dessus de la main.

— C'est le dernier, ce n'est pas bon pour toi !

Elle lui caressa la poitrine et lui donna le fromage. Bubobuso resta un instant, sautillant d'une patte à l'autre et espérant un autre morceau, puis s'envola pour se poser près de Godefroy. Elle passa son bec dans sa fourrure.

— Va-t'en de là, ce n'est pas de la charogne ! lança Gwendoline en colère, gesticulant pour chasser l'animal. Allez ! Ouste !

La chouette poussa un ululement perçant et, d'une puissante poussée d'ailes, disparut vers l'obscurité du plafond.

— Ces oiseaux n'en font qu'à leur tête !

— Dites-moi, tante Gwendoline, vous disiez tout à l'heure que ma mère semblait préoccupée.

Gwendoline continua son récit.

— Ta mère était anxieuse et malheureuse en même temps. Comme je te l'ai dit, ton grand-père s'était aperçu que quelque chose n'allait pas et avait voulu savoir ce que c'était. Ta mère a refusé d'en parler. Il lui a ordonné alors d'aller l'attendre dans son cabinet de travail. Être envoyé dans cette pièce voulait inévitablement dire qu'une punition hors du commun allait être administrée. On ne jouait pas avec ton grand-père. Tu avais tout intérêt à lui répondre franchement lorsqu'il te posait une question. Ce qui a été dit, nous l'ignorons, mais lorsqu'il est ressorti de son bureau, son visage était empourpré, et il était dans une colère sans précédent. Ta mère l'a suivi quelques instants plus tard et, avec tout l'aplomb qu'elle croyait que ses quinze ans lui conféraient, a pris sa baguette, l'a cassée en deux et l'a jetée à ses pieds ; elle a juré de ne plus jamais remettre les pieds à Hilda, a renié les McTavish, a fait sa malle et est partie du château le soir même. Cela a été le dernier Noël que nous avons célébré en famille, tous réunis. Les années ont passé, et papa n'a plus jamais parlé de ma sœur et nous a interdit de prononcer son nom. Maman ne s'est jamais réellement remise de son départ, et s'est enfermée dans sa tour d'où elle ne sortait que très rarement. Elle est morte quelques années plus tard, au printemps de ses cinquante ans. Jamie n'a jamais pardonné à notre père d'avoir banni sa sœur et les malheurs qui ont suivi. Le jour de ses dix-sept ans, son apprentissage de sorcier étant terminé, il a quitté le château pour aller vivre quelque part au fin fond du continent africain. Personne ne sait ce qu'il est devenu ni s'il est encore en vie. Quant à ton grand-père, en bon McTavish qui se respecte, il a continué sa vie comme si de rien n'était et est mort à l'âge vénérable de quatre-vingt-treize ans, sans le moindre regret.

— Je suis désolée, tante Gwendoline.

— Comprends-tu maintenant pourquoi je tiens à ce que rien ne vous arrive à toi et à ma sœur ? Vous êtes la seule famille qu'il me reste.

Isabelle baissa les yeux, se sentant coupable tout à coup d'avoir douté de la bonne foi de sa tante. Elle avait voulu savoir ; eh bien, maintenant elle savait, mais seulement une partie du casse-tête. Les révélations de Gwendoline posaient plus de questions qu'elles n'apportaient de réponses. Maintenant, elle devrait faire face à sa mère et la confronter, parce que, bien entendu, la curiosité était plus forte que la raison, et il fallait qu'elle, Isabelle, sache toute la vérité et rien que la vérité ; à tout prix !

Elle regarda sa tante.

— Allez-vous venir avec moi voir ma mère lorsque nous aurons ramené Patrick chez lui ?

— Je ne sais pas, Isabelle, cela fait si longtemps que nous nous sommes vues. Je ne suis pas certaine d'ailleurs qu'elle m'ait pardonné.

— Pardonné ? Je ne comprends pas.

— Je n'ai rien fait pour essayer de la retenir ou pour la convaincre qu'en partant ainsi, elle faisait une grave erreur. Comprends que nous avions tous une peur bleue de ton grand-père. La seule qui osait lui tenir tête était ta mère, et elle aurait voulu que j'en fasse autant puisque je suis l'aînée. J'étais prise entre elle et Jamie, qui avait besoin de ma protection ; il était trop jeune pour se défendre et, lorsque maman est décédée, je n'ai eu d'autre choix que de le prendre sous mon aile.

— Oui, mais cela fait longtemps, et maman pardonne facilement, ajouta Isabelle hâtivement.

— Cela n'est pas aussi simple que ça !

— Ça ne vous coûtera rien d'essayer, tante Gwendoline, s'il vous plaît !

— Nous en reparlerons en temps et lieu, Isabelle. Pour l'instant, nous avons d'autres choses plus urgentes à régler. Nous sommes encore loin d'avoir sauvé Patrick et protégé Alexandre, sans parler de Lanctot et Maldubh.

Elle soupira et versa distraitement une autre tasse de thé.

— Qu'est-ce qu'on fait maintenant ? demanda Isabelle en prenant une gorgée du liquide.

— Nous devons attendre que la potion neutralise complètement le poison avant de repartir pour Rannoch. Je vais envoyer un message à Lutgard pour l'avertir que monsieur Chamboux est en voie de guérison et que nous pourrons le rejoindre bientôt.

— Mais comment ? Il n'y a tout de même pas des messagers qui livrent du courrier dans une forêt.

Gwendoline éclata de rire.

— Vous vous moquez de moi !

— Non, je trouve ton innocence tellement rafraîchissante ! Va me chercher un bout de papier, de l'encre et une plume dans mon secrétaire, s'il te plaît.

Gwendoline griffonna sur le papier, le roula et l'attacha avec un bout de ruban.

— Bubobuso ! Viens, ma belle !

L'oiseau atterrit sur la table.

— J'ai une mission pour toi. Trouve Lutgard et donne-lui ceci.

Elle lui montra le bout de papier.

La chouette présenta sa patte, et Gwendoline attacha le rouleau.

— « Expendere ! »

La lucarne s'ouvrit ; Bubobuso s'envola, disparaissant dans l'ouverture.

— Et ne traîne pas en route !

Isabelle regarda le corps inerte de Godefroy.

— Qu'allez-vous faire avec lui ?

— Lorsque tout sera rentré dans l'ordre, je demanderai à Alexandre de l'amener sur Gaia pour qu'il soit enterré parmi les siens. En attendant, il est en sécurité ici.

— Yoann ? appela René.

— Monsieur Chamboux, comment vous sentez-vous ? demanda Gwendoline.

— Que m'est-il arrivé ? Où est Yoann ? Où suis-je ?

— Calmez-vous ! Vous êtes chez moi au château de Tegnon. Vous avez été blessé par des uroks, et nous avons dû vous transporter ici pour vous soigner.

— Où est mon fils ? Où est Yoann ?

— Je suis désolée, Monsieur Chamboux. Il a été enlevé. Alexandre et Lutgard sont à sa recherche en ce moment, répondit Gwendoline.

— Il faut que je parte à sa recherche !

René se leva précipitamment, tituba et retomba assis sur le lit.

— Calmez-vous, Monsieur Chamboux. Vous n'êtes pas encore remis de votre blessure !

Un filet de sang coulait de l'une de ses narines.

— Tante Gwendoline ! Il saigne !

— J'avais peur que ce ne soit le cas !

— Qu'est-ce qui m'arrive ? demanda René.

— La potion que je vous ai donnée n'a fait que retarder l'empoisonnement, elle ne l'a pas enrayé.

Il se mit à trembler violemment.

— J'ai si froid !

— Allongez-vous et cessez de bouger.

— Pourquoi fait-il si noir ? Je ne vois plus rien !

— Tante Gwendoline ! Faites quelque chose ! cria Isabelle paniquée.

— « Somnus Profondis ! » Cela le tiendra tranquille jusqu'à ce que je trouve l'antidote approprié.

Gwendoline feuilleta son grimoire, entra dans la pièce à côté de la cheminée et en ressortit en colère.

— Qu'y a-t-il ?

— Je n'ai pas tous les ingrédients nécessaires pour préparer la nouvelle potion ! Il n'y a qu'un endroit au village où je peux me les procurer. Je dois aller chez Lanctot.

— C'est trop dangereux !

— Je n'ai pas d'autre choix, Isabelle. Je ne peux rien pour lui sans ces herbes.

— Pourquoi ne pas envoyer quelqu'un du château ?

— En d'autres temps, j'aurais fait ce que tu suggères. Les herbes dont j'ai besoin ne sont utilisées que par des sorciers et à des fins très précises. Il saurait immédiatement que quelqu'un a essayé de traverser la forêt. Non, il faut que j'y aille. Je n'en ai pas pour longtemps. Un aller-retour rapide.

Elle lui sourit.

— Oui, c'est ce que j'avais dit à ma mère aussi lorsqu'elle m'a envoyée chercher mon père à la boulangerie, et regardez où cela m'a menée !

— Tu ne savais pas ce qui t'attendait. Moi, si ! Cesse de t'inquiéter, il ne m'arrivera rien. Tu es en sécurité ici. Viens ici.

Gwendoline ouvrit ses bras et étreignit Isabelle.

— À tout à l'heure !

— Qu'est-ce que je fais si monsieur Chamboux se réveille ?

— Il ne se réveillera pas jusqu'à ce que je le délivre du sort. Je reviens tout de suite !

Gwendoline lui sourit.

— Faites attention !

— « Désorey ! »

Elle disparut dans un léger « pop ».

XVII

Coilleach

Yoann à moitié étourdi par le ballotement de la créature au pas de course criait, donnait des coups de pieds et se débattait aussi férocement que ses sept ans lui permettaient, ce qui, malheureusement, n'était pas grand-chose. Il essayait de se dégager de l'emprise du monstre qui le tenait fermement par la taille, à la hauteur de sa large ceinture en cuir clouté, l'étouffant presque. Son ravisseur l'avait attrapé par le collet et soulevé comme un sac de pommes de terre, d'un seul mouvement et si rapidement que l'air expulsé de ses poumons avait produit un sifflement. Cela était arrivé si vite qu'il en avait lâché son ourson. Mais il savait qu'Aloysius le retrouverait ; l'elfe l'avait dit. « *Il ne se manifestera qu'à vous et seulement en des circonstances nécessitant sa transfiguration.* » En attendant d'être secouru ou, à tout le moins, dans l'attente d'un moment propice où il pourrait s'échapper des griffes de son agresseur, il ne pouvait rien contre la brute puante qui le secouait comme un prunier. Il cessa de se débattre et devint mou dans son emprise. La bête poursuivait sa course, infatigable, esquivant les branches basses, sautant agilement par-dessus les troncs d'arbres tombés en travers de la piste à peine visible, une prouesse remarquable considérant la masse imposante de son corps. Elle l'emmenait de plus en plus profondément dans la forêt où, à travers son regard brouillé par le secouement, Yoann pouvait apercevoir d'énormes arbres difformes, aux branches dénudées et entremêlées. Il se demanda comment il allait pouvoir sortir de cette impasse, ne connaissant pas l'endroit. Bien sûr, mademoiselle McTavish avait mentionné qu'il fallait traverser cette forêt pour aller au château d'un certain Lanctot qui, toujours selon elle, n'était ni très gentil ni très sympathique. Yoann en avait conclu qu'en effet, aucune personne saine d'esprit ne laisserait en liberté dans son jardin, aussi grand fût-il, des créatures qui grognaient tout le temps et qui sentaient aussi mauvais. Il allait avoir beaucoup de difficulté à revenir sur les pas du monstre pour retrouver son père. Son environnement défilant à l'horizontale lui donnait l'impression que la forêt était enceinte d'une haie continue en bois. Il ne fallait surtout pas paniquer ! Non ! Il fallait s'accrocher au seul espoir possible pour l'instant et s'y tenir de toutes ses forces ; Aloysius le retrouverait. Yoann souhaitait de tout son petit être que ce gros mufle soit en train de laisser des traces qui pourraient être suivies. Il éternua. Une odeur de fumée venait de lui chatouiller les narines. Des grognements éloignés, inintelligibles lui parvinrent aux oreilles. La bête ralentit et s'arrêta au bord d'une petite clairière, renifla l'air bruyamment et appela. Les sons qui sortirent de sa gueule étaient une série d'onomatopées indistinctes toutes prononcées les unes à la suite des autres, sans pause et sur un ton de colère, et se situaient quelque part entre des râlements et des aboiements. Les mêmes sonorités lui répondirent. Elle s'avança au-delà des arbres, et Yoann entendit des pas lourds s'approcher. Après un court moment, il put voir des bottes défiler rapidement, tournant autour de son ravisseur. Des mains saisirent sa jambe et tirèrent dessus fortement. La créature, grognant férocement, resserra son emprise et donna un violent coup de pied. Un cri s'ensuivit, les mains lâchèrent prise pour le reprendre aussitôt. Un grattement. Yoann reconnut le son immédiatement et se raidit. C'était le frottement qu'une lame de couteau fait lorsqu'elle sort de son étui. Elles allaient se battre ! Un grognement d'avertissement. La main qui retenait sa cheville la relâcha. Il se mit à trembler. Il comprit soudainement que le reste du groupe voulait le posséder ; ceci n'était pas de bonnes nouvelles ! Fermant les yeux, il appela son père en silence.

* * *

Aloysius se blottissait dans les bras de Yoann qui s'était caché derrière le tronc d'un gigantesque pin noir. Mademoiselle McTavish les avait avertis qu'ils ne devaient, en aucun cas, sortir de leur cachette avant qu'elle ne revienne les chercher. Yoann, terrifié, avait fait oui de la tête et serré Aloysius plus fort contre lui. Une terrible bataille faisait rage non loin. Aloysius pouvait entendre des « Petrificus Totalis ! » en succession rapide, des mots qu'il ne comprenait pas. Puis était venu un retentissant « Cadavra Æternam ! » du fond de la forêt, suivi quelques instants plus tard d'une terrible explosion qui avait fait trembler le sol et dont le son avait rebondi de sapin en sapin, de pin en pin. René, le père de Yoann, avait poussé un cri à glacer le sang, et Aloysius s'était soudainement mis à chuter, une chute vertigineuse, considérant sa petite taille. Il atterrit sur un lit de mousse, au lieu d'un d'aiguilles, ce qui aurait dû être le cas puisqu'ils étaient au pied du pin noir, mais, bien entendu, la forêt était enchantée ; et c'était un bien mauvais enchantement, soit dit en passant. Qui plus est, ce qui aurait été logique dans des circonstances normales ne s'appliquait pas ici. Un objet métallique, une fraction de seconde plus tard, rebondit sur son ventre rondelet. C'était la broche qui, quelques instants plus tôt, était accrochée à la cape de Yoann. Il comprit soudainement que quelque chose de grave venait d'arriver ; Yoann et lui étaient inséparables. Il s'assit et regarda autour de lui, hébété. Il entendait les gémissements de René qui cessèrent brusquement, puis les cris de Yoann diminuant en intensité quelque part, derrière lui, dans la forêt ; il entendait aussi mademoiselle McTavish, inquiète, qui parlait à Lutgard et Alexandre. Il ramassa la broche, l'épingla à sa fourrure et se mit à courir dans la direction des cris. Ses petites pattes ne pouvaient se déplacer aussi rapidement qu'il le désirait et, comme lui avait promis l'elfe Calernon, il se métamorphosa en un magnifique tigre du Bengale à la robe fauve et aux rayures sombres. Levant sa tête majestueuse, il flaira l'air de sa truffe noir de jais. La trace d'une odeur nauséabonde s'accrochait encore dans l'air et agressa son museau. Il s'en réjouit. La piste serait facile à suivre. Ses oreilles arrondies localisèrent le bruit presque imperceptible de quelqu'un courant lourdement, à vive allure. D'un bond de ses puissantes pattes, il s'élança, rejoignant l'urok et Yoann rapidement. Yoann semblait tout au plus abasourdi, mais sain et sauf. Il se retint d'attaquer l'urok, sachant qu'il pourrait le maîtriser facilement le moment venu, mais également parce que, dans la bataille qui inévitablement s'ensuivrait, il y aurait de fortes chances que Yoann soit blessé. Il se résolut à attendre le moment propice pour s'en débarrasser, continua sa filature, silencieusement, en retrait, ses rayures foncées le camouflant parmi la végétation, les coussinets de ses larges pattes feutrant ses pas.

* * *

Après l'escarmouche avec les membres de sa troupe, la créature, ne voulant pas courir le risque de se faire dérober son butin, rentra dans la forêt et chercha un endroit en retrait du campement, des autres créatures et d'où elle pourrait surveiller Yoann. Le déposant sur le sol brusquement, à la base d'un rocher, elle fouilla dans son sac à bandoulière et, grognant, sortit une corde avec laquelle elle le ficela. Elle rejoignit les autres, assis en rond autour du feu. Yoann saisit tout à coup combien sa situation était précaire. Il avait faim, il avait froid, il était terrorisé. Qu'allait-il lui arriver maintenant ? Quand ce cauchemar allait-il cesser ?

— *Grrr !*

Le son venait d'au-dessus du rocher et le figea. Instinctivement, il retint sa respiration.

— *Grrr ! Yoann ! Grrr !*

Le grognement ressemblait étrangement à son nom. Il continua à retenir son souffle, espérant passer inaperçu.

— *Grrr ! Yoann, c'est moi, Aloysius !*

— Aloysius ? demanda-t-il en chuchotant, espérant de tout son cœur que ce soit bien lui.

Aloysius bondit du haut du rocher. Effrayé, Yoann enfonça ses talons dans le sol et se poussa contre la paroi rocheuse, s'aplatissant comme s'il avait voulu entrer dans le roc. Il ouvrit la bouche pour hurler.

— *Grrr ! Non, non, chut ! Ne crie pas ! N'aie pas peur, c'est moi.*

— C'est bien toi, Aloysius, mais…

— *Nous devons remercier l'elfe Calernon pour le don qu'il m'a fait, sinon je n'aurais jamais été capable de te retrouver.*

Aloysius fit rapidement demi-tour et disparut derrière le rocher.

— Qu'est-ce que tu fais ? S'il te plaît, reste ! Ne t'en va pas ! Il faut que tu me détaches, qu'on s'en aille d'ici !

— *Je ne peux pas tout de suite ! Regarde, il ne cesse de se retourner pour s'assurer que tu es toujours là !*

— Ce sont les créatures, les… comment ils s'appellent, les *uroks*, c'est ça ? Ceux que mademoiselle McTavish a mentionnés avant qu'on entre dans la forêt.

— *Oui ! J'ai l'impression que ton ravisseur est en train de mijoter quelque chose avec ses acolytes, et cela ne me dit rien de bon. Nous n'avons pas une minute à perdre, nous devons avertir les autres qu'on a découvert leur campement.*

— Qu'est-ce qu'on fait ?

— *Pour commencer, je vais couper tes liens, mais tu devras rester très tranquille, presque immobile, comme si tu étais encore attaché.*

— Tu peux me faire confiance, je ne bougerai pas d'un ch'veu !

Jetant un coup d'œil rapide vers le groupe d'uroks pour s'assurer qu'ils ne les regardaient pas, Aloysius sortit de derrière le rocher et, d'une griffe acérée, trancha la corde. Il reprit aussitôt sa forme d'ourson et détacha la broche de sa fourrure.

— *Tiens ! Elle s'est détachée quand tu as été enlevé.*

— Merci !

Yoann l'épingla à sa cape.

— *Écoute bien maintenant. Derrière ce rocher, il y a un sentier qui mène à un étang ; je suis passé à côté tout à l'heure alors que je vous suivais. Ce n'est pas loin et, en courant très vite, tu y arriveras rapidement. L'étang est bordé par des roseaux-massues. Cache-toi parmi eux, ils y sont abondants et touffus.*

— Des poteaux-massues ?

— *Des ROSEAUX-massues, Yoann. C'est une plante à grande tige qui pousse au bord des étangs et dont le bout se termine par un épi brun.*

— Tu ne viens pas avec moi ? demanda-t-il, inquiet.

— *Bien sûr, mais pas tout de suite ! Je dois d'abord créer une diversion. Cela te permettra de t'échapper.*

— Mais tu vois bien qu'ils sont beaucoup trop nombreux ! Et t'es tout seul !

— *C'est la seule façon pour te permettre de t'enfuir. Lorsqu'ils verront que tu n'es plus là, il sera trop tard, tu seras hors de leur portée. Surveille-moi bien. Dès qu'ils se mettront à mes trousses, lève-toi et cours le plus vite possible, n'hésite pas une seconde ! Quels que soient les bruits ou les cris que tu entendes, ne te retourne pas, ne t'arrête pas, continue ta course. Une fois à destination, reste caché jusqu'à ce que je vienne. Je te rejoindrai dès que possible. Nous pourrons ensuite retrouver ton père et les autres ! D'accord ?*

Bien qu'inquiet et pas tout à fait convaincu, Yoann acquiesça d'un signe de tête.

— Tu feras attention quand même ?

— *Bien sûr ! Grrr !*

Aloysius s'était retransformé en tigre et se dirigeait silencieusement en rampant vers le groupe assis autour du feu, la fourrure blanchâtre de son ventre faisant courber délicatement la pointe des herbes sur son passage. Il s'accroupit et resta immobile. Le seul mouvement perceptible était celui de ses oreilles balayant l'air d'un va-et-vient, attentif aux sons devant lui, mais surtout à ceux pouvant provenir d'où Yoann se trouvait. Une courte distance le séparait maintenant des uroks. Une bourrasque de vent agita la cime des pins ; levant leurs têtes vers la canopée, ils grognèrent, puis reprirent leurs positions, hypnotisés par le ballet des flammes. Aloysius s'élança, une masse rousse au museau retroussé et à la gueule ouverte exhibant deux rangées de dents ivoire aux canines pointues et acérées. Son corps musclé décrivit un arc dans les airs et atterrit sur le dos de l'urok qui avait enlevé Yoann. La force de l'impact propulsa ce dernier, tête première à travers le feu qui, à son passage, projeta une pluie d'étincelles rouges et jaunes. L'urok buta sur celui assis en face de lui et le renversa. Utilisant l'élan à son avantage et se servant de lui comme tremplin, Aloysius, rugissant, sauta sur l'un des autres uroks, l'aplatissant. Lui aussi tomba et ainsi de suite sur son voisin, créant un effet domino. Aloysius s'arrêta en retrait du tumulte qu'il venait de créer et attendit qu'ils reprennent leur sens avant de passer à la prochaine étape de son plan. Ils se remettaient déjà sur pieds et, ramassant leurs armes, cherchaient l'intrus en grognant férocement. Aloysius rugit et bondit vers les arbres, pourchassé par la horde d'uroks.

* * *

Suivant de près le déroulement de la scène et une fois les uroks partis après Aloysius, Yoann ne perdit pas un instant. Se débarrassant de la corde, il se leva, contourna le rocher et courut dans la direction qu'Aloysius lui avait indiquée, vers le bois, sous l'enchevêtrement des branches servant de galerie au long sentier tortueux, moussu et cabossé. Il espérait que la distance jusqu'à l'étang soit courte, mais surtout que personne ne s'aperçoive qu'il n'était plus au pied du rocher et se mette à le chercher avant qu'il n'ait eu le temps de se cacher. Un doute, néanmoins, commençait à poindre dans son esprit. Cela faisait un bon moment qu'il courait et aucun étang n'était en vue. Aloysius s'était-il trompé sur son emplacement ? Existait-il réellement ? Après tout et cela était loin d'être rassurant, il se trouvait — mademoiselle McTavish l'avait dit — dans une forêt enchantée, et les choses pouvaient sûrement apparaître et disparaître à leur gré, même des étangs ! Il chassa l'idée de sa tête. C'était ridicule ! Il devait faire confiance à Aloysius ; celui-ci s'était simplement trompé en évaluant la distance, voilà tout ! Il n'était pas encore habitué à sa forme féline ; il n'y avait pas d'autre explication. Il continua à courir jusqu'à ce qu'une douleur aiguë, un point au côté, l'oblige à ralentir et finalement s'arrêter. Hors d'haleine, il s'assit sur une grosse pierre, le temps de reprendre son souffle. Regardant d'où il était venu, il écouta, espérant toujours que son ourson apparaisse d'un moment à l'autre. Autour de lui, des grappes pyramidales de champignons formaient de monstrueuses excroissances sur les troncs d'arbres à l'écorce pâle, leur conférant un aspect moucheté et difforme. Le silence était oppressant, et il faisait étrangement chaud. Il se remit en route. Cet endroit était réellement très bizarre. Tout ce que ses mains ou son visage touchaient, ou ce qui le touchait, paraissait visqueux. Hâtant le pas, il sentit une odeur humide de végétation en décomposition, annonçant qu'il s'approchait finalement d'un plan d'eau. Au tournant du sentier, les roseaux-massues, fièrement plantés en rassemblement sur les rives, exposaient leurs silhouettes sur les contours des berges en une ligne brisée, formant un paravent ondulé. Aloysius avait raison, c'était l'emplacement idéal pour se cacher et passer inaperçu. Soupirant de soulagement d'être enfin arrivé, Yoann y pénétra non sans une certaine appréhension. Les roseaux-massues se refermèrent derrière lui dans un froissement de feuilles et de tiges. S'accroupissant, il écarta les tiges d'une main. Devant lui, les griffes des volutes de brouillard s'accrochaient à la surface noire et huileuse de l'étendue d'eau. Il soupira profondément. Combien de temps allait-il devoir attendre avant qu'Aloysius vienne le chercher et qu'ils puissent rentrer chez eux ? Pliant ses genoux sur sa poitrine et malgré la chaleur qui régnait, il s'enveloppa de sa cape, la montant jusqu'au ras des oreilles. Au-dessus de lui, à travers les têtes brunes des roseaux-massues et de la lumière qui s'épaississait, des corneilles, des freux et des corbeaux croassaient, effectuant dans le ciel des descentes en piqué. À l'ouest, le soleil devenait aussi rouge qu'une tomate cerise et surlignait de pourpre, d'orange et d'or les rebords déchiquetés des nuages. La nuit étendait en douceur son manteau, les ombres grandissaient et s'allongeaient, et Aloysius n'arrivait toujours pas. Dans l'assombrissement du ciel, Yoann ne pouvait voir qu'une série d'ombrages imprécis et la naissance d'étoiles au-dessus de l'horizon devenu soudainement bleu sombre. L'inquiétude s'infiltrait sournoisement dans son petit corps. Il ne pourrait pas passer la nuit ici, seul au milieu des roseaux ; il n'était pas question qu'il passe la nuit enfermé comme un animal dans cette cage aux barreaux de graminées. D'étranges sons émanaient maintenant de l'étang, du sentier et de la forêt derrière lui. Frissonnant, il tira le capuchon de sa cape sur sa tête, essayant de maîtriser, tant bien que mal, la panique naissante dans le creux de son estomac qui lui montait à la gorge. Il passa son index sur le chêneau pour se rassurer et parce qu'il n'y avait rien d'autre à faire pour essayer de calmer son tremblement. La broche vibra doucement à son contact et s'alluma, formant un cercle lumineux diffus, à peine visible. Une clarté suffisante cependant pour émousser quelque peu ce sentiment d'angoisse. C'était, pour lui, en cet instant précis, un halo perçant la noirceur, un phare découpant les ténèbres, une bouée à laquelle il pouvait se raccrocher de toutes ses forces. Un hurlement se réverbéra d'un côté à l'autre de l'étang. Son cœur faillit bondir hors de sa poitrine. Un autre hurlement tout aussi lugubre lui répondit de la forêt. Le duvet recouvrant ses bras se hérissa. Des pas lourds et légers à la fois se dirigeaient vers lui. Un battement d'ailes agita vivement les roseaux, les couchant presque, puis s'éloigna vers l'horizon. Un tressaillement de peur parcourut son échine. Posant son front sur ses genoux, il se fit le plus petit possible. Quelque chose, dégageant une odeur nauséabonde, reniflait bruyamment non loin de sa cachette et se mit à creuser frénétiquement, déracinant et éparpillant des roseaux. Une ondulation chiffonna la surface de la mare, suivie d'une deuxième qui s'échoua à ses pieds dans un clapotis visqueux. Quelque chose s'agitait et venait dans sa direction. Deux ovales rouges flamboyants firent surface, apparaissant en silence fugitivement, au-dessus de l'eau, la froissant à peine, et plongèrent dans les profondeurs. La mare reprit son aspect statique. Yoann scrutait attentivement l'eau ; les ovales refirent surface, s'agitant comme des flotteurs accrochés au bout de lignes de pêche invisibles. Toutefois, et Yoann en était certain, ils s'approchaient. Il était pris au piège. Terrorisé, il ouvrit la bouche pour crier, mais sa voix resta muette ; essayant de se lever, ses jambes refusèrent de lui obéir. Essayant de se faire plus petit qu'il ne l'était déjà, même si cela était impossible, et sans faire exprès, il couvrit la broche avec sa cape. L'obscurité totale l'enveloppa à nouveau. Les ovales flottants disparurent. Que devait-il faire maintenant ? Un danger écarté n'excluait pas celui tout aussi présent et menaçant ; la chose continuait à renifler et à creuser, se rapprochant de lui. Mais où pouvait bien être Aloysius ? Son plan avait-il échoué ? S'était-il fait prendre ou, pire encore, les uroks l'avaient-ils tué ? Ses yeux se remplir de larmes à cette éventualité. Mais c'était impossible. Non ! Aloysius était une peluche, un jouet, et les jouets ne mouraient pas. Au mieux, ils étaient laissés de côté pour un temps ; au pire, ils étaient mis au fond d'un placard et tombaient à la longue dans l'oubli, mais ils ne mouraient pas, surtout lorsque celui-ci était son plus grand et meilleur ami.

— *Ahouououou !*

Le sol vibra. La chose qui creusait sans répit s'arrêta, émit des jappements aigus et s'enfuit, le bruit de sa course s'émoussant au fur et à mesure qu'elle s'éloignait dans la forêt. L'air devint glacial ; de petits bruits secs, des craquements, émanèrent de la surface de la mare qui, commençant à geler, se couvrit de zébrures. Les roseaux-massues s'ornèrent de givre, et une ardente lueur blanche, puissante, illumina une partie de la forêt, formant un dôme de lumière.

— *Ahouououou !*

Les roseaux entourant Yoann volèrent en éclats sous le grondement sourd, tombant en poussière gelée et révélant sa cachette. C'était maintenant ou jamais le moment de s'enfuir. Quelle que soit cette manifestation, il était certain qu'elle n'était pas Aloysius. Yoann se leva précipitamment et courut dans la direction opposée au dôme. Une gelée blanche couvrant le sol l'avait rendu glissant comme une patinoire et gênait son évasion. La lumière blanche le suivait ; il tourna la tête et, au même moment, son soulier s'accrocha dans une racine. Il tomba à plat ventre.

— Aïe !

— *Ahouououou !*

Yoann se retourna et s'assit, se tenant la jambe ; la lumière était près de lui maintenant.

— Qui êtes-vous ? demanda-t-il sur un ton provocant.

— *Ahouououou ! Yoann Chamboux ?*

Sa cheville lui faisait mal, et il n'était pas d'humeur à tenir de menus propos.

— Qu'est-ce que vous voulez?

— *Ahououou! Êtes-vous celui dont les uroks parlaient?*

Il ne répondit pas.

— *Ahououou!*

Yoann se couvrit les oreilles. Le cri était si fort qu'il fendit le tronc de l'arbre près de lui.

— *Ahououou! Répondez! Êtes-vous celui que les uroks appellent petit homme?*

— Vous ne me faites pas peur avec vos hurlements! Qui êtes-vous et qu'est-ce que vous me voulez?

— *Ahououou! Je suis l'esprit de cette forêt, et vous vous êtes introduit dans mon domaine sans autorisation.*

Yoann se sentit mal à l'aise tout à coup, sa bravoure s'évaporant.

— Je suis désolé, je ne l'ai pas fait volontairement. Je ne savais pas qu'il fallait une permission. C'est la faute des uroks. Ils m'ont enlevé, enfin l'un d'eux m'a enlevé et amené ici et, maintenant, je ne sais pas où je suis ni où aller. Je devais me cacher et attendre qu'on vienne me chercher pour rentrer chez moi.

— *Ahououou! Est-ce Aloysius qui vous a envoyé ici?*

Yoann était méfiant; comment cette « chose » pouvait-elle connaître le nom de son ourson?

— Ce nom ne me dit rien!

— *Ahououou! Vous mentez, Yoann Chamboux!*

— Si vous savez la réponse, pourquoi me poser la question?

— *Ahououou! Vous avez raison, je connais la réponse, je sais tout ce qui se passe dans ma forêt. Je vous mettais à l'épreuve. Je ne peux plus faire confiance à quoi ou à qui que ce soit depuis que ce Lanctot a subjugué ma forêt avec sa magie diabolique. Rien n'est plus ce qu'il était. Le vrai se fond avec le faux, le faux s'allie avec le vrai pour créer le chaos et asservir toutes les créatures qui vivaient ici. Son envoûtement a laissé le champ libre à ces monstres sans pitié et d'autres encore plus abjects, errant sans arrêt et détruisant tout sur leur passage. Voilà pourquoi je devais découvrir si vous étiez réel ou une notion fantastique sortie de son imagination tordue. D'autant plus que vous portez, accroché à votre cape, ce chêneau qui m'appartenait autrefois et…*

Yoann, offusqué par le sous-entendu, lui coupa la parole.

— Je ne l'ai pas volé, si c'est ce que vous pensez ! Mon papa m'a enseigné à ne pas toucher aux choses des autres !

— *Soit ! Et c'est une bien bonne chose ! Toujours est-il que je l'avais donné à Calernon l'Immortel en gage d'amitié et d'entraide entre nous et les elfes.*

— C'est monsieur Calernon qui me l'a donné parce que j'ai sauvé mon ourson, et maintenant les uroks ont dû le capturer et…

Il ne finit pas sa phrase, étouffant un sanglot.

— *Ce qui s'est passé avec les uroks est très malencontreux.*

— Je suis désolé… euh… Monsieur ?

— *L'esprit de la forêt de Rannoch n'a plus de forme physique depuis Lanctot, mais jadis on m'appelait Coilleach, « Celui qui garde la forêt ». Et maintenant tout va changer, car j'ai retrouvé mon bien-aimé chêneau ; il pourra me rendre mon corps et le reste de mes pouvoirs. Je serai enfin en mesure de libérer ma forêt du joug de Lanctot. Donnez-le-moi !*

— Non ! C'est à moi que monsieur Calernon l'a donné et il ne m'a jamais dit que je devais le rendre ou le donner à qui que ce soit.

— *Ahouououou ! Tu as tort de me résister ! Donne ! Ahouououou !*

Yoann secoua sa chevelure brune bouclée.

— Coilleach, ça ne sert à rien de crier comme ça, vous ne me faites plus peur.

Il fit un temps d'arrêt.

— Je ne peux pas vous donner mon chêneau même si celui-ci vous appartenait. Mais ce serait bien si on s'aidait tous les deux.

— *Ahouououou ! M'allier avec toi ? Petit vers de terre ! Tu ne sais donc pas qui je suis !*

— Oui, vous me l'avez déjà dit ! soupira Yoann avec impatience. Aidez-moi à retrouver Aloysius, à rejoindre mes amis et à sauver mon frère des cachots du château de Lanctot, et je vous aiderai à libérer votre forêt bien-aimée.

Coilleach resta silencieux un moment.

— *Tu ferais cela pour moi ?*

— Oui !

Un grognement lointain.

— Aloysius ?

Yoann remarqua que la lumière de Coilleach baissait rapidement.

— Qu'est-ce qui vous arrive, vous pâlissez !

— *Je suis resté trop longtemps sous cette forme. Mon énergie n'est pas illimitée. Ne t'inquiète pas pour autant. Lorsqu'Apollon, conduisant son char d'or tiré par ses trois chevaux blancs, poindra à l'horizon et allumera le ciel, je referai mes forces et serai de nouveau capable de parcourir ma forêt. Il ne nous reste que peu de temps.*

— Mais vous ne pouvez pas ! Vous devez m'aider à retrouver Aloysius et mes amis, et sauver mon frère !

— *J'entends quelqu'un qui approche.*

— Comment vais-je vous retrouver ?

— *Me retrouver ? Pour quelle raison voudrais-tu me retrouver ?*

— Pour vous aider à libérer votre forêt, bien sûr !

— *Calernon l'Immortel avait raison, tu es digne de cette broche. Mais je ne t'ai pas aidé.*

La lumière émanant de Coilleach vacilla.

— Ça fait rien. Dites-moi comment vous retrouver, s'il vous plaît !

— *Je te retrouverai, moi. Je sais que tu devras retraverser cette forêt bientôt, et je t'attendrai. Ahououououou !*

Il expira comme la flamme d'une bougie soufflée, et l'obscurité redevint totale, sauf pour le chêneau qui luisait d'une surprenante lumière bleutée.

— *Grrr !*

— Ha ! dit Yoann sursautant. C'est toi, Aloysius ?

— *Grrr ! Je suis désolé de t'avoir fait attendre ; ça m'a pris plus de temps que je pensais avec les uroks, mais je m'en suis finalement débarrassé.*

— Tu ne croiras pas ce qui m'est arrivé en t'attendant !

— *Viens, Yoann, allons retrouver les autres, tu me raconteras tout en chemin.*

Ils se mirent en route le long du sentier tortueux, moussu et cabossé vers l'endroit de son enlèvement, là où ils avaient laissé leurs amis.

XVIII

Les alliances

Une phrase : « Ita Vivam ! » Deux simples mots devenus si familiers maintenant.

— Sur ma vie ! dit-il en soupirant à voix basse, et en détachant chaque syllabe.

Des mots qui en cet instant en disaient long sur les émotions qu'il ressentait. « Ita Vivam ! », de nouveau prononcé devant un arbre parce qu'il n'avait su quoi faire d'autre, parce qu'il était angoissé et désespéré. Pour la énième fois, il s'était reproché de l'avoir acceptée. Cette chevalière était une malédiction, elle ne lui avait jusqu'à présent apporté que détresse, solitude et douleur. Et pourtant, s'il se voulait honnête avec lui-même, il n'avait pu rester impassible devant sa puissance phénoménale. Non seulement en avait-il été le témoin — il l'avait également ressenti dans tout son corps — mais, qui plus est, il en avait été l'artisan, et cela le terrifiait tout en l'attirant comme un papillon de nuit est attiré par une lumière. Plus incroyable encore, cette puissance le ramenait toujours à sa source : son île. C'était la deuxième fois qu'il y mettait les pieds, et il ne pouvait rester insensible au sentiment de paix qui y régnait, à la beauté de cet endroit magique. Gaia, cette île ne figurant sur aucune carte, où l'herbe était bleue, où flottait en permanence dans l'air le parfum des jacinthes, et où deux lunes s'accrochaient, la nuit venue, sur un ciel noir d'encre parsemé de points lumineux clignant, tel un milliard d'yeux, pour l'émerveillement des contemplateurs. Cette île, l'ultime refuge où cohabitaient en parfaite symbiose avec son environnement les êtres magiques qui la peuplait. Alexandre et Lutgard venaient d'apparaître sous la rotonde du Cercle du Grand Ressourcement.

— *Alexandre de Thierry ?*

— Calernon l'Immortel !

— *Lutgard ?*

— *Calernon !* répondit Lutgard inclinant sa tête légèrement.

— *Que se passe-t-il ? Que faites-vous ici ?* questionna l'elfe intrigué par leur soudaine apparition.

— Nous avons été attaqués par une horde d'uroks dans la forêt de Rannoch pendant que nous la traversions. Mademoiselle McTavish nous guidait à…

— *Gwendoline McTavish ? Celle qui s'est associée avec Maldubh !* s'exclama Calernon stupéfait, coupant la parole à Alexandre.

— *Oui !* répondit Lutgard.

— *Que faisiez-vous avec cette traîtresse ?* siffla Calernon, indigné.

— Ne jugez pas si sévèrement ! s'objecta Alexandre. Godefroy avait…

Il ne finit pas sa phrase. Il se retourna pour cacher les larmes qui lui montaient aux yeux. Il n'essaya pas de les essuyer et, en s'écoulant lentement, elles tracèrent des sillons luisants sur ses joues. Avançant jusqu'à la balustrade entourant la rotonde, il contempla le lagon un long moment. Des oiseaux multicolores s'éparpillaient dans le ciel sans nuage par petits groupes. Lutgard chuchota à Calernon :

— *Alexandre nous a défendus vaillamment, mais il n'a pu empêcher la mort de Godefroy.*

— *C'est affreux ! Je suis désolé !*

— *Ce n'est pas à moi qu'il faut le dire !* dit-il en hochant la tête en direction d'Alexandre.

— *Alexandre !* appela Calernon. *Je viens juste d'apprendre la nouvelle. Je suis navré. Veuillez accepter mes condoléances.*

— Merci pour votre sollicitude.

Alexandre resta silencieux un moment, continuant à fixer l'étendue d'eau turquoise.

— Vous aviez tort, vous savez. Godefroy avait raison au sujet de mademoiselle McTavish.

S'essuyant le visage avec sa manche, il fit face à Calernon et Lutgard.

— Lorsqu'elle a décidé de l'accompagner jusqu'à Tegnon, elle savait pertinemment ce qui l'attendait. Cela représentait plus qu'un gage de sa bonne foi. Convenir de nous aider pour libérer Patrick Chamboux, et ce, au péril de sa vie, démontrait une réelle volonté de vouloir réintégrer le droit chemin.

Il soupira profondément.

— En échange de son aide et une fois le sauvetage terminé, je lui ai promis d'ouvrir une enquête sur les accusations qui avaient conduit à son bannissement. Et si celles-ci étaient non fondées, de trouver et poursuivre les véritables coupables.

— *Ai-je bien compris ? Vous entendez confronter le Conseil Suprême de la Magie ? C'est de la folie pure et simple !* s'exclama Calernon, incrédule devant l'absurdité de la démarche.

— En effet, j'en ai l'intention ! dit-il en faisant une pause. Mais cela devra attendre après le sauvetage de Patrick et seulement lorsque la menace que représentent Maldubh et Lanctot pour tout le monde sera écartée. En attendant, Calernon, voici notre situation.

Durant la bataille, non seulement avons-nous perdu Godefroy, mais monsieur Chamboux a été grièvement blessé par une arme empoisonnée. Mademoiselle McTavish avait peur qu'il ne soit trop tard lorsqu'elle est arrivée à son chevet ; il avait perdu beaucoup de sang, et elle s'est offerte immédiatement pour l'emmener chez elle et le traiter. Il ne sera donc pas en état de nous aider avant un bon moment. Et pour couronner le tout, pendant que nous nous défendions, Yoann, le fils de René, se faisait enlever par les créatures. Notre troupe peut se compter sur les doigts d'une main ; il ne reste que Lutgard, Isabelle, mademoiselle McTavish et moi, et j'ai bien peur que mademoiselle McTavish insiste pour s'occuper de René jusqu'à son complet rétablissement. Malheureusement, sans elle, nous ne pouvons traverser la forêt et nous ne sommes pas en assez grand nombre pour vaincre les uroks. Sans votre aide et celle des autres elfes, d'Émméfa, de Traban et de leur famille, nous n'avons aucun espoir de libérer Patrick ou de vaincre Maldubh et Lanctot.

— *Il nous est impossible de quitter Gaia !*

— Bien entendu, je pourrais toujours me livrer en pâture à Lanctot et lui laisser Gaia, fit remarquer Alexandre passant outre à l'affirmation de Calernon.

— *Ne soyez pas ridicule, Alexandre de Thierry ! Vous ne pouvez pas plus « donner » Gaia à qui en fait la demande que de vous livrer à cet ignoble personnage ! Lutgard, expliquez-le-lui !*

— *Ça, il le sait !* dit-il sur un air moqueur.

— Vous ne voulez donc pas m'aider ?

— *Là n'est pas la question, Alexandre de Thierry, et vous le savez ! Vous savez également que nous sommes inextricablement liés à Gaia. Sa volonté est tout autre. Nous pourrions en effet franchir ses frontières, mais, ce faisant, il nous serait impossible d'y revenir, perdant du coup sa protection, sans parler de notre immortalité. Bien que le sauvetage d'un Innocent soit important, il ne peut, à lui seul, justifier l'extinction des elfes ou des créatures comme Émméfa et Traban.*

— Cet Innocent dont vous faites si peu de cas est mon plus grand ami, et ce serait trahir l'esprit de notre amitié que de ne pas, au moins, essayer. Quant à la volonté de Gaia à l'effet qu'il vous soit impossible de revenir sur son île et que vous perdiez votre immortalité en sortant d'ici, j'en doute fort. Il y a une chose dont je suis certain, toutefois. Cette île existe pour vous protéger. Vous qui êtes venus d'autres temps, d'autres mondes, y avez trouvé refuge. Sans Gaia vous n'existeriez plus, réduits à des mythes parmi tant d'autres. L'essence même de Gaia est la vie, la protection de ce qui respire. C'est ce à quoi je me suis engagé en l'acceptant, peu importe qu'il s'agisse d'êtres d'origine magique ou humaine.

Ils ne répondirent pas.

— Ai-je tort ? demanda-t-il en se tournant vers Lutgard.

— *Non, mais d'aussi loin que je puisse me souvenir, et Calernon a raison, il en a toujours été ainsi. Je peux donc comprendre sa réticence à vouloir nous aider.*

— Mais vous êtes magique, Lutgard, et vous pouvez aller et venir à votre guise entre nos deux mondes sans que rien ne vous arrive. Je ne comprends pas !

— *C'est exact, mais il y a trois traits fondamentaux qui me distinguent des êtres vivant sur Gaia. Premièrement, je n'ai plus de corps, étant mort depuis longtemps et, comme tous les spectres, je suis une forme d'énergie qui est immortelle. Deuxièmement, ayant été Porteur de Gaia, elle continue à me protéger même après te l'avoir léguée et, troisièmement, les membres fondateurs du Conseil Suprême de la Magie sont eux aussi immortels et peuvent aller et venir comme bon leur semble. Comprends-tu ?*

Alexandre hocha la tête.

— *Il y a autre chose qu'il faut que je te dise, et cela me peine immensément. Je ne pourrai pas me joindre à ton expédition.*

— Pourquoi ? J'ai besoin de vous !

— *Ce n'est pas parce que je ne veux pas, Alexandre ! Même les entités magiques ont des limites. D'avoir perdu Godefroy est plus grave que tu ne le soupçonnes. Sa disparition me condamne à réintégrer mon tableau dans ton cabinet de travail au moment où je quitte Gaia, et il était le seul qui pouvait m'en faire sortir et me donner forme.*

— Dites-moi que ce que vous me dites n'est pas vrai !

— *Malheureusement il a raison, Alexandre de Thierry,* répondit l'elfe doucement.

— Ce n'est pas vrai ! Ça ne peut pas m'arriver, pas maintenant alors que j'ai besoin de vous tous !

Déçu et en colère il se retourna, sortit de la rotonde en courant et disparut le long du sentier.

— *Alexandre ! Attends !* cria Lutgard.

— *Alexandre de Thierry, arrêtez !*

L'elfe suivit Alexandre.

— *Non ! Laissez-le aller, Calernon,* dit Lutgard en le retenant par le bras. *Il a besoin d'être seul et de faire le point sur ce qui est arrivé et ce qu'il a fait en se laissant aller à sa colère.*

— *Vous êtes dur, Lutgard,* ajouta Calernon.

— *Comment voulez-vous qu'il apprenne autrement ? Je l'ai bien fait, moi !*

— *D'autres lieux, d'autres temps, Lutgard !*

— *Oui,* dit-il en soupirant. *D'autres temps… d'autres…* sa voix s'évanouit dans un murmure.

Alexandre courut ainsi sans s'arrêter ni reprendre son souffle jusqu'à la croisée des sentiers et s'arrêta un instant, essayant de décider quel chemin prendre. À sa droite, une voie rectiligne grimpait vers le palais de cristal aux multiples tourelles : le siège permanent du Conseil Suprême de la Magie. Devant lui, l'autre voie sinueuse descendait en pente douce vers la plage de sable rose. Sur sa gauche, la troisième semblait mener vers l'intérieur de l'île. Ne se sentant pas le courage de confronter les Anciens pour l'instant, il se dirigea vers l'eau à l'endroit où il était apparu la première fois avec René Chamboux et Yoann, près d'un rocher dentelé par les vagues. Hors d'haleine, il se laissa tomber assis sur le sable encore tiède et posa son menton sur ses avant-bras croisés sur ses genoux. Fixant l'horizon distraitement, il se laissa bercer par le murmure des vaguelettes lapant le bout de ses souliers. L'ardente lueur flamboyante des derniers rayons de soleil embrasa la surface de l'eau limpide, colorant les crêtes des petites vagues d'or et de bronze. La pénombre déployait ses ailes et ne tarderait pas à peindre l'île de noir, d'ombres et d'obscurité.

— *Alexandre ?*

Absorbé par ses pensées, il sursauta.

— *Je suis heureuse de te revoir !*

Reconnaissant la voix, il sourit distraitement.

— Bonsoir, Émméfa.

— *Nous commencions à être inquiet, Alexandre de Thierry. Nous avons entendu la terrible nouvelle.*

La délicate ferronnière d'or travaillé qui ceinturait le front d'Émméfa captura le dernier soubresaut d'un rayon de soleil et se refléta furtivement dans les yeux bouffis d'Alexandre. Il évita son regard.

— *Viens, Alexandre de Thierry. Tu ne peux pas rester ici.*

— Je veux être seul ! dit-il dans un chuchotement.

— *Tu as une mission à terminer, Porteur de Gaia !*

— Les nouvelles ne courent donc pas aussi vite qu'on l'aurait cru sur cette île ! ajouta-t-il sur un ton sarcastique.

— *Que veux-tu dire ?*

— Vous n'êtes donc pas au courant que nous avons échoué. Il ne reste plus qu'Isabelle et moi pour sauver Patrick.

— *Ah ?*

— Nous étions six à partir de Tegnon pour Rannoch. Peu de temps après avoir pénétré dans la forêt, des créatures nous ont attaqués. Les seuls qui s'en sont sortis indemnes sont mademoiselle McTavish, Isabelle et moi. Les autres sont ou morts ou gravement blessés, se battant pour leur vie, et le dernier a été enlevé. Lutgard m'a annoncé qu'il sera incapable de m'aider. Au moment où il quittera Gaia, il rentrera dans son tableau et ne pourra plus jamais en sortir. Godefroy était le seul capable de le matérialiser.

Il soupira profondément.

— Je n'ai pu empêcher aucune de ces catastrophes de se produire, mais le plus grave est que je me suis servi de Gaia pour me venger de la mort de Godefroy, détruisant une partie de la forêt et une des créatures.

Émméfa resta silencieuse un instant, ses longs cheveux aux reflets cendrés flottant dans le doux zéphyr du crépuscule.

— *Le décès, qu'il soit d'un être cher ou d'un ennemi, est toujours regrettable. J'aimerais te dire que tu l'oublieras, mais ce serait te mentir. Cette douleur que tu crois pour l'instant inguérissable, avec le temps s'émoussera pour ne devenir qu'un souvenir où seuls les bons moments subsisteront. Il est regrettable que quelqu'un d'aussi jeune que toi ait été témoin d'une chose aussi cruelle. Dans un passé qui n'est pas si lointain, je t'avais dit que tu étais trop dur envers toi-même, Porteur de Gaia ! Je sais que ce que tu as fait n'avait pour but que de protéger ceux qui t'accompagnaient. Je suis également convaincue qu'ils te sont tous reconnaissants de t'être battu aussi vaillamment pour les défendre, même s'ils ne te l'ont pas dit !*

— Vraisemblablement pas aussi vaillamment que j'aurais dû, dit-il ironiquement.

Émméfa mit ses doigts effilés sur son épaule et la serra tendrement.

— *Mes efforts pour te réconforter ne sont, de toute évidence, d'aucune utilité. Tu préfères te vautrer dans ta culpabilité et y faire ton nid, que j'espère douillet, car avec cette attitude tu risques fort bien d'y rester très longtemps.*

Elle retira sa main.

— *Pourquoi t'entêtes-tu à croire que ce qui est arrivé est de ta faute ?*

— Je ne vois pas d'autres coupables ici !

— *Il n'y a ni coupable ni innocent ici, Alexandre de Thierry!* affirma Émméfa sur un ton agacé. *Ce que j'ai devant moi est un garçon courageux, perdu, en conflit avec ses émotions certes, mais en tout point humain. J'aurais été très inquiète si tu avais jugé ton action comme normale et n'avais ressenti aucun remords. Pose-toi la question et réponds-y honnêtement. Ceux qui t'ont suivi l'ont-ils fait de leur gré ou as-tu été obligé de les contraindre?*

Il ne répondit pas, contemplant la forme arrondie de Syra, la lune féminine. Elle avait entamé sa lente ascension vers le zénith de la voûte céleste et se mirait dans les rides de la surface de l'eau qui découpaient sa face blême en mille et une facettes.

— *C'est bien ce que je pensais, Alexandre de Thierry!*

Émméfa fit une pause.

— *Ils t'ont tous suivi de leur plein gré, bien que ce soit pour des raisons différentes, mais dans un but commun : sauver Patrick Chamboux. Certains parce qu'ils voulaient t'aider, certains parce qu'il s'agissait de leur enfant ou de leur frère, d'autres parce qu'ils avaient fait une promesse et une autre encore pour se racheter. Tous savaient que ce serait dangereux et qu'ils pourraient ne pas en revenir.*

— Et maintenant je ne peux plus rien. Calernon refuse de m'aider, préférant son immortalité au sauvetage d'un Innocent.

— *Les elfes ne sont pas des créatures belliqueuses, au contraire. Elles sont même plutôt craintives et préfèrent se fondre à leur environnement plutôt que de se battre. En ce sens, Calernon est représentatif de sa race. Toutefois, son âme est noble, et il ne recule pas devant l'adversité. Son courage est sans égal, et c'est pour cette raison que ses congénères en ont fait leur chef.*

— Il y a donc encore espoir qu'ils m'aident? Seriez-vous disposée, ainsi que Traban, à me suivre? demanda-t-il presque suppliant, la fixant dans ses yeux émeraude en amande.

Émméfa soutint son regard couleur de la mer des Caraïbes, et une profonde tristesse l'envahit. L'innocence qui y avait pétillé lors de leur première rencontre avait disparu, remplacée par la désolation d'une situation pour laquelle il n'avait pas été préparé. Elle frissonna. Il y avait dans ses yeux une détermination hors du commun. L'émerveillement de l'enfance s'était évaporé à jamais au fin fond d'une forêt. Aguerri malgré lui, il avait grandi d'un coup, était devenu un homme dans le corps dégingandé d'un adolescent. Elle l'attira à elle et le serra dans ses bras, lui caressant les cheveux de ses doigts effilés. Alexandre ferma les yeux et se laissa bercer ainsi un moment, rassuré par l'étreinte, l'enlaçant à son tour. Son chagrin sembla, l'espace d'un instant, s'évaporer comme la brume du matin brûle par la chaleur du soleil levant. Le retenant toujours dans ses bras, elle chuchota :

— *Toutes les créatures vivant sur cette île sont prisonnières depuis des siècles, Alexandre de Thierry, sous le joug des membres du Conseil. Bien que nous soyons des créatures magiques, leurs pouvoirs sont plus forts que les nôtres, et nous ne pouvons rien contre eux. Tu peux, si tu le désires, nous rendre notre liberté. Vivre ici confère à Gaia certains privilèges sur nos existences. Étant maintenant le Porteur de Gaia, tu es* de facto *notre maître, et nous t'appartenons ; tu peux nous commander à ta guise.*

Il se libéra de son emprise, gêné tout à coup par leur proximité. Il lui semblait inconcevable qu'il puisse, non seulement, être le porteur d'une très puissante chevalière, mais également avoir la responsabilité de tout ce qui vivait sur Gaia. Émméfa disait-elle la vérité ? Pensait-elle obtenir une quelconque faveur en lui révélant ce fait ? S'il était vrai qu'il entretenait de sérieux doutes sur la neutralité du Conseil Suprême de la Magie, la marche était haute pour accepter de croire que les membres tenaient tous les êtres vivant sur Gaia en esclavage. Et si cela était réellement le cas, pourquoi Lutgard ne l'avait-il pas mentionné ? Il devait le savoir plus que n'importe qui sur cette île. Et qu'en était-il de Godefroy ? Lui non plus ne pouvait l'ignorer, étant son bras droit. Il était tout aussi évident que Calernon était également au courant, et cela expliquerait sa réticence à vouloir s'engager.

Allait-il devoir utiliser ce droit pour mener à bien le sauvetage de Patrick ? Cela était très tentant, mais les contraindre ? Il ne lui semblait pas que ce soit la meilleure solution. Alexandre pressentait qu'ils le suivraient à contrecœur s'il les forçait. Non, il fallait qu'il leur laisse le choix. Ceux qui voudraient se joindre à son expédition le feraient parce qu'ils en avaient décidé ainsi, en connaissance de cause.

— Ceux qui me suivront, Émméfa, le feront de leur plein gré. Je n'ai aucune intention de forcer qui que ce soit à me suivre. J'ai besoin de votre aide à tous, mais seulement pour traverser la forêt. Je serai capable de me débrouiller seul une fois dans le château.

— *Tu peux compter sur mon aide et celle de Traban.*

— Je vous remercie, Émméfa. Vous me serez d'un grand secours.

— *Je vais également parler au reste de ma famille ; je suis certaine qu'ils voudront t'aider, eux aussi.*

Il lui prit la main.

— Merci, je vous serai éternellement reconnaissant.

— *Non, Alexandre de Thierry, c'est moi qui te suis reconnaissante. Tu donnes enfin à nos vies une direction, et quoi qu'il arrive nous aurons au moins rempli une partie de notre destinée, car nous savions que ce jour arriverait. Retourne au Cercle du Grand Ressourcement, Lutgard t'y attend. Il est inquiet et, surtout, essaie de ne pas être dur avec lui. Certains membres du Conseil se réunissaient en secret lorsqu'il s'absentait de Gaia et, comme par hasard, oubliaient de lui en parler.*

Émméfa se transforma et s'envola en direction de l'anse à l'ouest de l'île.

— À bientôt !

Il se concentra sur le Cercle du Grand Ressourcement et apparut dans la rotonde, non loin de Lutgard et Calernon qui tenaient une conversation animée. Ils s'arrêtèrent de parler, et Lutgard se tourna vers Alexandre.

— *Tu te sens mieux maintenant ?* demanda-t-il ironiquement.

— Vous et moi devons éclaircir certaines choses, Lutgard, dit-il sur un ton sans équivoque. Veuillez nous excuser, Calernon.

Ils s'éloignèrent hors de portée de voix.

— *De quoi s'agit-il, Alexandre ?*

— J'irai droit au but, Lutgard. Je viens d'apprendre que les habitants de Gaia sont retenus prisonniers sur son île.

— *Ne sois pas absurde, Alexandre. Personne n'est prisonnier de Gaia. Ils sont libres de faire ce qu'ils veulent.*

— Sauf d'en sortir, n'est-ce pas ?

— *Oui, mais c'est pour les protéger du monde extérieur.*

— Et qui a décidé que ce serait comme ça ?

— *Où veux-tu en venir ?*

— Ne trouvez-vous pas anormal que les membres du Conseil dirigent toutes les créatures sur Gaia ?

— *Le Conseil Suprême de la Magie a été fondé pour administrer et appliquer les règlements régissant la pratique de la magie par ceux qui ont le droit de s'en servir, ainsi que pour garantir que rien n'arrive à ses habitants. Pour s'acquitter de cette tâche, nous leur avons donné des pouvoirs limités, mais ceux-ci n'incluaient pas le contrôle sur eux, Alexandre.*

— Pourquoi, dans ce cas, ses habitants sont-ils convaincus qu'ils cesseront de vivre s'ils quittent cet endroit ?

— *Je ne sais pas,* répondit Lutgard perplexe.

— Serait-il possible qu'ils soient victimes d'un sortilège ?

— *Tout est possible bien entendu, mais dans quel but ?*

— Pour vous empêcher de faire appel à leur aide si vous en aviez eu besoin, comme dans mon cas ?

— *Je ne vois pas à qui cela aurait pu profiter.*

— Moi je peux ! Il n'y a qu'une autre personne, à part Lanctot, qui avait tout avantage à ce que ce soit le cas, Lutgard.

— *Maldubh !*

— Supposons qu'il ait décidé de lever une armée contre vous et Gaia, auriez-vous été capable de le combattre sans l'aide des elfes, d'Émméfa et de sa famille ?

— *Cela aurait été difficile, mais…*

— Vous voulez dire impossible, n'est-ce pas ?

— *Oui, en effet.*

— Et quel aurait été le meilleur moyen pour vous en empêcher ?

Lutgard, pensif, regarda Alexandre qui enchaîna :

— Soudoyer un ou plusieurs membres du Conseil pour qu'ils dominent les habitants de Gaia et les embrouillent ! Je commence à comprendre pourquoi mademoiselle McTavish s'est fait accuser de trahison avant d'être bannie. Elle avait dû découvrir le pot aux roses et conséquemment devenir très gênante, mais ils ne pouvaient tout simplement pas la faire disparaître, n'est-ce pas ? Vous auriez ouvert une enquête et posé des questions qui auraient été embarrassantes.

— *C'est possible, mais il n'en reste pas moins que j'ai une entière confiance au Conseil, Alexandre.*

— De quelle preuve avez-vous encore besoin pour vous convaincre, Lutgard ?

— *J'ai fondé ce Conseil pour mettre de l'ordre dans la communauté magique ainsi que pour son bien, et j'ai moi-même choisi ceux qui, pour leur intégrité, y siégeraient.*

— Et, de ceux que vous aviez choisis, combien en reste-t-il ?

— *Aucun, malheureusement. Ils étaient de très grands amis auxquels j'aurais confié ma vie sans hésitation.*

— Et les nouveaux membres ne vous tiennent plus au courant de leurs décisions ou de leurs jugements, ou de l'édit de nouveaux règlements, n'est-ce pas ?

— *Il n'y a rien d'anormal à cela, Alexandre, je ne suis plus le Porteur de Gaia.*

— Mais vous avez encore votre mot à dire.

— *Comme membre fondateur, je garde un droit de regard sur tout ce qui se dit ou se fait au Conseil et je peux utiliser mon droit de veto si je le désire.*

— Intéressant n'est-ce pas, Lutgard ? Pour que vous puissiez exercer votre droit, vous aviez besoin de Godefroy pour vous matérialiser. Maintenant qu'il est mort, la porte, non seulement du Conseil, mais aussi de Gaia vous est irrémédiablement fermée, laissant les membres du Conseil s'en donner à cœur joie, libres de faire la pluie et le beau temps, mais… mais surtout, d'accueillir Maldubh à bras ouverts ! Comprenez-vous maintenant ?

— *Je ne les laisserai pas faire ! Maldubh ne prendra jamais possession de cette île ! Je crois que j'ai besoin d'aller faire un peu de ménage au palais de cristal avant de retourner dans mon tableau !* ajouta-t-il en colère et se mettant en marche vers la sortie de la rotonde.

— Attendez, Lutgard. Cela ne sert à rien de les confronter pour l'instant. Ils nous mettraient des bâtons dans les roues, et le sauvetage échouerait. Ce qui est important maintenant est de convaincre Calernon de nous aider et de venir avec nous. Retournons parler à l'elfe.

Pendant que Lutgard et Alexandre s'entretenaient, d'autres elfes s'étaient joints à Calernon. Émméfa, Traban et le reste de leur famille atterrirent dans la rotonde et prirent leur forme humaine.

— Aujourd'hui… Aujourd'hui j'ai perdu un grand ami, et mon cœur est en deuil. Il a donné sa vie pour en sauver une autre. Mais il ne faut pas que son sacrifice reste en vain. En tant que Porteur de Gaia, j'ai le pouvoir de vous ordonner de me suivre.

Un chuchotement croissant parcourut la rotonde alors que les habitants se regardaient de plus en plus perplexes.

— Cependant, ce n'est pas la façon dont j'entends me conduire. Ceux qui siègent au palais vous ont menti pour vous garder sous leur domination en vous laissant croire que, si vous quittiez Gaia, vous perdriez sa protection et ne pourriez y revenir. Rien n'est plus faux ! C'était un habile subterfuge qui, lorsque Lutgard était le Porteur de Gaia, l'aurait empêché d'avoir recours à votre aide. Et n'en doutez pas, cela aurait pu avoir des conséquences tragiques. L'ultime but était de livrer Gaia à l'infâme Maldubh ! Ne vous méprenez pas ! Vous êtes des êtres libres ! Je vous demande seulement de me faire confiance. Émméfa et sa famille l'ont fait et ont accepté de m'aider à sauver un Innocent des griffes d'un sorcier maléfique ainsi qu'à mettre un terme, une fois pour toutes, à sa revendication de cette île, votre demeure, maintenant ma responsabilité. Calernon, je vous demande de reconsidérer votre décision. J'ai besoin de votre aide et de celle de vos congénères pour traverser la forêt de Rannoch. Comme je l'ai promis à Gwendoline McTavish, je vous fais la même promesse. J'enquêterai sur les agissements des membres du Conseil Suprême de la Magie afin que justice soit rendue. « Ita Vivam ! »

— *« Ita Vivam ! »* répondirent en chœur Émméfa et sa famille.

— *Votre éloquence vous rend justice, Porteur de Gaia, et démontre la pureté de vos sentiments et de vos intentions. Je m'incline devant votre jeune sagesse et, en tant que chef des elfes, je vous donne notre appui. « Ita Vivam ! »*

Un objet blanc apparut soudainement au-dessus de leurs têtes, sous le toit de la rotonde, et piqua vers Lutgard, se posant sur son épaule.

— *Bubobuso ?*

Alexandre regarda, intrigué.

— *C'est la chouette de Gwendoline. Que fais-tu ici ?*

La chouette présenta sa patte, et Lutgard détacha le rouleau de papier, le déroula, le lut et le tendit à Alexandre.

Lutgard,

René Chamboux est en voie de guérison. Nous vous rejoindrons dans la forêt au pied du grand pin noir, celui-là même où nous nous sommes quittés.

Gwendoline

— Un des membres de notre expédition, qui avait été blessé durant la bataille, est en voie de guérison. Ce message confirme qu'il sera des nôtres lorsque nous traverserons Rannoch.

— *Buvons à notre entente, Alexandre de Thierry,* dit Calernon en faisant apparaître une coupe en or ciselé, sertie de pierres précieuses sur son pourtour. *Cette potion est celle du Sceau des Promesses. Une gorgée suffit et, une fois avalée, notre engagement envers chacun sera final, et aucun de nous ne pourra plus se désister jusqu'à la conclusion du contrat.*

Il tendit la coupe à Émméfa, qui y trempa ses lèvres et la passa à Traban. La coupe fit le tour de la rotonde, chacun prenant une gorgée, puis revint entre les mains de Calernon, qui en but.

— *Porteur de Gaia, c'est à votre tour de sceller notre entente.*

Il la lui tendit. Alexandre la prit et, regardant le liquide transparent un instant, vida son contenu. La boisson avait le goût de nectar de fruits, sucré, agréable. La coupe disparut de ses mains, et tout se mit à tourner soudainement. Il chancela ; Lutgard le retint.

— *Calernon ! Qu'y avait-il dans cette boisson ?* interrogea Lutgard en colère, aidant Alexandre à s'asseoir sur un des bancs.

— *C'est une potion elfique qui lie les buveurs et reste sans danger tant et aussi longtemps que les deux parties respectent leurs engagements,* répondit l'elfe.

— *Et que se passe-t-il s'ils ne le font pas ?* demanda Traban.

— *Leurs corps commencent à se désintégrer de l'intérieur vers l'extérieur, et ils meurent dans d'horribles souffrances,* annonça Calernon comme si de rien n'était. *La potion était probablement un peu trop forte pour sa faible constitution d'humain, mais ne vous inquiétez pas, ses effets passeront rapidement. Laissez-le se reposer.*

— *Calernon, vous rendez-vous compte de ce que vous avez fait ?* dit Lutgard sidéré. *Alexandre n'est pas n'importe qui ! C'est notre gardien, le Porteur de Gaia, le protecteur de nos vies, de VOS vies !* vociféra-t-il hors de lui.

— *Vous vous inquiétez pour rien, Lutgard. Il est simplement un peu incommodé,* répliqua Calernon calmement.

— *Ce n'est pas de cela que je parle. Comment avez-vous pu le tromper de la sorte et trahir sa confiance ?*

— *Vous nous connaissez bien mal, Lutgard. Nous ne reconnaissons l'autorité de personne, ni ne faisons confiance à personne et, de plus, nous refusons toute alliance avec qui que ce soit ! Le Porteur de Gaia a plus besoin de nous que nous n'avons besoin de lui !*

— *Taisez-vous, Calernon ! Vos paroles sont non seulement scandaleuses, mais un affront à la générosité de Gaia qui vous a permis depuis des siècles de vivre en paix et en sécurité sur son île ! Sans elle, vous n'existeriez plus,* cracha Émméfa. *Comment avez-vous osé commettre un geste aussi lâche envers cet enfant ? Vous êtes aussi méprisable que ceux du Conseil qui nous ont trahis et asservis ! Donnez-lui l'antidote, Calernon !*

Alexandre gémit.

— *Alexandre, m'entends-tu ?* demanda Lutgard.

Il ne répondit pas, se contentant d'émettre des sons inintelligibles. Sa tête se remplissait de visions. Patrick terrifié, recroquevillé sur sa couche dans son cachot, dans le noir. Son image fondit, remplacée par celle de Simone, la mère de Patrick, évanouie sur le sol, dans ce qui ressemblait à une grotte, à côté de quelqu'un qu'il reconnut comme étant monsieur Opuscule de la boutique Bo-Bouquin.

— *Alexandre de Thierry !* appela doucement Émméfa, lui caressant la main.

Alexandre grimaça. Les visions s'enfilaient les unes après les autres en succession rapide. La silhouette d'Octave, le père de René Chamboux, marchant d'un pas décidé et alerte en direction du palais de cristal. Il était donc vivant ; il avait pu s'échapper de l'incendie de leur maison. L'image s'obscurcit et s'ouvrit comme des volets sur le donjon de mademoiselle McTavish au château de Tegnon. Bien que la scène soit légèrement floue, il pouvait distinguer Isabelle assise au chevet de monsieur Chamboux, toujours allongé sur son lit. Un pincement au cœur, il aperçut le corps inerte de Godefroy qui semblait dormir sur la couverture. René n'avait pas bonne mine ; en fait, son teint était plutôt grisâtre, et il paraissait plus mal en point que lorsqu'il avait été transporté de la forêt. Son état avait dû se détériorer entre le moment où mademoiselle McTavish avait envoyé sa chouette et celui de la réception du message par Lutgard. De toute évidence, il n'allait pas mieux. L'image s'estompa sur Isabelle mettant une compresse sur le front de René. Un hurlement résonna dans sa tête. Un étang, des roseaux-massues parmi lesquels le petit Yoann s'était caché. Il tremblait comme une feuille, sa cape montée jusqu'aux oreilles, seul dans l'obscurité. Une lumière aveuglante, puis la noirceur la plus totale. Alexandre se mit à trembler violemment, et ses yeux roulèrent dans leurs orbites.

— *Calernon, je vous en conjure, donnez-lui l'antidote,* implora Lutgard.

Un murmure croissant s'élevait des elfes. Il était de plus en plus évident que la situation, dans laquelle leur chef les avait catapultés, les soumettait à la réprobation de tous ceux présents sous la rotonde. Ils commençaient à se rallier à la demande de Lutgard. Voyant leur mécontentement, Calernon glissa sa main sous sa tunique et en sortit une fiole en cristal, à la forme allongée, dont le bouchon en argent était gravé d'arabesques. Le liquide à l'intérieur de la fiole chatoyait comme de la soie et émettait une lumière jaune pâle.

— *Laissez-moi faire, Lutgard,* dit Calernon.

— *Non ! Donnez-la-moi. Vous avez fait assez de dommages aujourd'hui !*

Lutgard déboucha le flacon et déposa une goutte sur les lèvres d'Alexandre. Le liquide serpenta sur sa lèvre inférieure et disparut dans sa bouche sans laisser de traces. Le temps semblait s'être arrêté ; tous les yeux étaient fixés sur Alexandre, le visage blême, étendu sur le banc. Les minutes s'écoulaient, interminables.

— *Qu'est-ce qui se passe, Calernon ? Pourquoi n'est-il pas revenu à lui ? M'avez-vous donné la bonne potion ?* demanda Lutgard impatient.

— *Je vous ai donné ce dont il a besoin. La magie des elfes est très ancienne et doit suivre son cours,* répondit Calernon. *Regardez, il ouvre les yeux.*

— *Alexandre, est-ce que tu m'entends ? Comment te sens-tu ? Est-ce que ça va ?*

— *Lutgard, laissez-le reprendre ses sens,* dit Émméfa en posant sa main sur son épaule.

— *Euh, oui, oui, bien sûr, vous avez raison. Quant à vous* — dit-il en s'adressant à Calernon —, *ce que vous avez fait est inexcusable et relève de la haute trahison ! Attendez-vous à ce qu'il y ait des représailles !* ajouta-t-il sur un ton exaspéré.

— Il n'y aura ni représailles ni sanctions pour qui que ce soit ici, dit Alexandre d'une voix à peine audible, mais ferme.

— *Mais, après ce qu'il t'a fait…* s'objecta Lutgard.

— Il n'a fait que ce qu'il pensait être la meilleure chose dans les circonstances. Je ne peux le blâmer de ne pas avoir confiance en moi, en ma parole. Après tout, je n'ai prouvé à personne ici que je ferai ce que j'ai dit !

Alexandre se leva du banc et tituba, encore étourdi par les effets de la potion.

— J'ai besoin de vous tous ; Patrick a besoin de vous tous ! Ce n'est qu'ensemble que nous réussirons à vaincre l'ennemi et à le délivrer. Calernon, je vous le demande une autre fois. Êtes-vous des nôtres ?

Alexandre lui tendit la main.

— *Je suis votre elfe, Porteur de Gaia, commandez-moi à votre guise,* répondit Calernon, s'agenouillant, puis prenant la main d'Alexandre et la portant à son front en signe de respect.

— Merci à tous. Nous nous retrouverons dans la forêt de Rannoch au coucher du soleil, demain. « Ita Vivam ! »

— *« Ita Vivam ! »* répondirent-ils en chœur.

— Venez, Lutgard, nous avons peu de temps pour nous occuper de tous ceux que j'ai vus dans mes visions tout à l'heure !

— *Tu sais que je ne pourrai pas aller avec toi à Rannoch!*

— Nous allons demander à mademoiselle McTavish de nous aider à régler ce petit contretemps. Je suis certain qu'elle a plus d'un tour dans son sac!

Alexandre visualisa son cabinet de travail au château de Tegnon, et tous deux disparurent.

XIX

L'apothicaire revisité

Une rafale s'engouffra dans la ruelle Grateloup et entraîna avec elle les pages jaunies de journaux qui tourbillonnèrent jusqu'aux fenêtres des mansardes aménagées sous les toits d'ardoises grises partiellement couvertes de petites pousses de mousse jaune et verte. La cape aux tons vert et brun des Highlands se gonfla, conférant à son occupant, l'espace d'un instant, l'allure d'une énorme chauve-souris s'apprêtant à s'envoler. Gwendoline rattrapa l'étoffe de laine et la serra contre elle, drapant un des pans autour de son cou. S'engageant dans la rue Panessac, elle s'arrêta devant la vitrine du numéro 6. L'intérieur était sombre. La petite affiche « FERMÉ », immobile et légèrement de biais, s'accrochait à la cordelette du store à moitié relevé de la vitre de la porte. Un rayon de lumière vacillante provenant de l'arrière-boutique balafrait le plancher d'un trait irrégulier.

Elle était venue ici pour récupérer les ingrédients manquant à la préparation d'une potion. Potion qui, une fois composée, neutraliserait — elle en était convaincue cette fois-ci — le poison de l'arme urokienne qui avait blessé René Chamboux et qui l'avait condamné à une mort certaine. Sa condition, qui avait commencé à s'améliorer après l'ingestion de la première préparation, s'était soudainement et inexplicablement détériorée. Elle devait retourner au château au plus vite avec les ingrédients.

La balafre de lumière clignota, s'éteignant et se rallumant à intervalles réguliers. L'arrière-boutique n'était pas vide. Quelqu'un faisait les cent pas, sans doute Lanctot. Cela compliquait passablement sa mission. En effet, comment allait-elle pouvoir pénétrer dans la boutique sans qu'il s'en aperçoive ? D'un autre côté, ne lui avait-elle pas laissé entendre, lorsqu'ils s'étaient quittés au château de Rannoch, qu'elle le reverrait aujourd'hui ? Mais cela avait été avant leur confrontation dans l'église Saint-Jean et qu'elle ne lui efface la mémoire. Et si… et si… un doute germa dans sa tête tout à coup. Et s'il se souvenait de ce qui s'était passé dans l'église ? Le sort d'effacement de la mémoire n'était pas aussi infaillible que les ouvrages sur le sujet le laissaient croire. Certains sorciers y étaient simplement insensibles ou encore son effet était temporaire. Bien que les cas, toujours d'après les traités, soient rarissimes, ils n'étaient certes pas inconnus, comme celui d'Alsène Flabergon, un sorcier du XVIe siècle. Ce dernier avait volé un coq qu'il convoitait depuis longtemps parce que le volatile était réputé avoir des pouvoirs d'alectromancie[35]. Étant convaincu qu'il pourrait s'en tirer, Alsène décida d'effacer la mémoire de son petit-cousin, propriétaire de l'oiseau. Malheureusement pour Flabergon, bien que temporairement incommodé, son petit-cousin retrouva la mémoire dans les quarante-huit heures et se rappela avoir vu Alsène mettre son coq

35. Divination par le chant du coq.

dans un sac de jute, et rapporta le méfait au shérif. Dans l'heure qui suivit, les hommes du shérif défonçaient la porte de la chaumière d'Alsène Flabergon, lui mettaient les fers et l'incarcéraient. L'histoire ne relatait pas ce qui était arrivé à l'homme après avoir été jeté dans les cachots, mais illustrait bien les dangers d'utiliser le sort d'effacement de la mémoire sans être certain qu'il soit efficace à long terme. Lanctot faisait-il partie de ces exceptions ? Dans l'affirmative, cela pouvait expliquer le va-et-vient constant devant la source de lumière, et Gwendoline était facilement en mesure de s'imaginer la rage qui l'animait. Elle soupira et secoua sa chevelure grisonnante. Dans la négative, le sort avait agi comme il se devait, et elle pouvait se comporter envers lui comme si de rien n'était. Toutefois, il y avait un bémol à son raisonnement. Fearghas l'avait repérée sur le parvis, et le seul but de son existence était de rapporter à son maître tout ce qu'il voyait et entendait. Il fallait qu'elle en ait le cœur net ; elle ne pouvait courir le risque de se faire repérer par qui que ce soit ; une vie dépendait du succès de cette mission. Il n'y avait qu'une solution. Fouillant dans sa cape, elle en sortit une petite boîte en bois sculpté dont elle ouvrit lentement le couvercle articulé contenant ses araignées-espionnes. La plus grosse grimpa sur le rebord de la boîte, et douze Gwendoline apparurent reflétées dans ses yeux vitreux.

— Va voir ce qui se passe derrière le rideau, dit-elle en chuchotant.

Approchant la boîte de la fente aux lettres, Gwendoline leva le rabat, et son espionne se faufila à l'intérieur.

— « Natura Imitasio ! »

Elle se fondit à son environnement. Il ne restait plus qu'à attendre le retour de son araignée qui, à sa grande surprise, sortait déjà une de ses longues pattes velues à l'extérieur de la fente. Gwendoline releva le rabat, et l'araignée, grimpant dans sa main, se mit à danser et à tournoyer. Elle faisait son rapport. Gwendoline hocha la tête, et un sourire se dessina sur ses lèvres. C'était son heure de chance ; Lanctot venait de sortir par la porte donnant sur la ruelle.

— Et le corbeau ?

L'araignée sautilla. Le corbeau n'était pas à l'intérieur non plus.

— « Expendere ! »

La serrure cliqueta, et la porte s'entrouvrit. Se faufilant à l'intérieur, Gwendoline la referma derrière elle et déposa l'insecte sur le comptoir en chêne poli.

— Retourne dans l'arrière-boutique monter la garde, murmura-t-elle.

Elle jeta un dernier coup d'œil en direction de la rue avant de se diriger vers le mur dont la moitié supérieure se composait de petits tiroirs de même taille. Retenues par des poignées bombées en laiton, des cartes usées affichaient le nom presque illisible de leur contenu. Le reste du mur était couvert d'étagères sur lesquelles s'entassaient des pots de verre de différentes tailles, bleu cobalt et rouge vermillon.

— « Lumens ! »

Gwendoline contourna le comptoir et éclaira les tiroirs du faisceau de lumière. Elle avait besoin d'Aristoloche, de XuKuCao, de Tulsi et de Bois-de-vie. Aucun de ces ingrédients ne figurait sur les cartes. Elle les repassa à la lumière de sa baguette afin de s'assurer de ne pas les avoir manqués. Elle aurait dû s'en douter ; les ingrédients étaient tellement rares et difficiles à se procurer que Lanctot devait les garder dans l'arrière-boutique. Se dirigeant avec précaution vers le rideau qui faisait office de porte entre les deux pièces et d'où provenait la lumière, son pied se posa sur une latte qui gémit. S'immobilisant, elle écouta, le cœur battant. « Ne sois pas ridicule, Gwendoline ! Il n'y a personne dans la boutique sauf toi ! » se dit-elle alors qu'elle écartait le rideau et pénétrait dans l'arrière-boutique. La pièce était plus en désordre et plus sale qu'elle ne l'avait vue la dernière fois. Des bouts de parchemins déchirés, de la vaisselle brisée, des plumes noires d'oiseau, ainsi que des livres jonchaient le plancher. Le chaudron, tombé de la crémaillère, gisait sur son côté, son contenu nauséabond régurgité, formant une flaque verdâtre où se reflétaient les quelques braises ardentes luisant encore dans l'âtre. On aurait dit que le vent qui faisait rage à l'extérieur était entré dans la pièce pour la saccager. Il ne restait plus à présent qu'à trouver où Lanctot gardait les ingrédients. Une malle cadenassée au couvercle bombé, au pied du lit, attira son attention. Avec sa baguette, elle frappa le cadenas qui demeura obstinément fermé. Il était inutile d'insister pour l'ouvrir ; Lanctot avait probablement mis le sort « Imperturbabile ![36] », et Gwendoline savait qu'elle ne pourrait le retirer. Ce n'était qu'une partie de la formule. Elle ne s'y attarda pas et constata qu'elle aurait probablement plus de chance de trouver ce dont elle avait besoin dans l'armoire, près de la porte de la salle de bain, qui ressemblait étrangement à celle qui était dans ses appartements au château de Hilda. L'examinant de plus près, elle découvrit sur les portes un blason sculpté. Deux loutres se faisaient face, assises sur un rocher entouré d'eau. Gwendoline était perplexe ; ce qu'elle avait devant elle était ses armoiries. Que pouvait bien faire ici un de ses meubles ? Y en avaient-ils d'autres ? Elle aurait voulu disposer de plus de temps pour enquêter. Tout de même intriguée, elle fit un rapide tour de la pièce du regard, ce qui lui confirma que c'était bien le seul morceau de son ameublement à se trouver ici. « C'est peut-être une copie », se dit-elle en mettant sa main sur la poignée en forme de griffe de dragon pour l'ouvrir. Un éclair suivi d'une explosion, et la pièce se remplit d'une épaisse fumée noire, âcre. Le plancher tangua fortement sous ses pieds, sa tête tournait, que lui arrivait-il ? Elle était incapable d'ordonner ses pensées, ressentant un malaise, perdant rapidement contact avec la réalité. Gwendoline crut entendre un rire machiavélique venant de loin avant de tomber sur le plancher avec un bruit sourd, sans connaissance.

36. Imperturbable !

XX

Revitalis !

René Chamboux, toujours endormi sous l'effet du sort, ressemblait de plus en plus à un cadavre. Ses joues s'étaient creusées, les orbites de ses yeux n'étaient plus que deux cavités noires violacées. Sa respiration peu profonde râlait à chaque inspiration. Que pouvait bien faire Gwendoline ! Isabelle commençait sérieusement à s'inquiéter. Sa tante ne revenait pas, bien qu'elle lui ait dit qu'elle ne faisait qu'un aller-retour à la boutique de Lanctot. Isabelle, ne connaissant rien à la magie, avait conclu qu'apparaître et disparaître était probablement plus rapide qu'utiliser les moyens traditionnels tels que marcher ou se servir d'une auto. Trois petits coups secs sur la porte du donjon la ramenèrent à la réalité. Personne n'était au courant qu'elles étaient ici, sauf Lutgard et Alexandre et, aux dernières nouvelles, ils étaient restés dans la forêt de Rannoch à la recherche de Yoann. On frappa de nouveau, cette fois avec plus d'insistance. N'osant pas bouger, elle prit la main de René pour se donner du courage.

— Mademoiselle McTavish, c'est moi, Alexandre.

Isabelle poussa un soupir de soulagement, se leva de son tabouret et ouvrit la porte de bois qui glissa sur ses charnières, sans bruit.

— Que fais-tu ici ? Je te croyais dans...

— Je n'ai pas le temps de t'expliquer, je dois parler à mademoiselle McTavish. Où est-elle ?

— Elle a dû s'absenter pour quelques instants.

— Quand doit-elle revenir ?

— Je ne sais pas, elle est allée à la boutique de l'apothicaire. Elle m'avait dit qu'elle faisait un aller-retour, le temps de récupérer ce dont elle avait besoin.

— Chez Lanctot ?

Alexandre, réfléchissant, fit une pause.

— Elle est allée chez Lanctot pour faire quoi ? ajouta-t-il d'un ton soupçonneux

— Qu'est-ce qui te prend ?

— Rien ! Ça fait longtemps qu'elle est partie ?

— Oui, un bon bout de temps ! Pourquoi ?

— Hum !

— Mais, enfin Alex, vas-tu me dire ce que tu as ?

— Que s'est-il passé quand vous êtes revenus ici, Belle ?

Isabelle grimaça. Ses questionnements commençaient à l'agacer, mais il semblait tellement contrarié qu'elle jugea préférable de continuer à répondre à son interrogatoire. Elle soupira profondément.

— Mademoiselle McTavish a préparé une potion qu'elle a fait boire à monsieur Chamboux. Il a commencé à se sentir mieux, puis, tout à coup, il s'est mis à saigner du nez, à avoir froid et à ne plus voir.

— Et c'est à ce moment qu'elle a décidé de partir ?

— Non, pas tout de suite. Elle a dit que parfois la potion n'avait pas l'effet voulu. Elle a alors fouillé dans son grimoire, puis dans sa réserve d'ingrédients et m'a dit qu'il lui en manquait, et que seul Lanctot les avait.

— Et tu l'as crue ?

— Et pourquoi je ne l'aurais pas crue ? demanda Isabelle de plus en plus exaspérée.

— Parce que c'est précisément le genre de tromperie auquel je m'attendais !

— Tromperie ?

— Oui ! Tromperie !

— Alex ! Tu as besoin d'aller te faire soigner ; c'est urgent !

— Ah oui ? Regarde monsieur Chamboux ! Un cadavre et lui, c'est pareil !

— Ah ! parce que tu t'y connais en cadavre maintenant ! ajouta-t-elle sur un ton sarcastique.

— Là n'est pas la question ! Es-tu certaine qu'elle lui a donné la bonne potion ?

Isabelle consternée le regarda.

— Comment veux-tu que je le sache ?

— Tu ne t'es pas posé la question non plus, n'est-ce pas ?

— Quelle question ?

— Comment se faisait-il qu'une sorcière n'ait pas tous les ingrédients nécessaires à la préparation d'un philtre et, comme par hasard, doive aller les chercher chez, précisément, celui avec qui elle était de connivence il n'y a pas si longtemps ?

— Qu'est-ce qu'y faut pas entendre ! Tu délires, Alex ! rétorqua Isabelle.

— Ah, tu crois ? Elle nous a trahis, Belle ! Je n'aurais jamais dû lui faire confiance ! Son seul but était de découvrir Gaia. Maintenant, elle le sait, et l'expédition était la solution idéale pour nous mener tout droit dans un guet-apens, s'emparer de Gaia et nous faire disparaître !

— Tu me sidères ! Comment peux-tu penser chose pareille ?

— C'est facile, et l'évidence même ! D'un, Godefroy éliminé, Lutgard ne peut plus sortir de son tableau. Je dois donc dire adieu à son aide. De deux, c'est moi qui porte Gaia. L'excuse est parfaite ! Ramener monsieur Chamboux au château sous prétexte de vouloir le sauver, puis commodément être à court d'ingrédients et hop, elle va mettre Lanctot et Maldubh au courant de sa découverte !

— Ma foi, Alexandre, je n'en crois pas mes oreilles ! Quelle mouche t'a piqué ? Tu as été le premier à la défendre dans ton cabinet de travail, à dire que tu ferais la lumière sur son bannissement, et maintenant tu l'accuses d'être allée rejoindre Lanctot et Maldubh. Je te rappelle que c'est elle qui m'a fait sortir des cachots de Rannoch, qui m'a sauvé la vie en me renvoyant ici et qui s'est proposée pour ramener monsieur Chamboux afin de le soigner. Et c'est grâce à elle, au cas où tu l'aurais oublié, que tu connais le complot du Conseil Suprême de la Magie. Évidemment, *TU* n'as jamais manqué d'ingrédients, toi ! Ah oui ! J'oubliais ! Monsieur a des gens pour faire cette besogne à sa place, n'est-ce pas ? Cette chevalière t'est montée à la tête, Alexandre ! Et enregistre bien ceci : si c'est comme ça que tu as l'intention de te comporter dorénavant, je préfère ne jamais te revoir !

— Tiens, tiens, comme c'est bizarre ! Je comprends maintenant pourquoi elle t'a emmenée ! répondit-il, piqué au vif.

— Qu'est-ce que tu veux insinuer ? dit-elle dans un sifflement, plissant les yeux avec un air menaçant.

— Rien, voyons ! Pendant que Lutgard et moi restions seuls dans la forêt à risquer une autre attaque des créatures, elle et toi étiez bien au chaud et en sécurité ici dans les murs de mon château !

La gifle partit si vite et si fort que la tête lui tourna, le figeant sur place, l'air surpris. Il la dévisagea, les yeux ronds d'étonnement, abasourdi.

— Comment peux-tu ? dit-elle, offusquée par ses accusations.

Les yeux remplis d'eau, sanglotant, elle lui tourna le dos et s'assit au chevet de René Chamboux. Alexandre venait de dépasser les bornes ; jamais depuis qu'ils se fréquentaient tous les trois, Isabelle, Patrick et lui, il ne l'avait vue dans un tel état. Comprenant ce qu'il venait de faire, et ne voulant pas perdre l'amitié qui les unissait, il s'approcha. Il effleura son épaule qu'elle retira d'un mouvement sec. Il était évident qu'elle n'était pas prête à lui pardonner ses accusations. Il essaya de l'amadouer.

— Isabelle, je suis dépassé par les évènements. C'est ma faute si monsieur Chamboux est sur le point de mourir !

Elle l'ignora, silencieuse, caressant la main de René. Bubobuso, entrant par la lucarne, descendit en piqué et, se posant à côté de Godefroy, le poussa de son bec. Alexandre gesticula pour éloigner l'oiseau qui resta défiant et continua à le becqueter.

— Veux-tu t'en aller, oiseau de malheur ! Laisse-le tranquille !

Il s'approcha pour prendre la chouette qui se transforma subitement en une espèce presque humanoïde. Sa chevelure était formée de petites plumes blanches, étroitement collées sur sa tête, et finissait en pointe. Son visage rond avait retenu quelques caractéristiques de l'oiseau qu'elle avait été quelques instants plus tôt, notamment l'absence de nez remplacé par deux fentes en diagonale entre ses lèvres minces et ses yeux d'un bleu nuit presque noir. Le reste de son corps, du cou jusqu'aux pieds, était drapé d'une cape en duvet blanc moucheté de perles noires de différentes tailles. La cape rayonna et palpita légèrement, donnant à son contour un aspect flou.

— *Je suis venu ici de l'Ordre des Animaux Sorciers pour emmener Godefroy,* dit la voix au registre étrangement bas.

— Sa place est sur Gaia, et il reste ici jusqu'à ce que je l'y amène, s'opposa Alexandre.

— *Cela, je ne peux vous le permettre ! Sa place est à l'O.D.A.S. !* répondit Bubobuso.

— Ne me défiez pas ! avertit Alexandre, levant sa main portant la chevalière.

— Alexandre ! cria Isabelle. Qu'est-ce que tu fais ? Qu'est-ce qui te prend ?

— Ne te mêle pas de ça ! dit-il dans un sifflement.

Isabelle, tremblante de colère, s'interposa entre lui et Bubobuso.

— Ça suffit ! Tu crois que, parce que tu portes cette chevalière, tu as tous les droits ? Détrompe-toi ! Il te faudra me passer dessus pour empêcher Bubobuso de partir avec Godefroy.

— *Mademoiselle Isabelle,* dit Bubobuso doucement. *Ce n'est pas nécessaire, je vous assure !*

Bubobuso tourna sur elle-même rapidement et, lorsqu'elle s'arrêta, la vision qui les confronta les cloua sur place. Un énorme oiseau au plumage noir de suie, avec une grande tache blanche sur les ailes et à la tête couverte d'excroissances charnues rouge vif, venait de faire son apparition. Il déploya ses ailes de plus de trois mètres d'envergure obscurcissant la pièce. L'oiseau voilier était horrible et terrifiant. Alexandre attrapa Isabelle par le poignet et, la tirant vers lui, la fit passer derrière lui, utilisant son corps comme bouclier.

— « *Anacletus !*[37] » croassa Bubobuso.

Un tourbillon d'épaisse fumée descendant du plafond brouilla leur vision et enveloppa Bubobuso et Godefroy d'un manteau opaque bouillonnant, parsemé de petits éclairs multicolores.

— « *Anacletus Anastatius !*[38] » dit la voix irréelle.

L'air autour d'eux fut violemment aspiré par des minivortex se créant à chaque changement de couleur.

— « *Revitalis !*[39] »

Les dalles de pierre du plancher du donjon se mirent à vibrer et à se lézarder.

---

37. J'invoque !

38. J'invoque la résurrection !

39. Redonne la vie !

— « *Godefroy Anastatius !*[40] » claironna la voix alors que les mots rebondissaient sur les murs.

Un ultime éclat de lumière aveuglante suivi d'un claquement sec, et la fumée se leva lentement comme un rideau de scène. Le corps mou et inerte de Godefroy apparut suspendu dans les airs, à la grande stupéfaction d'Isabelle et d'Alexandre. Il tressaillit tout à coup, secoué par de violentes contorsions et, dans une impressionnante explosion d'étincelles irisées, se transforma en humain. Vêtu d'une robe de sorcier écarlate recouverte de broderies d'argent et d'or, il flotta délicatement jusqu'au sol. Non seulement paraissait-il plus grand, mais il était redevenu un jeune homme.

— Mais comment ? demanda Isabelle encore stupéfaite par la scène. Comment est-ce possible ? Mademoiselle McTavish avait dit que ce n'était pas faisable !

— *Et elle avait raison, Isabelle,* répondit Godefroy. *Il est impossible de ramener à la vie les humains, qu'ils soient sorciers ou Innocents. Les animaux sorciers, eux, nous* — indiquant Bubobuso de la main —, *n'ont pas de telles restrictions. Les pouvoirs que nous possédons sont particuliers et, même parmi les nôtres, cela est encore plus rare ; seul un petit nombre possède le don de Revitalis.*

— Ça va vraiment mal, Godefroy ! déclara Alexandre. Gwendoline a disparu. Sous prétexte d'être allée chercher des ingrédients pour une autre potion, elle a laissé monsieur Chamboux mourant ! Elle nous a trompés ! Son offre d'aide dans mon cabinet de travail n'était qu'une supercherie pour nous attirer dans un piège et s'emparer de Gaia !

— *Calme-toi ! Tu ignores tout de Gwendoline. J'admets qu'elle a mal agi dans le passé, mais je suis toujours convaincu de sa bonne volonté à nous aider. Tes soupçons sont sans fondement. C'est elle qui nous a mis au courant du complot de Lanctot et Maldubh. C'est également elle qui s'est offerte pour nous guider à travers la forêt enchantée, et qui nous a*

40. Godefroy ressuscite !

prévenus à propos des créatures et à quoi il fallait nous attendre avant même d'y pénétrer !

— Cela n'a pas empêché ta mort ! N'est-ce pas ?

— *Non ! Et maintenant c'est chose du passé ! Nous avons perdu assez de temps. Il reste encore énormément de travail à faire. Bubobuso, retrouve Gwendoline, s'il te plaît, et dis-lui que nous l'attendons ici. Vous deux, restez avec monsieur Chamboux pendant que je vais chercher Lutgard. Je reviens tout de suite !*

Sa robe de sorcier écarlate devint floue et, se dirigeant vers la porte du donjon, il disparut en silence. Bubobuso se transforma et prit son envol, la lucarne l'avalant. Alexandre et Isabelle, silencieux, se jetaient des coups d'œil furtifs, lui assis à un bout de la table, elle, à l'autre, les deux écoutant les minutes s'égrener avec chaque mouvement du pendule de l'horloge de parquet dans un coin du donjon. Le silence était oppressant.

— Je… dirent-ils ensemble.

— Vas-y ! dit Alexandre.

— Non, toi !

— Je suis désolé, dit-il à voix basse, presque inaudible.

— Qu'est-ce que tu as dit ? demanda-t-elle. J'ai pas bien entendu, tu as ma mauvaise oreille !

Elle voulait qu'il répète ces trois petits mots, elle voulait lui donner une leçon d'humilité ! Il lui avait fait du mal sans raison valable, gratuitement. Cette agressivité soudaine, ses sautes d'humeur, la chevalière en était sûrement responsable. Alexandre avait changé depuis le legs de Gaia. Isabelle ne l'avait jamais connu soupçonneux, voyant des complots partout.

— Je m'excuse pour tout à l'heure, bon ! Je n'aurais pas dû prononcer ces paroles ! dit-il rapidement.

Il parlait à sa poitrine, évitant toujours de la regarder.

— Pfut ! Et tu crois que c'est aussi facile que ça ? Tu t'excuses, et l'on fait comme si de rien n'était ?

— Je me suis excusé, que veux-tu de plus ? ajouta-t-il sur un ton renfrogné.

— En m'accusant, tu as mis en cause plus que ma parole, c'est notre amitié que tu as passée en justice, et ça, pour l'instant, je ne peux le pardonner. De plus, tu as mis en doute la parole et la bonne foi de quelqu'un qui m'est cher ; cela aussi n'est pas excusable. Tu as touché directement à ce qui est, possiblement, le seul membre qu'il me reste de ma famille.

Isabelle sentit ses joues s'empourprer et se mordit la lèvre. Elle en avait trop dit ; c'était sorti sans qu'elle le veuille, dans un accès de colère. Alexandre sauta sur l'occasion.

— Quel membre de ta famille ? Tu ne m'as jamais dit que…

Il fit une pause.

— Tu veux me faire croire que… Mademoiselle McTavish est… ne sois pas ridicule, Belle !

— Le ridicule ici est celui qui se tient devant moi ! Comment peux-tu penser à sauver Patrick avec cette attitude ? Tu ne t'es pas vu ! Les yeux te sortaient des orbites et brillaient d'une lueur démoniaque. Tu m'as fait très peur !

— Ça ne t'a pas empêchée de t'interposer entre la chouette et moi, et ne change pas de sujet ! C'est quoi, cette histoire de « la seule personne qui, possiblement, me reste de ma famille… » ?

Passant outre à sa question, elle ajouta :

— Non en effet, mais nous serions bien avancés maintenant si je ne m'étais pas mise en travers, n'est-ce pas ?

— Qu'est-ce que tu veux dire ?

— Ton précieux Godefroy aurait à tout jamais disparu, sans parler de moi ! Pouf ! En mille morceaux ! À quoi pouvais-tu bien penser ? J'en ai encore des sueurs froides dans le dos !

Baissant la tête, Alexandre soupira profondément.

— Tu as raison. Je ne sais pas ce qui m'a pris. Je dois être encore sous l'effet de la potion que Calernon m'a donnée à boire. J'avoue que je n'aurais pas dû laisser mes sentiments prendre le dessus. J'ai déshonoré cette chevalière et notre amitié une fois de plus !

Isabelle sursauta alors qu'il frappa soudainement la table de rage avec son poing.

— Voilà exactement ce dont je veux parler, Alex !

— Je te demande pardon, dit-il avec humilité. Je te jure que je ne vous voulais aucun mal.

Il la fixa dans les yeux.

— Tu me crois, n'est-ce pas ?

— Oui, je m'en doute un peu que tu ne nous voulais aucun mal ! Mais il va falloir que tu contiennes ton agressivité, ou tu finiras par tuer quelqu'un sans le vouloir, et ce sera trop tard pour avoir des regrets !

— Je te jure que je ferai tout ce que je peux pour dompter mes émotions.

— Je veux te croire, Alex, mais réfléchis bien. Je ne serai peut-être pas là la prochaine fois pour t'arrêter. Tu comprends ?

— Oui, et il n'y aura pas de prochaine fois !

— Bon, on n'en parle plus ! C'est mon tour maintenant. Je suis désolée de t'avoir giflé. Moi aussi, j'ai laissé mes émotions me diriger.

— Je le méritais, c'est déjà oublié !

Il s'avança vers elle pour la prendre dans ses bras, mais se ravisa, mal à l'aise soudainement. À la place, il lui tendit la main qu'elle prit et serra sans rancune.

— Il y a quelque chose qui me fatigue, dit Alexandre.

— Quoi ?

— Je peux te poser une question sans que tu te fâches ?

— Tu n'as pas l'intention de sauter les plombs une autre fois ? demanda-t-elle, anxieuse tout à coup.

— Non ! Non ! Mais tout à l'heure, tu as parlé de quelqu'un qui t'était cher…

— Et alors? demanda-t-elle en l'interrompant et sur un ton qui n'invitait pas du tout à s'étendre sur le sujet.

— Tu n'as pas confiance en moi?

— Ça n'a rien à voir avec la confiance!

— Que caches-tu, Belle?

— Je ne cache rien. J'ai fait une allusion stupide tout à l'heure, c'est tout. Mes parents me manquent énormément et puis, depuis le temps qu'on se fréquente, tu as rencontré ma famille au grand complet!

— Oui, je sais, alors pourquoi?...

— Pour rien! Je fabulais. Je me suis dit que, si je n'avais pas mes parents, j'aimerais que mademoiselle McTavish soit ma tante!

Elle changea de sujet.

— Écoute, maintenant qu'on a réglé nos affaires, qu'est-ce qu'on fait?

Alexandre ne pensait pas qu'ils avaient réglé leurs affaires, et surtout pas cette fantaisie d'excuse bancale d'avoir pour tante sa gouvernante, aussi bien intentionnée soit-elle! Mais, connaissant Isabelle et ne voulant surtout pas que la discussion tourne au vinaigre une fois de plus, il jugea préférable de ne pas creuser plus profondément. Il connaîtrait le fond de l'histoire tôt ou tard.

— On attend que Godefroy revienne avec Lutgard. J'espère qu'il pourra faire quelque chose pour monsieur Chamboux. Je respirerai plus librement lorsqu'il sera guéri.

À peine eut-il fini sa phrase qu'ils apparurent. Lutgard, s'approchant de René, mit deux doigts sur son cou.

— *Son pouls est très faible. Isabelle, qu'est-ce que Gwendoline a fait avant de partir?*

— Elle l'a endormi parce qu'il s'était mis à saigner du nez, s'énervait et refusait de se calmer.

— *Comment?* dit Godefroy.

— *Comment l'a-t-elle endormi?* demanda Lutgard.

— En disant une formule, quelque chose comme som... somnis... non, attendez, c'était « somnus », c'est ça, « somnus », et il y avait un autre mot après. Je suis désolée, mais je n'y ai pas tellement porté attention, j'étais trop énervée !

— « *Somnus Profondis* ? » questionna Lutgard.

— Euh, je ne suis pas certaine, dit Isabelle visiblement mal à l'aise de ne pas se souvenir.

— Lutgard, pouvez-vous faire quelque chose pour lui ? demanda Alexandre avec un trémolo dans la voix.

— *Oui, Alexandre, nous allons pouvoir le guérir. Approche-toi !*

Lutgard prit sa main et la posa sur le front de René.

— *Apprends et retiens. Tu en auras peut-être besoin un jour. Répète après moi, « Molybdenum !*[41] »

— « Molybdenum ! » répéta Alexandre.

La chevalière tiédit et luisit un bref instant ; un chatouillement parcourut son bras. Des minutes s'écoulèrent sans que rien ne se passe. Puis, lentement, les joues de René Chamboux prirent une teinte rosée, sa respiration devint plus régulière, sans râlement. Il paraissait moins souffrant.

— Pourquoi ne se réveille-t-il pas ? demanda Isabelle.

— *J'ai bien peur que le poison ait fait beaucoup de ravage. Nous l'avons sauvé de justesse ; quelques minutes de plus et nous le perdions. Dans peu de temps il se réveillera, et cet épisode passera à l'histoire comme un mauvais moment dans sa vie.*

— Merci, Lutgard ! dit Alexandre en soufflant de répit.

— *Je n'ai fait que mon devoir, mais c'est surtout grâce à Bubobuso que nous avons pu le sauver et, à la première occasion, tu vas régler le différend qui vous a opposés et qui a failli lui coûter la vie. Je t'avertis que de simples excuses ne suffiront pas. L'O.D.A.S. est notre allié depuis la nuit des temps, et menacer un de ses membres était non seulement pas très malin, mais a également créé plus qu'un léger remous au sein de leur organisation. Je dirais même plus, et sans exagération, que c'est un raz-de-marée que tu as*

41. Neutralise le poison !

déclenché ! Crois-moi, Alexandre, la dernière chose que nous voulons est de nous mettre à dos l'Ordre des Animaux Sorciers ! Des temps difficiles nous attendent, et nous avons besoin de tous et chacun pour vaincre les forces du mal incarnées par Maldubh et Lanctot. Nous sommes loin d'avoir gagné la guerre ni même la première bataille ! Ai-je besoin de te rappeler ce qui s'est passé dans la forêt de Rannoch ?

— Non, Lutgard, répondit Alexandre, mal à l'aise.

— *Bubobuso !* s'exclama Godefroy en pointant du doigt l'objet blanc qui flottait, descendant vers eux.

— *As-tu trouvé Gwendoline ?* demanda Lutgard.

Bubobuso se transforma.

— *Elle n'était pas dans la boutique de l'apothicaire ; seuls des résidus de sa magie étaient présents. Mais il y avait autre chose. Une énergie négative très puissante s'accrochait à chaque meuble, à chaque recoin de la pièce ! C'était terrifiant ! Je n'ai pu rester que très peu de temps. Mes plumes en frissonnent encore rien qu'à y repenser !*

— *Lanctot ?* s'enquit Godefroy.

— *Non ! Plus puissante encore !*

— Maldubh ! cracha Alexandre avec dédain.

— *Ne sautons pas aux conclusions, Alexandre ! Rien ne prouve que Maldubh ait été à Avely et encore moins chez Lanctot !* ajouta Godefroy.

— Qui d'autre dans vos connaissances a une énergie négative aussi forte ?

— *Oui, évidemment, les apparences semblent contribuer à un tel dénouement,* dit Lutgard.

— Je savais que c'était de la folie, qu'elle ne devait pas y aller ! Je lui avais dit, mais elle ne voulait rien entendre ! Pour sauver monsieur Chamboux, elle devait aller chez Lanctot chercher ses ingrédients. « Il n'y a aucun danger », avait-elle dit ! « Un aller-retour ! » Et maintenant elle a disparu ! Probablement morte ! ajouta Isabelle en éclatant en larmes.

— Isabelle ! Voyons ! Qu'est-ce qui te prend ? demanda Alexandre, surpris par l'excès soudain d'émotion.

— Il a découvert notre lien de parenté ! dit Isabelle entre deux sanglots.

— *Qui ? Quel lien de parenté ?* demanda Lutgard.

— Lanctot, voilà de qui il s'agit ! cria Isabelle.

— Tu as un lien de parenté avec Lanctot ! s'exclama Alexandre ahuri.

— Ne sois pas stupide ! Évidemment que je n'ai pas de lien avec Lanctot ! répliqua Isabelle exaspérée, ayant repris quelque peu ses sens.

— Alors avec qui ?…

Il fit une pause et sourit, il venait de saisir.

— Ah, je comprends maintenant. Ce que tu ne voulais pas me dire tout à l'heure, c'était ça ! Ma gouvernante est réellement ta tante !

— Tu ne comprends rien !

— Qu'y a-t-il à comprendre et, de toute manière, ça change quoi ?

— C'est une question de vie ou de mort.

— Belle, ta logique laisse pas mal à désirer ! Comment un lien entre toi et mademoiselle McTavish peut-il avoir un rapport avec la vie ou la mort ?

— Ma logique est tout à fait logique, je te laisserais savoir ! Le rapport est avec Lanctot. En apprenant que Gwendoline est ma tante, il voudra la faire disparaître, et elle ne pourra plus nous protéger.

— Protéger ? dit Alexandre de plus en plus embrouillé.

— Tu fais exprès d'être bouché ou quoi ? demanda Isabelle, irritée.

— Non, Belle, mais tes explications sont, pour le moins, énigmatiques.

— Il n'y a rien de cryptique dans ce que je dis, Alex ! ajouta Isabelle, insultée. Ma mère est la sœur de Gwendoline. Gwendoline est une sorcière et, par extension, j'en suis une aussi !

— Toutes mes félicitations ! dit Alexandre ironiquement. Et alors ?

— Gwendoline s'est efforcée, une grande partie de sa vie, à cacher ce lien à Lanctot et à Maldubh.

— Qu'est-ce que cela pouvait bien faire à Lanctot que Gwendoline soit enfant unique ou vienne d'une famille de quinze enfants ?

— Je n'en sais rien, mais elle devait avoir ses raisons ; sans ça, il y a longtemps que je l'aurais connue et, de toute façon, cela n'a pas d'importance ; ce qui compte maintenant c'est de la retrouver. Non seulement parce qu'elle est de mon sang, mais aussi parce que sans elle nous ne pourrons jamais traverser la forêt de Rannoch.

— Je suis toujours convaincu que c'est un coup monté de sa part !

— Alexandre ! crièrent en chœur Isabelle, Lutgard et Godefroy.

— Bon, d'accord ! D'accord ! Mais j'irai au fond de cette histoire !

— *Soit !* dit Lutgard dans un soupir, secouant sa tête. *Je suis d'accord avec Isabelle. La première chose à faire est de la retrouver. Essayons de ne pas conclure trop rapidement ! Ce n'est pas parce qu'elle n'était pas dans la boutique que quelque chose de grave lui est arrivé !*

— J'ai l'impression d'avoir été piétiné par un troupeau de bœufs ! dit René en s'assoyant sur le rebord du lit et se tenant la tête.

— Nous étions très inquiets, Monsieur Chamboux, dit Isabelle.

— Vous avez été grièvement blessé dans la forêt de Rannoch par une arme empoisonnée, et l'on vous a emmené ici pour vous soigner, ajouta Alexandre.

— Où est Yoann ? demanda René pris tout à coup de panique en regardant autour de lui. L'avez-vous retrouvé ?

— Je suis désolé, Monsieur Chamboux, répondit Alexandre. Non, nous ne l'avons pas retrouvé ; en vérité nous ne sommes pas allés à sa recherche. Après que vous soyez parti avec mademoiselle McTavish, il ne restait plus que Lutgard et moi, et nous ne pouvions prendre le risque de tomber dans un autre piège. Je vous demande pardon.

René pâlit.

— Et vous avez laissé mon fils seul, sans défense ! Vous êtes des monstres !

— *Calmez-vous, Monsieur Chamboux !* dit Lutgard. *Yoann était très bien protégé ! Aloysius s'occupait de lui.*

— Aloysius est une peluche ; comment un jouet peut-il s'occuper d'un enfant ? demanda René, atterré.

— *Calernon l'Immortel m'a mis au courant des pouvoirs spéciaux qu'il a donnés à l'ourson de Yoann. Au moindre signe de danger, il peut se transformer en ce qu'il juge approprié pour contenir la situation. Je suis certain qu'en ce moment même ils nous attendent au pied du pin noir où il a été enlevé.*

— Je dois aller le chercher ! Il doit être très effrayé !

— *Monsieur Chamboux*, dit Godefroy. *Votre fils est beaucoup plus courageux que vous ne le croyez !*

— Il n'a que sept ans ! s'objecta René.

— *Godefroy et moi partons tout de suite. Nous le ramènerons*, dit Lutgard.

— Emmenez-moi avec vous ! supplia René.

— Monsieur Chamboux, dit Isabelle calmement. Vous avez encore besoin de vous reposer ; votre blessure était très grave !

Elle lui toucha délicatement la main.

— Tu as raison, Isabelle, ils iront plus vite sans moi.

— Voilà qui est sage, monsieur Chamboux, approuva Isabelle.

— *Dois-je te rappeler, Alexandre, que tu as quelque chose d'urgent à régler ?* dit Lutgard.

— Je n'ai pas oublié ! Le conflit sera réglé avant même que vous ne soyez de retour de Rannoch !

— *J'y compte bien !* réaffirma Lutgard.

Godefroy et Lutgard disparurent en silence. Alexandre soupira profondément et regarda Bubobuso.

— Puis-je vous parler en privé ?

Ils se dirigèrent vers la cheminée où le feu ronronnait paisiblement dans l'âtre.

— Je vous dois des excuses, Bubobuso, commença Alexandre à voix basse. Ma conduite était loin d'être exemplaire. En tant que porteur de Gaia, j'aurais dû montrer plus de retenue. Bien que cela ne semble pas être une excuse valable, sachez que je n'ai appris qu'hier que Godefroy était un animal sorcier ! Avant cela, il était mon chat, et je l'aimais énormément. Lorsque les uroks l'ont tué, j'ai perdu la tête. Ma seule pensée était de me venger. Mais plus encore, je désirais venger sa mort avec le plus de force possible. Les uroks m'avaient pris ce que j'avais de plus précieux au monde : mon confident, mon ami. Lorsque vous vous êtes transformé et m'avez dit que vous alliez l'emmener, je me suis vu le perdre une deuxième fois, et cela, il m'était impossible de l'accepter. Ce dont j'étais certain, toutefois, était qu'en l'enterrant sur Gaia je pouvais me recueillir sur sa tombe à n'importe quel moment et quand je le voulais. Mais plus encore, j'avais espoir que les habitants de Gaia, peut-être les elfes, puissent le ramener à la vie. Veuillez me croire lorsque je vous dis que je ne vous voulais aucun mal, et je vous offre mes plus humbles excuses.

— *Alexandre de Thierry, je comprends maintenant votre geste impétueux de tantôt. Bien que je condamne votre action, il n'en reste pas moins que l'Ordre et le Porteur de Gaia sont liés, et ce, à jamais. Je passe donc l'éponge sur ce malencontreux affrontement.*

— Je vous remercie de votre générosité, Bubobuso, et pour être franc, puisque nous sommes liés ainsi, je vous demande de considérer le fait de vous joindre à notre quête. Les habitants de Gaia se sont déjà ralliés. Notre force réside dans le nombre. Plus nous serons et plus nous aurons de chances de vaincre Lanctot et Maldubh. De plus, vos pouvoirs exceptionnels seront d'un grand secours. J'ai bien peur que, malheureusement, quelques membres de notre coalition essuient des pertes dans les batailles que nous devrons livrer.

— *Ne vous faites pas d'illusion sur mes pouvoirs, Alexandre de Thierry. Je ne peux pas ramener à la vie les humains, ni tous les animaux sorciers.*

— Quelle que soit votre contribution, Bubobuso, elle ne pourra que nous être bénéfique, et c'est cela qui importe.

Bubobuso retira une des plumes de sa cape et la tendit à Alexandre.

— *Ceci est le signe d'engagement de l'Ordre ainsi que le mien, Porteur de Gaia. Vous avez notre entière collaboration.*

— Merci, Bubobuso, je n'oublierai pas votre geste.

Alexandre tendit sa main portant la chevalière, et Bubobuso déposa dans sa paume la plume blanche qui s'envola en fumée.

— *Notre pacte est scellé !* dit Bubobuso devant l'étonnement d'Alexandre.

— Papa ! Papa ! dit Yoann en apparaissant tout à coup.

Il sauta sur les genoux de son père et mit ses bras autour de son cou.

— Yoann ! Mon petit !

Il le serra tendrement, ses yeux se remplissant de larmes, l'air soulagé.

— Est-ce que ça va ? J'étais si inquiet ! Es-tu blessé ?

— Oui, papa ! Non, papa ! C'est Aloysius qui m'a sauvé ! Et je me suis fait un nouvel ami.

— Un nouvel ami ? demanda René, confus.

— Son nom, c'est Coilleach. C'est lui qui gardait la forêt avant que les créatures de monsieur Lanctot s'y installent. Il a essayé de me faire peur en criant très fort et il voulait me prendre la broche que Calernon m'avait donnée. Il disait que c'était à lui. Mais j'ai pas voulu, et il a continué à hurler. Je lui ai dit que je l'aiderais à se débarrasser des créatures qui habitent sa forêt s'il m'aidait à sauver Patrick, et il était d'accord. C'est merveilleux, n'est-ce pas, papa ?

— Oui, c'est une très belle histoire, mais…

— Tu ne me crois pas, c'est ça ? dit Yoann en faisant la moue.

— *Monsieur Chamboux*, dit Lutgard. *Coilleach a réellement existé. Ce n'est pas une invention de sa part. En fait, c'est une excellente nouvelle! Nous avions cru qu'il avait disparu à jamais.*

— Tu vois que j'avais raison! dit Yoann sur un ton triomphant.

— D'accord! Que cette rencontre soit vraie, je te l'accorde; cependant, Yoann, il n'est pas question que tu retournes dans cette forêt de malheur!

— Mais, papa! Coilleach et moi, on doit se retrouver quand on traversera...

— Nous avons... j'ai failli te perdre une fois; cela m'a suffi! Enlève-toi cette idée de la tête immédiatement! Tu ne vas nulle part!

— Mais papa!...

— Il n'y a pas de mais ni de pourquoi ni rien du tout! Tu vas rester ici comme tu devais le faire la première fois, avec Marie. De cette manière, je saurai où tu es et que tu es en sécurité.

— Mais papa!...

— Ma décision est finale, Yoann! Que penses-tu que ta mère dira lorsqu'elle apprendra dans quel pétrin tu t'es retrouvé et que tu as failli ne pas en revenir? Et cela, parce que tu n'en as fait qu'à ta tête!

Yoann baissa le menton se sentant coupable, puis, se ravisant, fixa son père dans les yeux.

— J'étais pas tout seul! ajouta-t-il avec aplomb. Aloysius était avec moi, et c'est lui qui m'a retrouvé et sauvé des créatures.

— Et je lui en suis très reconnaissant! Bien que ce soit une bien petite consolation, au moins tu étais avec quelque chose, enfin, quelqu'un qui savait quoi faire!

— Alors je peux venir?

— Tu joues avec ma patience, Yoann Chamboux! dit René alors que les traits de son visage se crispaient.

— Yoann, ton papa a besoin de se reposer. Viens avec moi, s'il te plaît; j'aimerais que tu me racontes ton aventure, ça semble avoir été très excitant! dit Isabelle.

Il la regarda, les yeux pétillants, et lui sourit. Prenant sa main, il se dirigea avec elle vers le fauteuil bergère près de l'âtre.

— *Alexandre, nous devons partir à la recherche de Gwendoline immédiatement. Si cela s'avère vrai que Lanctot l'a prise, sa vie est en danger. Il ne reculera devant rien pour arriver à ses fins !*

— *Je suis d'accord avec Lutgard,* dit Godefroy.

— Que faisons-nous avec monsieur Chamboux, Yoann et Isabelle ? Nous ne pouvons les emmener ! chuchota Alexandre.

— Alex ? appela Isabelle. Je vais rester avec Yoann et son père, au cas où Gwendoline reviendrait. Elle croirait sûrement au pire si nous n'étions pas ici.

— Je ne sais pas combien de temps cela va nous prendre, Belle.

— Ça n'a pas d'importance. Prenez le temps qu'il vous faudra pour la retrouver.

— Nous ferons tout ce que nous pourrons, Belle, et je te promets de me contrôler, dit-il en lui souriant.

— Chaque moment a sa raison d'être, Alex. Peut-être que celui où tu retrouveras ma tante sera l'instant qui te demandera le plus de retenue.

— Probablement, Belle, probablement. J'espère seulement faire le bon choix. C'est tout ce que je demande.

— Revenez vite ! ajouta-t-elle, détournant rapidement sa tête pour cacher la marée qui montait dans ses yeux.

Alexandre, Lutgard, Godefroy et Bubobuso disparurent. Le donjon se meubla d'un silence pesant que l'horloge de parquet emplit en sonnant dix coups étouffés. Ce n'était plus qu'une question d'attente maintenant.

XXI

L'armoire

Quatre formes apparurent non loin de la boutique de l'apothicaire Désorey, rue Panessac, sur le trottoir désert planté de platanes aux branches dénudées par la pluie incessante et les rafales.

— *Oh non!* s'exclama Bubobuso.

— *Nous sommes arrivés trop tard!* constata Godefroy.

— Que se passe-t-il, Lutgard?

— *La maison n'est plus que décombres!*

— Quels décombres? Je ne vois pas de décombres. La porte d'entrée est là, juste devant nous, dit Alexandre en pointant du doigt.

— *Ne vois-tu pas les tourbillons jaunes et verts qui s'échappent des murs écroulés?* interrogea Lutgard.

— Non! répondit-il, accompagnant sa réponse d'un mouvement de tête.

— *Ne sens-tu pas non plus l'odeur âcre ?* ajouta Godefroy.

— Non ! Qu'est-ce que vous avez, tous les trois ?

— « *Oculus Veritas !*[42] » prononça Bubobuso.

Alexandre ressentit un léger picotement derrière les yeux.

— *Vous devriez maintenant être en mesure de voir l'envergure des dégâts, Alexandre de Thierry.*

Alexandre resta bouche bée devant l'ampleur de la dévastation et se mit à tousser, soudainement incommodé par l'odeur. La porte d'entrée s'accrochait précairement à l'une des trois charnières encore vissées au chambranle et, ironiquement, l'affichette, s'étant retournée, annonçait la boutique ouverte. La devanture en baie à carreaux, détruite par ce qui avait dû être une explosion de taille, avait répandu au hasard son contenu autant à l'intérieur qu'à l'extérieur. Une partie du toit semblait avoir été découpé par un emporte-pièce géant, en forme d'oiseau préhistorique aux ailes déployées, et avait complètement disparu. Éventré, le comptoir de chêne gisait contre le mur de tiroirs qui, sous la force de l'impact, s'étaient vidés et avaient mélangé leur contenu pour produire une mixture dégoulinant en filets visqueux, source de l'odeur âcre. Le mur écroulé, séparant le devant de l'arrière-boutique, dévoilait le chaos généré par la déflagration. Le sol s'était couvert de bouts de parchemins fumants, de plumes à moitié consumées ainsi que de vieux livres déchirés, leurs pages tournant sous les doigts invisibles des bourrasques balayant la pièce. Les étagères, où avaient été rangés les flacons de médicaments, les jarres et les amphores de grès beige, n'étaient plus que des morceaux de bois noirci, leurs locataires brisés en morceaux plus ou moins gros, couverts d'un liquide verdâtre fumant et nauséabond. En dessous de la seule fenêtre de la pièce, l'évier en faïence émaillée, rempli de ce qui restait des éprouvettes, casseroles et assiettes, s'était fendu en deux et avait déversé sur le sol son contenu en un amas confus. Une fontaine avait remplacé le robinet disparu et aspergeait la table, qui se tenait inexplicablement

42. Révèle la vérité !

en équilibre sur trois pieds. Seul le fond de la pièce, près de la porte entrouverte donnant sur la ruelle Grateloup, avait été épargné par l'explosion et, l'espace d'un bref instant, luisit d'un éclat bleuté.

— Vous avez vu ? demanda Alexandre.

— *Quoi ?* répondit Lutgard.

— Là, regardez ! La lueur !

— *C'est probablement deux fils électriques qui se touchent,* conclut Godefroy.

— C'est quand même drôle, vous ne trouvez pas ? dit Alexandre nonchalamment.

Ils le regardèrent, perplexes.

— Comment se fait-il que le fond de la pièce ne porte aucune trace de feu ou d'eau et que rien n'ait été endommagé dans ce coin, alors que tout le reste de la pièce est en ruines ?

— *Il n'y a plus rien à faire, Alexandre, nous avons trop tardé à arriver. Gwendoline n'est plus ici !* dit Godefroy.

— Peut-être !

Il fit une courte pause en regardant les dommages.

— Mais nous ne pouvons repartir sans avoir vérifié à l'intérieur.

— *C'est trop dangereux, Alexandre,* répondit Lutgard.

— Peu importe ! Nous le devons même si je préférerais rentrer au château, et ce, pour Isabelle.

— *Lanctot a probablement tendu des pièges avant de partir !* prévint Bubobuso.

— Pour quelle raison ? Les villageois ne sont pas une menace pour lui et, même si l'un d'entre eux venait à passer devant la boutique, il n'y verrait rien d'anormal, comme moi avant le sort de Bubobuso. De plus, on n'est pas à sa recherche ; c'est plutôt lui qui veut me trouver.

— *Raison de plus pour se méfier, Porteur de Gaia !* surenchérit Bubobuso, inconfortable à l'idée de pénétrer à l'intérieur.

— D'accord, restez là si vous voulez, moi, j'entre ! Je veux en avoir le cœur net et, de plus, cette lueur m'intrigue !

— *Je viens avec toi !* dit Lutgard.

— *Je reste pour monter la garde !* proposa Godefroy. *Bubobuso, pourquoi n'irais-tu pas te poster devant la porte donnant sur la ruelle Grateloup ? Le lampadaire ferait sûrement un excellent perchoir !*

Les deux se transformèrent, et Lutgard sortit son épée.

— Vous croyez vraiment que ce sera efficace contre les sorts ? demanda Alexandre ironiquement.

— *Tiens ta langue, jeune homme ! Cette arme a sauvé ma vie et celle de beaucoup de gens de mon vivant !*

— Je ne voulais pas vous insulter, Lutgard. Il me semblait seulement que vous, gens du monde magique, vous serviez de baguettes pour formuler des sorts.

— *La baguette est une extension du pouvoir du sorcier et lui permet de canaliser la force du sort, mais d'autres objets peuvent tout aussi bien faire l'affaire,* répondit Lutgard. *La preuve est la chevalière que tu portes. Et une fois pour toutes, cesse de penser que les autres ainsi que moi sommes les seuls à être du monde de la magie,* dit-il sur un ton agacé. *Non seulement en fais-tu maintenant partie intégrante, mais tu l'incarnes ! En attendant, bien que je pense que ce soit une folie d'entrer, allons satisfaire ton insatiable curiosité. Reste sur tes gardes, toutefois ! Lanctot a plus d'un tour dans son sac !*

— Je vous suis !

Lutgard, la coquille de son épée à la hauteur du menton, prit les devants, enjamba le seuil de la porte, suivi d'Alexandre. Ils se dirigèrent à pas de tortue vers la lueur au fond de la boutique, Lutgard balayant du regard de droite à gauche, et Alexandre d'avant en arrière. Une tuile d'ardoise se détacha du toit et, tombant près d'Alexandre, vola en éclats. Un des fragments rebondit et écorcha au passage sa main qui se mit à saigner.

— Aïe !

Regardant vers le plafond, il en aperçut une autre en chute libre. Il essaya de l'éviter en sautant de côté, mais pas assez rapidement. Elle entailla la manche de son chandail qui se teinta de rouge. Sa première réaction fut d'y porter sa main alors qu'une douleur cuisante descendait le long de son bras. Il n'eut pas le temps de s'y attarder. Ce qu'il restait du toit était en train de s'effondrer en une cascade grise, terrifiante, tranchante, mortelle.

— Lutgard ! cria Alexandre.

— *Approche-toi de moi ! Vite ! « Abritate !*[43] » murmura-t-il.

Il lâcha l'épée qui se plaça au-dessus de leurs têtes et qui se mit à tourner de plus en plus rapidement, formant un bouclier en mouvement et déviant le tuilage.

— *Sortons d'ici !*

— Non !

— *Tu es blessé !*

— Ce n'est rien !

— *Il ne sert à rien de vouloir jouer les durs, Alexandre !*

— Je ne joue à rien, Lutgard ! Nous sommes venus ici pour faire la lumière sur ce qui a pu arriver à mademoiselle McTavish, et c'est ce que j'ai l'intention de faire. J'ai promis !

Lutgard secoua la tête. Il ne servait à rien d'insister.

— *Soit ! Mais une fois dans l'autre pièce, tu laisseras Godefroy t'examiner.*

L'avalanche de tuiles s'arrêta. Le toit avait maintenant complètement disparu, laissant place à une ouverture béante sur le ciel. L'épée de Lutgard cessa ses révolutions et, la récupérant, ils avancèrent vers le fond de l'appartement. À peine avaient-ils fait quelques pas qu'ils se butèrent contre quelque chose de rigide et d'invisible.

— *Qu'est-ce que je t'avais dit ?* dit Lutgard ironisant. *Lanctot ne pouvait pas partir sans laisser de pièges !*

Alexandre leva sa main et la dirigea vers le mur invisible.

— « Expendere ! »

— *NON !* cria Lutgard.

Le jet de lumière or jaillissant de la chevalière se refléta comme dans une glace, ricochant autour d'eux, réduisant en poussière une

43. Protège !

partie du comptoir, des tiroirs et ce qui restait de la devanture en baie.

— *Que s'est-il passé ?* demanda Godefroy en entrant d'un bond dans la boutique et en prenant sa forme humaine.

— *Un petit cadeau de Lanctot. Un rideau invisible qu'Alexandre a essayé de détruire avec Gaia,* répondit Lutgard.

— *Ah, je vois !*

— Pourquoi est-ce que ça n'a pas fonctionné ?

— *Tu as utilisé la mauvaise formule. Il n'y a rien à ouvrir ici, pas de porte, pas de fenêtre, de portail ou de cadenas, c'est solide, bien qu'invisible,* répondit Lutgard. *Je me souviens d'avoir eu affaire à ce sortilège une fois, il y a très longtemps. Si ma mémoire ne me fait pas défaut, « Liquificus ![44] » était la seule formule qui avait fonctionné. Oui, je crois que c'était bien cela ; laisse-moi réfléchir un instant, cela fait très longtemps.*

— « Liquificus ! » lança Alexandre, n'attendant pas la confirmation.

Un sifflement se fit entendre, aussi terrifiant que celui d'un énorme serpent, suivi immédiatement d'un bruit croissant de craquèlement de verre. Le mur devant eux devint opaque, se bomba, se creusa et se bomba de nouveau et, dans un ultime creusement, éclata dans une assourdissante déflagration. Ils eurent à peine le temps de se coucher sur le plancher pour éviter la pluie de projectiles formée par les milliers d'éclats de verre qui s'éparpillèrent dans toutes les directions.

— *Alexandre !* appela Lutgard. *Es-tu blessé ?*

— Non ! Je n'ai rien ! répondit-il, se relevant et secouant les éclats de ses vêtements et ses cheveux. Et vous, vous n'avez rien ?

— *Non, et ce n'est pas grâce à toi !* répliqua Godefroy en colère. *Tu n'aurais pas pu attendre que ton ancêtre confirme que c'était bien le bon sort ? Tu finiras par tous nous tuer ! Tu saignes ?*

— Ce n'est rien, Godefroy, une égratignure c'est tout ! dit-il en essayant de se dérober à l'examen.

---

44. Liquéfier !

— *La plaie n'est pas profonde, tu vivras!* ajouta-t-il sur un ton ironique. *Et arrête de gesticuler, s'il te plaît!*

Godefroy sortit sa baguette. Approchant le bout qui luisait, il remonta lentement, le long de la blessure, fermant ainsi la coupure comme une fermeture éclair, et fit de même pour celle de sa main.

— *Voilà, c'est fait!*

— Je suis désolé, je n'ai pas voulu mal faire!

— *Ne sois pas si empressé la prochaine fois, veux-tu?* ajouta Lutgard, agacé. *Les formules magiques ont des conséquences qui peuvent parfois être désastreuses. Bien que cela, en principe, ne s'applique pas à toi qui es protégé par Gaia, cela s'applique impérativement à ton entourage à moins, bien entendu, que tu aies pris les précautions nécessaires pour assurer leur sécurité.*

— Je suis vraiment navré, je croyais bien faire!

— *N'en parlons plus! Assurons-nous que Gwendoline n'est pas ici et retournons au château au plus vite. Nous trouverons bien un moyen de traverser la forêt de Rannoch sans elle si cela devait s'avérer nécessaire,* dit Lutgard.

La lumière bleutée qu'Alexandre avait entrevue provenait de la fente entre les deux portes d'une armoire. Il s'apprêta à prendre une des poignées pour l'ouvrir.

— *NON!* cria Godefroy. *Ne touche à rien! C'est peut-être un autre piège!*

Godefroy se dirigea vers la porte donnant sur la ruelle Grateloup et appela Bubobuso. La chouette descendit du lampadaire lui servant de perchoir et, se posant à côté de Godefroy, prit sa forme humaine.

— *Qu'y a-t-il, Godefroy?*

— *Nous avons besoin de ton expertise. Les armoiries sculptées sur les portes ne sont-elles pas celles du clan McTavish? Il me semble les reconnaître.*

— *Oui, Godefroy. Je ne comprends pas ce que ce meuble fait ici, d'ailleurs; il devrait être dans les appartements privés de Gwendoline.*

— Quelle serait l'utilité pour elle d'avoir une armoire dans une boutique d'apothicaire ?

— *À vrai dire, ce n'est pas un meuble pour ranger des vêtements, mais un passage secret magique ayant l'apparence d'une pièce de mobilier.*

— Et ça sert à quoi ? demanda Alexandre, intrigué.

— *Principalement à s'échapper en cas de danger. Son fonctionnement est simple : il suffit de penser où l'on veut aller, d'ouvrir la porte, d'entrer et de suivre l'escalier jusqu'à sa destination.*

— Et l'on peut aller où l'on veut, là-dedans ?

— *En théorie, oui, Porteur de Gaia !* répondit Bubobuso.

— *Et, comme Gwendoline ne se trouve pas ici, vous croyez qu'elle l'aurait utilisé pour échapper à l'explosion ?* conclut Lutgard.

— *C'est fort possible,* répondit-elle.

— Et où serait-elle allée ?

— *C'est impossible de le savoir avec certitude. Elle pourrait être allée n'importe où, mais si vous me demandiez de formuler une hypothèse, je dirais qu'elle s'est réfugiée là où elle se sentirait le plus en sécurité, à Hilda.*

— Êtes-vous certaine, Bubobuso ?

— *Je ne suis certaine de rien, Porteur de Gaia. Ce n'était que conjecture de ma part. Quoi qu'il en soit, nous pouvons toujours vérifier et, si elle n'est pas au château, au moins nous saurons à quoi nous en tenir.*

— Qu'en pensez-vous, Lutgard ?

— *Nous en aurons au moins le cœur net, Alexandre.*

— *Il y a quelque chose d'anormal, toutefois, Porteur de Gaia. Généralement, une fois que le passage secret a été utilisé, et lorsque la personne est arrivée à destination, l'armoire magique se désactive et ressemble à n'importe quel autre meuble.*

— Pour éviter que ceux qui ont provoqué le départ précipité puissent vous suivre, c'est ça ?

Elle hocha la tête.

— Alors, comment expliquez-vous qu'elle soit encore activée ?

— *Je ne sais pas,* répondit Bubobuso, perplexe.

— Cela pourrait-être un autre piège.

— *C'est fort possible, Alexandre,* interjeta Godefroy.

— Comment pouvons-nous nous assurer que ce n'en est pas un ?

— *J'aurais possiblement une solution,* dit Bubobuso. *Cette armoire me connaît, si je peux m'exprimer ainsi. Lorsque Gwendoline était plus jeune, pour s'éloigner de l'atmosphère pesante qui régnait dans le château après le départ de sa sœur, elle l'utilisait et m'emmenait. Peut-être qu'en touchant une poignée avec une de mes plumes je pourrais m'assurer qu'il n'y a pas de danger à l'ouvrir et à l'employer.*

— Vous connaissez le fonctionnement de ce meuble mieux que quiconque ici, Bubobuso. Si vous pensez pouvoir l'ouvrir, allez-y.

Bubobuso détacha une de ses plumes et la frotta sur le panneau sculpté de loutres. L'armoire ne réagit pas à son contact et, quelque peu rassurée, elle saisit, non sans une certaine appréhension et presque au ralenti, la poignée en forme de griffe de dragon. Un déclic se fit entendre en la tournant. Tirant sur la poignée, Bubobuso vit la porte s'entrebâiller, laissant filtrer un faisceau bleuté. L'ouvrant complètement, une lumière intense les éblouit puis se tamisa graduellement pour révéler un escalier en colimaçon, dont seulement la partie supérieure était visible.

— *Tout me semble en ordre,* conclut Bubobuso.

— Avez-vous pensé à la destination avant d'ouvrir la porte ?

— *Non, Porteur de Gaia. Le fait qu'il y a encore de la lumière m'indique que la destination est encore activée. Je crois que si nous voulons savoir où cela nous mène, maintenant serait le bon moment pour partir.*

— Un instant, dit Alexandre. Comment fait-on pour revenir ?

— *En théorie, nous refaisons le chemin inverse, sauf que d'habitude ce meuble est dans l'antichambre de Gwendoline, au château enchanté de Hilda. Cette échoppe ne correspond pas à cette antichambre, et rien ne nous indique que nous allons nous retrouver ici en faisant marche arrière,* répondit Bubobuso.

— Que suggérez-vous, alors ?

— *Suivons notre première idée et prenons l'escalier. Au mieux, nous arriverons à Hilda ; au pire…* — elle soupira. *Au pire, vous n'aurez qu'à utiliser Gaia pour nous ramener.*

Alexandre resta silencieux un moment, comme hypnotisé par l'ouverture devant lui ; un trou plongeant vers le néant. Son estomac se noua. Fallait-il faire comme Bubobuso suggérait et suivre l'escalier vers l'inconnu ? Il serait plus facile de retourner à Tegnon et de laisser mademoiselle McTavish à elle-même, où qu'elle soit ! Comme cette solution paraissait alléchante tout à coup ! Mais alors, comment justifier à Isabelle son retour bredouille ; cela lui briserait le cœur à coup sûr. Devrait-il lui mentir, sachant pertinemment qu'il n'avait pas tout fait en son pouvoir pour la retrouver ? Et puis, que dire de la promesse qu'il lui avait faite ? Il n'avait qu'une parole après tout.

— D'accord, Bubobuso, allons-y ! dit-il en soufflant bruyamment.

La chouette entra dans l'armoire la première, suivie d'Alexandre, Lutgard et Godefroy. Les portes se fermèrent derrière eux, les plongeant dans l'obscurité totale. Les premières marches de l'escalier luisirent d'un bleu métallique et se mirent à rouler lentement et en silence vers le bas.

— *Suivez-moi !* dit Bubobuso.

— Attendez !

— *Qu'y a-t-il ?* demanda Lutgard.

— Nous avons eu suffisamment de surprises désagréables depuis que nous sommes arrivés, et il n'y a aucun doute que nous allons devoir faire face à d'autres. « Sycletia Ægidius ![45] »

Une bulle flexible et légèrement opaque apparut dans un chuintement et les enveloppa.

— *Bravo Alexandre !* s'exclama Godefroy. *Je n'y aurais pas pensé. Le bouclier de Zeus, bien sûr ! Nous allons faire de toi un sorcier, après tout !*

45. J'invoque le bouclier !

— Il nous protégera pour un moment. Allons-y, Bubobuso.

Un à un, à la queue leu leu, ils posèrent le pied sur la première marche de l'escalier roulant, se laissant porter vers l'inconnu. Alexandre croisa les doigts, souhaitant aboutir dans l'antichambre de Gwendoline et, surtout, l'y trouver.

XXII

Lupus

Le cri résonna sur les murs. La douleur était si intense qu'elle pensa, l'espace d'un instant, que son cerveau avait été arraché de sa cavité. Un homme en colère parlait. Bien que le ton de sa voix soit dur et autoritaire, tout ce qu'elle entendait n'était qu'un bourdonnement assourdi. Une porte grinça derrière elle et claqua en se refermant. L'homme ne parlait plus, et elle ne sentait plus sa présence. Ignorante du temps dont elle disposait avant son retour, elle inspira profondément. Secouant la tête, elle essaya de dissiper les élancements qui jouaient du yoyo entre sa nuque et le dessus de sa tête. Elle tenta surtout de comprendre ce qui l'avait amenée à se retrouver dans cette situation, les mains liées dans le dos à des barreaux de chaise et les yeux bandés. Une première image apparut floue et distante, enveloppée d'un voile épais se soulevant au ralenti. Des panneaux d'armoire… des loutres sculptées…

« mon armoire », se dit-elle perplexe… La poignée en forme de griffe de dragon… il n'y avait aucun doute, c'était bien *son* armoire. Qu'était-il arrivé ensuite ? Les évènements défilèrent dans toute leur clarté soudainement. La boutique de Lanctot… un éclair… une explosion… de la fumée dense, âcre et noire… il lui avait été subitement impossible d'organiser ses pensées… le plancher tanguant fortement sous ses pieds… ce rire retentissant dans ses oreilles… le néant. Un sentiment de panique l'envahit tout à coup. Elle s'était déplacée du château à la boutique de Lanctot pour se procurer les ingrédients manquant à la préparation de l'antidote qui allait sauver René Chamboux, et maintenant il était trop tard. Non seulement avait-elle lamentablement failli à sa tâche, mais elle doutait qu'il soit encore en vie. Ses connaissances approfondies des plantes, de leurs propriétés curatives ainsi que son expertise dans la fabrication de potions et d'antidotes la menaient vers cette seule et unique conclusion : monsieur Chamboux avait succombé à sa blessure. Un sentiment d'extrême lassitude la submergea. Elle voulait fermer ses paupières et ne plus les ouvrir, s'endormir pour oublier cette culpabilité la rongeant ; s'endormir pour effacer le souvenir d'avoir causé la mort d'un Innocent, tout cela parce qu'elle avait négligé de garder en réserve les herbes nécessaires. Sa faute se traduisait par un mot : stupidité ! Comment avait-elle pu se laisser prendre si facilement par Lanctot ? Elle qui connaissait ce dont il était capable ! Gwendoline soupira. Tout s'éclairait à présent. L'armoire dans le fond de la pièce n'avait pas été placée là par hasard. Lanctot avait misé sur sa curiosité pour qu'elle y touche, ne serait-ce que pour se convaincre que c'était bien la sienne, et là résidait son piège, une ruse ingénieuse. Ayant manqué son coup à Rannoch, en lui présentant une boisson qu'elle était certaine d'avoir été empoisonnée, la logique même dictait qu'il se réessaierait, et ceci, dans un proche avenir. L'occasion était parfaite. Ils devaient se revoir ce jour même. Il devait glousser de plaisir ; elle s'était donnée à lui sur un plateau d'argent, sans qu'il ait à faire le moindre effort. La porte grinça, et un courant d'air glacial balaya la pièce ; elle frissonna.

— Désolé pour ce petit intermède, ma chère. Alors, où en étions-nous ?

— Je n'ai rien à vous dire, Lanctot ! dit-elle sèchement.

— Vous avez tort de me résister.

Gwendoline resta silencieuse.

— Vous ne me laissez pas d'autre choix que d'utiliser cette merveille dont Maldubh, notre maître, m'a si gracieusement fait cadeau !

Gwendoline se raidit. Il venait de faire allusion au bâton « Délieur de langues ». Que les langues soient menteuses, récalcitrantes ou disent la vérité, le résultat final était toujours le même. L'information s'extirpait invariablement contre la volonté de la victime. Un frisson parcourut son échine. Elle connaissait trop bien les conséquences de l'extraction. Une fois l'information obtenue, le cerveau se transformait en une bouillie épaisse. Il lui fallait gagner du temps.

— Enlevez-moi ce bandeau, je veux voir la lâcheté dans vos yeux, la trahison de notre association ! dit-elle dans un sifflement.

Lanctot éclata de rire, un rire guttural, cynique et tira sur le bandeau brusquement. Gwendoline, éblouie par la soudaine clarté, cligna des yeux.

— Notre association ? questionna-t-il avec un sourire en coin la fixant intensément. Notre association ? Votre sens de l'humour est toujours aussi minable, ma chère ! Il est fort probable que vous vous soyez mis, dans votre pauvre petite tête, l'idée qu'un lien quelconque existait entre nous. Revenez à la réalité ! Il n'a jamais été question que je m'associe à vous ou à qui que ce soit, et pour quoi que ce soit ! Vous croyez encore que le jeu auquel vous participiez vous incluait ? Je ne travaille ni n'appartiens à personne ! Tenez-vous-le pour dit ! Quant à la chevalière, vous vous illusionnez en croyant que Maldubh en sera le récipiendaire lorsque vous m'aurez révélé son emplacement. Vous parlerez d'une manière ou d'une autre ! dit-il en approchant le bâton de son visage.

— C'est bien ce que je pensais, Lanctot ! Ne croyez pas que vous ayez réussi à m'emberlificoter avec vos paroles rassurantes par votre soi-disant souci pour mon bien-être ! Vous me faites rire avec votre tirade sur ce joug soi-disant si pesant, et dont vous parliez si ardemment. Je savais, dès le début de notre mission, que je ne faisais pas partie de vos plans et, qu'à la première occasion, vous essaieriez de me faire disparaître !

— Vous êtes plus perspicace que vous ne le laissez paraître, ma chère !

— Et vous, Lanctot, plus transparent que vous ne le pensez ! lança-t-elle dans un sifflement hargneux.

— Quoi qu'il en soit, cette discussion est futile et, quoi que vous disiez, cela ne changera rien à son issue.

— Vous allez enfin être débarrassé de moi !

— Mieux vaut mourir entre mes mains qu'entre celles de Maldubh !

Gwendoline le regarda d'un air interrogateur.

— Une mort rapide est mille fois plus enviable qu'une mort dans ses oubliettes !

— Et pourquoi Maldubh voudrait-il ma mort, Lanctot ? Il connaît très bien où loge mon allégeance.

— Ne m'en veuillez pas, ma chère, mais comme vous le savez, nous avons eu une très longue conversation portant principalement sur vous, lors de notre dernière rencontre.

Il passa sa main sur son bras encore douloureux, des suites des coups qu'il avait subis.

— Je l'ai convaincu que tous les retards, le fait qu'il ne puisse plus nous voir, et ainsi de suite, étaient entièrement de votre faute.

Il fit une pause.

— Mais il y a mieux encore.

Il se plaça derrière elle, se pencha et chuchota à son oreille.

— Je lui ai dit que vous alliez garder Gaia pour vous et que vous ne vous gêneriez pas pour prendre les rênes de son empire, une fois la chevalière en votre possession !

Il gloussa.

— N'est-ce pas tout à fait délicieux, ma chère ?

Se redressant, il contourna Gwendoline, tira le tabouret et s'assit face à elle.

— J'aurais simplement été satisfait qu'il me croie, et j'en aurais été très heureux, mais voilà que non, ma chère ; il y avait plus encore ! Pour commencer, il m'a libéré du sort qui nous liait. Comprenez mon extase ! Enfin libre d'agir seul ! Puis, pour me récompenser de l'avoir mis au courant de vos intentions, il m'a donné ce bâton et une poignée de terre.

Gwendoline le regarda, perplexe.

— Bien drôle de présent, me direz-vous, une poignée de terre ! Pff ! Que pouvais-je bien vouloir, mais surtout faire d'une poignée de terre, me demandez-vous ?

Il sourit ironiquement.

— Vu sous cet angle, pas grand-chose évidemment, mais accompagnée d'un sort, c'était une tout autre affaire ! Je vous laisse deviner. Non ? Bien ! Cela conférait un fief, plus précisément un fief qui, en passant sous ma tutelle, me donnait mainmise sur le nord.

Gwendoline blêmit malgré elle.

— Non ! Pas...

— Eh oui ! Hilda a changé de propriétaire ! Il m'appartient, ses dépendances, ses fermes, ses ouvriers, ses terres, tout ! Et cela, pour en faire comme bon me semble.

— Vous ne pouvez...

— Oh que si !

— Vous n'avez pas le droit !

— Mais oui !

— Vous êtes un monstre, Lanctot !

— Vous me flattez, ma chère !

— Vous ne l'emporterez pas… !

— Au paradis ? Qui a besoin du paradis quand on va posséder le Shangri-La ! Mais revenons à nos moutons, si je puis m'exprimer ainsi. Allez-vous coopérer, ou dois-je…

— D'accord ! D'accord ! Ce ne sera pas nécessaire. Que voulez-vous savoir ?

— Que cherchiez-vous dans ma boutique ?

— Rien du tout, Lanctot ! Nous avions rendez-vous, ou l'aviez-vous oublié ?

— Non, ma chère, je n'avais pas oublié. Ce que je comprends mal est que vous vous soyez introduite, comment dirais-je ? Par effraction.

— J'ai frappé, mais il n'y avait pas de réponse !

— Vous mentez !

— Je dis la vérité !

— Je ne vous crois pas ! Fearghas vous surveillait et m'a laissé savoir que vous étiez devant ma porte. Vous n'avez jamais frappé, et vos araignées-espionnes vous ont laissée croire qu'il n'y avait personne à l'intérieur. Un petit sort anodin que les enfants apprennent dès leur plus jeune âge : comment se rendre invisible à l'œil des animaux, insectes et le reste ! Pour la dernière fois, que cherchiez-vous ?

Plus Lanctot parlait et plus Gwendoline comprenait qu'il ignorait leur incursion dans sa forêt, la bataille qui avait suivi, les blessés et les victimes. Une lueur d'espoir naquit. Il fallait qu'elle trouve une excuse plausible, mais plus encore une excuse qui le satisfasse et qui, en même temps, lui donne un moment pour se concentrer et déjouer ce bâton monstrueux braqué vers sa figure.

— Je vous l'ai déjà dit, je ne cherchais rien si ce n'est quelques herbes, que je n'avais plus dans ma réserve, pour me préparer une potion pour mes rhumatismes que, en passant, vous avez considérablement aggravés en me ligotant ainsi.

— Ne croyez pas que je vais enlever vos liens aussi facilement.

— Loin de moi cette idée ! Après tout, je ne suis qu'une pauvre vieille femme sans défense, qui ne cherchait qu'à soulager ses maux avec une tisane !

— Pourquoi ai-je l'impression que vous me racontez des chimères ?

— Croyez ce que vous voudrez, Lanctot ! Je ne mens pas ! Vous avez une boutique d'apothicaire, et c'est précisément là que je pouvais trouver ce dont j'avais besoin. Et puis, Lanctot, dit-elle en faisant une pause, faites comme bon vous semble ! Tuez-moi si cela peut vous réjouir ; je n'ai plus rien à perdre. Vous vous êtes approprié la seule chose à laquelle je tenais. Le reste m'importe peu ! Je vous le concède, vous avez gagné !

— Pas encore, ma chère. Je ne sais toujours pas où se trouve Gaia et qui l'a en sa possession.

— Je ne le sais pas non plus, Lanctot !

— Vous mentez de nouveau !

— Je vous l'ai déjà dit. Vous savez que je soupçonne le fils du comte de Thierry d'avoir la chevalière, mais ce n'est qu'une supposition. C'est un garçon qui ne se livre pas, qui ne se fie à personne, qui commence à peine à me faire confiance. Ceci, vous le savez fort bien, nous en avons déjà discuté. De plus, vous m'aviez fait remarquer que j'étais la seule personne et, dans la meilleure position, pour découvrir ce que nous cherchions, et que je devais faire un effort pour me rapprocher de lui, ce que j'ai fait selon vos instructions. Ou aviez-vous oublié cela aussi ?

— Je n'ai rien oublié ! répondit-il sèchement sur un ton d'impatience.

— Croyez-vous sincèrement qu'il s'ouvrira à vous si vous l'approchez ? Cela fait des mois que je travaille à établir un lien entre nous et, maintenant que je touchais presque au but, vous m'enlevez et me torturez comme un vulgaire criminel !

— Je n'ai pas besoin d'établir de relation avec lui, ce bâton me dira ce que je veux savoir. Où est-il ?

— Je n'en sais rien !

— Mauvaise réponse ! ajouta-t-il, appuyant le bout du bâton sur sa tempe.

— Non ! Arrêtez ! cria-t-elle haletante, reculant sa tête. Il est… il est probablement dans ses appartements au château.

— Je suis heureux de voir que vous avez décidé de coopérer, ma chère !

— Écoutez-moi, Lanctot. La seule chance que vous ayez de prendre possession de Gaia est de me laisser partir. Je vous le ramènerai !

Il éclata de rire.

— Ma chère, vous me prenez vraiment pour un imbécile, n'est-ce pas ? Croyez-vous sincèrement que je vais vous laisser sortir d'ici ?

— Vous ne pourrez pas vous en approcher, Lanctot !

— Qui a dit que je voulais m'en approcher ?

— Si Alexandre de Thierry a en effet Gaia en sa possession, comme je le suspecte, vous savez aussi bien que moi qu'aucune magie n'aura d'effet sur lui, puisqu'elle protège le Porteur. Votre seule chance d'obtenir la chevalière passe par moi. Donnez-moi l'occasion de vous prouver ma sincérité. Quoi qu'il en soit, je n'ai plus rien à perdre.

— Qu'est-ce qui me garantit qu'une fois sortie d'ici vous ne disparaîtrez pas avec lui et la chevalière ?

— Où voulez-vous que j'aille ? Vous m'avez tout pris. Je n'ai plus de toit, de terres ni de richesses. Les seules choses qu'il me reste sont les vêtements que je porte et les quelques objets dans le donjon que j'habite.

— Vos jérémiades sont pitoyables !

— Moquez-vous autant que vous voudrez, Lanctot, cela m'est égal ! Mais sachez ceci : ne vous en déplaise, vous n'arriverez à rien sans mon aide. De toute façon, que voulez-vous que je fasse ?

Pensez-y un instant. Comment voulez-vous que je disparaisse, vous avez ma baguette !

— Oui, je l'ai, mais lui a Gaia !

— Et alors ? Allez-vous me faire croire qu'un garçon de treize ans, aussi débrouillard et intelligent soit-il, a découvert le pouvoir qu'elle peut déployer, évidemment tout cela en supposant qu'il ait la chevalière en sa possession, bien entendu ! Ne soyez pas ridicule !

Il resta silencieux un bref moment, réfléchissant, faisant les cent pas.

— Soit ! C'est bien à contrecœur que je vous le concède. Votre idée n'est pas aussi saugrenue qu'elle semblait à première vue. Mais ne vous réjouissez pas aussi tôt, ma chère et, surtout, ne vous faites pas d'illusions. Ne croyez vraiment pas que je vous fasse confiance. J'ai travaillé trop dur pendant si longtemps et je n'ai pas essuyé tous ces revers pour rien ! Maintenant que je touche au but, rien ne m'empêchera de prendre mon dû. Vous n'irez pas rencontrer Alexandre de Thierry seule ; je vais me faire un devoir de vous accompagner.

— Je vous l'ai dit, ce n'est pas une bonne idée !

— Que m'importe ce que vous pensez ! répliqua-t-il sèchement. Vous n'êtes pas tout à fait dans une position pour négocier quoi que ce soit ! N'est-ce pas ? C'est à prendre ou à laisser !

— D'accord, Lanctot, d'accord, ne vous énervez pas ; je ferai comme vous l'entendez. Mais il ne doit pas vous voir ; vous risqueriez de l'effaroucher.

— Votre sens du dramatique est pathétique, ma chère ! L'effaroucher et quoi encore ?

— J'essaie simplement de vous faire comprendre ! Vous lui êtes inconnu…

— Ah ! Parce que vous croyez que c'est sous cette forme que j'allais vous accompagner ?

Elle le scruta d'un regard interrogateur.

— Vous croyiez me connaître, ma chère, n'est-ce pas ? Vous n'avez encore rien vu ! « Lupus ![46] » chuchota-t-il.

Le sang de Gwendoline se glaça : il venait de se transformer en loup. Essayant de contenir sa peur, ainsi que le cri voulant jaillir de sa gorge, et rassemblant toute l'assurance dont elle était capable, elle ajouta, feignant un soupir d'exaspération :

— Je crois que nous avons assez perdu de temps comme cela, Lanctot ! Détachez-moi ! Nous avons un garçon à trouver et une chevalière à vous remettre !

Il se retransforma.

— Enfin des paroles qui abondent dans le bon sens ! dit-il, souriant.

— Je suggère que nous commencions nos recherches par le réfectoire. Il lui arrive souvent de se mêler aux domestiques ; de là nous pourrons étendre nos recherches et, de plus, ce sera plus discret que de faire irruption dans ses appartements.

— Soit ! Mais ne tentez rien, cela vous serait sans contredit fatal ! « Liquificus ! »

Les liens disparurent, et Gwendoline se frotta les poignets pour rétablir sa circulation.

— Allons-y, Lanctot !

— « Turris ! »

46. Loup !

XXIII

Palamos

L'escalier en colimaçon continuait à spiraler au ralenti et en silence vers le bas, les entraînant de plus en plus profondément vers ce qu'Alexandre espérait être la découverte de Gwendoline McTavish pour pouvoir enfin s'occuper de ce qui lui importait le plus, sa mission : sauver son ami Patrick Chamboux. Tout avait pourtant relativement bien commencé et aurait été relativement facile, une aventure palpitante même, si la pléiade d'évènements n'avait pris une teinte cauchemardesque. Son seul réconfort dans cette obscurité d'encre, s'il en était un, était cette lumière bleu métallique rayonnant des marches en pierre, leur donnant l'apparence de statues fantomatiques. L'air se refroidissait, et une odeur de sous-bois, d'humus, flatta leurs narines. L'escalier s'arrêta si brusquement qu'ils durent se retenir au mur afin de ne pas tomber sauf Bubobuso qui, surpris, se transforma et, hululant, prit son envol vers le haut des marches.

— Non, Bubobuso ! cria Alexandre essayant de la retenir.

Butant contre le dôme du bouclier, elle rebondit comme un ballon. Alexandre l'attrapa de justesse alors que des plumes, s'étant détachées sous l'impact, flottaient dans un lent mouvement de balancier vers le sol.

— Bubobuso, est-ce que ça va ? Vous êtes-vous fait mal ?

— *Ça va aller, Alexandre !* répondit-elle, s'étant retransformée et se frottant la tête.

L'escalier se remit en marche, puis s'immobilisa, agité par une autre secousse. Un brouillard épais s'éleva et rampa le long de la courbe du bouclier, laissant derrière lui de légères sinuosités sur sa surface.

— *Que se passe-t-il, Bubobuso ?*

— *Je ne sais pas, Lutgard !*

— Sans aucun doute un autre piège de Lanctot !

— *Je ne crois pas, Porteur de Gaia !* affirma la chouette.

— Pourquoi sommes-nous arrêtés, alors ?

Bubobuso haussa les épaules.

— Qu'est-ce qui vous fait dire que ce n'est pas un piège ?

Elle ouvrit la bouche pour répliquer, mais les marches se remirent en mouvement dans un grincement et un soubresaut qui faillit leur faire perdre l'équilibre puis, sans avertissement, elles accélérèrent pour finir leur course si abruptement qu'Alexandre, Lutgard, Bubobuso et Godefroy furent projetés hors de la cage d'escalier dans une petite clairière. Ils se retrouvèrent pêle-mêle au pied d'un saule pleureur en bordure d'une rivière coulant paisiblement. Des branches illuminées par la lune tissaient des ombres en forme de plumes sur l'herbe couverte de rosée. À intervalles réguliers, de petites volutes de brume naissaient ici et là, donnant l'impression que les brins d'herbe respiraient.

— Où sommes-nous ? demanda Alexandre.

— *Je ne reconnais pas l'endroit.*

— *Si tu me permets, Bubobuso, pourquoi ne pas survoler les alentours ? Peut-être reconnaîtras-tu quelque chose qui nous indiquerait où nous nous trouvons !* suggéra Godefroy.

— « Liquificus Sycletia ![47] »

Le bouclier se dématérialisa et, d'un puissant battement d'ailes, Bubobuso prit son envol. Les plumes du bout de son aile scintillèrent alors qu'elles cueillirent un rayon de l'astre au passage, et elle disparut, avalée par la cime des arbres.

— Nous voilà bien avancés ! constata Alexandre en regardant vers le firmament. Perdus en pleine campagne ! À ce rythme, nous ne retrouverons jamais mademoiselle McTavish à temps pour sortir Patrick de son trou !

— *Les humains ne sont pas les bienvenus ici !* claironna une voix rauque provenant des troncs devant eux.

— Qui est là ? demanda Alexandre, surpris.

— *Vous êtes en danger ! Partez immédiatement ! Votre intrusion dans notre sanctuaire consacré est un sacrilège !* répondit la voix.

— Qui est là ? répéta Alexandre.

— *Il n'y a en ce lieu que mort et désolation ! Partez !*

— Nous sommes à la recherche d'une amie, expliqua Alexandre. Nous ne vous voulons aucun mal !

— *Moi non plus ! Mes frères, en revanche, ne l'entendent pas de la même façon ! Tout intrus est exécuté sur-le-champ ! Et je vous aurai prévenu !*

— S'il vous plaît, aidez-nous ! Nous ne demandons pas mieux que de partir d'ici le plus rapidement possible !

Un bruit de sabots piétinant le sol parvint de l'intérieur de la forêt. Alexandre pointa sa main portant la chevalière en direction des arbres.

— *Non, Alexandre !* chuchota Godefroy en mettant sa main sur son avant-bras pour l'arrêter. *Essayons de ne pas provoquer qui que ce soit, s'il te plaît !*

47. Liquéfier le bouclier !

— *Les astres ne mentaient donc pas ! La conjoncture des étoiles avait prédit que le couchant de ce jour marquerait notre rencontre, Porteur de Gaia !* articula lentement la voix.

— Si vous savez qui je suis, vous savez également de quoi Gaia est capable !

— *Bien que vous ne soyez pas encore légende, vous ne nous êtes pas inconnu, Porteur de Gaia, et certains de vos exploits ainsi que ceux de Gaia sont déjà passés à l'histoire ! Ils sont inscrits sur les tablettes des cieux. Vous n'avez rien à craindre de moi, je ne vous veux que du bien.*

Les sabots martelèrent le sol à nouveau et, de la forêt, sortit une créature dont le torse était celui d'un homme et le corps, celui d'un cheval à la robe lustrée noire, réfléchissant les rayons de la lune. Son visage carré, à demi éclairé par la lumière blafarde et encadré d'une épaisse barbe noire bouclée, était empreint d'un regard noble bleu ardoise et mélancolique.

— *Vous demandez mon aide, et pourtant votre contenance est celle de l'assaillant, Alexandre de Thierry !*

— Je veux seulement protéger notre groupe ! Des dangers nous attendent à chaque détour ! Toute créature ou personne est suspecte, d'autant plus que nous ignorons où cet escalier nous a rejetés ! Je suis convaincu, de plus, qu'il s'agit d'un sort maléfique pour nous empêcher de retrouver notre amie.

— *Venez, ne restons pas ici ! Mettons-nous à couvert. Soyez rassurés, il n'y a rien de maléfique ici, et vous serez plus en sécurité loin des regards de mes frères. La dernière fois que nous avons vu des humains fut lors du terrible combat qui nous opposa aux Lapithes. Nous subîmes une cuisante défaite et nous dûmes fuir notre domaine du mont Pélion. Battus, nous errâmes longtemps, tâchant de retrouver des terres verdoyantes comme notre chère Thessalie blottie au pied du mont Olympe. Nombre de mes frères moururent dans notre quête et, à bout de souffle, disséminés, nous nous établîmes ici. Nous passons maintenant notre temps à contempler le firmament, à interroger les étoiles sur notre éventuel retour sur nos terres pastorales. Hélas, aucun d'entre nous ne peut s'entendre avec les autres sur le moment précis d'un tel retour.*

Le centaure fit une pause, regarda vers le ciel, fronça les sourcils et dévisagea Alexandre avant de reprendre la parole.

— *Je ne comprends pas votre allusion à un escalier. Il n'y a rien de cela d'écrit dans le ciel. On m'appelle Palamos,* dit-il après une autre pause.

— Je suis désolé si je vous ai offusqué !

Le mi-homme, mi-cheval leva sa tête à nouveau, ne portant aucune attention aux excuses d'Alexandre et resta silencieux un long moment avant de reprendre sur un ton presque nonchalant.

— *Votre destinée est ambiguë, Porteur de Gaia, parsemée d'embuches, de victoires, de batailles, de joies et de peines.*

— C'est vous qui le dites, mais le plus pressant pour l'instant, Palamos, est de retrouver notre amie. Pouvez-vous nous aider ?

— *Vous êtes à la recherche de Gwendoline McTavish, n'est-ce pas ?*

— Oui !

— *Les étoiles !*

— Les étoiles ? demanda Alexandre, ne comprenant pas l'allusion.

— *Les étoiles, Porteur de Gaia ! Je vous l'ai dit il y a un instant, chacun de nous a la sienne. Alors que je contemplais la constellation du Dragon, une chose très étrange se produisit. Avant votre arrivée, une étoile plutôt brillante, qu'il me sembla reconnaître, se mit à bouger très rapidement en direction de la constellation d'Andromeda. Et comme vous le savez, bien entendu, les étoiles ne voyagent pas à travers la Galaxie. Pas à cette vitesse en tout cas, et depuis je ne cesse de réfléchir à ce fait insolite.*

— Je suis désolé, je ne vous suis pas !

— *Ce que Palamos essaie de nous expliquer,* dit Godefroy à l'oreille d'Alexandre, *est qu'une étoile représentant quelqu'un, possiblement Gwendoline, s'est déplacée du sud, le Dragon, vers le nord, Andromeda, à une très grande vitesse.*

— Est-ce que ce serait l'étoile de Gwendoline McTavish ?

— *Tout est possible, Porteur de Gaia ! Tout est possible !* répondit Palamos, évasif.

— Comment peut-on s'en assurer ?

— *Comme nous ne possédons pas d'ouvrage auquel nous référer, je ne peux être certain de rien, sans y avoir préalablement cogité longuement. Cela ne peut se faire ni en quelques minutes, ni en quelques jours, ni même en quelques semaines. Cela peut prendre des années ! Mes frères et moi débattons encore de l'interprétation...*

— Nous ne disposons pas d'années, ni de semaines, ni de jours, mais bien d'heures, voire de minutes, Palamos ! interrompit Alexandre légèrement irrité. Nous devons retrouver mademoiselle McTavish dans les plus brefs délais !

Le centaure l'ignora à nouveau et fixa son regard sur le ciel.

— *Tiens ! Voilà qui est très étrange !* dit-il en brisant son silence. *L'étoile sur laquelle je réfléchissais tout à l'heure vient de refaire le trajet d'Andromeda au Dragon ; cependant, cette fois-ci, elle n'est pas seule. Une étoile tout aussi brillante l'accompagne ! Cela est très énigmatique ! Deux fois dans la même soirée... Il faut que je prévienne mes frères ! À nous tous nous pourrons déchiffrer cette anomalie !*

Le centaure fit volteface, se préparant à pénétrer plus avant dans la forêt.

— Attendez, Palamos, ne partez pas !

— *Je le dois, Porteur de Gaia ! Je ne peux résoudre cette énigme seul !*

— Mais vous nous avez dit que nous étions en danger si vos frères nous découvraient ici !

— *Oui, c'est tout à fait exact !*

— Je ne comprends pas !

— *Peu m'importe ! Vos vies sont expansibles, pas la résolution du mystère !*

— Mais... je croyais...

La créature détourna la tête, jeta un dernier regard vers les étoiles et trotta dans la forêt se parlant à elle-même.

— *Étoile brillante... L'œil de Chat dans la constellation du Dragon... Andromeda... allez... chemin inver...*

La végétation avala ses dernières paroles.

— Nous voilà bien avancés ! pesta-t-il en ressortant de la forêt et donnant un coup de pied dans un caillou avec frustration.

— *Calme-toi, Alexandre ! Cela ne sert à rien de s'irriter. Je suis surpris qu'il soit resté si longtemps pour nous parler. Les centaures sont des créatures belliqueuses et sauvages, sauf pour quelques exceptions bien documentées ; se suffisant à elles-mêmes et vivant dans leur petit monde. Toutefois, dans le monde magique, ils sont reconnus pour leurs pouvoirs d'augure ainsi que pour leurs vastes connaissances en astronomie. À vrai dire, je m'attendais, d'un moment à l'autre, à ce qu'il se mette à galoper à bride abattue et ventre à terre dans toute la clairière !* dit Godefroy.

Bubobuso atterrit, les ailes en forme d'éventail, et se transforma.

— Qu'avez-vous découvert ?

— *Nous sommes en Grèce, non loin de la mer Égée, et cet endroit est le royaume des centaures.*

Ils se regardèrent. Il semblait tellement invraisemblable qu'un meuble pût avoir ce genre de pouvoir. Alexandre sourit intérieurement. Décidément, Lanctot n'était pas quelqu'un à sous-estimer. Une autre preuve de son érudition et de son génie démoniaque, une fois de plus ! Non seulement brouillait-il les pistes en envoyant les curieux au beau milieu d'une clairière, à des milliers de kilomètres de chez eux, mais également, comble de l'ironie, il faisait d'une pierre deux coups et s'en débarrassait par l'intermédiaire de la population locale ! Cependant, dans son arrogance, il n'avait pas pris en compte que les créatures pouvaient les épargner, voire les aider. Il ne restait qu'à élucider le mystère des étoiles. Que voulaient dire ces trajectoires du sud vers le nord et vice versa ? Palamos n'avait pas voulu confirmer s'il s'agissait de Gwendoline, bien qu'il ait sous-entendu la reconnaître. Comment en avoir la certitude ? Et à qui appartenait la deuxième étoile ?

— Que faisons-nous maintenant ?

— *Je crois que tout cela se rapporte à l'enlèvement de Gwendoline,* dit Lutgard.

— *C'est également mon avis,* ajouta Godefroy.

— Selon vous, la trajectoire de la première étoile serait celle de Gwendoline, c'est ça?

— *J'ai vu le phénomène lorsque je survolais les alentours et j'en mettrais mon aile au feu, Porteur de Gaia! Premièrement, Gwendoline a touché à l'armoire; de cela nous sommes certains puisqu'elle était encore activée lorsque nous sommes arrivés, êtes-vous d'accord?*

Ils hochèrent la tête à l'unisson.

— *Deuxièmement, en comparaison avec l'Écosse, la boutique d'apothicaire est située dans le sud. Mon hypothèse est la suivante : puisque l'étoile a voyagé vers le nord, il ne peut y avoir que deux endroits où Gwendoline a pu être transportée, soit à Hilda ou, s'il s'agissait bien entendu d'un sortilège de Lanctot, à Rannoch.*

— Je pense comme vous, Bubobuso. Ce ne peut pas être une coïncidence. Mais il n'en reste pas moins que deux étoiles ont refait le trajet inverse.

— *Il ne sert à rien de se perdre en conjectures, Alexandre. Nous le saurons lorsque nous aurons retrouvé Gwendoline!* répondit Lutgard.

— Que suggérez-vous alors? Je suis conscient que nous ne pouvons rester ici à attendre que ces créatures nous aident!

— *Retournons au château!* suggéra Godefroy.

Un objet élancé se planta à leurs pieds tandis que le sol se mit à vibrer. À leur droite et à leur gauche, une harde de centaures au galop apparut, leurs arcs bandés.

— « Sycletia Ægidius! » prononça Alexandre juste à temps.

Leur flanc droit essuyait alors la première salve de traits qui rebondirent sur le bouclier.

— « *Impedimenta!*[48] » lança Alexandre en apercevant un essaim de flèches arrivant sur sa gauche.

48. Entraver le mouvement!

Elles décrivirent une courbe ascendante et s'éparpillèrent dans les arbres. Une deuxième volée, tirée de sa droite, s'éleva dans le ciel et, en retombant, se planta dans le bouclier qui pétilla, compromettant son intégrité. Il ne résisterait pas à un troisième assaut. Les centaures n'étaient plus qu'à une centaine de mètres, brandissant leurs glaives, tandis qu'un troisième escadron sortait de la forêt directement devant eux et décochait ses flèches.

— « Impedimenta ! »

Les flèches se dispersèrent à nouveau.

— « Lumens Fulgertius ![49] »

Une lumière éclatante jaillit de la chevalière et inonda la clairière d'une ardente lueur blanche. Aveuglés, les centaures s'arrêtèrent en se cabrant.

— Cessez vos hostilités immédiatement ou subissez-en les conséquences ! Palamos, montrez-vous ! ordonna Alexandre.

Les centaures s'écartèrent lentement au fur et à mesure que Palamos, protégeant ses yeux de la lumière avec ses mains, avançait vers eux.

— *Porteur de Gaia, pourriez-vous...? La lumière !*

— Déposez vos armes !

— *Mes frères, faites comme il nous demande !*

Une succession de bruits d'armes s'entrechoquant s'éleva, timide au début, puis croissante alors qu'ils obtempéraient. Un silence plana, ponctué de temps à autre par des murmures de colère et des sabots piaffant l'herbe.

— « Lumens Exstenguere ![50] »

La clairière s'enveloppa d'ombres.

— Qu'est-ce que ça veut dire ? demanda Alexandre en colère. Nous n'avions besoin de votre aide que pour retrouver notre amie, et pour toute réponse vous nous attaquez !

49. Lumière éclatante !

50. Éteindre lumière !

— *Je vous avais mis en garde!* répondit Palamos visiblement mal à l'aise, mais non moins défiant.

— Je veux des réponses, Palamos! Vous avez sous-entendu savoir à qui appartenait l'étoile, ainsi que son point de départ et celui de son arrivée!

— *Je n'ai pas fini mon analyse, j'ai…*

— Peu m'importe! Je veux savoir et je veux savoir maintenant! interrompit Alexandre dans un sifflement.

— *Mais…*

— Maintenant, Palamos!

— *D'après mes calculs,* dit-il en soupirant bruyamment et en piaffant, *l'étoile qui s'est déplacée si rapidement semble en effet bien être celle de Gwendoline McTavish.*

— Et après?

— *Son point d'arrivée se situerait en Écosse, mais je n'ai pu déterminer l'endroit exact.*

— Cela n'a plus d'importance maintenant. Qu'en est-il du retour?

— *C'est plus problématique…*

— J'attends!

— *Je ne peux en être certain, mais son point de retour est différent de son point de départ.*

— Ce qui veut dire?

— *Qu'elle n'est pas revenue au même endroit duquel elle est partie!*

— Ça, je l'avais compris! Où est-elle alors?

— *Je ne peux pas être plus précis; par ailleurs, et si cela peut vous aider, ce n'est pas très loin de l'endroit d'où elle est partie.*

Alexandre soupira, découragé.

— Et l'autre étoile?

Palamos haussa ses épaules musclées.

— *Je ne le sais pas. Tout ce que j'ai pu constater, c'est qu'elle était aussi brillante que celle qu'elle accompagnait.*

— Est-elle toujours avec Gwendoline McTavish?

— *Il le semblerait!* dit-il en jetant un coup d'œil rapide vers le ciel.

— Nous ne nous attarderons pas plus longtemps. Merci pour votre aide même si elle fut donnée sous la contrainte ; au moins vous avez confirmé que notre amie est toujours en vie. Adieu, Palamos ! « Tegnon ! »

Ils disparurent juste à temps. Des javelots, provenant de la rive derrière eux, se plantèrent à l'endroit précis où ils se trouvaient un instant plus tôt.

Ils apparurent dans le donjon de Gwendoline.

— L'as-tu trouvée ? demanda Isabelle en cachant tant bien que mal son anxiété.

Il baissa les yeux et secoua la tête.

— Je suis désolé, Belle. Mais au moins, nous avons la certitude qu'elle est encore en vie et, de plus, pas très loin d'ici, s'empressa-t-il d'ajouter.

Elle lui tourna le dos et fit face à la cheminée, ses yeux se remplissant de larmes.

— Merci d'avoir essayé ! murmura-t-elle.

— Si nous disposions de plus de temps, je repartirais à sa recherche immédiatement, mais nous devons nous occuper du sauvetage de Patrick. Il faut que je retourne sur Gaia ; ses habitants m'attendent. Je suis désolé qu'elle ne soit pas avec nous pour nous montrer le chemin. Ce sera sans doute plus difficile et cela nous prendra probablement beaucoup plus de temps, mais nous y arriverons, Belle. Peut-être Coilleach nous rencontrera-t-il pour nous guider !

— Comme ça, je peux venir ! s'exclama Yoann.

— C'est hors de question ! dit aussitôt son père.

— Alexandre, dis-lui que t'as besoin de moi ! répliqua-t-il en faisant la moue.

— Ce n'est pas à moi de décider, Yoann !

— S'il te plaît, dis-lui !

— Je sais que tu veux nous aider…

— Coilleach a dit qu'il me trouverait et nous aiderait quand on traverserait la forêt !

— Je n'en doute pas…

— Et puis, t'as besoin d'Aloysius aussi. Il sait où se trouvent les créatures qui puent !

— Bien sûr, il serait d'une grande aide. C'est avec plaisir que je l'emmènerais, si tu veux.

— Tu peux pas, il ne se transforme qu'avec moi !

— Ça suffit, Yoann ! dit René, exaspéré.

— Mais c'est Aloysius qui m'a sauvé des…

La porte du donjon s'ouvrit tranquillement et Gwendoline entra dans la pièce.

— Mademoiselle McTavish ? dit Isabelle, surprise.

Les têtes se tournèrent vers la porte. Le loup grogna.

— Alexandre ?… Euh… Monsieur Chamboux ?… Mais… comment… que faites-vous ici ?…

— Il est à vous ? interrompit Yoann en voyant l'animal.

— Euh… oui… enfin… non ! Cet animal semble m'avoir adoptée ! Il ne me lâche pas d'une semelle, dit-elle en cachant avec difficulté sa nervosité.

— Je peux le flatter ? demanda Yoann.

— Non, non ! Je ne crois pas que ce soit une bonne idée. Il ne semble pas méchant, mais on ne sait jamais, ajouta-t-elle avec un petit rire nerveux. Il pourrait te mordre ! On n'est jamais assez prudent avec les animaux, surtout ceux que l'on ne connaît pas ! dit-elle en se frottant les mains fébrilement.

— Vous ne vous sentez pas bien, Mademoiselle McTavish ? demanda Alexandre, intrigué par son comportement étrange.

— Non ! Non, voyons, tout va bien ! Quelle drôle d'idée ! Mais que fais-tu ici ? Je te croyais dans ton cabinet de travail ! Tu as fini les travaux que je t'ai donnés ?

Elle fit un petit signe de tête en direction de l'animal, essayant de faire comprendre à Alexandre qu'il devait se méfier.

— Bien... oui et non, c'est que... à vrai dire, j'ai un problème avec mes déclinaisons latines.

— Montre-moi !

— Euh... c'est que...

Il jeta un regard furtif vers l'animal qui le fixait de ses yeux ronds et noirs.

— J'ai laissé la dissertation sur ma table de travail.

— Combien de fois faut-il que je te le répète ? Si tu as un problème avec un des travaux que je t'ai donné, tu dois me l'amener pour que je puisse le voir ! Je n'ai pas que cela à faire !

— Je suis désolé, Mademoiselle McTavish ! J'aurais dû...

— Oui, oui ! Bon, ça va ! Ça va ! Je suppose qu'une fois n'est pas coutume. Allez ! Ouste ! Je te suis !

Alexandre se prépara à sortir lorsque le loup se posta devant la porte, lui bloquant le passage tout en émettant un bruit sourd et prolongé. S'accroupissant, il retroussa ses babines. De la bave dégoulinait de ses canines acérées en longs filets gluants. Yoann, effrayé, cria et se colla contre son père. Aloysius, qui avait été déposé sur le lit à son arrivée avec Yoann, dressa ses oreilles rondes à son cri. Le loup grogna de plus belle et aboya férocement. Flairant le danger, Aloysius s'assit et se laissa glisser en bas du lit. Se transformant en furet dès qu'il toucha le plancher, il se dirigea vers l'animal en frôlant le mur. Soudainement, aussi rapide que l'éclair, il sauta et planta ses dents dans la cuisse de l'animal. Surpris, ce dernier tourna la tête en direction de son agresseur. La douleur devint insupportable ; les crocs brûlaient sa chair. Il hurla. Aloysius, lâchant prise, grimpa rapidement le long de sa cuisse en plantant profondément ses griffes, courut le long de son dos et, s'arrêtant sur son garrot, le mordit de plus belle. Le loup lançait frénétiquement sa tête de gauche à droite, ses mâchoires s'ouvrant et se refermant, mordant désespérément l'air, essayant de l'attraper. À bout de souffle et à la stupéfaction de tous, l'animal se transforma.

— Lanctot ? dit Lutgard, surpris par l'apparition.

Lanctot plongea rapidement sa main dans sa robe de sorcier.

— Alexandre, sauve-toi ! ordonna Gwendoline. Faites quelque chose, il a ma baguette ! cria-t-elle.

— « *Exarmus !* » lança Godefroy.

La baguette s'arracha de sa main et roula aux pieds de Gwendoline.

— « Petrificus Totalis ! » lança Alexandre une fraction de seconde trop tard.

Lanctot avait disparu.

— Aloysius ! Aloysius ! cria Yoann voyant son ourson gisant sur le sol.

Il courut vers lui et le prit dans ses bras.

— Il est mort ! dit-il, sa lèvre inférieure frémissante. Tu l'as tué ! l'accusa-t-il, au bord des larmes.

— Donne-le-moi, dit Alexandre doucement.

— Non !

— S'il te plaît, Yoann, laisse-moi l'examiner.

Il lui tendit Aloysius à contrecœur.

— Il n'est ni mort ni blessé. Le sort était destiné à Lanctot et, comme il a disparu avant de le recevoir, c'est lui qui l'a encaissé à sa place. « Liquificus Aloysius ! »

L'ours redevint mou.

— Tiens ! Il va bien maintenant.

Yoann le serra contre sa poitrine.

— Tu vois que tu as besoin de lui, il nous a sauvés encore une fois ! dit-il en souriant.

— Je n'en ai jamais douté ! ajouta Alexandre en lui ébouriffant les cheveux.

— Je vous croyais morte, tante Gwendoline ! dit Isabelle, accourant vers elle et l'étreignant.

Gwendoline la repoussa délicatement.

— Ce n'est plus la peine de faire semblant, ils savent tout ! J'étais tellement inquiète que ça a été plus fort que moi, je leur ai dit notre secret.

Gwendoline ne répondit pas.

— Vous êtes fâchée ? demanda-t-elle timidement.

— Non, Isabelle. En fait, cela simplifie la situation de beaucoup. N'ayant plus à me cacher, je pourrai te protéger plus adéquatement !

— *Savais-tu qu'il pouvait se changer en animal ?* demanda Lutgard.

— Non, répondit Gwendoline, pensive. Et cela est très inquiétant. Nous ne savons pas s'il peut se transformer seulement en loup ou bien en n'importe quel animal. Il en est devenu d'autant plus dangereux. Il doit être fou de rage de s'être laissé déjouer aussi facilement ! Mais plus encore de n'avoir pu s'emparer de Gaia alors qu'elle était à sa portée.

— *Une chose est certaine, il n'a plus de doute maintenant sur l'identité de la personne qui l'a en sa possession !* ajouta Godefroy.

— *Nous devons agir rapidement,* dit Bubobuso. *J'ai bien peur qu'il ne s'en prenne à Patrick pour forcer la main d'Alexandre de Thierry !*

— Je suis d'accord avec vous. Nous n'avons plus un instant à perdre. Je pars pour Gaia immédiatement ; je vous rejoins devant les ruines de la maison de ferme avec nos alliés. Lutgard, Godefroy, venez avec moi ! Mademoiselle McTavish, vous vous occupez d'eux.

Elle acquiesça d'un signe de tête.

— Va ! Ne t'inquiète pas, je prends quelques herbes et des potions qui nous seront utiles.

— « Ita Vivam ! »

Alors qu'ils apparurent dans le Cercle du Grand Ressourcement et qu'il vit son « armée » rassemblée, son cœur se gonfla de joie et d'anticipation. Fidèles à leur promesse, ils s'étaient regroupés, attendant son retour pour qu'il les mène jusqu'au champ de bataille combattre l'ennemi. Et quel spectacle magnifique ! Ils étaient là, immobiles, leurs longs cheveux flottant doucement dans la brise légère, silencieux, stoïques, en tenue d'assaut, leurs armures et boucliers lançant des reflets de cuivre, d'or et d'argent. Une fierté l'envahit comme un raz-de-marée. Son « armée » était quelque chose à voir, avec son air féroce et résolu. Les ennemis ne pourraient que trembler et prendre leurs jambes à leur cou pour fuir en les apercevant !

— *Nous sommes heureux de vous voir, Porteur de Gaia !* dit Émméfa, le saluant. *Nous commencions à nous inquiéter !*

— Nous avons été retenus plus longtemps que prévu.

— *Le Conseil est très agité,* annonça Calernon. *Je crois qu'ils se doutent que quelque chose se prépare. Le gong n'a pas cessé de retentir depuis ce matin.*

— Tant mieux ! Laissons-les mijoter dans l'ignorance, ils tireront les conclusions qu'ils veulent. Je n'ai pas le temps de m'occuper d'eux pour l'instant, répondit-il sèchement.

— *Puis-je te parler en privé, Alexandre ?* demanda Lutgard.

Ils se dirigèrent vers la sortie de la rotonde, hors de portée de voix.

— *Veux-tu que j'y aille ?*

— Pour leur dire quoi, Lutgard ? On n'est tout de même pas pour leur laisser savoir qu'on se prépare à attaquer le bras droit de Maldubh, non ? Ou encore qu'on va libérer un prisonnier ? Et de toute façon, je n'ai aucun compte à leur rendre, à ce que je sache ! riposta-t-il.

— *Non, en effet, tu n'en as pas ! Mais il y a une limite à mettre tous les membres du Conseil dans le même panier, tu ne crois pas ? Jusqu'à preuve du contraire, ils ne sont pas tous corrompus !* répliqua Lutgard agacé.

— Bien sûr, bien sûr, vous avez raison, c'est seulement…

— *Qu'est-ce qui ne va pas réellement, Alexandre ? Je te sens agité, mal à l'aise !*

— Je ne suis pas mal à l'aise, Lutgard, j'ai… pour vous dire la vérité, j'ai peur, dit-il en évitant son regard. Je me sens pris dans un horrible cauchemar, et il m'est impossible de me réveiller ! J'ai toutes ces vies entre mes mains et je ne sais pas par où commencer. J'ai l'impression qu'ils s'attendent à ce que je les mène à une victoire et je ne suis pas certain de pouvoir le faire.

— *Ils ne t'ont pas demandé de victoire, simplement de te suivre ! Aie confiance en toi ! Gaia te guidera.*

Alexandre prit une profonde inspiration.

— Il est trop tard pour reculer maintenant, de toute façon ! ajouta-t-il, résolu.

— *En effet ! Ne tardons plus, nous avons quelques leçons à donner !* dit Lutgard, souriant, le frappant amicalement dans le dos.

Ils rejoignirent le groupe.

— Je suis heureux que vous soyez tous ici. Notre quête ne sera pas facile, l'ennemi nous guettera à chaque tournant et ne nous fera pas de quartier. Faisons de même ! Montrons-leur de quel bois nous nous chauffons ! Calernon, ouvrez-nous un vortex jusqu'à la forêt de Rannoch !

De son carquois, il prit une flèche aux ailettes en plumes zébrées et, l'accrochant à la corde, banda l'arc en direction de la sortie de la rotonde. Le trait fut décoché puis disparut, laissant derrière lui un tourbillon de fumée.

— « Ita Vivam ! »

— « *ITA VIVAM !* » clamèrent-ils à l'unisson, si fort que l'air en vibra.

Alexandre pénétra dans le vortex, Lutgard et Godefroy à ses côtés. Le tourbillon les engloutit aussitôt, suivi de son « armée ».

XXIV

Terra Forma !

La neige tombait drue et de biais, poussée par les rafales, et avait enterré à moitié les ruines de la maison de ferme depuis leur dernière visite. Gwendoline, René, Isabelle et Yoann, Aloysius sous le bras, s'étaient réfugiés à l'intérieur du bâtiment, protégés du vent par un des murs encore debout. Gwendoline avait fait apparaître un feu dont aucune fumée ne s'échappait et qui brûlait par enchantement, sans l'aide de matériaux combustibles. Les flammes dansantes formaient des cercles concentriques semblables aux ronds dessinés par un caillou frappant l'eau. Ils regardaient hypnotisés, fascinés par ce ballet insolite.

— Tu m'as bien compris, n'est-ce pas Yoann ? chuchota René, le sortant de sa rêverie. Tu restes à côté de moi en tout temps.

Il soupira tout en secouant la tête lentement.

— Si ta mère apprenait que je t'ai emmené dans cette aventure, elle me ferait arrêter par le chef de police du village sans la moindre hésitation.

— Oui, papa, j'ai compris, ne t'inquiète pas, je ferai le pot de colle ! Et je n'en parlerai pas à maman non plus, ajouta-t-il en mettant son doigt en travers de ses lèvres souriantes.

Il embrassa son fils tendrement sur le front et le câlina.

— Tante Gwendoline, demanda à voix basse Isabelle, songeuse. Croyez-vous que nous pourrons les vaincre ?

— Je ne peux en être certaine, Isabelle, mais ce que je sais est que nous avons une très bonne chance de réussir !

— Mais nous sommes si peu nombreux !

— Tu vois, ce qui fera la différence, ce ne sera pas le nombre que nous sommes, bien que cela soit important, bien entendu. Non, ce qui nous démarquera sera le courage de chaque individu, sa détermination, sa loyauté, la conviction que notre quête est justifiée et qu'elle apportera des jours plus sereins. C'est cela qui nous mènera à la victoire. C'est cette certitude que nous devons entretenir à tout moment si nous voulons passer au travers de ce qui nous attend.

— Et si, pendant notre absence, les créatures sont allées chercher des renforts ?

— Ne t'inquiète pas pour ça, nous nous en occuperons ! Nous redoublerons nos efforts, voilà tout !

— Et n'oubliez pas que nous avons Coilleach pour nous aider ; il est très en colère contre monsieur Lanctot ! ajouta Yoann.

— Bien sûr, et il nous sera, sans le moindre doute, d'une grande utilité, renchérit Gwendoline. Quant à toi, Isabelle, l'avertissement que monsieur Chamboux a donné à son fils est tout aussi valable. Tu ne me quittes pas d'une semelle !

— J'ai compris, tante Gwendoline ! dit-elle en hochant la tête.

Le vortex s'ouvrit à quelques pas de la maison de ferme dans un chuintement. Lutgard et Godefroy sortirent les premiers de la fumée tourbillonnante, suivis d'Alexandre, puis de Calernon, de ses elfes, d'Émméfa, de Traban et de leur famille.

— Mademoiselle McTavish ? appela Alexandre.

Ils sortirent des ruines.

— Tout le monde est ici ? s'enquit Gwendoline.

— Il ne manquait que vous quatre.

— Bien, allons-y !

— Nous vous suivons ! dit-il en s'écartant pour la laisser passer.

Gwendoline en tête, ils pénétrèrent dans la forêt par les pins noirs, Lutgard et Godefroy fermant la colonne. Derrière eux, les arbres formant la frontière entre la forêt et la clairière se joignirent dans un froissement de feuilles et tissèrent une clôture de branches entrelacées, opaque. La forêt venait de s'emparer d'eux. Le silence le plus complet régnait à l'intérieur, pas un bruissement, pas un froissement d'ailes, pas un cri ou chant d'oiseaux. Ils s'immobilisèrent, attendant que Gwendoline décide du chemin à emprunter. La tension au sein du groupe était si forte qu'elle en était presque palpable.

— Oh non ! dit Gwendoline à voix basse.

Elle s'apprêtait alors à prendre le chemin à quelques pas sur sa droite.

Devant eux, les sentiers menant dans toutes les directions s'estompèrent un à un, et l'intérieur de la forêt fondit. Les arbres, plantes et lichens, toute la végétation se liquéfia, formant une sorte de masse tournoyante, indéfinissable, en trois dimensions, couleur de vomissures. Les verts, bruns et jaunes s'arrêtèrent de tourbillonner soudainement, cristallisant le paysage. Délimitant l'horizon, des montagnes coiffées de blanc essayaient d'attraper au passage les nuages qui les évitaient habilement en contournant leurs sommets. Au pied des montagnes, de profondes gorges avaient été taillées dans le roc par des cataractes d'eau qui, plongeant sans retenue de leurs sommets vertigineux, s'écrasaient au fond des ravins pour renaître sous forme de gracieuses gerbes d'eau aspergeant les parois rocheuses de nuages diaphanes. En second plan des vallées verdoyantes aux douces ondulations, et juste devant eux, apparaissait la seule issue possible de la clairière : une crête surplombant des pentes rocheuses escarpées menant à un sentier descendant vers le fond du ravin. Ce panorama grandiose venait de se dévoiler sous leurs yeux incrédules.

— Qu'est-ce qui s'est passé ? murmura Alexandre.

— Je ne sais pas, répondit lentement Gwendoline après un moment. Une chose est certaine, cependant. Ceci est la preuve irréfutable que nous avons affaire non seulement à un très brillant, mais aussi à un très puissant sorcier. Maldubh serait fier ! Nous venons d'assister à de la magie hautement sophistiquée, demandant une maîtrise parfaite de notre art. C'est de la magie musclée, imaginative, à couper le souffle !

— Et vous ne reconnaissez rien ? demanda René.

Gwendoline secoua la tête.

— Nous ne pouvons pas rester ici sans rien faire, ajouta Alexandre.

— *Un autre de vos trucs, Gwendoline McTavish ?* ricana Calernon qui s'était approché en silence.

— Qui me dit que ce n'est pas l'un des vôtres ? répliqua-t-elle du tac au tac. Nous savons tous ici ce dont la magie des elfes est capable !

— *Je m'en doutais,* siffla-t-il. *Nous n'aurions jamais dû vous faire confiance !*

— Et vous auriez dû rester où vous étiez, cela nous aurait évité d'entendre vos sarcasmes !

— *Du genre : « Je suis innocente des crimes que j'ai commis et je veux réparation... »*, dit-il sur un ton ironique en imitant sa voix.

— Ne me cherchez pas, Calernon ! répondit-elle entre ses dents, se cabrant et pointant sa baguette en direction de son torse. Vous ne m'impressionnez pas !

— Assez ! cria Alexandre. Ne croyez-vous pas que nous avons assez de problèmes comme ça ? Ce n'est ni le moment ni l'endroit pour régler vos différends ! Si vous avez une solution à nous proposer, Calernon, partagez-la, sinon essayez de coopérer pour en trouver une !

— *Retournons sur Gaia !* dit-il sèchement. *De toute évidence, nous ne pourrons jamais traverser ces vallées, gorges et montagnes sans nous perdre ou nous faire égorger par les créatures qui y fourmillent !*

— Et comment envisagez-vous de le faire, Calernon ? questionna Alexandre tout aussi sèchement. Sortir d'ici me semble une impossibilité ; même nos arrières ont changé, regardez !

Il pointa du doigt.

— Reconnaissez-vous quelque chose ? Avez-vous un point de repère ?

— *Non, je ne vois rien de familier.*

— Bien ! Et si cela peut vous convaincre davantage que nous sommes bel et bien pris au piège, tirez une de vos flèches et ouvrez un vortex.

— *Ce ne sera pas nécessaire, Porteur de Gaia, vous avez raison !* admit-il à voix basse, résigné. *Cette forêt est enchantée et ne nous lâchera pas tant et aussi longtemps que nous ne l'aurons pas vaincue. Nous n'avons qu'une solution. Prendre ce sentier descendant vers le ravin.*

— Mademoiselle McTavish, qu'en pensez-vous ?

— Je crois qu'avant de nous aventurer vers l'inconnu, nous devrions envoyer quelqu'un en reconnaissance pour découvrir où ce sentier mène. En attendant, je suggère que nous établissions un campement pour la nuit. Il nous reste tout au plus une heure de clarté, sans compter que la température chute rapidement. Mes rhumatismes me font horriblement souffrir. Je suis certaine qu'il va bientôt neiger.

— Je pense comme vous. Reposons-nous ce soir, nous serons plus en forme pour notre départ demain à l'aube. Je vais mettre Lutgard et Godefroy au courant de notre décision. Calernon, je vous laisse poster vos hommes autour du campement, une fois qu'il aura été créé, et je vous demanderai de prendre le premier quart de veille.

— *À vos ordres !*

Il les quitta, dardant un dernier regard vers Gwendoline.

— Je prendrai le deuxième, dit René.

— Je suis désolé, Monsieur Chamboux, c'est hors de question ! Vous êtes passé à un cheveu de perdre la vie la dernière fois ; je ne permettrai pas que cela se reproduise. Patrick ne me pardonnerait jamais et votre femme non plus, j'en suis certain, s'il vous arrivait quelque chose.

— J'ai la dague et je pourrais donner l'alarme.

— J'y compte bien et elle sera, sans aucun doute, d'une grande utilité ! Vous pourrez nous avertir si l'ennemi pénètre notre périmètre de sécurité. Le mieux pour l'instant est que vous restiez avec Yoann et Isabelle. Vous serez plus à même de les protéger en étant près d'eux. Nous ferons le reste. Mademoiselle McTavish va s'occuper de vos quartiers ; Lutgard, Godefroy et moi nous occuperons du reste du campement.

Gwendoline claqua ses doigts et une tente dôme se dressa morceau par morceau.

— Nous ne pourrons jamais tenir à trois là-dedans !

— Les apparences peuvent être trompeuses, Isabelle. Il y a à l'intérieur tout ce dont vous avez besoin. Évidemment, le plus important est qu'elle deviendra invisible une fois que vous serez installés !

— Youpi ! s'exclama Yoann en courant vers la tente. On va faire du camping ! C'est comme pendant les vacances !

— Yoann ! Attends-moi !

— Oooh ! dit-il émerveillé, après avoir écarté le panneau servant de porte. Viens ! Viens voir, papa ! Vite !

René passa la tête dans l'ouverture, et son regard tomba sur un salon meublé de fauteuils, de canapés cossus et d'énormes coussins placés sur des tapis aux couleurs vives et éclairés par des lampes à l'huile suspendues au plafond de toile, qui coloriaient le tout d'une teinte dorée. Un feu sans fumée, similaire à celui que Gwendoline avait allumé dans la maison de ferme, ronronnait au centre de la pièce.

— Vous trouverez deux salles de bain, une pour les hommes et une pour Isabelle, trois chambres à coucher, ainsi qu'une salle à manger où de la nourriture vous attend, ajouta Gwendoline.

— Monsieur Chamboux, reposez-vous, demain va être une très longue journée. Faites de beaux rêves ! lui souhaita Alexandre

— Bonne nuit, Alexandre !

Il partit à la recherche de Godefroy et de Lutgard.

— Tante Gwendoline, je veux rester avec vous !

Elle lui sourit.

— Moi aussi j'aimerais cela, Isabelle, mais je vais devoir prendre un des quarts pendant lequel je ne pourrai te protéger adéquatement. Il est préférable que tu restes avec monsieur Chamboux ; nous serons plus en mesure de veiller sur vous, alors que vous êtes ensemble et, de toute façon, ma tente est tout près de la vôtre, juste là !

Isabelle obtempéra à contrecœur et se dirigea vers leur abri de toile, entretenant de sérieux doutes sur la sécurité, mais surtout sur la protection que pouvaient offrir quelques minces couches de tissu. Ils pénétrèrent dans la tente et, alors que René remontait la fermeture éclair de la porte, elle se fondit dans le paysage, devenant invisible.

* * *

— Assurez-vous que les Innocents soient protégés en tout temps, dit Alexandre en croisant Traban et sa sœur.

— *Nous les garderons avec notre vie, Porteur de Gaia !* répondit Émméfa.

— Merci !

Son regard se posa sur l'horizon que l'obscurité s'œuvrait à grignoter, barbouillant ainsi les couleurs et émoussant les contours. Dans peu de temps, la nuit étendrait son manteau et envelopperait le panorama d'un noir d'encre que la lune opaline ne pourrait diluer de sa pâleur spectrale. Et dans cette immensité, quelque part, se tapissait un château retenant sa proie : Patrick Chamboux. Il frissonna malgré lui. L'air s'était refroidi. Sa respiration formait de petits nuages de buée qui flottaient, suspendus dans l'air un bref instant, avant de s'évanouir. Des cristaux opalescents se mirent à tomber lentement, élisant domicile sur ses cheveux et sur sa cape.

— *Nous te cherchions,* dit Godefroy.

Il sursauta.

— Je vous cherchais aussi.

— *Nous avons préparé tes quartiers pour la nuit,* annonça Lutgard.

— Ce n'était pas nécessaire, je n'en aurai pas besoin ! Je dois prendre un des quarts.

— *Ce dont tu as le plus besoin pour l'instant est de te restaurer et de dormir quelques heures,* répondit Godefroy.

— Mais nous devons établir un périmètre de sécurité, ériger un mur invisible autour de notre campement, placer des sentinelles à intervalles réguliers, nourrir notre « armée », essayer de découvrir où nous sommes, trouver le château dans cette immensité, envoyer un éclaireur pour repérer le camp des uroks. Il y a tant à faire ! Je n'ai pas le temps de dormir !

Il s'arrêta de parler tout à coup, quelque chose venait de lui traverser l'esprit. Regardant intensément son ancêtre et son chat, il demanda :

— Est-il possible d'ensorceler des centaines de personnes ainsi que des êtres magiques en même temps pour qu'ils voient tous les mêmes choses ?

Godefroy parla le premier.

— *En théorie, oui. En pratique, c'est beaucoup plus complexe.*

— Pour quelle raison?

— *Nous ne réagissons pas tous de la même manière à un sort. Le sort d'illusion n'est pas nécessairement difficile à réaliser, mais plutôt à maintenir. Particulièrement dans ce cas-ci où il y a du mouvement, les chutes par exemple. Il faut que toutes les victimes voient les mêmes chutes, le même débit et les mêmes gerbes d'eau. Cela demande non seulement beaucoup de connaissances, mais également une puissance extraordinaire pour moduler l'illusion, du point de vue de chaque individu, pour qu'ils observent tous la même chose au même moment.*

— C'est pour cela que Gwendoline était tellement émerveillée, je comprends maintenant.

— *Il y a de quoi!*

— Et un sorcier agissant seul arriverait-il à le faire?

— *À mon avis, non!* répondit Lutgard.

— Alors, comment est-ce possible?

— *Il lui faudrait l'aide d'un collectif ou d'une source d'énergie très puissante*, expliqua Godefroy. *Un groupe d'individus qui pourrait être gouverné. Les uroks seraient une bonne source. Leur manque d'individualité et leur propension au mal en feraient un choix idéal. Sans qu'ils s'en rendent compte et à l'aide d'un sort puissant, le sorcier serait à même d'exploiter leur énergie vitale et de la canaliser. Une autre hypothèse serait une forêt entière dont il aspirerait l'énergie de chaque arbre, de chaque plante; cependant, cela serait beaucoup moins efficace. Leur énergie s'épuiserait trop rapidement et demanderait une trop longue période pour se régénérer, tandis qu'avec une créature vivante…*

— Je comprends, interrompit Alexandre. Et qu'en est-il d'une source d'énergie très puissante? Je croyais qu'il n'y avait rien de plus puissant que Gaia.

— *Gaia est LA source ultime. Rien ne lui ressemble ou s'en rapproche*, dit Lutgard.

— Alors quoi?

— *Je ne sais pas, Alexandre*, répondit Godefroy. *Quoi que ce soit, nous devrons la détruire ou c'est elle qui nous détruira. J'espère seulement qu'il ne s'agit pas de créatures, car si tel est le cas, nous allons devoir en affronter quelques milliers.*

— Godefroy, je n'ai pas besoin que tu me rappelles dans quel pétrin je nous ai mis.

— *Personne ne t'accuse, Alexandre ! Nous sommes ici parce que nous le voulons, non pas parce que tu en as décidé ainsi !*

— Ce n'est pas ce que je voulais dire !

— *Mettons tes paroles sur le compte de la fatigue et n'en parlons plus ! D'accord ? « Apparea ! »*

Une tente en « A » prit forme.

— *Va te reposer, je te rejoindrai sous peu lorsque Lutgard et moi aurons terminé la construction du camp. Nous n'en avons pas pour très longtemps.*

— Je viens avec vous ! insista Alexandre.

— *Nous n'avons pas besoin de toi !*

— Très bien ! dit-il légèrement contrarié, mais reconnaissant, néanmoins.

— *Va ! Et laisse-moi quelque chose à manger, je meurs de faim !*

Il se dirigea vers la tente et pénétra à l'intérieur. Comme celle de René Chamboux, elle était meublée, mais plus richement. Deux fauteuils rembourrés, larges et profonds en cuir rouge vin et clouté, étaient disposés autour d'un foyer circulaire au centre de la pièce où crépitaient des buches sur leurs chenets. Il s'assit et, prenant le tisonnier, taquina les rondins. Des gerbes d'étincelles jaillirent et se pourchassèrent allègrement un instant avant de s'enfuir par le tuyau de la cheminée. Une odeur de viande grillée lui chatouilla les narines. Son estomac gargouilla à la perspective de nourriture. Cela faisait un bout de temps qu'il avait mangé quoi que ce soit. Suivant le filet odorant, il arriva dans une pièce servant de salle à manger, à en juger par la table rectangulaire et les six chaises capitonnées à hauts dossiers. Deux chandeliers à trois branches projetaient leur clarté sur une nappe bleue royale, brodée de fleurs de lys en fil d'or, et se miraient dans la lame du couteau au manche en ivoire sculpté. La source de l'odeur provenait d'une assiette en fine porcelaine blanche, dont le large rebord était peint de ses armoiries et d'une bande moyenne en platine sur son pourtour. Il s'assit et attaqua ses côtelettes d'agneau parfumées au romarin accompagnées de légumes racines, prenant de temps à autre une gorgée de la coupe en or ciselé incrusté de joyaux. Comme le lui avait demandé Godefroy, et bien qu'il ait encore faim, il laissa une côtelette et quelques légumes. Déposant ses ustensiles dans son assiette, celle-ci disparut et fit place à un plat ovale recouvert d'une montagne de petites pâtisseries et de truffes au chocolat blanc. Emportant le plat, il s'installa dans le salon et se laissa tomber dans l'un des fauteuils. Enlevant ses souliers sans les détacher, il se recroquevilla et dévora quatre gâteaux miniatures l'un après l'autre, et autant de truffes. Repu, le craquement des rondins le berçant, dodelinant de la tête, il s'assoupit.

— *Alexandre!*

Une main le secouait délicatement.

— *Alexandre!*

— Laissez-moi!…

— *Alexandre! Va dormir sur le lit!*

Il ouvrit les paupières.

— Ah! C'est toi, Godefroy. Je me suis assoupi en t'attendant. Je suis désolé.

— *Nous avons fini le campement et posté les gardes. Va te coucher!*

— Lutgard n'est pas avec toi?

— *Il est resté avec Gwendoline. Ils avaient des choses à se dire et à éclaircir. J'espère que cela les rapprochera.*

— Moi aussi! dit-il en retenant un bâillement.

— *Ce ne sera pas aussi facile que tu le penses. Il avait contribué à son bannissement, et je crois qu'il regrette sa décision maintenant. Reste à savoir si elle lui pardonnera son écart de jugement. Il y a loin de la coupe aux lèvres, je t'assure. Gwendoline ne pardonne pas facilement!*

— J'ai promis de l'aider, peut-être que cela adoucira son attitude envers elle.

— *Peut-être, mais ils sont, et resteront, les seuls à pouvoir régler leurs différends.*

— Comme tu dis !

Il changea de sujet.

— Je t'avais gardé de la nourriture comme tu me l'avais demandé, mais mon assiette a disparu je ne sais où ! Je suis désolé.

— *Cela n'a pas d'importance, j'ai grignoté une souris et un mulot comme dessert pendant que nous instaurions le campement.*

— Beurk ! C'est dégoûtant !

Godefroy éclata de rire.

— *Je crois que tu as oublié un élément essentiel depuis notre première rencontre. Je suis, avant tout, un chat !*

— Oui, bon, passons ! Il n'en reste pas moins que...

La voix d'un jeune homme, portée par le vent, parvint jusqu'à la tente. Il chantait tout bas dans une langue qu'Alexandre n'avait jamais entendue. La mélodie jouée sur une harpe cadençait les paroles languissantes et mielleuses, faisant vibrer chaque fibre de son être.

« Amar haeron !
Vin hûn, en nir iâr,
Nallam en len
An lim daur um. »

— Que c'est beau !

— *Oui, ça l'est !*

— Tu comprends ce qu'il dit ?

— *C'est une langue très ancienne parlée par quelques elfes seulement. Il y a si longtemps que je l'ai entendue ainsi que cette complainte.*

Godefroy traduisit la première strophe et les suivantes au fur et à mesure que le chanteur finissait de les chanter.

« Ô terre lointaine !
Nos cœurs, des larmes de sang,
Pleurent de t'avoir quittée
Pour des lieux si inhospitaliers. »

« Celain dýl ;
I nîn celebrin en gaear ;
Eryd uiglân ;
Nedhrîn ingem lithia. »

« Tes collines verdoyantes ;
Les flots argentés de ta mer ;
Tes monts toujours blancs ;
De nos mémoires vieillissantes s'estompent. »

« Sen lind, athan thin, me anna ;
Sen lind, an Gaia, me anna.
Athan thin, i cellyn, me allia,
Athan thin, an me rodyn, me anna i ent. »

« Cette chanson, ce soir, nous t'offrons ;
Cette chanson, à Gaia, nous dédicaçons.
Ce soir, nos héros, nous appellerons,
Ce soir, à nos dieux, nous offrirons nos libations. »

« Ar ir aur thiatha,
Min innas, tangada, na

Nedhi dagor ! Me iallatham.
Fern nedhcoth ! Me iallatham. »

« Et quand l'aube apparaîtra,
Renforcée, notre détermination sera.
À la bataille ! Nous clamerons.
Mort à l'ennemi ! Nous crierons. »

« Ah, dan tûr,
En talf maeth, me minnatham
Nedho hoda, mín daen rhyss.
Ar gar rista mîn lhain mereth »

« Puis, las, mais victorieux ;
Du champ de bataille, nous rentrerons
Afin de reposer nos corps meurtris.
Puis, ayant partagé notre maigre festin »

« Me nallatham mín gwedyr danna mi en nan.
Ho mín huin breitha min naergon
Tog i mein tremin amar haeron
Egro hîn hodatham, erin sîdh, an uir. »

« Nous pleurerons nos frères tombés dans la plaine ;
De nos poitrines jaillira notre complainte
Accompagnant leurs âmes jusqu'à notre terre si lointaine
Où elles reposeront, en paix, pour l'éternité. »

L'elfe se tut finalement, et les dernières notes puis les paroles de sa complainte s'attardèrent un bref instant, suspendues dans l'air, avant d'être ramassées par une bourrasque et transportées vers les montagnes.

— *Il est temps d'aller se coucher,* dit Godefroy dans un soupir.

Alexandre entra dans la chambre et se lança sur le lit sans se déshabiller.

— Bonne nuit ! dit-il en bâillant à s'en décrocher la mâchoire.

S'enroulant dans l'édredon, il s'endormit aussitôt.

— *Bonne nuit, petit homme !* murmura Godefroy.

Il se transforma en chat en sautant sur le lit. Il se lova dans le creux de ses jambes et, posant sa tête sur ses pattes, en ronronnant, s'assoupit.

Alexandre se réveilla en sursaut et en nage. Sa nuit s'était meublée de rêves plus abracadabrants les uns que les autres. Il avait été poursuivi par de gigantesques monstres difformes ; combattu une hydre dont les têtes repoussaient en se multipliant dès qu'ils les coupaient ; esquivé les yeux d'énormes basilics dont le seul regard l'aurait tué sur le champ ; fui devant de hideuses bêtes cornues crachant du feu et ayant une vague ressemblance avec les représentations des dragons peints sur le papier vélin de ses livres. Haletant, il frotta énergiquement son visage, chassant les derniers filaments des représentations fantastiques qui persistaient encore, sortit du lit et, en route vers le salon, s'étira. Godefroy le suivit du regard un instant, puis se remit en boule, ayant décidé que le temps de se lever n'était pas encore arrivé. Alimentant le feu d'une buche pour le ranimer, il jeta sa cape sur ses épaules et émergea de la tente. La neige avait cessé, et le camp s'était emmitouflé dans une couche plus ou moins épaisse. Aucune trace ne marquait ce tapis blanc. Alexandre soupira, soulagé. « Au moins, nous n'avons pas été attaqués pendant la nuit, c'est toujours ça de gagné », se dit-il.

Un bruissement furtif dans son dos le figea. S'accroupissant, il pivota rapidement sur ses talons, faisant face au bruit.

— Qui est là ? demanda-t-il en pointant la chevalière en direction du son.

— C'est moi, Alex.

— Quand vas-tu cesser de te faufiler sans que personne ne t'entende, Belle ? Ça me rend extrêmement nerveux !

— Désolée, je ne pouvais plus dormir. J'ai fait d'affreux cauchemars toute la nuit. Et c'est sans parler de monsieur Chamboux qui n'a pas cessé de ronfler comme une locomotive à vapeur.

— Ah ! Toi aussi !

— Tu as entendu monsieur Chamboux ronfler ? demanda-t-elle, perplexe.

— Non, non ! Je voulais dire que moi aussi j'ai fait de mauvais rêves. J'ai couru et combattu des créatures toute la nuit !

Elle frissonna.

— Tu as froid ?

— Un peu, répondit-elle, tremblante.

— Viens ! Rentrons !

Ils pénétrèrent dans la tente, et Isabelle se dirigea tout droit vers le foyer, offrant ses mains à la chaleur des flammes.

— As-tu faim ?

Elle hocha la tête.

— Tous ces cauchemars m'ont donné une faim de loup.

— S'il te plaît, surtout ne me parle pas de loup ! Je ne suis pas près d'oublier ce qui s'est passé dans le donjon.

Elle rit nerveusement, gênée.

— Suis-moi !

— C'est pas mal chez toi !

— Oui, mais je n'y suis pour rien. Je crois que c'est l'œuvre de Lutgard ou de Godefroy ou des deux, je ne sais pas.

Deux tasses ornées des armoiries des comtes de Thierry apparurent, remplies d'un liquide fumant d'où exhalait un délicieux arôme de chocolat vanillé. Des assiettes ainsi que des ustensiles apparurent en même temps. Soulevant les cloches en argent ciselé recouvrant les assiettes du même service que les tasses, ils s'attaquèrent allègrement aux œufs et aux saucisses. Du pain de campagne généreusement tartiné, de marmelade aux agrumes pour Isabelle et de confiture de mirabelles pour Alexandre, remplissait des plats ovales.

— Crois-tu que nous réussirons à sauver Patrick? demanda Isabelle entre deux bouchées.

— Quelle drôle de question! répondit-il la bouche pleine. Bien sûr que oui! Pour quelle raison on n'y arriverait pas?

— Bien, pour commencer, nous ne savons pas à quelle distance nous sommes du château, ni même si nous sommes dans la bonne forêt.

— Il n'y a pas de preuve du contraire; nous l'étions quand nous sommes entrés! J'en ai parlé avec Lutgard et Godefroy, et ils sont d'avis que nous sommes victimes d'une illusion magistrale et que nous sommes bel et bien dans la forêt de Rannoch. Tout ce que nous voyons n'a qu'un seul but : nous confondre pour tomber plus facilement dans son piège!

Il harponna une saucisse et la dévora à même sa fourchette.

— *Tu as oublié les bonnes manières!* sermonna Godefroy. *Nous t'attendons à l'extérieur. Notre « armée » est prête à se mettre en route. Ne tarde pas.*

— Nous avions fini de toute façon!

Se levant de table, ils jetèrent sur leurs épaules leur cape aux tons vert et brun des Highlands et sortirent de la tente qui disparut. Sous un ciel couvert, l'aube naissante s'était vêtue de gris et était accompagnée d'un vent cinglant qui, balayant la clairière, soulevait des tourbillons de neige ici et là. Les elfes, emmitouflés dans leurs capes gris acier, attendaient en selle, et Calernon, assis sur sa monture à la livrée grise, tenait les rênes d'un cheval entièrement blanc à l'exception de la marque beige en forme de flambeau sur son front.

— *Voici Ikhnatan.*

L'étalon regarda Alexandre de ses grands yeux sombres. Soutenue par un long cou arqué entrant dans des épaules décontractées et placée sur une gorge fine, sa tête racée au profil droit et légèrement concave, surmontée d'une paire d'oreilles courtes en mouvement à l'affût du moindre son, se terminait par un nez fin aux larges narines. Ils se jaugèrent ainsi un instant. Alexandre approcha sa main lentement du nez d'Ikhnatan. Sa grande mâchoire claqua, et il hennit doucement tout en frappant le sol de sa jambe forte, mais délicate.

— *Il consent à être votre monture,* déclara Calernon en lui tendant la bride.

Alexandre lui caressa le chanfrein en signe de remerciement et monta en selle.

— Allons-y ! dit-il.

Ils s'engagèrent sur le sentier de la crête surplombant le ravin, à la queue leu leu, ce dernier étant trop étroit pour que deux cavaliers chevauchent côte à côte. Alexandre ouvrant la marche était suivi de Gwendoline et Isabelle sur une jument grise, et de René, Yoann et Aloysius sur un cheval à la robe noire. Quant à Lutgard, il s'était assis à califourchon sur un cheval bai à la robe dorée, brillante comme du métal, avec Godefroy qui, ayant repris sa forme féline, se tenait en équilibre sur la selle. Le convoi était formé des elfes, d'Émméfa sur sa jument alezane et de Traban sur sa monture fauve, de leur famille immédiate ainsi que le reste du contingent, de ptérosaures. Plus ils descendaient vers le fond du ravin et plus l'air devenait humide. Bientôt, montures et cavaliers furent trempés. Le sentier continuait sa descente en pente douce, et ce n'est pas avant que le soleil eût atteint son zénith qu'ils arrivèrent au premier plateau couvert d'une végétation luxuriante. La chaleur était aussi suffocante que dans un sauna, et Alexandre signala de s'arrêter.

— Faisons une halte et mangeons quelque chose.

Dès que les cavaliers eurent mis pied à terre, leurs chevaux se regroupèrent autour d'Ikhnatan. D'un commun accord, la harde nouvellement formée se dirigea vers le cours d'eau limpide pour s'abreuver. Lorsqu'ils eurent terminé, il les conduisit au milieu du plateau où ils s'arrêtèrent pour brouter, tandis que les humains et créatures magiques mangeaient un ragoût que Gwendoline avait fait apparaître. Le cri perçant d'un oiseau déchira le silence, créant une onde de panique chez les chevaux. Les elfes, rapides comme l'éclair, coururent vers la harde. Armant leurs arcs, ils se mirent en position défensive, prêts à la protéger. Leur survie dépendait des chevaux ; sans eux, ils n'arriveraient jamais à leur destination. Le cri retentit à nouveau, et un point blanc grossissant à vue d'œil se dirigeait dans leur direction.

— C'est Bubobuso ! s'exclama Gwendoline.

La chouette atterrit gracieusement et, repliant ses ailes le long de son corps, se transforma.

— Alors ? demanda-t-elle.

— *J'ai trouvé le château, il se trouve au pied de la montagne la plus éloignée, là-bas.*

Elle pointa du doigt.

— *Cela risque de nous prendre des semaines avant d'y arriver ! Le terrain est tellement escarpé par endroits qu'il nous faudra faire des détours de plusieurs jours pour les contourner ! Mais ce n'est rien à côté de ce que j'ai vu…*

Une ombre passa dans ses yeux doux, et son corps frémit. Bubobuso inspira profondément avant de continuer.

— *Ce que j'ai vu tout à l'heure risque de remettre sérieusement en question notre mission. Sur mon chemin du retour, un fort courant d'air chaud ascendant m'a déviée de ma trajectoire. Alors que j'étais portée par le vent, je me suis retrouvée au-dessus d'une vallée, et je me suis dit que puisque j'étais arrivée là par hasard, pourquoi ne pas m'arrêter pour reprendre mon souffle et chasser pour me sustenter. Bien mal m'en prit de cette décision, car elle aurait pu me coûter la vie ! Ce que j'avais pris pour des arbres était en fait une gigantesque armée d'uroks ! S'il n'y en avait pas dix mille, il n'y en avait pas un seul ! Et ils marchaient inexorablement dans notre direction. Ils seront sur nous après-demain au plus tard.*

— Êtes-vous certaine de ce que vous avancez ?

— *Aussi certaine que vous êtes devant moi en chair et en os, Porteur de Gaia !*

— Nous ne pouvons tout de même pas abandonner ! s'écria René. Il doit y avoir un moyen ! Vous êtes des êtres magiques ! Vous connaissez la magie ! Il n'est pas question que je laisse mon fils aux mains de ce monstre !

— Calmez-vous, Monsieur Chamboux ! dit Gwendoline doucement en tapotant son avant-bras. Nous n'en avons pas l'intention non plus. Oui, cela est vrai, nous avons la magie, mais elle ne sera pas suffisante à elle seule pour vaincre l'ennemi si, comme le dit Bubobuso, il est en si grand nombre !

— *Je suis désolé de vous interrompre,* dit Traban doucement, *mais je n'ai pu m'empêcher d'entendre ce que vous disiez. Bubobuso a raison à propos des uroks. Je l'ai moi-même constaté alors que je me dégourdissais les ailes. Ils sont des milliers à marcher dans notre direction.*

— Mais comment ? Qui leur a dit où nous étions ? demanda René.

— *L'un d'entre vous, sorcier, pourra répondre à cette question, car cela, pour moi, est un mystère. Ce qui ne l'est pas, cependant, est qu'un détachement de plus ou moins deux cents de ces créatures est à environ vingt lieues*[51]*. La bonne nouvelle est qu'en revenant à notre campement j'ai repéré une grotte à mi-chemin entre ici et le pied de la falaise. En partant immédiatement, nous pourrions l'atteindre avant le coucher du soleil ; nous y serons en sécurité, tout au moins pour la nuit,* ajouta Traban.

— *Nous pourrons nous occuper de ce petit nombre sans problème, mais pour le reste j'ai bien peur que nous ne soyons pas assez nombreux. Il va nous falloir de l'aide !*

— *Tous les elfes capables de se battre sont ici, Lutgard. Il ne reste sur Gaia que les vieillards, nos femmes et nos enfants.*

— *Nous sommes dans la même situation,* dit Émméfa. *Nous n'avons plus personne sur qui compter.*

51. Une lieue correspond à une distance entre cinq et six kilomètres.

— Coilleach a dit qu'il nous aiderait ! ajouta Yoann timidement, presque à voix basse.

— Et je suis certain qu'il tiendra sa promesse ! dit Alexandre à moitié convaincu.

— *Godefroy, selon la promesse que j'ai faite au Porteur de Gaia, je pars pour l'O.D.A.S. chercher des renforts.*

— Non, Bubobuso, attendez ! Demain matin sera encore assez tôt pour prendre une décision. Peut-être réussirons-nous à les éviter. Je ne tiens pas spécialement à ce que nous nous battions. Pour l'instant, faisons comme Traban suggère et partons pour la grotte. Ikhnatan !

Le cheval trotta jusqu'à lui, s'ébroua et Alexandre l'enfourcha. Se tournant vers Traban, il demanda :

— Pourriez-vous surveiller le progrès des uroks pendant que nous descendons jusqu'à la caverne ?

— *Bien entendu !*

Il se transforma et, clopin-clopant, déploya ses longues ailes formées d'une membrane à peine translucide et s'envola en direction du soleil. Émméfa poussa un cri puissant ; il lui répondit par deux autres en succession alors qu'il prenait de l'altitude. Le convoi se remit en route ; les cailloux gémissant sous les sabots des chevaux scandaient le silence. La piste s'élargissait au fur et à mesure qu'ils se rapprochaient de leur destination. Ikhnatan se cabra subitement, désarçonnant à moitié son cavalier. Le sentier venait de s'ébouler devant lui, laissant un trou béant duquel le pied de la falaise était clairement visible. Les pierres et la terre plongèrent dans le vide. Le reste du sentier devant eux s'effondra rapidement, grignoté par une mâchoire invisible géante, piégeant impitoyablement le groupe à la face de la falaise.

— Ne bougez plus ! cria Alexandre, tentant de retenir sa monture.

Le sentier s'effrita partiellement sous les jambes d'Ikhnatan. L'étalon se cabrant à nouveau réussit à jeter son cavalier à bas, et Alexandre se retrouva suspendu dans le vide par la bride. S'il fallait qu'elle casse, ce serait la chute vertigineuse dont il ne reviendrait pas.

— Alexandre ! crièrent Isabelle et Gwendoline en même temps.

Déséquilibré, la bouche écumante, son cou plié à quarante-cinq degrés, Ikhnatan hennit sous la douleur. Ses sabots se mirent à glisser sur les cailloux alors qu'il essayait de se retenir. Alexandre, par son poids, entraînait son coursier vers l'abîme. Affolé, ses yeux roulant dans leurs orbites, Ikhnatan se dressa sur ses sabots arrière, hennissant à pleins naseaux. Seul un miracle les sauverait maintenant, et il prit la forme de deux ailes. Deux magnifiques ailes d'un blanc plus pur que neige, puissantes, qui jaillirent de ses flancs. Alexandre, surpris par leur apparition soudaine, lâcha prise. Ikhnatan s'élança dans le vide sans hésitation. Décrivant un demi-cercle, il piqua vers le garçon. Manœuvrant agilement sous lui, il déplia ses ailes et, amorçant sa remontée, le cueillit au passage. Terrifié, il s'agrippa à son cou de toutes ses forces. Ikhnatan se posa au plus large du sentier sous les yeux ébahis du groupe.

— *Est-ce que ça va, Alexandre ?* demanda Lutgard, secoué, en accourant vers lui.

Lâchant prise, il se laissa glisser jusqu'au sol, tombant à genoux ; ses jambes semblaient s'être transformées en gélatine.

— Je crois que je n'ai rien de cassé, dit-il d'une voix chevrotante.

— *Lève-toi ! Ne restons pas ici ! Faisons demi-tour, le reste du sentier risque fort de se désintégrer !* ajouta Godefroy sur un ton d'urgence.

Il eut à peine le temps de finir sa phrase que des cris et des hennissements provenant du haut du sentier, près de la queue du convoi, se firent entendre accompagnés par le grondement d'une avalanche de pierres et de terre. Leur sang se glaça. Une brèche s'était ouverte et avait emporté dans son sillage trois des elfes ainsi que leurs montures. Ils ne pouvaient plus avancer ni reculer, le sentier les avait faits prisonniers ; la face de la falaise serait leur cellule, la montagne, leur prison.

— Lutgard, Godefroy, aidez-moi s'il vous plaît ; si nous voulons survivre à ce qui reste de cette journée, il faut que nous reconstruisions le sentier devant et derrière nous ; quelques elfes sont restés pris avant l'effondrement ! Je ne suis pas certaine si notre magie fonctionne ici, mais combinons nos pouvoirs et prononçons l'incantation, dit Gwendoline avec urgence.

— *Viens nous prêter main forte, Alexandre !* appela Godefroy. *Répète en même temps que nous : « Terra Forma ! »*

— Quand vous serez prêts ! dit-il en pointant la chevalière.

— À trois, dit Gwendoline. Un… deux… trois…

Un jet d'or jaillit de la chevalière et s'entrelaça avec ceux des baguettes de Lutgard, Godefroy et Gwendoline, respectivement bleu acier, bleu métallique et vert, pour ne former qu'un unique faisceau de lumière blanc crème qui atteignit le sentier de l'autre côté du gouffre. Rien ne se passa pendant un moment, la pierre absorbant tout simplement la lumière comme une éponge buvant un liquide. Puis, petit à petit, un sentier émergea du roc, formant une dalle grandissant et grossissant à vue d'œil. Elle les rejoindrait bientôt, leur permettant de poursuivre leur chemin jusqu'à la grotte. La dalle prit contact et se scella dans un crissement. Ils redirent la même incantation pour permettre aux elfes pris plus haut de les rejoindre. La dalle se forma plus rapidement cette fois-ci, la falaise ayant appris une nouvelle manière de créer de la matière. Ils remontèrent en selle en silence. Une fois installé dans la grotte, Alexandre demanderait à Calernon de l'accompagner pour retrouver les elfes tombés dans le précipice afin de les renvoyer sur Gaia. D'un geste de la main, Alexandre signala d'avancer et frappa doucement les flancs d'Ikhnatan qui s'ébroua et refusa de bouger.

— Tu m'as sauvé la vie tout à l'heure, chuchota-t-il à son oreille. C'est à mon tour maintenant de sauver la tienne. Fais-moi confiance, ce sentier ne s'effondrera pas sous tes pas.

Il se releva et flatta le cou de l'animal qui hocha la tête et se mit en route. Le soleil teintait l'horizon d'or et de pourpre lorsqu'ils arrivèrent finalement à l'entrée de la grotte ; personne n'avait prononcé la moindre parole depuis l'incident ni durant la descente. Ils pénétrèrent à l'intérieur sauf Alexandre qui, voulant être seul un instant, se laissa glisser de selle et s'approcha à pas lents du précipice. Son regard se posa sur les montagnes. Il se sentait si las. La perte des elfes l'avait secoué plus qu'il ne voulait se l'admettre. Il avait essayé de se raisonner en se disant que cela faisait partie du lot d'un commandant. Mais voilà, il n'était ni général, ni colonel, ni même gradé. Il était simplement le gardien, le Porteur de Gaia. Et il n'avait pas demandé à être responsable de chaque vie, de chaque être dont la protection lui incombait. C'était injuste ! Après tout, il n'avait que treize ans ! Et il n'était pas au bout de ses peines s'il fallait en croire Traban et Bubobuso. Le cauchemar avançait à grands pas ! Il serra ses poings de rage. Un sentiment de haine presque incontrôlable l'envahit, s'insinuant dans chacune de ses cellules. L'envie de vengeance refaisait surface, pointant à nouveau son horrible face difforme.

— Je jure sur Gaia et tout ce qui m'est cher que tes crimes ne resteront pas impunis, Lanctot ! Même si je dois te poursuivre jusqu'aux confins de la terre ! Justice prévaudra, sois-en certain ! Moi, Alexandre de Thierry, quinzième Comte de ce nom, héritier de Tegnon, gardien de Gaia, fais serment que je te ferai payer tes actes de lâcheté ! se surprit-il à dire à haute voix.

Un coup de vent ébouriffa ses cheveux et tournoya doucement autour de sa tête. Il ferma les yeux, laissant la chaleur des derniers rayons du soleil caresser son visage. Prenant une profonde inspiration, puis une autre, qu'il retint, une sensation de calme monta en lui. Est-ce que la vengeance résoudrait la situation difficile dans laquelle ils se trouvaient ? Était-elle dans l'intérêt de ses amis et alliés ? Laissait-il une fois de plus ses sentiments prendre le dessus ? Isabelle l'avait mis en garde contre ses accès de colère. Il inspira à nouveau plus profondément et vida ses poumons lentement. Bien entendu, les réponses à ses questionnements se trouvaient dans la négative. Il devait se montrer plus intelligent, plus astucieux que Lanctot s'il espérait pouvoir le vaincre et enfin libérer Patrick.

— *Porteur de Gaia ?*

— Vous ne m'apportez pas de bonnes nouvelles, n'est-ce pas Traban ?

— *J'ai bien peur que non,* répondit celui-ci doucement.

— Les créatures sont à nos portes, c'est cela ?

— *Oui !*

— De combien de temps disposons-nous ?

— *Deux heures tout au plus. J'ai le pressentiment qu'elles nous attaqueront pendant la nuit.*

— Combien sont-elles ?

— *Deux cents peut-être !*

Alexandre soupira.

— Merci Traban, je vais avertir les autres. Nous devons nous préparer.

— *Nous les vaincrons, Porteur de Gaia !* dit-il avec conviction.

— Je n'ai aucun doute sur le courage de nos compagnons !

— *C'est de vous dont vous doutez, c'est cela ?*

— J'ai raison de douter, ne croyez-vous pas ?

— *Peut-être !*

Il fit une pause.

— *Chacun de nous est conscient de ce qui nous attend. La cause qui nous a réunis dépasse et supplante l'individualité au profit de la collectivité, Alexandre de Thierry. Nous sommes ici pour mettre un terme à la tyrannie et pour offrir à nos progénitures un monde de paix où ils pourront s'épanouir. Cela est plus grand que vous et moi, que Gaia elle-même ! Les pertes de vie, bien qu'extrêmement regrettables, font partie intégrante de ce que nous tentons d'accomplir. Mieux vaut mourir en héros que de vivre en esclave ! Cela, les elfes l'ont compris depuis longtemps. Ils pleureront leurs frères comme nous pleurerons les nôtres. Leurs âmes iront retrouver, selon les croyances personnelles, leurs ancêtres, leurs terres, le Nirvana ou le néant. Ce qui est important de se rappeler, Porteur de Gaia, est que nous faisons du mieux que nous pouvons avec ce que nous avons, ni plus, ni moins! Abandonnez vos doutes, larguez-les! Ils sont des boulets à vos chevilles et ne servent qu'à vous ralentir. Le futur vous appartient! Hier ne reviendra pas, quoi que vous fassiez, disiez ou pensiez! Nous triompherons assurément de l'ennemi, car telle est notre destinée! Deux cents ennemis, ce n'est que du menu fretin, et nous aurons vite fait de nous en débarrasser!*

Alexandre lui sourit.

— Alexandre! Alexandre! Regarde! La dague! cria René alors qu'il sortait en courant de la grotte, Yoann sur ses talons.

Elle bourdonnait et scintillait d'un bleu vif.

— Qu'est-ce que cette odeur?

— C'est ce que je te disais, papa! C'est l'odeur des créatures qui m'ont enlevé! Elles sentent les œufs pourris! Beurk! dit Yoann en faisant la grimace.

Des cris sauvages éclatèrent sur leur gauche et sur leur droite.

— Traban, donnez l'alerte! Vite! Ils attaquent! « Sycletia Ægidius! »... Monsieur Chamboux! Yoann! Retournez à l'intérieur!

— Mais je veux aider! dirent Yoann et René ensemble.

— Laissez-nous nous occuper des créatures pour l'instant. N'ayez crainte, votre tour viendra! Je vous assure que ceci n'est qu'un avant-goût de ce qui nous attend! Allez le plus profondément que vous pouvez dans la grotte avec Isabelle et restez-y. Je viendrai vous chercher lorsque nous serons hors de danger. Je vous en prie, Monsieur Chamboux, faites ce que je vous demande!

— Viens, Yoann! dit René en soupirant bruyamment, visiblement irrité.

— T'es pas gentil, Alexandre! reprocha Yoann en prenant la main de son père.

Faisant demi-tour, ils pénétrèrent dans la grotte, se frayant un passage entre les elfes qui sortaient, arcs en main. « D'un autre côté, se dit René à lui-même alors qu'ils arrivaient à leur cachette, Alexandre a raison. Si pour une raison ou pour une autre les créatures arrivaient à passer et à entrer, je serais leur seule chance de survie. Je serais la dernière ligne de défense, bien que je ne sache pas combien de temps je pourrais les retenir… un contre des centaines ! pensa-t-il en frissonnant. Non, René, sors cette idée de ta tête ! Ça ne vaut même pas la peine d'y penser ! Enfin, je ferai du mieux que je pourrai, et peut-être qu'Aloysius m'aidera. » Il sourit à l'idée d'une peluche, en forme d'ours, se battant contre une créature mille fois sa taille.

— Que se passe-t-il dehors ? demanda Isabelle.

— Les uroks nous attaquent ! répondit René.

— Nous devons aller les aider !

— Alexandre ne veut pas nous laisser nous battre avec les créatures qui puent ! répondit Yoann en faisant la moue et en croisant les bras sur son torse.

— Yoann, Alexandre a raison ! Nous ne sommes que de simples humains sans pouvoir magique.

— Aloysius, lui, est magique !

— Nous n'aurions aucune chance contre eux, mon petit ! Regarde, la dague luit à peine, nous sommes à l'abri ici. Si elle se met à briller, clignoter ou même à vibrer, nous aviserons ! Pour l'instant, restons en place. Alexandre a dit qu'il viendrait nous chercher lorsque la bataille sera terminée.

— On ne peut pas les laisser se battre tout seuls !

— Et qu'est-ce que tu proposes, Isabelle ?

— Je ne sais pas ! Je me sens tellement inutile. Ils risquent leur vie pour nous. Je ne pourrais pas supporter de perdre ma tante Gwendoline !

— Et je ne pourrais pas supporter de perdre l'un de mes enfants !

XXV

L'escapade

— Calernon, déployez vos hommes, occupez-vous des uroks qui montent ! cria Alexandre.

Les uroks se suivant à la queue leu leu ressemblaient à une colonne de gigantesques sauterelles noires, donnant l'impression dans la pénombre naissante que le sentier était vivant.

— « Cadavra Æternam ! » dit-il en pointant la chevalière en direction des créatures.

Le jet or atteint le sentier qu'ils venaient tout juste de quitter et explosa dans un claquement de tonnerre. L'air vibra autour de lui. Une douzaine d'uroks volèrent sous l'impact tandis que ceux qui suivaient, n'ayant pu s'arrêter à temps, chutaient dans le vide en poussant des cris gutturaux. Alexandre avait réussi à sécuriser leur flanc gauche. Lorsque la fumée se dissipa, il ne restait plus qu'un petit groupe qui, ayant échappé à l'explosion, avait atteint l'entrée de la grotte et livrait bataille à Lutgard, Godefroy et Gwendoline. La bataille continuait à faire rage du côté de Calernon. Traban et Émméfa ainsi qu'une douzaine de ptérosaures s'étaient joints à lui et, du haut des airs, hors de portée des armes urokiennes, lâchaient d'énormes pierres qu'ils avaient transportées dans leurs serres. Une avalanche de flèches meurtrières déferla du haut de la falaise, atteignant des elfes qui tombèrent, foudroyés.

— Calernon, repliez vos hommes jusqu'à l'entrée de la grotte, ils sont sur la paroi au-dessus de vous !

— « Cadavra Æternam ! » cria Alexandre en direction des uroks.

Ceux-ci étaient sur le sentier, de l'autre côté de la grotte, et il explosa de la même manière que le précédent, emportant les créatures dans sa désintégration. Ils ne seraient plus attaqués de ce côté non plus. Quelqu'un lança le sort « Lumens Fulgertius ! » par-dessus les cris des uroks et des armes qui s'entrechoquaient. La falaise s'illumina comme en plein jour, dévoilant une centaine de créatures glissant agilement le long de lianes.

— « *Petrificus Totalis !* » lança Godefroy.

— Pourquoi tu ne t'en es pas débarrassé ? fulmina Alexandre.

— *Et recevoir la moitié de la paroi sur la tête ? Vraiment Alexandre, je te croyais un peu plus intelligent !* répliqua-t-il sèchement.

Alexandre ne répondit pas, sa figure prenant plutôt une teinte cramoisie. Il n'y avait pas pensé, en effet. Dans le feu de l'action, tout ce qui lui importait était de se débarrasser des créatures au plus vite.

— Merci ! dit-il mal à l'aise. Qu'est-ce qu'on fait avec elles maintenant ?

— *Je m'en occupe,* dit Lutgard. « *Levitatum !* »

Toujours pétrifiés, les uroks se mirent à flotter au-dessus du ravin.

— « *Sectura Vinculum !*[52] » lança Godefroy.

Les lianes se sectionnèrent.

52. Couper la liane !

— « *Liquificus Vinculum !*[53] » articula Lutgard.

Les uroks disparurent dans le vide, et le silence s'installa à nouveau sur le campement. Les elfes rentraient dignement leurs camarades touchés à l'intérieur de la grotte, tandis que Bubobuso tentait de réanimer ceux qu'elle pouvait, réussissant à en sauver trois sur la douzaine qui avait été atteint par les traits. Calernon fit apparaître de riches linceuls de pourpre. Ils se tissaient délicatement autour de chaque elfe et, une fois tous les corps enveloppés, l'Arbre de Vie, avec le nom de l'elfe en dessous, se broda en fil d'argent par des aiguilles invisibles.

— *Porteur de Gaia, auriez-vous l'obligeance de les transporter au Cercle du Grand Ressourcement jusqu'à ce que nous puissions compléter notre rituel des morts ?* demanda Calernon.

— Bien entendu et, si vous me le permettez, j'aimerais être présent à la cérémonie.

Il acquiesça d'une légère inclinaison de la tête.

— Merci ! dit-il, alors qu'il avalait la boule d'émotion qui était montée dans sa gorge. Une autre chose avant que je ne les renvoie : demain matin à l'aube, je partirai à la recherche des elfes que nous avons perdus là-haut, et ce serait un grand honneur pour moi si vous m'accompagniez dans cette tâche.

Carlernon acquiesça de nouveau d'un léger mouvement de tête, l'esquisse d'un sourire aux lèvres.

— « Ita Vivam ! » cria Alexandre.

Les linceuls disparurent l'un après l'autre dans une gerbe de lumières irisées ; le dernier s'étant dissipé, Calernon et Alexandre se séparèrent. L'atmosphère était lourde et plutôt sombre lorsque le jeune porteur s'assit, croisant ses jambes, à côté d'Isabelle, autour du feu que Godefroy avait fait apparaître. Ils mangèrent sans grand appétit leur maigre repas de pain noir et de fromage de chèvre.

— C'est commencé, dit Alexandre, rompant le lourd silence.

53. Liquéfier la liane !

— Quoi ? demanda Isabelle après un instant, sortant de sa rêverie.

— La guerre, répondit-il doucement.

— Tu devais t'y attendre, non ? ajouta René.

Il hocha la tête.

— Oui, bien sûr, mais pas si tôt et pas comme ça. Traban venait à peine de me confirmer qu'il avait vu une harde de créatures, tout au plus deux cents. Il était convaincu qu'elles ne nous attaqueraient qu'au milieu de la nuit. Heureusement que vous étiez là, Monsieur Chamboux ! C'est grâce à vous si nous n'avons pas subi de plus lourdes pertes.

— Je suggère que nous attendions l'aube avant de continuer notre chemin, Alexandre, dit Gwendoline alors qu'elle sortait de la pénombre, éclairée par le feu. Cette grotte est relativement sûre.

— Pourquoi ne pas sceller l'entrée, tante Gwendoline ? Au moins, nous ne risquerions pas de nous faire attaquer pendant notre sommeil !

— Et en faire notre dernier lieu de repos ? Je ne crois pas, Isabelle ! Bien que ces créatures soient primitives et que leur seul but soit de se battre et de tuer, elles ne sont pas complètement dénuées d'intelligence. De plus, il est fort possible que l'un de leurs chefs ait rencontré la même situation dans le passé. Et ceci, Isabelle, n'est pas une chance que je suis prête à prendre, pour nous tous !

— Alors, que proposez-vous de faire ? demanda René.

— Rien ! répondit-elle.

— Que voulez-vous dire par « Rien » ?

— Précisément cela, Monsieur Chamboux !

— Je ne comprends pas !

— Peut-être me suis-je mal exprimée. « Rien » n'est pas entièrement vrai. Je vais demander à Bubobuso de partir en éclaireur pour s'assurer qu'il ne reste plus d'uroks en haut de la falaise, sur le sentier menant au ravin ou plus près d'ici.

— *J'irai !*

— Traban ? dit Alexandre, surpris par sa présence soudaine.

— *Je suis désolé d'interrompre votre conversation, mais je n'ai pu m'empêcher d'entendre ce que vous proposiez, Mademoiselle McTavish. Pardonnez-moi de parler si franchement, mais je ne crois pas que ce soit une bonne idée d'envoyer votre chouette. Si le Porteur de Gaia est d'accord, j'irai à sa place.*

— Pour quelle raison est-ce que je vous demanderais, ou à n'importe qui d'autre d'ailleurs, d'aller risquer votre vie ?

— *Parce que quelqu'un doit le faire, Alexandre de Thierry ! Notre survie en dépend ! Vous devez accepter, Mademoiselle McTavish, que Bubobuso est plus indispensable que nous, habitants de Gaia. Pensez à ce qu'elle a accompli il y a quelques instants avec ses pouvoirs. Les elfes seraient très en colère si elle était blessée, estropiée ou même tuée. Porteur de Gaia, vous auriez une mutinerie sur les bras. Elle est plus importante que jamais à leurs yeux. Et pour les autres, c'est-à-dire nous, beaucoup trop précieuse pour être exposée aux dangers qui rôdent à l'extérieur.*

— Traban, vous êtes tout aussi important.

— *Merci de votre vote de confiance, Porteur de Gaia. Alors, si vous n'avez aucune objection, j'aimerais y aller maintenant et emmener Émméfa. Nous nous acquitterons de la tâche en deux temps trois mouvements. Peut-être qu'alors nous dormirons un peu plus sereinement ce soir.*

Alexandre hocha la tête. Se transformant, Traban et Émméfa s'envolèrent hors de la caverne, dans l'obscurité, telles deux chauves-souris géantes. Les autres s'installèrent pour la nuit. Les feux de camp déclinèrent, leurs bûches s'étant transformées en tisons fumants. Alexandre, couché sur son lit de camp, fixa la voûte de la grotte pendant un moment, suivant des yeux, comme l'on suivrait le tracé d'une route sur une carte, des veines ressemblant à du quartz rose jusqu'à ce qu'elles disparaissent dans l'obscurité. Exténué, incapable de tenir ses yeux ouverts plus longtemps, il se laissa aller dans les bras de Morphée. Yoann, à l'opposé d'Alexandre, avait été tellement stimulé par les évènements de la journée qu'il était très agité, incapable de dormir, tournant et se retournant sur son lit. Le silence, presque absolu — n'eussent été le bruit des étincelles explosant dans les cendres — les ronflements sporadiques de son père, ainsi que la respiration régulière d'Isabelle et d'Alexandre près de lui, lui indiquèrent qu'il pouvait se lever en toute quiétude et sortir furtivement. Empoignant Aloysius par la patte, il marcha sur la pointe des pieds jusqu'à la sortie de la grotte, s'assurant qu'il ne faisait aucun bruit et, alors qu'il s'apprêtait à sortir, il faillit se heurter à Traban et Émméfa qui atterrissaient. Il recula rapidement et entra dans une faille, dans la paroi rocheuse, suffisamment grande pour qu'il s'y dissimule. Les deux silhouettes ailées passèrent sans le remarquer et, aussitôt qu'elles eurent disparu dans les profondeurs de la grotte, il courut à l'air frais.

— Aloysius ! Aloysius ! Réveille-toi ! Transforme-toi en aigle, nous devons trouver Coilleach !

Malgré ses encouragements, son ourson ne se transforma pas et resta mou. Il le regarda, triste.

— S'il te plaît, transforme-toi, s'il te plaît, Aloysius ! Nous devons aider papa et Alexandre !

Il l'implora au bord des larmes.

Aloysius trembla un tout petit peu sous ses doigts. Yoann sourit.

— C'est ça ! Vas-y !

Aloysius s'agita sensiblement cette fois-ci, et son corps se mit à allonger. Yoann le déposa délicatement sur le sol devant lui. Ses pattes arrière devinrent des serres et celles d'en avant poussèrent en forme d'ailes. De son nez cousu de fil noir, un bec jaune et crochu se prolongea, suivi de deux yeux noirs brillants remplaçant ceux faits de boutons. Ils regardèrent Yoann intensément, et l'oiseau grandit en hauteur et en largeur jusqu'à ce qu'il soit assez volumineux pour le porter.

— *Monte !*

Yoann l'enfourcha sans hésitation.

— *Tiens-toi fort!*

Ouvrant ses énormes ailes, il les fit battre une fois, et ils décollèrent, le vent sifflant dans ses oreilles, mordant ses joues et plaquant ses cheveux alors qu'ils accéléraient. Il tourna sur l'aile brusquement et fit une descente en piqué vers le fond du ravin. Yoann, retenant son souffle, saisit fermement le cercle de plumes blanches autour de son cou.

— Nous devons trouver une lumière très brillante ! cria Yoann au-dessus du bruit du vent.

Effleurant la tête des arbres, Aloysius plana sans effort de gauche à droite tout en cherchant Coilleach.

— Va plus haut ! commanda Yoann.

Ils montèrent en flèche et s'installèrent si haut qu'il se sentit étourdi tout à coup, alors que des cristaux de glace se formaient sur ses sourcils.

— Va vers les montagnes et pourrais-tu descendre un peu, j'ai froid !

L'oiseau se laissa tomber aussitôt vers de l'air plus clément, se stabilisa et se dirigea vers les cimes, suivant une route invisible en zigzag.

— Regarde ! Aloysius ! Regarde ! Regarde ! La lumière ! C'est lui ! Je sais que c'est lui ! Descends ! Vite !

Aloysius piqua si rapidement que son estomac lui monta dans la gorge et, alors que l'ourson transformé en aigle manœuvrait agilement parmi les pins noirs et était sur le point d'atterrir près du point lumineux, Yoann vit que ce qu'il avait pris pour le rayonnement de Coilleach était en réalité un gigantesque feu de camp se reflétant dans l'eau, sur la berge d'un lac très noir sans un remous à sa surface, où des milliers et des milliers d'uroks s'étaient réunis. Il tira si fort sur les plumes du cou d'Aloysius que quelques-unes lui restèrent dans les mains. L'aigle remonta et, prenant de la vitesse, s'inclina de façon si soudaine que Yoann faillit tomber. Ils ne pouvaient qu'espérer que les créatures ne les aient pas entendus ni vus. Le cœur de Yoann battait si fort qu'il était convaincu qu'il allait bondir hors de sa poitrine à tout moment. Alors qu'Aloysius se stabilisait et planait, Yoann regarda vers le lac. Il ne semblait pas que les créatures aient remué ou même remarqué leur brève apparition. Soupirant de soulagement, il caressa le cou de l'aigle.

— Tu nous as encore sauvés !

— *Où allons-nous maintenant ?*

— Vers les montagnes !

L'aigle battit des ailes deux ou trois autres fois, accélérant, et devint stable à nouveau, suivant un lent motif de va-et-vient. Ils volèrent ainsi pendant ce qui lui parut être des heures, à la recherche d'une lueur parmi la sombre canopée, se rapprochant des énormes pics rocheux. En vain. Le manteau d'obscurité non seulement gardait jalousement ses secrets des regards indiscrets, mais dissimulait adroitement tout signe de leur quête. Puis, à l'horizon, entre ciel et montagne, entre deux nuances de noir, elle apparut. Faible, une très faible lueur, à peine un scintillement. Yoann pointa du doigt.

— Là ! Tu la vois ?

— *Oui !*

Augmentant sa vitesse, il se dirigea directement vers la lueur qui brillait de plus en plus fort alors qu'ils s'approchaient, un faisceau stationnaire au milieu de cette noirceur. Il atterrit en douceur à travers les arbres, près d'une petite chute, dans une minuscule clairière. Yoann mit pied à terre rapidement, et l'aigle reprit sa forme d'ourson. Le ramassant, il le mit sous son bras et courut vers la lumière.

— Coilleach, est-ce que c'est vous ?

— *Ahououououou ! Je t'ai vu venir de loin !*

— Je vous avais promis de revenir, n'est-ce pas ? Et laissez-moi vous dire, je suis très content de vous avoir retrouvé ! Nous avons besoin de votre aide ! Nous avons de gros problèmes !

— *Ahououou ! Je suis au courant, il y a des milliers de créatures qui piétinent ma forêt et elles marchent vers ton campement !*

— Vous devez nous aider, Coilleach ! Si vous ne le faites pas, nous mourrons tous ! Nous ne sommes pas assez nombreux, et déjà quelques elfes ont été tués plus tôt ce soir !

— *Des elfes ? Ahououou ! Est-ce que Calernon l'Immortel est avec eux ? A-t-il été blessé ?*

— Je ne le pense pas ! Je ne le sais pas vraiment ! Et pourriez-vous arrêter de crier, s'il vous plaît ! Ça me fait mal aux oreilles !

— *Quelles autres créatures magiques sont avec vous ?*

— Les ptérosaures, Traban, Émméfa, Bubobuso, la chouette de mademoiselle McTavish, Godefroy, le chat d'Alexandre, et Lutgard, son fantôme.

— *Qui d'autre ?*

Il ne tint pas compte de sa question.

— Alors, vous allez nous aider ? N'oubliez pas ce que je vous ai dit la dernière fois qu'on s'est vus. Aidez-moi à sauver mon frère et je, enfin, nous, mais je serai là, ajouta-t-il précipitamment. Nous vous aiderons à libérer votre forêt bien-aimée !

— *Je n'y arriverai pas seul, j'aurai moi aussi besoin d'aide. Les autres esprits de la forêt n'ont pas un très vif intérêt pour s'impliquer dans des affaires qui ne les concernent pas, et plus précisément dans celles où des humains, ou des créatures rôdant sur notre sol, sont concernés !*

— Mais ne sont-ils pas aussi en colère que vous quand ils voient leur magnifique forêt piétinée et détruite ?

— *Non ! Ils en sont arrivés à l'accepter comme un mal nécessaire dans leurs vies et s'y sont résignés !*

— Je ne comprends pas ce que vous dites !

— *Les humains ne sont pas les seuls à se battre, petit homme ! Les entités magiques le font aussi ! Après avoir été assujetties pendant des siècles à de la magie noire, elles se sont graduellement égarées et ont commencé à imiter les traits de caractère des envahisseurs pour finalement les adopter complètement et en faire les leurs ! Toujours la meilleure place au soleil, toujours la plus haute canopée, les glands les plus gros et les plus charnus, les plus belles fleurs, les herbes les plus vertes, les épines les plus pointues ! Il y en a même qui se réjouissent de la destruction de leurs frères et sœurs ! Ahououououou !*

L'air vibra autour de Yoann, amplifié par la proximité des arbres. Il couvrit ses oreilles pour assourdir le cri et le claquement des roches qui explosaient autour de lui.

— *Leur essence est corrompue jusqu'au cœur par la malveillance de la magie noire du sorcier ! Et j'ai bien peur qu'il ne soit trop tard maintenant, cela fait si longtemps !*

— Ne dites pas ça, Coilleach ! ajouta-t-il, la voix tremblante. Vous devez leur parler ! Vous devez les convaincre que c'est la seule chose à faire ! Ils seront libres une fois que ce sera fini !

— *Discuter ne servira à rien. Des siècles sont passés et les ont figés dans leur manière d'être ! Cependant, tu es très convaincant et plus brave que je ne le pensais, petit homme ! Être sorti, comme cela, seul au beau milieu de la nuit, pour me trouver, était un acte d'extraordinaire bravoure ! Calernon l'Immortel avait raison de t'avoir donné le surnom de « Yoann le Courageux » !*

La pointe de ses oreilles devint écarlate, et il baissa la tête, gêné. Il ne se sentait pas particulièrement courageux. Après tout, il avait Aloysius pour le protéger. Son père l'avait appelé têtu plus d'une fois ; cependant, cela il le comprenait et il était même d'accord avec lui. Têtu, il l'était ! Son père avait utilisé le mot audacieux aussi, bien qu'il ne fût pas certain de ce que cela voulait dire ; il l'avait pris comme un compliment. Trouver Coilleach avait été ce qu'il voulait faire et c'est ce qu'il avait fait, dans l'ignorance la plus complète des dangers qu'il courait.

— *Mais,* continua Coilleach, *et je ne promets rien, il y aurait peut-être une chance de les rallier à notre cause. Peut-être que, enfouie au plus profond, la sève de la bonté coule-t-elle encore et n'est pas tarie ! Viens ! Nous allons leur faire face ! Toi et moi allons leur faire comprendre !*

Un grand sourire s'épanouit sur le visage de Yoann. Coilleach allait donner un coup de main. Et ce soir, c'était la seule chose qui lui importait le plus au monde. Il saurait être convaincant !

XXVI

Levitatum Extremis !

René se réveilla en sursaut. Le lit, celui de Yoann, près du sien, était vide. Son estomac se noua. Se levant, à moitié endormi, il courut jusqu'à l'entrée de la grotte. Alors qu'il sortait, l'aube éclata sur lui dans toute sa splendeur. Des nuages de mousseline réfractaient et faisaient rayonner la lumière blanc crème du nouveau jour. Il cligna des yeux et chercha nerveusement son fils du regard. « Il ne pouvait pas être allé bien loin, se dit-il, pas plus loin que l'entrée de la grotte ! » C'était certain : les deux sentiers avaient été détruits et ils étaient les deux seules issues de la saillie, mais c'était un petit malin, et René se doutait qu'il mijotait quelque mauvais coup.

— Yoann!... Yoann!... Où es-tu?

Le soleil apparut progressivement au-dessus des montagnes et inonda l'entrée de la caverne de ses rayons, dessinant un ovale irrégulier et dentelé à l'intérieur. Protégeant ses yeux de sa main, il fit demi-tour et rentra.

— Où est parti ce garçon?

L'intérieur de la grotte s'agita, réveillé par le déluge de lumière. Des feux apparaissaient ici et là, l'odeur de la nourriture cuisant se mêlant à l'arôme du café frais fait.

— Bonjour, Monsieur Chamboux! Tenez! dit Gwendoline en lui tendant une tasse fumante.

— Merci!

Il prit une gorgée.

— Avez-vous vu Yoann? demanda-t-il à Gwendoline et Alexandre.

Ces derniers se regardèrent et secouèrent la tête.

— Il est probablement sorti, vous savez... besoins naturels... fit remarquer Alexandre. Il n'a nulle part où aller.

— Bien sûr!... Probablement! répondit René pas entièrement convaincu.

— Bonjour, papa! dit la voix illuminée par-derrière.

— Où étais-tu?

— J'avais besoin... tu sais...

Alexandre regarda René avec un air de «Je vous l'avais dit!». L'ignorant, il se tourna vers son fils.

— Tu m'as fait peur! J'ai pensé que tu m'avais une fois de plus désobéi et que tu étais parti!

— Voyons, papa, ne sois pas ridicule! répondit-il avec un sourire fendu jusqu'aux oreilles. Où voulais-tu que j'aille?

— Tiens! Mange un sandwich au bacon!

Il lui en fourra un dans les mains, toujours incertain s'il lui disait la vérité.

— *Porteur de Gaia*, dit Traban. *La nuit passée, lorsque nous sommes revenus, vous étiez endormi. Nous avons décidé de ne pas vous réveiller inutilement puisque nous étions en sécurité.*

— Avez-vous vu quelque chose ? Y en avait-il d'autres ?

— *Non ! Il semble que nous nous en soyons débarrassés pour de bon. Ils gisent au fond du ravin, très rigides !*

— Et durant votre inspection, avez-vous remarqué un sentier, une route, que nous pourrions prendre ?

— *Oui ! Nous en avons trouvé un.*

— Mène-t-il au château ?

— *Nous n'en sommes pas certains, nous n'avons pas poussé si loin. Néanmoins, d'après ce que nous avons pu constater, il longe un impétueux torrent, traître par endroits, étant à peine assez large pour qu'un cheval passe et, lorsque le sentier disparaît sur une rive, il réapparaît sur celle à l'opposé. Il n'y a ni pont ni arbre reliant les deux côtés du torrent. Nous devrons nous servir de magie, si elle fonctionne là-bas, pour traverser. Espérons qu'il nous mènera aux montagnes et au château de Lanctot. Cependant, nous n'avons repéré aucun endroit aussi sécurisé que celui-ci le long de son cours. Nous devrons camper dans la forêt. Nous pensons que le voyage va nous prendre des jours, j'oserais même dire des semaines, avant que nous arrivions au pied des montagnes. Il y a une petite clairière à une journée de marche d'ici ; je suggère que nous en fassions notre première halte.*

Alexandre soupira et secoua la tête. Encore des retards.

— Lutgard, Godefroy et moi nous occuperons de placer des sortilèges de protection autour de notre campement, ajouta Gwendoline.

— Calernon et moi ne voyagerons pas avec vous ; nous allons tenter de retrouver les elfes qui sont tombés. Je ne sais pas combien de temps cela nous prendra. Il est peu probable que nous soyons de retour ce soir. Partez à la première heure demain, ne nous attendez pas, nous vous rattraperons. Traban, pourriez-vous conduire le groupe jusqu'à la première halte puisque vous connaissez le chemin ?

Il inclina sa tête légèrement.

— Merci ! Nous nous mettrons en route après le petit déjeuner et lorsque nous aurons réparé le sentier.

Le soleil avait déjà bien entamé sa course lorsqu'enfin ils se réunirent à l'entrée de la grotte, tenant leurs montures par la bride.

— « *Terra Forma !* » crièrent ensemble Alexandre, Lutgard et Godefroy.

Les trois faisceaux de lumière s'entremêlèrent, et le sol gronda sous leurs pieds, troublant légèrement les chevaux alors que le sentier se soudait à la saillie. Alexandre siffla, et Ikhnatan trotta jusqu'à lui. Il lui caressa le chanfrein affectueusement.

— Nous n'allons pas partir avec le reste du groupe tout de suite, murmura-t-il à son oreille. J'ai promis à Calernon d'aller à la recherche des elfes qui sont tombés et je lui ai demandé de m'accompagner. Vas-tu m'aider ?

L'étalon le regarda de ses grands yeux noirs intelligents, hocha la tête et piaffa deux fois avec son sabot avant. Alexandre monta en selle. Calernon sur Hawaimeh, son cheval à la robe grise, se joignit à lui. Avec un pincement au cœur, Alexandre regarda ses compagnons prendre le sentier et se demanda si Calernon ressentait la même chose que lui. Il lui jeta un regard rapide. Son visage était sévère et son regard, impassible. Les elfes éprouvaient-ils des sentiments ? Quoi qu'il en soit, leur expédition n'allait pas être une gentille petite promenade paisible à la campagne !

— « Ita Vivam ! » dit Alexandre.

— « *Ita Vivam !* » répondit tout le groupe en choeur.

Le convoi se mit en route. Finalement, le dernier des ptérosaures disparut de leur vue. Alexandre et Calernon partirent à leur tour, l'un derrière l'autre, l'elfe en tête. À mi-chemin, le sentier se scinda, un vers l'horizon, l'autre, ressemblant plutôt à une piste pour chèvre de montagne, tournait et remontait si brusquement que, de l'endroit où ils se trouvaient, la piste donnait l'impression de traverser le roc pour ressortir dans la grotte au-dessus. Ils avancèrent avec précaution jusqu'à ce qu'ils arrivent à un promontoire. La piste devant eux descendait subitement à un angle abrupt, plongeant dangereusement dans le ravin.

— *Nos chevaux seront incapables de descendre cette pente !* annonça Calernon, contrarié.

— Il va le falloir, on ne peut pas faire demi-tour, il n'y a pas de place !

— *Dans ce cas, s'il n'y a pas assez de place, vous allez devoir faire reculer votre cheval ; nous ne pouvons en aucun cas descendre. Si la piste avait été plus large, nous aurions pu. Ce serait suicidaire que de vouloir essayer !* ajouta-t-il sur un ton n'incitant pas à la discussion.

— Très bien ! Nous allons essayer ! Te sens-tu capable ? chuchota-t-il à l'oreille d'Ikhnatan.

Le cheval hennit et secoua sa tête.

— Ça ne sert à rien, Calernon ! Nous devons avancer ! Ikhnatan ne veut rien entendre !

— *Qui est le maître de ce cheval, Porteur de Gaia ?*

— Il n'est pas ici question de maître ! Ceci est un partenariat, non pas une sorte d'arrangement féodal. Ikhnatan est libre de prendre ses décisions. Vous plus que tout autre devriez le savoir, vous me l'avez donné !

— *Oui, en effet ! Et vous faites une belle paire ! Vous êtes tous les deux rebelles et entièrement indomptables !*

— Pensez de moi ce que vous voulez, Calernon. Ça ne me fait ni chaud ni froid. Il ne veut pas bouger, et je ne le forcerai pas !

Ikhnatan hocha et piaffa, signifiant son accord.

— *Alors, nous resterons où nous sommes, car Hawaimeh refuse également de bouger !*

— Ne soyez pas ridicule, Calernon ! Vous savez très bien que ce n'est pas possible ! Cela voudrait dire une mort certaine si nous restons !

— *Et ce serait une mort certaine si nous bougons !*

Alexandre resta silencieux un instant, essayant de trouver une solution à leur dilemme. Il se pencha tout à coup sur le cou de son cheval et lui parla à l'oreille.

— Es-tu certain que tu ne veux pas essayer de reculer ?

Le cheval hocha la tête.

— Es-tu d'accord à l'effet que nous ne pouvons rester où nous sommes ?

Il frappa le sol.

— Bien. Peux-tu faire pousser tes ailes quand bon te semble ?

L'étalon hésita un instant, puis hocha la tête à nouveau.

— Voici ce que je propose. Nous nous jetons en bas de la falaise, tu déploies tes ailes, et j'arrache Calernon et Hawaimeh de la piste par magie.

Il hennit.

— Alors ?

Ikhnatan secoua et hocha sa tête, hennit bruyamment et piaffa le sol avec son sabot, délogeant des petits cailloux qui roulèrent dans le vide.

— Es-tu embrouillé par ce que je te suggère ?

Il secoua sa tête et s'ébroua bruyamment.

— Bien, moi je le suis ! Je ne sais pas si tu es d'accord ou pas ! Comme j'aimerais que tu parles ! Ce serait tellement plus simple !

— *Mais je parle !* dit une voix dans sa tête.

— Est-ce que c'est toi, Ikhnatan ? murmura-t-il dans son oreille.

— *Alors, Porteur de Gaia ?* appela Calernon. *Avez-vous pris une décision ?*

— Donnez-moi un moment, je crois avoir trouvé une solution.

Il se retourna vers son cheval et dit tout haut :

— Si nous…

— *Ne parle pas à haute voix !* l'interrompit Ikhnatan. *Dis les mots dans ta tête et je les entendrai.*

— D'accord, alors que penses-tu de mon idée ?

— *Ça pourrait fonctionner, du moment que tu ne lui dis pas ce que tu comptes faire. Il paniquerait, bien, peut-être pas lui, mais son cheval certainement !*

— Et si tu faisais semblant de reculer et donnais l'impression de glisser, tu saurais être convaincant, non ?

— *On va bien s'amuser !*

Alexandre sourit.

— Bien, écoutez Calernon, je vais essayer encore une fois de le faire reculer.

— *Je suis content que vous soyez revenu à la raison, Porteur de Gaia !*

— Es-tu prêt ? demanda-t-il à Ikhnatan. Ça va être drôle !

L'étalon hennit et se mit à reculer doucement et, comme ils l'avaient convenu, le sabot de sa jambe arrière glissa ; il fit semblant de perdre l'équilibre et tomba.

— « Levitatum ! »

Le faisceau or sortit de la chevalière et, dès qu'il atteignit Calernon et sa monture, ils se mirent à flotter. Ayant poussé, les ailes d'Ikhnatan battaient si rapidement qu'il resta stationnaire comme un colibri devant une fleur de chèvrefeuille.

— *Qu'est-ce que vous faites, Porteur de Gaia ? Ce n'est pas drôle ! Descendez-moi !*

— Je suis entièrement d'accord avec vous, Calernon ! Ce n'est pas drôle du tout ! C'est tout simplement, mais absolument hilarant de voir l'expression sur votre visage ! Voulez-vous que je vous libère du sort tout de suite ?

— *Ne soyez pas enfantin ! Évidemment que non !*

— Alors, laissez-vous aller parce que vous allez rester là-haut jusqu'à ce que nous trouvions ce que nous sommes venus chercher. Et pendant que vous y êtes, vous pourriez repenser à votre attitude envers moi. Je ne suis pas l'ennemi, Calernon ! Je fais ce que je peux avec l'expérience et les connaissances que je possède.

— *Gaia aurait dû être à moi!* rugit-il brusquement.

— Bien, elle ne l'est pas et ne le sera jamais, Calernon! Prenez-en votre parti! répondit-il, presque sifflant.

— *Qu'est-ce qu'un garçon de treize ans connaît et quel besoin a-t-il d'un outil si puissant?* cria-t-il rageusement.

— Beaucoup plus que vous le croyez, mais cela n'a rien à voir! Je ne vous demande pas allégeance, Calernon; Gaia, oui, et vous l'ordonne, inconditionnellement! Je suis convaincu que vous ne voulez pas vous exposer à sa colère et je suis persuadé également que ce ne serait pas très agréable d'en faire les frais. Pensez à tout ceci pendant que vous flottez ainsi, sans souci, à vous demander si vous et votre cheval auriez pu connaître une fin prématurée en tombant de la piste. Je vais également avoir besoin d'une réponse lorsque nous aurons retrouvé vos compagnons, et avant que je les transporte sur Gaia!

— « Tractario![54] »

— *Voilà qui s'est bien passé!* ironisa Ikhnatan.

— Tu m'en diras tant! répondit Alexandre tout aussi ironiquement.

L'étalon se dirigea vers le fond du ravin avec Calernon remorqué par une corde invisible. Ils volèrent ainsi sans arrêt pendant des heures, cherchant les corps, et ce, jusqu'à l'assombrissement du ciel où plus rien n'était distinct, sauf la série d'ombres imprécises qu'étaient devenus le paysage et l'ascension des étoiles au-dessus de l'horizon. Leurs recherches s'étant avérées infructueuses, ils se mirent en quête d'un endroit pour passer la nuit.

— Que penses-tu de cet endroit, Ikhnatan?

Il lui demanda alors qu'ils s'approchaient d'un carré d'herbes hautes près d'un étang, suffisamment retiré pour leur offrir un, minimum de protection.

— *Je crois que ça ferait un très bel endroit pour se reposer cette nuit. De l'herbe, de l'eau, je ne pourrais demander mieux!* répondit l'étalon alors qu'il entamait sa descente et atterrissait au trot.

54. Tirer!

Alexandre relâcha l'elfe du sort de traction et de celui de lévitation. Mettant pied à terre, Calernon s'avança vers lui d'un pas assuré.

— *Ça y est ! Voici venu le moment du discours !* dit la voix d'Ikhnatan.

— *Porteur de Gaia, je dois vous présenter mes excuses pour mon comportement fruste plus tôt aujourd'hui. C'était déplacé ! Évidemment, vous aviez raison ! La chevalière vous a choisi parce que vous étiez le plus digne parmi tous ses aspirants. Bien sûr que mon allégeance est à Gaia avant tout ; sans elle, aucun d'entre nous n'existerait aujourd'hui ; mais de la même manière, mon allégeance vous revient, pas seulement parce que vous la portez, mais à cause de votre préoccupation constante pour notre bien-être, j'oserais même dire votre affection. Si j'avais été dans la même situation, je ne suis pas certain que j'aurais offert, comme vous l'avez fait, de retrouver les membres d'une autre espèce, et ce, en pleine connaissance des grands risques que vous couriez !*

— *Quelle belle façon de ramper ! Sa performance était parfaite, tu ne trouves pas ?*

— Tais-toi ! répliqua Alexandre, agacé, alors qu'il regardait Ikhnatan s'éloigner lentement pour aller brouter. Merci de réaffirmer votre engagement envers Gaia et moi, Calernon. Ce que vous dites est vrai, je suis inquiet pour chacun de vous. Il y a deux jours, j'étais parfaitement ignorant des gens et créatures magiques qui allaient compter sur moi pour leur sécurité et leur bien-être. Eh oui, je l'admets, je commence à avoir un faible pour vous tous. En ce qui concerne mon âge, treize ans est jeune et vieux à la fois. Je ne suis pas encore un homme et ne suis plus un enfant. Je serai rebelle à mes heures, ce sera le comportement de l'adolescent. Complètement indomptable, je ne le crois pas, mais voilà où vous intervenez. Vous possédez la grande sagesse des elfes, et je désire vivement apprendre de vous, d'être votre élève. Peut-être qu'en se côtoyant notre amitié bourgeonnera. Je ne serai, je ne pourrai jamais être votre ennemi. Cela va à l'encontre de mes convictions et de ce que Gaia représente. Scellons notre pacte d'une poignée de main, restaurons-nous et essayons de dormir. Je suis déterminé à retrouver vos amis, Calernon. Le plus tôt sera le mieux ; nous pourrons alors rejoindre notre groupe, libérer mon ami Patrick et rentrer chez nous.

Alexandre lui tendit la main que le chef des elfes serra.

— *Je vais aller chercher du petit bois pour faire un feu. Nous prendrons bientôt une bonne tisane,* dit Calernon en se dirigeant vers les arbres.

— Je m'occupe des chevaux.

— *Bravo ! Joli discours ! Tu devrais te lancer en politique !*

— Qu'est-ce que t'as ? demanda Alexandre alors qu'il débouclait la selle.

— *Moi ? Rien ! Ne viens pas me chercher après qu'il t'a poignardé !*

— De quoi parles-tu ?... Et quoi qu'il en soit, je ne viendrais sûrement pas te chercher si j'avais un poignard planté entre les omoplates, n'est-ce pas ?

— *Tu sais ce que je veux dire !*

— Non, je ne sais pas ! Qu'est-ce que tu essaies de me faire comprendre ? demanda-t-il alors qu'il dessellait Hawaimeh.

— *Au cas où tu ne l'aurais pas remarqué, c'est un elfe !*

— Et alors ?

— *Tu ne peux pas leur faire confiance !*

— Tu peux bien parler ! Je ne t'ai pas vu accourir pour me révéler que tu avais des pouvoirs magiques !

— *Ça n'a rien à voir !*

— Ah, je comprends ! Et tu crois sincèrement que cette réponse va me satisfaire ?

— *Tu ne sauras jamais le fond de sa pensée ou ce qu'il ressent. Il a montré sa face cachée lorsqu'il a admis qu'il voulait la chevalière.*

— Oui, parlons-en justement ! Il n'est sûrement pas le premier à l'avoir voulue, mais au moins, lui, il a joué carte sur table et l'a avoué ! Et qu'en est-il des membres du Conseil Suprême de la Magie ? Ne penses-tu pas qu'il y en a au moins un qui aimerait la passer à son doigt ? Et que dire des principaux intéressés : Lanctot et Maldubh, pour ne mentionner qu'eux ! Et combien d'autres qui attendent dans l'ombre et qui me sont encore inconnus ! Écoute, Ikhnatan ! Gaia est une entité puissante. Personne n'en doute, et surtout pas moi. Toutefois, elle n'est pas le début et la fin de toute chose. Elle influence celui qui la porte et probablement le moule, je ne le sais pas encore. Mais l'inverse doit également être vrai ; le porteur transmet sa personnalité et son tempérament. Tu ne peux pas montrer de méchanceté, de haine, ou elle te détruira. Ce fut le premier avertissement que mon ancêtre m'a donné avant de me la léguer. Et je tiens compte de ses paroles, pour ma sécurité et celle des autres.

— *Bien, si c'est comme ça que tu l'entends...*

— Ne le prends pas mal ! J'apprécie et te suis reconnaissant pour ton avertissement. C'est la deuxième fois qu'il essaie de remettre mon autorité en question. La première fois a eu l'effet inverse ; il s'est donc ressayé. Celle-ci a aussi également eu l'effet inverse, et je suis convaincu qu'il en prend conscience et qu'il essaie de se faire pardonner.

— *Tu fais trop confiance !*

— Peut-être, mais maintenant tu es là pour me remettre dans le droit chemin, n'est-ce pas ?

— *Touché, mon garçon !*

— L'herbe avait l'air succulente, grasse et dodue, t'en es-tu délecté ?

— *Va manger et laisse-moi brouter en paix !*

— Je t'aime bien, Ikhnatan ! déclara Alexandre en tapotant son cou affectueusement. Je pense que nous allons très bien nous entendre.

— *Je t'aime bien aussi, mon garçon ! Mais surtout, n'en parle pas, ils ne te croiraient pas ! Va, maintenant !*

Le lendemain matin arriva plus tôt que prévu pour Alexandre, alors qu'Ikhnatan lui donnait des coups de naseaux pour le réveiller.

— *C'est l'heure de partir !* résonna la voix dans sa tête. *J'ai un mauvais pressentiment !*

— D'accord ! D'accord ! Je me lève ! répondit-il à haute voix.

Le ciel, lourd de nuages bouillonnants gris acier ourlés de noir, semblait à peine contenir sa furie et se préparait à déverser ses trombes d'eau d'un moment à l'autre sans autre préambule. Le tonnerre gronda quelque part au loin, sa voix roulant dans le ravin, puis glissant sur la surface huileuse de l'étang. Alexandre frissonna malgré lui. La foudre éclata, suivie d'un éclair qui stria le ciel, teintant brièvement d'argent la couverture nuageuse. Ne pouvant se contenir plus longtemps, les nuages fondirent. Quelques gouttes pour commencer puis, leur fréquence se décuplant, elles formèrent en un temps record un rideau opaque, martelant la végétation, créant des ministalagmites évanescentes à la surface de l'étang. Ils furent détrempés en un instant, l'eau dégoulinant de leurs cheveux sur leurs visages. Ils étaient rivetés dans la petite clairière, Ikhnatan incapable de s'envoler. La pluie s'intensifia, gonflant l'étang qui déborda sur la berge, envahissant le terrain herbeux. L'eau montait de plus en plus rapidement, atteignant leurs mollets. Quelque chose de froid effleura la cheville d'Alexandre en direction du cheval de Calernon. Ce dernier, apercevant le sillage, se mit à hennir et à piaffer. Il tenta de se cabrer ; ses jambes avant refusèrent de lui obéir, elles semblaient s'être collées à l'eau. Avec un hennissement frénétique, ses yeux noirs roulant dans leurs orbites et ses narines dilatées, il mâchait désespérément sur son mors, sa salive écumant dans sa bouche en des milliers de bulles opaques. Soudainement, d'innombrables tentacules gluants se déployèrent dans tous les sens, grimpant le long de sa patte, envahissant son corps, l'enveloppant d'une deuxième peau rugueuse, couverte de pustules. Il hennit de plus belle, essayant de se libérer de cette chose, en vain. Hawaimeh hennit une dernière fois, un hennissement aigu, agonisant. Se raidissant, ses poumons compressés expulsèrent son dernier souffle en deux nuages de brume. Tombant sur le côté dans un bruit d'éclaboussement, il sentit les tentacules l'entraîner dans l'étang, son corps disparaissant sous la surface de l'eau. La pluie lava toute trace de son existence. Figés, impuissants, ils venaient d'assister à ce drame cauchemardesque ; ne sachant quoi faire, incapable d'agir, tellement la scène avait été atroce.

— *Hawaimeh!* cria Calernon en sortant de sa torpeur.

Il essaya de courir vers l'endroit où sa monture avait disparu, créant des remous à la surface de l'eau.

— Ne bougez pas ! hurla Alexandre par-dessus le bruit de la pluie, ayant aperçu un autre sillage se diriger vers Calernon. Cette chose semble être attirée par le mouvement !

— Et toi, surtout, reste tranquille ! dit-il dans sa tête à l'intention d'Ikhnatan, détachant chaque mot.

— *Je ne peux pas voler!*

— Je sais ! Fais-moi confiance. « Levitatum ! »

Tous les trois se mirent à flotter. Alors qu'ils prenaient de l'altitude, un tentacule se précipita hors de l'eau et s'enroula autour de la jambe de Calernon, arrêtant brusquement son ascension.

— « Impedimenta ! »

Le tentacule sembla relâcher sa prise quelque peu, mais resta accroché. L'effet du sort fut de courte durée ; il se resserra sur son mollet et, tirant, l'entraîna vers le milieu de l'étang.

— *Porteur de Gaia, faites quelque chose! Vite! Ma jambe!* cria l'elfe, le visage tordu par la douleur.

— « Sectura Tentaculi ![55] »

Le faisceau sectionna le tentacule qui, dans une ultime convulsion, le relâcha et disparut au fond de l'eau.

— « Tractario ! »

Alexandre attira Ikhnatan à lui et, attrapant la bride, monta sur son dos.

— Peux-tu nous porter tous les deux ?

— *Oui!*

— « Tractario ! »

55. Couper le tentacule !

Il attira Calernon jusqu'à eux et, offrant sa main, l'aida à s'asseoir derrière lui.

— « Levitatum Extremis ![56] » lança-t-il en pointant la chevalière vers le ciel.

Il espérait ainsi pouvoir traverser la couche de nuages. Un éclair blanc, aux reflets bleutés, frappa le jet d'or, neutralisant le sort sans toutefois le briser complètement. Ils continuèrent à flotter, immobiles, comme des ballons attachés par des cordes invisibles. La pluie se changea tout à coup en grêle de la taille de balles de golf, s'abattant sur eux avec une force inégalée.

— « Sycletia Ægidius ! »

Les grêlons rebondirent sur le bouclier comme s'il avait été fait de caoutchouc. Alexandre se sentait pris au piège ; le sort de lévitation extrême avait été neutralisé ; pour l'instant, celui du bouclier tenait encore, mais pour combien de temps ? Un éclair le désamorcerait-il, lui aussi ? Et que se passait-il ? Sa force s'enfuyait de son corps, sa tête devenait légère, il se sentait faiblir, au bord de l'évanouissement. Dans un ultime effort, il leva sa main vers le ciel.

— « Ita Vivam ! »

Les nuages reflétèrent le jet d'or qui se planta dans le sol près d'eux. Des débris tourbillonnèrent instantanément, et une tornade naquit qui se relia par un nuage en entonnoir à ceux au-dessus de leurs têtes. L'entonnoir, aspirant les cumulonimbus à la manière d'un gigantesque tuyau d'aspirateur, vida le ciel, révélant un soleil éblouissant.

— *Qu'est-ce que tu as, Alexandre ?* demanda Ikhnatan.

— Je ne me sens pas très bien !

— *Descends-nous !*

— La chose…

— *Elle n'est plus là !*

— Je n'ai plus de force !

— *Essaie !* résonna la voix dans sa tête.

---

56. Léviter à l'extrême !

Alexandre ne répondit pas, s'écroulant sans connaissance sur le cou de son cheval.

— « *Tractario !* »

Calernon arma son arc.

— *Vous ne nous prendrez pas vivants !*

— *Calmez-vous, Calernon !*

— *Lutgard ?* dit Calernon surpris alors qu'ils touchaient le sol. *Que faites-vous ici ?*

— *Bubobuso et moi vous suivions depuis votre départ, au cas où vous auriez besoin d'aide. Nous vous avions perdu de vue pendant un bon moment alors que vous voliez. Bubobuso vous a retrouvés, par hasard, au crépuscule. Le temps qu'il vienne m'avertir et que nous arrivions, vous aviez à nouveau disparu, votre présence obscurcie par l'orage. La tornade nous a révélé votre position.*

— *C'est Alexandre qui l'a créée,* ajouta Calernon. *Il a perdu connaissance presque immédiatement après. Vous ne pouvez savoir à quel point cette forêt est malveillante.*

— *Nous savons ! Et nous ne sommes pas au bout de nos peines ! Aux dernières nouvelles, d'autres uroks se seraient joints à ceux que Traban avait vus et ils ne seraient plus qu'à une journée de marche de notre campement ; nous devons retourner au plus tôt. Nos compagnons vont avoir besoin de notre aide.*

— « *Levitatum !* » prononça Bubobuso.

Le corps d'Alexandre flotta jusqu'à elle, et il resta suspendu ainsi alors qu'elle l'examinait.

— *Comment est-il ?* s'enquit Lutgard.

— *Ce n'est pas normal qu'il se soit évanoui,* répondit Bubobuso. *Gaia est censée le protéger. Peut-être est-ce la combinaison de cet endroit, de l'orage et du sort qui a drainé son énergie. Nous allons devoir le surveiller de plus près, Lutgard.*

— *Pouvez-vous le ranimer ?* demanda Calernon.

Elle hocha la tête.

— « *Revitalis !* »

— Oooh ! s'exclama Alexandre portant la main à son front. Que m'est-il arrivé ?

— *Comment te sens-tu ?* s'enquit Lutgard.

— J'ai l'impression qu'un rouleau compresseur est passé sur mon corps ! Qu'est-ce que vous faites ici ? questionna-t-il en voyant soudainement que Bubobuso et Lutgard étaient là. Pourquoi n'êtes-vous pas avec les autres ? ajouta-t-il d'un ton réprobateur.

— *C'était aussi bien ainsi, Porteur de Gaia !* ajouta rapidement Calernon. *Sans eux, nous serions encore en train de flotter, et vous seriez toujours sans connaissance !*

Il grogna.

— Nous n'avons pas encore réussi à retrouver les corps des elfes. Je pense que nous allons devoir abandonner nos recherches pour l'instant, Calernon. Je suis désolé. Ce serait trop difficile pour Ikhnatan de nous transporter tous les deux pendant de longues périodes.

— *Nous avons encore le temps de nous en occuper, Porteur de Gaia,* dit Bubobuso. *Je sais où ils sont tombés. Je les ai vus en volant près de la falaise ; ils sont sur un petit promontoire, hors de portée des animaux sauvages et des uroks. Cela peut attendre encore un peu, si vous préférez.*

— *Non, Bubobuso, occupons-nous-en maintenant*, répondit Calernon.

— As-tu une objection à nous porter tous les deux ? demanda Alexandre dans sa tête.

— *Finissons-en une fois pour toutes !* répondit Ikhnatan sèchement.

— *Je vous retrouve au campement,* dit Lutgard.

Ils montèrent en selle, et Bubobuso ainsi qu'Ikhnatan, déployant leurs ailes, s'envolèrent en direction du promontoire.

XXVII

Natura Imitasio !

Lutgard apparut.

— Les avez-vous retrouvés ? demanda Gwendoline.

— *Oui, ils sont sains et saufs, à l'exception d'Hawaimeh ; je présume qu'il a disparu, il n'était pas avec eux. Bubobuso est restée pour les emmener à l'endroit où les elfes sont tombés. Quelles nouvelles des uroks ?*

— D'après Traban, d'autres se seraient joints depuis la dernière fois qu'il les a observés. Dès qu'Alexandre sera de retour, nous lèverons le camp. Émméfa a découvert un raccourci qui semble prometteur, à une demi-journée de marche d'ici, sur la rive opposée.

— *Je crois qu'il serait préférable que nous nous mettions en route maintenant,* dit Godefroy.

— Je suis d'accord avec vous, Godefroy, dit René. Partons immédiatement !

— Nous ne savons pas combien de temps cela va leur prendre pour s'occuper des elfes, tante Gwendoline.

— Si nous restons au même endroit trop longtemps, nous devenons une cible facile pour les uroks. Je ne peux parler pour vous mais, en ce qui me concerne, l'idée de me faire attaquer de tous les côtés, comme la dernière fois, n'est pas une perspective très attrayante ! ajouta René.

— Oui, papa ! Aloysius, lui aussi, pense qu'on devrait s'en aller !

— Bon, d'accord, vos arguments sont fort convaincants. Il est vrai qu'en bougeant nous sommes moins vulnérables, répondit Gwendoline.

— *Partez sans moi, je reste pour les attendre, ils ne devraient pas tarder !*

— Comme tu voudras, Lutgard !

— *Moi aussi je reste !* ajouta Godefroy.

Gwendoline hocha la tête et soupira imperceptiblement. Cachant sa déception, elle enfourcha sa monture, et le convoi se mit en branle, Émméfa en tête. Lutgard et Godefroy regardèrent le groupe s'éloigner en silence.

— *Pourquoi n'es-tu pas allé avec elle ?* demanda Lutgard après qu'ils eurent disparu de leur vue.

— *Pour quelle raison le devrais-je ?*

— *N'as-tu pas vu qu'elle était désappointée que l'un de nous ne l'accompagne pas ?*

— *Si, et j'en suis désolé, mais notre priorité est la sécurité d'Alexandre !*

— *Je suis d'accord avec toi, Godefroy, mais si les uroks venaient à les attaquer, je ne suis pas certain qu'elle puisse en même temps se défendre et protéger les Innocents. Ta magie pourrait faire la différence entre leur vie ou leur mort.*

— *Qu'est-ce qui te prend tout à coup, Lutgard? Il y a à peine quelques jours tu étais prêt à la jeter dans la fosse aux lions, sans aucune autre forme de procès. Tu ne croyais pas non plus qu'elle voulait se racheter, expurger son passé de toute référence à la magie noire en nous aidant à détruire Lanctot et Maldubh.*

Il fit une longue pause avant de répondre.

— *Elle était aussi mon amie, tu sais! Personne ne peut comprendre à quel point j'étais en colère, Godefroy! Je me suis senti tellement trahi que j'étais convaincu que les seules choses pouvant apaiser mon indignation étaient sa condamnation et son bannissement!*

— *Oui! Nous étions tous très en colère, et toi et moi encore plus que les autres membres du Conseil! Et pour cause! Quel droit avait-elle de dénigrer ainsi notre amitié, de nous rejeter comme de vulgaires déchets? Aveugles et sourds, voilà ce que nous étions! Trop fiers pour admettre que nous faisions, possiblement, fausse route!*

— *Crois-tu qu'il soit trop tard?* demanda Lutgard.

— *Trop tard?...*

— *Pour se racheter?*

— *Non, je ne le pense pas, Lutgard! Avec le temps, je suis convaincu qu'elle reviendra à de meilleurs sentiments.*

Godefroy se tut un instant.

— *Nous allons devoir réapprivoiser son amitié.*

— *Tu as probablement raison! Va avec elle, ce sera toujours bien un début pour démontrer notre bonne foi!*

— *Es-tu certain de ne pas vouloir que je reste?*

Il hocha la tête.

— *Oui, tout à fait! Je n'ai rien à craindre; après tout, on ne meurt qu'une fois, enfin certains d'entre nous, et j'ai déjà contribué!* ajouta-t-il d'un ton moqueur. *Va! Prends soin d'eux!*

Se transformant, Godefroy courut et, ayant rejoint le cheval de Gwendoline, bondit sur le pommeau de sa selle. Elle sourit intérieurement, soulagée par sa présence, et gratta affectueusement le dessus de sa tête. Ils chevauchèrent ainsi, sans arrêt, jusqu'à ce que le soleil ait entamé sa descente vers l'horizon.

— Émméfa, est-ce encore bien loin ? demanda Gwendoline.

— *Non, nous arrivons au raccourci. Peut-être devrions-nous faire une halte ; les chevaux ont besoin de se reposer et nous, de nous restaurer.*

— D'accord, mais pas plus d'une demi-heure !

Elle fit signe de mettre pied à terre et distribua du pain et de la viande fumée séchée. Ils mangèrent et burent de leurs gourdes en silence, jetant des regards appréhensifs vers le sentier qui les mènerait, espéraient-ils, au dénouement de cette aventure. Accroupie près de René et de son fils, Isabelle souffla bruyamment, traduisant ainsi l'inquiétude palpable de ses compagnons de voyage. Arriveraient-ils un jour à destination ? Cette forêt, parsemée d'embûches et fourmillante de dangers, croissait à vue d'œil. Ce n'était pas un mirage ; plus ils approchaient de leur but, plus les distances s'étiraient. Il ne s'agissait plus de quelques ravins et plateaux à franchir, mais de l'immensité d'un continent. La demi-heure parut se comprimer en quelques minutes, et ils se retrouvèrent à nouveau perchés sur leurs coursiers ; Émméfa les guidant inexorablement vers l'entrée du raccourci. Ils furent bientôt forcés de chevaucher à la queue leu leu. Sur leur droite et leur gauche, de gigantesques parois de roc noir lisse et luisant s'élevaient progressivement et, en même temps, convergeaient vers l'issue du passage où le sommet de la formation donnait l'illusion d'être arqué. Une lumière diffuse chatouillait timidement l'opacité d'un trait brillant, lequel jouait à cache-cache avec les nuages. Ils frissonnèrent les uns après les autres comme si une décharge électrique, ayant pris naissance à la tête du convoi, l'avait parcouru dans toute sa longueur. Anxieuse, Gwendoline jeta un coup d'œil rapide derrière elle. S'il fallait que les uroks attaquent, aucun d'eux n'en ressortirait vivant. Ce passage avait la forme d'une cavité, allant en se rétrécissant, et ils s'y entassaient. Gwendoline leva la main en signe d'arrêt.

— Émméfa, chuchota-t-elle, ceci ne me dit rien de bon ! J'ai peur qu'en continuant ainsi, nous formions un bouchon. Si des uroks nous attendent de l'autre côté, ou attaquent nos arrières, ils nous cueilleront sans que nous ayons la moindre chance de nous défendre.

— *L'autre côté est le sosie de celui-ci. Vu des airs, il a l'apparence grossière d'un sablier et ses parois sont aussi hautes sinon plus que celles-ci ; aucun urok ne pourrait nous attaquer par surprise.*

— En êtes-vous certaine ?

Elle hocha sa tête.

— *Je vais demander à mon frère de s'assurer que la voie est libre,* s'empressa d'ajouter Émméfa, sentant le doute de Gwendoline.

— Merci ! dit-elle, reconnaissante.

Elle regarda à nouveau vers la queue du convoi et entrevit Traban prendre son envol. Des minutes s'écoulèrent où seul l'ébrouement des chevaux trahissait la nervosité générale et scandait l'attente interminable du retour de Traban. Mal à l'aise, nerveuse, ne pouvant attendre plus longtemps sans faire quelque chose, Gwendoline décida d'agir.

— « Natura Imitasio ! » prononça-t-elle malgré l'incertitude qu'elle ressentait à propos de la puissance suffisante du sort à tous les cacher.

Elle soupira de soulagement ; un à un, ils disparurent, prenant la forme, la texture et la couleur de leur environnement immédiat. Gwendoline aperçut Traban qui revenait, volant en une spirale descendante. De toute évidence, il cherchait le groupe qui n'était plus là. Déconcerté, il atterrit en silence.

— *Traban ! Psst ! Nous sommes ici !* chuchota Émméfa.

— Alors ? demanda Gwendoline. Qu'en est-il ? Avez-vous vu des uroks ?

— *La voie est libre ! Il n'y a personne de l'autre côté ! Nous pouvons traverser !* répondit-il après avoir repris sa forme humaine.

— « Revelum ![57] » dit-elle. En avant !

Ils se remirent en route alors qu'ils redevenaient visibles et traversèrent de l'autre côté des parois rocheuses.

57. Révéler !

XXVIII

Molybdenum !

Alexandre descendit d'Ikhnatan.

— Où est tout le monde ?

— *Ils ont levé le camp. Gwendoline s'est laissé convaincre qu'il était préférable de changer d'endroit. Cela était moins risqué que de rester à t'attendre !* répondit Lutgard.

— Elle a bien fait ! Savez-vous quelle direction ils ont prise ?

— *Émméfa m'a montré le chemin avant leur départ*, répondit Bubobuso.

— *Cela va prendre beaucoup trop de temps avant que nous les rejoignions, Alexandre, d'autant plus que si j'ai bien compris ils n'avaient pas l'intention de s'arrêter en route. Il serait peut-être préférable d'utiliser le sort d'apparition.*

— *Je ne crois pas que ce soit une bonne idée*, remarqua Bubobuso.

— *Ce serait plus rapide !*

— *Il n'est pas assez en forme pour produire un tel sort, Lutgard!*

— De quoi parlez-vous?

— *Nous sommes un peu déroutés, Bubobuso et moi, par ce qui t'est arrivé. Nous ne savons pas pourquoi tu t'es évanoui.*

— C'est simple, j'étais fatigué, c'est tout! répondit-il quelque peu sur la défensive.

— *Soit! Cela j'en conviens, mais ça n'explique pas la raison pour laquelle Gaia ne t'a pas protégé,* ajouta Lutgard.

— *Les légions d'uroks n'ont cessé de grossir, l'énergie négative est presque palpable.*

— *Cela pourrait être une explication en effet, Bubobuso.*

Lutgard hésita un instant, pensif.

— *À moins que ce soit…*

Il secoua sa tête.

— Quoi? demanda Alexandre intrigué.

— *Non… rien… rien… ce ne serait pas possible!*

— Expliquez-vous, Lutgard!

— *Que Gaia, son Île, ait été compromise!*

— *Voyons Lutgard,* interrompit Calernon, trouvant l'idée saugrenue. *Ne soyez pas ridicule! Ce que vous dites n'a pas de sens! Vous savez très bien que c'est impossible!*

— *Le Conseil!* ajouta Lutgard.

— *Quoi, le Conseil?* questionna Calernon. *N'avez-vous pas mis en place des sorts de sécurité et d'intégrité contre ce genre d'intrusion par ses membres?*

— *Les sorts peuvent être défaits!*

— *Non, je ne pourrais jamais croire que Gaia ait pu être compromise!* renchérit l'elfe.

Alexandre les regarda, ahuri.

— Vous ne me ferez pas croire que je suis tombé dans les pommes à cause du Conseil!

— *Jusqu'à preuve du contraire!* déclara Bubobuso prudemment.

— Vous pensez réellement, reprit Alexandre en s'adressant à Lutgard et Bubobuso, que le Conseil a contribué à la perte de puissance de Gaia ?

Ils échangèrent un regard rapide.

— Bon, d'accord, quoi qu'il en soit ! J'ajoute ça à ma liste des choses à régler après notre retour. En attendant, pouvons-nous rejoindre les autres ? Oh, et en passant, si l'un d'entre vous m'aperçoit en train de m'évanouir, je lui serai reconnaissant de me retenir. Y a-t-il autre chose que je devrais savoir, d'autres objections ? Non ? Alors, allons-y ! Bubobuso, nous vous suivons !

Ils disparurent avec un « pop » pour réapparaître à l'entrée du passage où, peu de temps avant eux, Gwendoline et le convoi étaient passés. Alors qu'ils s'apprêtaient à traverser la passe, les bruits caractéristiques des combats leur parvinrent en même temps que la terrible compréhension de ce qu'ils craignaient le plus depuis leur arrivée dans la forêt : l'attaque des créatures. Ils pouvaient discerner, même au-dessus des hurlements et des grognements féroces des uroks, les claquements du métal sur métal, le sifflement distinctif des flèches elfiques ainsi que les « Exarmus ! », « Deflectere ! » et « Cadavra Æternam ! » lancés par Godefroy et Gwendoline.

— Ils sont en train de se faire attaquer ! cria Alexandre.

Il frappa les flancs d'Ikhnatan qui s'élança au galop. Alors qu'ils avançaient, que les parois décroissaient progressivement et qu'ils traversaient la passe, un spectacle ahurissant se dévoila. Une large rivière scindait le champ de bataille en deux et chacune de ses berges grouillait de créatures. Son « armée » était du côté nord et avait pris refuge sur une suite de monticules de hauteurs inégales, dont certains étaient chapeautés de ruines et d'autres, de gros rochers leur fournissant un minimum de protection. Les uroks avaient réussi à les isoler en encerclant chaque monticule et les prenaient d'assaut, lui faisant penser à des atolls au milieu d'une mer noire et en furie.

— Allons-y!

Alexandre frappa de nouveau les flancs d'Ikhnatan et se fraya un passage à coup de « Petrificus Totalis! » et de « Cadavra Æternam! », tandis que Calernon décochait ses traits à gauche et à droite et que Bubobuso se transformait en un gigantesque oiseau au plumage noir et à la tête couverte d'excroissances répugnantes rouge sang. Elle ouvrit ses énormes ailes et les uroks, surpris par le déploiement d'une telle voilure, figèrent sur place. L'oiseau était terrifiant. Profitant de l'effet de surprise et aussi rapide que l'éclair, Bubobuso en ramassa une centaine dans chacune de ses serres et, ayant pris suffisamment d'altitude, les lâcha, s'en servant comme munitions pour attaquer ceux qui détalaient au sol.

— *Accroche-toi bien!* dit la voix d'Ikhnatan dans sa tête.

Il déploya ses ailes et, s'envolant, décrivit des cercles ascendants de plus en plus larges, tout en amorçant sa transformation. Son long cou arqué s'épaissit, s'allongea et se couvrit d'écailles jaunes aux reflets rouges et verts. Sa tête au profil droit tripla de volume; une paire de cornes recourbées vers l'arrière poussèrent à côté de ses oreilles. Ses yeux sombres si doux prirent la taille d'assiettes et se colorèrent en jaune d'or, coupés en leur milieu, à la verticale, par un trait noir de jais faisant office de pupille. Son nez fin se mua en deux naseaux ressemblant à des tuyaux de cheminée d'où s'échappait de la fumée. Sa bouche gigantesque se peupla de crocs ivoire, pointus et acérés. Le reste de son corps grandit et grossit, se couvrant également d'écailles de la même couleur que celles de son cou. Quant à sa queue, elle poussa pour faire deux fois la longueur de son corps et se couvrit d'une double rangée d'excroissances en forme de pics triangulaires. Rabattant ses ailes, il piqua vers les créatures, faisant fi de la nuée de flèches et de lances qui rebondirent sur les écailles imbriquées de son abdomen jaune pâle. De son énorme gueule ouverte et accompagnée d'un grognement féroce, une longue gerbe de flammes jaillit, laissant après son passage des petits tas coniques de cendres d'uroks. Ikhnatan reprit de l'altitude et, virant sur l'aile, repassa à l'attaque, forçant un bataillon à se replier. Bien que l'effort combiné d'Ikhnatan et de Bubobuso ait ouvert une large brèche, il était insuffisant pour les mettre complètement en déroute. Les elfes et les ptérosaures s'épuisaient. Nombre d'entre eux avaient été tués, sinon gravement blessés, et gisaient sur le champ de bataille. Vues des airs, leurs positions étaient devenues intenables. Malgré le courage et l'énergie qu'ils mettaient à combattre, ils n'arriveraient jamais à vaincre les hardes de créatures qui ne cessaient d'arriver comme le perpétuel revif des eaux sur les rochers.

— Descends-moi ! ordonna Alexandre. Je dois parler à Godefroy !

Ikhnatan, effectuant un demi-cercle, plana jusqu'au monticule où Godefroy combattait.

— Godefroy ! appela Alexandre par-dessus le chaos. Godefroy ! répéta-t-il criant son nom. Nous avons besoin d'aide ! Va chercher des renforts à l'O.D.A.S. ! Nous ne pourrons plus tenir très longtemps !

— *Je pars immédiatement !* répondit-il.

Alors qu'il s'apprêtait à disparaître, il sentit le sol vibrer. Une vibration presque imperceptible, une sorte de chatouillement sous la plante du pied allant en s'intensifiant, pour devenir un tremblement si important que les cailloux se mirent à sautiller. Les uroks sentirent la vibration peu avant lui et la férocité de leurs attaques diminua perceptiblement. Alors que le tremblement atteignait son apogée, ils cessèrent complètement leurs assauts. Une clameur accompagnée d'un épais nuage de poussière bouillonnant, montant des profondeurs de la vallée, se rapprochait à la vitesse de l'éclair. *« Ça ne peut être que Coilleach ! »* pensa Godefroy soulagé tout à coup. Le tumulte s'accrut, créant un mouvement de panique chez les créatures. Non loin des elfes et des ptérosaures, une très large fissure, longeant la rivière et les contours des monticules, s'ouvrit, engloutissant les uroks. Elle se referma aussitôt pour se rouvrir un peu plus loin et en ingérer d'autres tout aussi rapidement. La confusion la plus totale s'ensuivit. Déstabilisés, affolés, les uroks se précipitèrent de tous côtés en poussant des cris, trébuchant les uns sur les autres, essayant désespérément d'éviter l'engloutissement. Les fissures animées par une force surnaturelle semblaient n'avoir qu'un but : détruire le plus grand nombre d'entre eux, le plus rapidement et avec le plus de férocité possible, alors qu'elles s'ouvraient et se refermaient avec le bruit assourdissant du claquement de la foudre.

— Pose-toi, s'il te plaît, ils vont avoir besoin de moi !

— *Comme tu veux !* répondit Ikhnatan. *Mais je ne reste pas. Il y a encore beaucoup de créatures à attraper.*

— Fais comme bon te semble ! Je t'appellerai si j'ai besoin de toi !

Il redécolla pour se joindre à Bubobuso, et ils continuèrent leurs attaques, alimentant généreusement les crevasses en uroks. Lorsque la poussière retomba, que les cris s'apaisèrent et que plus aucun trait ne siffla, l'« armée » d'Alexandre déposa finalement ses armes. Ayant atterri, Bubobuso s'était précipitée auprès des blessés pour leur prodiguer ses soins. Ikhnatan continua de pourchasser les créatures qui avaient échappé aux crevasses et avait disparu de l'autre côté de la passe. Alexandre, le cœur lourd, regarda la désolation autour de lui. Mademoiselle McTavish s'affairait, elle aussi auprès des blessés, aidée de René, Yoann et Isabelle qui avaient été miraculeusement épargnés.

— *Porteur de Gaia !* interpella Bubobuso alors qu'il s'apprêtait à les rejoindre. *Venez ! Vite ! C'est Émméfa, elle est blessée !*

La respiration inégale et laborieuse, secouée de temps à autre par de gros frissons, elle gisait sans connaissance.

— *Elle a été atteinte par une flèche, qui, je soupçonne, était empoisonnée. Regardez !*

Sa longue toge blanche plissée était tachée de sang et, où le trait avait frappé, un trou s'était formé. Il se violaçait à vue d'œil et dégageait une odeur nauséabonde d'œufs pourris.

— *Je ne peux pas la traiter ! Mes pouvoirs sont inefficaces sur son espèce !*

— Je vais chercher mademoiselle McTavish ; elle a ce qu'il faut pour guérir ce genre de blessures ! Restez avec elle !

— *Il est trop tard pour ses potions ; si vous ne faites pas quelque chose maintenant, nous la perdrons !*

Il s'accroupit et lui prit délicatement la main, qui était moite et froide. Émméfa gémit subitement, arquant son dos sous la douleur.

— *Porteur de Gaia, c'est maintenant ou jamais !*

— Je ne sais pas quoi faire ! répondit-il en colère.

— *Est-ce que votre ancêtre ne vous a pas enseigné la manière de traiter les blessures ?*

— Oui, sur un humain !

— *Alors ?*

— Elle n'est pas humaine !

Son regard alla du visage torturé d'Émméfa à celui de Bubobuso, puis revint sur celui d'Émméfa.

— Je ne sais pas si je peux…

— *Cette magie est celle de Gaia, Alexandre de Thierry,* interrompit Bubobuso. *Elle sera d'autant plus efficace que ces créatures lui appartiennent !*

Il hésita un instant puis, retenant son souffle, mit sa main tremblante sur le front d'Émméfa et se concentra.

— « Molybdenum ! »

Aussitôt qu'il eut prononcé l'incantation, la chevalière luisit un bref instant, et une douleur insupportable courut le long de son bras. Rompant le contact, ses yeux se remplirent d'eau, et il les ferma sous l'intensité de la douleur. Des minutes s'écoulèrent avant que le mal ne s'apaise suffisamment pour qu'il puisse les rouvrir, constatant avec horreur qu'Émméfa avait cessé de respirer.

— Non ! dit-il à voix basse, atterré.

Alexandre la fixa intensément. Son visage, encadré par sa chevelure aux reflets cendrés, son front ceint de la ferronnière d'or surmontée d'un diamant en forme de coquillage, avait retrouvé sa quiétude. Elle paraissait assoupie. Il effleura le dessus de sa main avec son index. Il avait échoué comme guérisseur, et la magie de Gaia n'avait pu la sauver. Se levant lentement, il évita le regard de Bubobuso qui lui sembla, l'espace d'un instant, accusateur, et s'empressa de lui tourner le dos. Un long silence s'ensuivit où, une fois de plus, il regretta sa précipitation à demander de l'aide aux habitants de Gaia. Un autre être cher venait de périr ; combien d'autres fallait-il avant qu'il ne les renvoie sur leur Île ?

— *Porteur de Gaia ! Regardez !*

— Il n'y a plus rien à voir, répondit-il, s'étant résigné à l'évidence. Je vais chercher Traban pour lui annoncer la mort de sa sœur.

— *Je crois que ce serait prématuré !*

— Que dites-vous ? Je ne peux tout de même passer sous silence son décès ! dit-il en se retournant.

— *Elle est vivante !*

— Quoi ? Mais… comment ?…

— *Vous l'avez sauvée, Porteur de Gaia ! Ne vous avais-je pas dit que la magie de Gaia était puissante ?*

Il s'agenouilla.

— Émméfa ?

— *Alexandre… tu…*

— Chut ! Ne parlez pas, ménagez vos forces !

— *Tu m'as sauvé la vie ! Aide-moi à me relever ; je dois retrouver mon frère, je suis inquiète. La bataille nous a séparés et, dans le feu de l'action, nous nous sommes perdus de vue !*

Il lui tendit la main ; sa force et sa légèreté étaient étonnantes.

— *Merci ! Je n'oublierai pas ce que tu as fait !*

Elle le fixa intensément de ses yeux émeraude en amande. Ses longs doigts effilés effleurèrent délicatement sa joue, et il frissonna sous la caresse. Souriant, elle se transforma et prit son envol. Il la suivit du regard un moment, portant involontairement sa main à son visage où elle l'avait touché.

— Allons retrouver les autres ! dit-il enfin à Bubobuso.

— *J'ai encore trop à faire ici, Porteur de Gaia. Allez-y, je vous reverrai plus tard !*

La laissant s'affairer auprès des blessés, Alexandre courut vers les ruines d'une tour de guet, où il avait aperçu Gwendoline, alors qu'il se battait à califourchon sur Ikhnatan.

— Alex ! Alex ! s'exclama Isabelle en se précipitant vers lui. Dieu merci, tu n'as rien ! Nous avons vécu un enfer ! Il y avait des uroks partout, des milliers ! Et plus on en tuait, plus il en venait ! Heureusement que vous êtes arrivés ! Une minute de plus et nous étions finis !

— Je suis désolé, je n'aurais jamais dû partir à la recherche des elfes, j'aurais dû attendre après la libération de Patrick ! Toutes ces vies sacrifiées en vain !

— Non, Alexandre, rien n'est en vain ! répondit Gwendoline. Tu as réussi à les unir, sois fier de…

— Regardez ! interrompit Isabelle, pointant du doigt.

Comme à leur entrée dans la forêt, le champ de bataille, les montagnes et l'horizon se mirent à fondre, formant une fois de plus une masse indéfinissable et tournoyante. Le sort d'illusion venait de se briser, et ils se retrouvèrent sur le sentier menant à la lice du château. Ils touchaient enfin au but ! Bien qu'Alexandre eût voulu sortir Patrick de son cachot sans tarder, il allait devoir attendre jusqu'au lendemain. D'un, la lumière du jour déclinait trop rapidement ; il leur restait tout au plus deux heures de clarté. De deux, ses forces avaient un grand besoin de repos, et de trois, l'inconnu. Qu'est-ce qui les attendait de l'autre côté des murailles ? Prendre d'assaut la forteresse sans se battre, comme il l'aurait souhaité, relevait plus de la fantaisie que de la réalité. Ou était-ce bien le cas ? Une idée venait de germer dans sa tête. Ne serait-il pas plus facile d'infiltrer Rannoch sous le couvert d'un ciel d'encre et sans lune, alors que l'ennemi dormirait, et où la seule résistance potentielle pourrait être quelques gardes facilement maîtrisables ? Y avait-il un autre moyen de pénétrer dans le château sans obligatoirement passer par la passerelle, la barbacane, le pont-levis, où ils se feraient massacrer ? Rannoch lui faisait penser à son château, et un parallèle était facile à établir. Datant à quelques années près de la même époque, les deux constructions se ressemblaient, à l'exception des deux tours de flanquement dont Tegnon était dépourvu. Par son exploration intensive de Tegnon, il avait découvert un passage secret prenant naissance dans la grande bibliothèque et qui débouchait dans une grotte au milieu de la forêt derrière le château. L'architecture de ces constructions médiévales le fascinait, et il se délectait des livres dont sa bibliothèque regorgeait sur le sujet, s'inventant avec leur complicité des aventures fabuleuses. Bien qu'il n'en ait aucune certitude, il n'était pas déraisonnable de conclure que Rannoch devait avoir également un tel passage.

— Mademoiselle McTavish, vous connaissez ce château mieux que quiconque ; savez-vous s'il y a un moyen d'y entrer sans obligatoirement passer par la grande porte ? Un passage secret menant à l'extérieur des murs par exemple.

— Je ne le sais pas, je suis désolée, Alexandre. Bien que Lanctot m'ait déjà mentionné que son château n'était qu'un dédale de corridors et de passages secrets lorsqu'il avait appris l'évasion d'Isabelle, la logique nous indiquerait que ce serait le cas.

— Oui, c'est ce que je pensais moi aussi. Malheureusement, le temps nous manque pour faire les recherches nécessaires. Je suis convaincu que Lanctot nous mijote encore quelques surprises fâcheuses et peu ragoûtantes dès que l'aube se pointera.

— Sans aucun doute ! répondit-elle, hochant la tête en accord avec lui. En attendant, va te reposer. Je me suis permis de préparer ta tente. Elle est là-bas, quelque peu en retrait du reste du campement. J'ai pensé que, puisque nous ne courions plus de danger immédiat, tu aimerais un peu de tranquillité.

— Merci !

Déçu de n'avoir pu confirmer son hypothèse, il se dirigea vers sa tente et passa devant sans s'arrêter. Il ne se sentait pas prêt à être confiné entre quatre murs de toile tout de suite. Gravissant la pente abrupte de la petite colline, il atteignit le gros rocher qui la dominait. Haletant, il se laissa tomber sur la mousse. Ils étaient si près du but pourtant ! Il aurait tant voulu ne pas avoir à se battre à nouveau ; encore d'autres pertes de vie, et il y en avait déjà tellement eu ! Il était convaincu que deux ou trois sorts bien placés avec l'aide de Godefroy, Lutgard et Gwendoline suffiraient. Mais, bien entendu, le château était enchanté ; mademoiselle McTavish l'avait dit ; donc, impossible d'y pénétrer par magie. Il devait pourtant exister un moyen ! Immobile, le dos appuyé au rocher, il jongla avec ses idées un long moment, de plus en plus frustré par son incapacité à trouver une solution satisfaisante. Il soupira profondément. Laissant la brise jouer à cache-cache dans ses cheveux, il fixa son regard sur l'horizon où le ciel et la terre avaient fusionné pour former un gigantesque tableau noir comme l'ébène, où des taches de lumières vives s'allumaient et s'éteignaient, révélant les montagnes et le firmament, l'espace d'un bref instant. Probablement Ikhnatan se débarrassant des derniers fuyards urokiens. Il soupira à nouveau bruyamment. Même avec la meilleure volonté au monde, il dut se rendre à l'évidence. La solution miracle ne viendrait pas ce soir. La tête bourdonnante, il se leva et, se guidant sur la luminosité des feux de camp en contrebas, se dirigea vers sa tente lorsqu'il trébucha. Tombant tête première, il se mit à faire des tonneaux, déboulant la pente rapidement dans un enchevêtrement de bras, jambes, feuilles et petites branches. Évitant de justesse un arbre, il rebondit comme un ballon et passa miraculeusement entre les troncs de deux autres, retombant lourdement sur le sol. Un autre tonneau et, dans un ultime effort pour maîtriser sa dégringolade, il parvint à se mettre en position assise. Enfonçant fermement ses talons dans le sol pour freiner sa chute, il réussit quelque peu à se ralentir et passa à travers une sorte de panneau visqueux invisible et sec avec un « ploc ». Une dernière pirouette et un mur de terre battue mit brusquement fin à son périple. Désorienté, étourdi, s'aidant tant bien que mal de ses mains, il se releva, grimaçant sous les douleurs aiguës de ses membres meurtris. Qu'il soit encore en vie, mais surtout en un seul morceau, relevait de l'exploit. Il s'appuya contre le mur, reprenant son souffle et retrouvant peu à peu ses esprits.

— « Lumens ! »

Une lampe-tempête apparut, suspendue dans l'air. Des dizaines de petits yeux reflétèrent la lumière comme autant de phares et détalèrent aussitôt vers l'obscurité dans un cliquetis frénétique de griffes dérapant sur des pierrailles. Il frissonna malgré lui. L'idée que cet endroit grouillât de rongeurs était quelque peu déstabilisante ; ces bestioles étaient loin de figurer au palmarès de ses mammifères favoris. Il regarda sur sa gauche. À travers le fût des arbres, les halos des lampes éclairaient à contre-jour les toiles des tentes. Sur sa droite, l'opacité la plus totale formait un mur rigide presque palpable. Son vœu avait-il été exaucé ? Avait-il découvert le passage secret ? Le mènerait-il au château ? Il saisit la lampe et la pointa à bout de bras vers l'intérieur du tunnel. Sa clarté limitée révéla un plafond concave formé de radicelles entrecroisées de toiles d'araignées poussiéreuses, drapées comme des voiles de gaze au-dessus d'un lit à baldaquin. Ne distinguant qu'une dizaine de pas devant lui, il s'avança vers l'intérieur avec précaution, tous ses sens à l'affût, suivant les méandres d'un tunnel qui s'élargissait, rétrécissait, montait et descendait à sa guise. Il déboucha finalement sur ce qui sembla être le seuil d'une pièce.

— « Lumens Fulgertius ! »

La pièce se gonfla de lumière et déclencha une fois de plus une vague de « clics clics » accompagnée cette fois de cris perçants qui lui donnèrent la chair de poule. L'éclairage révéla une très large salle losangée, dont les murs, le plafond de forme conique d'au moins sept mètres de haut, ainsi que le sol étaient carrelés de mosaïques hexagonales multicolores réfléchissant la lumière, telles les facettes d'un diamant. Trois portes rondes de grandeurs identiques, ornées de mandalas richement colorés et agrémentés de pierres précieuses et semi-précieuses, formaient la plus grande partie des murs du losange. Au-dessus de chacune de leur entrée, une plaque de marbre portait deux inscriptions calligraphiées en lettres carmin. Alexandre était perplexe. Quelle pouvait être l'utilité de cette pièce si richement décorée ainsi que de ces portes ? Après tout, l'idée d'un passage secret n'était-elle pas justement de pouvoir s'éloigner d'un danger imminent le plus vite possible et de disparaître sans que personne ne s'en aperçoive ? À moins, bien entendu, que ce qu'il pensait être un passage secret ne le fût pas. Mais qu'en était-il alors ? Sa curiosité l'emportant sur ce qui aurait dû être la prudence la plus élémentaire, il s'avança dans la pièce pour examiner les inscriptions de plus près. Ayant fait quelques pas sur le carrelage, un bruit sourd derrière lui le fit sursauter. Le tunnel par lequel il venait d'entrer se scella. Les murs de la pièce tournèrent rapidement pour s'arrêter dans un grincement sinistre. Il venait de se faire prendre au piège dans une cage dorée. Les mandalas, identiques sur les quatre portes, avaient rendu l'entrée, par laquelle il était passé, méconnaissable. De façon aussi inattendue que la fermeture soudaine du tunnel, les mosaïques du centre du plancher s'élevèrent une à une, au ralenti, et se mirent à tourbillonner autour d'un axe invisible, s'amalgamant en un piédestal en forme de tronc d'arbre. Des racines apparentes et creuses poussèrent jusque devant chaque porte. Apparut alors progressivement, en une pluie de matière irisée et dans un tintement cristallin de clochettes, un large vaisseau de forme ovale en albâtre rosé au rebord échancré, qui épousa parfaitement le renfoncement du dessus du piédestal. Un grattement attira son attention. Sur le rebord du récipient, des lettres scintillantes se traçaient, dessinées par une plume invisible. S'étant approché, il lut à haute voix.

— « Nous sommes le Début et la Fin. »

Les lettres s'effacèrent et, roulant dans le vaisseau, se transformèrent en un épais liquide vert fluorescent. La plume se mit alors à écrire ce qu'il venait de dire. Bien que des lettres, dites à haute voix, qui apparaissent et disparaissent aussitôt soit quelque chose de fascinant, cela ne réglait pas son problème. Sa priorité, s'il voulait sortir d'ici, se trouvait dans la découverte de la porte par laquelle il était entré. Et si, ce faisant, il découvrait l'entrée du passage menant au château, tant mieux. Soudainement, un sentiment prit racine au creux de ses entrailles et l'envahit progressivement. Un sentiment bizarre, étranger, une perception imprécise se formant peu à peu pour en devenir une certitude. La clé de la liberté, la clé pour sortir de cette pièce résidait non seulement dans le vaisseau, mais également dans les inscriptions au-dessus des portes sans poignée. Les indices étaient là ; il ne lui restait qu'à les trouver et les résoudre. Au total quatre portes, quatre tunnels ; l'un représentait une sortie, cela il le savait. Des trois autres, combien conduisaient à la bonne destination ? Combien étaient des leurres, ou pire encore des pièges ? Il préféra ne pas s'attarder à la dernière éventualité et se concentra plutôt sur son environnement. Que cachait l'inscription « Nous sommes le Début et la Fin » ? Le début et la fin de quoi ? Cette salle représentait-elle la fin des tunnels ou le début de la sortie ? De plus, pouvait-elle être les deux en même temps, l'entrée et la sortie ?

— « ***MA** voie **E**st pavée* », « *je suis **L**'évidence* », lut-il au-dessus de la porte le plus près de lui. Les lettres sur le vaisseau se transformèrent en liquide, et les nouvelles s'inscrivirent.

— « *quatre foi**S** le tour je fera**I*** », « *le mens**O**nge est vérité* ». À nouveau les lettres se gommèrent pour rejoindre les précédentes, remplissant à moitié le récipient, tandis que les nouvelles se gravaient dans l'albâtre.

— « *fu**R**tivement je **R**évélerai* », « *furtiv**E**ment j'ouvrirai* » étaient les inscriptions de la troisième porte. L'albâtre se remplit aux trois quarts, et le liquide se mit à frémir.

— « *De Gloire et d'honneur* », « *la vérité Est Palpable* » conclurent sa lecture à haute voix de l'inscription au-dessus de la porte derrière lui. Les inscriptions précédentes s'effacèrent et, en se liquéfiant, laissèrent leur place aux nouvelles pour aller gonfler le liquide jusqu'au rebord du large bol sans toutefois déborder. Il lui devint évident qu'en prononçant d'autres mots les dernières inscriptions fondraient et le feraient déborder. « Soyons prudents ! se dit-il à lui-même. Ce liquide vert fluorescent ne m'inspire pas confiance. Il pourrait s'agir d'un autre piège. » Il examina à nouveau les inscriptions une à une. Certaines lettres avaient été calligraphiées en majuscules et tranchaient curieusement avec l'ensemble des textes. Cette bizarrerie ne pouvait être le fruit d'un quelconque hasard. Plus Alexandre les regardait et plus il devenait persuadé qu'elles contenaient une sorte de message, potentiellement la clé qui le ferait sortir de cette pièce. La résolution de cette énigme confirmerait ses soupçons d'une manière ou d'une autre. Quatorze lettres en tout, mais aucun ordre logique, aucun formant des mots, du charabia pur et simple. « M.A.L.S.I.O.R.R.E.D.G.E.P. ». Soupirant, il s'accroupit sur le plancher et, appuyant son menton sur son poing, se concentra. Pivotant, son regard alla d'une citation à une autre associant les lettres dans sa tête. Deux mots ressortirent au bout d'un moment. « DE » et « ROIS ». C'était un début. Quoi faire maintenant avec les lettres « M.A.L.R.G.E.P. » ? Les réarrangeant, il décoda un troisième mot, « ÉGALE ». « ÉGALE DE ROIS », se dit-il ; la phrase ne résolvait pas la première citation, d'autant plus qu'il restait trois consonnes, « M.P.R. ». Impossible d'en faire quoi que ce soit. Il essaya une nouvelle combinaison, produisant « MODÉLISER » et « GRAPE ». Cela non plus n'avait de sens, d'autant plus qu'il manquait un « P » à grappe. Soupirant de frustration, Alexandre dut se rendre à l'évidence. La solution ne serait pas aussi facile à trouver qu'il ne l'avait cru au premier abord. Se levant brusquement, résolu à jouer le tout pour le tout, il fit face aux portes et se concentra. « Revelum Veritas ! » dit-il silencieusement en pointant la chevalière vers chacune des inscriptions. À sa grande surprise et avec un profond soulagement, les lettres en majuscules se détachèrent de leurs plaques une à une. Flottant un instant suspendues, immobiles, elles se mirent à pirouetter lentement puis accélérèrent, s'amalgamant pour former une sphère compacte pivotant sur elle-même et projetant des traits de lumière bleutée. La sphère s'arrêta brusquement de tournoyer, s'éteignit, et les lettres se volatilisèrent. De petites déflagrations éclatèrent tout autour de lui, et les lettres refirent leur apparition. S'élançant vers le plafond en une traînée d'étincelles, elles explosèrent aux couleurs de l'arc-en-ciel, retombant sous la forme de pétales, brillant comme un feu d'artifice. Elles se regroupèrent à quelques centimètres au-dessus du vaisseau. Refaisant leur numéro de saltimbanques, elles s'envolèrent à nouveau vers le plafond, y tournoyèrent en changeant de formes et de couleurs puis, se rassemblant, s'immobilisèrent au-dessus du vaisseau dans un dernier tressaillement. Un éclair de magnésium et « GLORIA DE SEMPER[58] » se révéla, chaque lettre scintillant. Alexandre lut la phrase à haute voix et, comme les fois précédentes, les deux dernières inscriptions se liquéfièrent. Curieusement, « Gloria de Semper » ne se grava pas dans l'albâtre, mais plongea dans le vaisseau, une lettre à la fois, produisant un jet de vapeur en y entrant. Le liquide se teinta des couleurs de l'arc-en-ciel et, alors que la dernière lettre disparut sous sa surface, il cessa de frémir et reprit sa teinte vert fluorescent. Finalement, débordant, le liquide coula le long du tronc et des racines, jusqu'à la porte la plus rapprochée, disparaissant comme s'il avait été absorbé par du papier buvard pour réapparaître sur le mandala un instant plus tard, remplissant les lignes fines de séparation entre les différentes figures géométriques. Leurs formes intrigantes ressortirent et projetèrent une pâle lueur verte dans la salle. Soudainement, la porte s'encastra dans le mur, révélant l'entrée d'un tunnel et, presque au même instant, toutes les mosaïques de la pièce s'élevèrent pour tapisser les murs,

58. Gloire pour toujours.

le plafond et le plancher du tunnel. Des torches en bronze s'enflammèrent avec un grésillement, peignant l'intérieur d'une lumière dorée. Il s'avança nerveusement, son cœur battant la chamade. Au fur et à mesure qu'il s'enfonçait dans le souterrain, les torches s'allumaient alors que celles qu'il venait de passer s'éteignaient. Le tunnel était interminable. Il marcha un long moment avant de sentir une pente ascendante sous ses pieds. Alors que la torche qu'il venait de passer s'éteignait, celle qui s'alluma révéla un escalier. Il retint son souffle. Le silence était étouffant, mais en même temps rassurant. « L'absence de bruit ne pouvait être qu'un bon signe en soi, n'est-ce pas ? » pensa-t-il alors qu'il essayait de se rassurer. L'utilisation de la magie n'avait pas eu de conséquences, du moins jusqu'à présent. Précautionneusement, il gravit les marches, les torches s'allumant et s'éteignant. La dernière éclaira un large palier, gardien d'une porte massive en bois, tapissée de toiles d'araignées et renforcée de bras de métal. Dégageant de ses toiles la poignée en forme d'anneau, il la tira. La porte refusa de s'ouvrir. S'y prendre à deux mains ne fut pas couronné de plus de succès. Il grogna de frustration.

— « Expendere ! » dit-il à voix basse.

Une série de déclics métalliques geignirent à l'intérieur de la porte, puis se turent. Des minutes s'écoulèrent avant qu'ils ne gémissent à nouveau, lâchant enfin le loquet. Il l'entrebâilla. Une odeur agréable de malt grillé chatouilla ses narines. Retenant sa respiration, il tendit l'oreille. Rien, pas le moindre son à l'exception du gargouillis de son sang dans ses oreilles. Agrandissant l'ouverture juste assez pour lui permettre d'entrer, il s'y faufila.

— « Lumens Moderate ![59] » murmura-t-il.

La lumière de la lampe-tempête dilua suffisamment l'obscurité pour révéler des casiers sur sa droite et sa gauche. Il était certain d'avoir découvert l'entrée du passage secret. Ce dernier prenait naissance parmi des centaines de bouteilles qui dormaient dans

59. Lumière modérée !

des niches, enveloppées de moelleuses courtepointes de poussière. Quoi faire maintenant ? Essayer de trouver et de libérer Patrick risquerait d'être un travail plus que laborieux et presque impossible à mener à terme, seul. Le temps n'était pas son allié. Il était toujours aussi convaincu que Lanctot l'attaquerait à l'aube. Sa seule chance viable de succès résidait dans l'aide de ses amis et de ses troupes. Rebrousser chemin, les mettre au courant de sa découverte et revenir avec eux investir le château, voilà ce qu'il devait faire. Une fois une partie des uroks subjugués et Patrick libéré, le reste de son « armée » prendrait Rannoch d'assaut, débarrassant la forêt avoisinante des « créatures puantes », comme Yoann les avait surnommées ; le laissant libre de partir à la recherche de Lanctot, de le faire prisonnier et de le ramener sur Gaia pour lui faire subir son procès. Il repassa la porte, la ferma derrière lui avec précaution, descendit les escaliers deux par deux et courut le long du souterrain jusqu'à la salle qui, se revêtant à nouveau de ses mosaïques lorsqu'il y mit le pied, l'enferma. Il relut les inscriptions, prononça la formule magique et une porte s'ouvrit. Cette fois les mosaïques ne tapissèrent pas le tunnel ; « Bon signe ! » se dit-il. Il s'y engagea. Arrivant à la sortie, il repéra à travers les troncs d'arbres le petit village de tentes, dont quelques-unes étaient encore éclairées. Laissant sa lampe à l'entrée du tunnel pour s'assurer de le retrouver, Alexandre se dirigea vers le campement.

— « *Petrificus Totalis !* »

Le sort venu de nulle part, et sans qu'il ne s'y attende, le figea sur place.

— « *Revelum Veritas !* »

— C'est moi, Alexandre ! cria-t-il.

— *Où étais-tu ?* questionna Lutgard sèchement, satisfait qu'il s'agisse bien de lui. *Nous sommes à ta recherche depuis plus de quatre heures !* ajouta-t-il, retenant à peine sa colère.

— J'ai trouvé le moyen d'entrer dans Rannoch sans être repéré.

— *Le passage ?*

Il hocha la tête.

— Oui, je suis tombé dessus, littéralement ! Pourriez-vous…

— *« Liquificus Petrificus ! » Et je suppose que tu avais décidé de l'explorer au lieu de venir nous avertir, c'est ça ?*

— Euh… oui. Il fallait bien que je m'en assure ! répondit-il sur la défensive. Qu'auriez-vous fait à ma place ?

— *Il ne s'agit pas de moi ! Nous étions fous d'inquiétude ! Godefroy, Émméfa, Traban, Calernon et Gwendoline sont encore à ta recherche aux quatre coins du campement. Même Ikhnatan s'est mis de la partie ! Quand vas-tu arrêter de ne penser qu'à toi ?*

— Non, Lutgard ! Oh non ! répondit-il la voix tremblante d'indignation et de colère. Vous me connaissez vraiment très mal ! Comment osez-vous m'accuser de la sorte ! Ne penser qu'à moi ! Hein ? Ce n'est certainement pas vous qui vous culpabilisez avec la mort de nos compagnons, n'est-ce pas ? Vous vous en lavez les mains ! Lorsque je m'endors, mes rêves deviennent des cauchemars se peuplant de leurs visages, de leurs corps déchiquetés et couverts de sang !

Prenant de rapides inspirations, essayant de se calmer, il cessa de parler.

— Vous rendez-vous compte au moins que nous sommes dans une situation intenable ? Lanctot n'attend que l'aube pour envoyer le reste de ses légions d'uroks pour nous exterminer ! Comprenez-vous ? Lorsque j'ai quitté mademoiselle McTavish tout à l'heure, je suis monté près du rocher, là-bas. Je me suis creusé les méninges pour trouver une solution à mon dilemme. Comment réduire au strict minimum nos prochaines pertes, et je suis passé à un doigt de renvoyer tout le monde sur Gaia ! Je ne suis pas un égoïste, Lutgard, et certainement pas dans le contexte présent, bien au contraire ! Votre reproche est injuste !

— *Je suis désolé, Alexandre ; mes paroles ont dépassé ma pensée. Ta réprimande est justifiée ! Je comprends maintenant que ce n'est pas le fruit du hasard qui t'a conduit au passage, c'est Gaia. Elle a ressenti ta détresse.*

Il lui tapota l'épaule.

— *Excuse-moi ! Je sais à quel point tu peux être impulsif par moments ; ce n'est pas d'hier que je t'observe depuis mon tableau !*

— Vous n'avez pas tort, Lutgard, mais il ne nous reste que très peu de temps. Nous devons pénétrer dans le château avant l'aube, neutraliser le plus d'uroks possible et créer une diversion pour permettre à nos troupes d'entrer. La dernière chose à laquelle Lanctot et ses acolytes s'attendent est notre arrivée dans leur carré de sable. L'effet de surprise ne pourra que nous aider. Vous voyez cette lueur là-bas. C'est l'entrée du tunnel. Allez chercher les autres et venez me rejoindre, je vous y attendrai. Avertissez Calernon, Traban et Émméfa de se tenir prêts à attaquer lorsqu'ils verront notre signal, une gerbe d'étincelles rouges. Demandez également à Bubobuso de s'occuper de Yoann pendant l'absence de son père.

— *Compte sur moi ! Et pour la forme, j'aurais fait la même chose !*

— Quoi ?

— *Je m'en serais assuré également avant de prévenir qui que ce soit !*

— Merci, Lutgard ! dit-il, l'esquisse d'un sourire s'épanouissant sur ses lèvres.

Pendant qu'il attendait, les branches des pins noirs gémirent lugubrement sous la bourrasque de vent glacial qui les fouetta. Tirant sur les pans de sa cape, il s'enveloppa et remonta le capuchon sur sa tête, frissonnant.

Dès que tout le monde fut rassemblé, Alexandre dit :

— Merci d'être venu si rapidement. Je suis vraiment désolé que ma disparition vous ait causé tant de soucis. Je devais m'assurer que ce que j'avais découvert était bien ce dont je me doutais : l'entrée du passage. Il n'aurait servi à rien de vous mobiliser si ma recherche ne m'avait fait découvrir qu'une autre grotte. J'espère que vous comprenez.

— En tout cas, moi je suis contente qu'il ne te soit rien arrivé ! ajouta Isabelle, manifestement soulagée.

— Ne t'avise pas de recommencer, jeune homme ! dit Gwendoline sur un ton qui se voulait, pour la forme, de réprimande.

— J'ai compris ! Bon ! Voici ce à quoi j'ai pensé. Une fois entrés dans le château, mademoiselle McTavish, monsieur Chamboux, Isabelle et moi partirons à la recherche de Patrick. Lorsque Lanctot va découvrir que nous nous sommes introduits dans son château — et croyez-moi, ça ne lui échappera pas —, ça va être la pagaille ! Godefroy et Lutgard, lorsque nous serons à l'intérieur du bâtiment, vous vous occuperez de créer une diversion ; cela nous donnera plus de temps pour nos recherches. Une fois une partie des uroks hors combat, il sera plus facile pour nos troupes de prendre le château d'assaut. Lutgard, lorsque vous jugerez le moment propice, vous n'aurez qu'à envoyer le signal. Des questions ?

Ils secouèrent leur tête.

— Allons-y !

S'engouffrant dans le tunnel, ils parcoururent la longueur du souterrain jusqu'à la salle des mandalas. Alexandre refit le rituel des inscriptions, et ils enfilèrent le deuxième tunnel jusqu'à la porte du cellier.

— « Expendere ! » prononça Alexandre.

La porte s'entrebâilla après le déclic. Tirant sur la poignée, ils pénétrèrent à l'intérieur. Godefroy, Gwendoline et Lutgard allumèrent la pointe de leur baguette, produisant trois disques lumineux qui percèrent l'intérieur de la vaste pièce ; leur éclat se reflétant, en nuances de rose, dans les rondeurs d'un alambic en cuivre poli.

— Séparons-nous pour essayer de trouver la sortie. Monsieur Chamboux, allez par là avec mademoiselle McTavish et Lutgard. Isabelle, Godefroy et moi allons chercher de ce côté, suggéra Alexandre avant de faire apparaître deux lampes.

La pièce, faite sur le long, était coiffée de trois voûtes nervurées, chacune soutenue par des piliers cylindriques dont les sommets étaient sculptés de diablotins tenant, dans leur main droite, un rameau de vigne couvert de grappes de raisin et, dans l'autre, un cruchon versant un liquide, vraisemblablement du vin. Certains murs étaient tapissés de casiers en triangle contenant leur butin de bouteilles, d'autres, de fûts empilés jusqu'au plafond formant des pyramides. Finalement, la pièce de résistance : l'alambic orné de ses tortillons métalliques, comme autant de cheveux trônait majestueusement dans l'une des alcôves de la salle. Aucune fenêtre ne perçait les murs, et leur absence ne laissait aucun doute sur la nature de la pièce. Les suzerains de Rannoch avaient sciemment gardé son existence ainsi que son contenu sous le voile du secret. La distillation de l'alcool, son enfûtage et son embouteillage pour en faire du négoce étaient prohibés. Il était facile de conclure que le passage secret, qu'ils venaient d'emprunter, était le moyen pour sortir le whisky de contrebande sans être vu et, par le fait même, de réapprovisionner la distillerie clandestine en céréales, bouteilles, alcool brut et tourbe. Ils se rejoignirent devant l'alambic.

— Avez-vous trouvé la sortie ? demanda Gwendoline.

— Non ! répondit Isabelle. Et vous ?

— *Non, rien !* ajouta Lutgard.

— Il doit bien y en avoir une ! Quelqu'un doit s'occuper d'alimenter le feu et de mélanger les ingrédients lorsque l'alambic est en marche ! Ils ne viennent tout de même pas par le tunnel ! dit Alexandre, impatient.

— *Je ne le croirais pas !* répondit Godefroy. *Mon nez, toutefois, me pointe dans une tout autre direction.*

Il se transforma et fit le tour de la pièce, revenant après un court moment.

— *Je sais où est la sortie ! Suivez-moi !*

Ils s'arrêtèrent devant des casiers.

— *C'est ici !*

— Où ? Je ne vois que des cases pleines de bouteilles ! s'exclama René. Nous perdons un temps précieux !

— Je ne pense pas, Monsieur Chamboux. Si Godefroy nous dit que c'est ici, c'est le cas ! dit Gwendoline, se voulant rassurante.

— Es-tu certain ?

— *Alexandre, mon odorat ne m'a jamais induit en erreur. Il y a de délicieux effluves de gibier, de truffes et de marrons qui s'infiltrent par ici.*

— Je ne sens rien ! dit Isabelle.

— Peu importe ! coupa Alexandre. Si son museau dit vrai, nous serions vraisemblablement sous les cuisines du château.

Godefroy hocha la tête.

— « Expendere ! » lança Alexandre en pointant la chevalière vers les casiers.

— *Non !* s'exclama Lutgard.

Le casier en bordure de la troisième rangée se redressa vers le haut et sur le côté, sortit à moitié un bref instant et réintégra sa place tout aussi rapidement. Le panneau de cases monta dans le plafond au ralenti, sans un son, révélant un escalier en bois fermé en son sommet par ce qui paraissait être un mur laissant échapper de minuscules sillons de lumière par des fentes entre ses planches.

— *Tu tiens absolument à ce que Lanctot sache que nous sommes dans son château ?* demanda Lutgard, irrité.

— Nous avons perdu assez de temps comme ça ! Allons-y !

— *Non ! Attends ! Je vais m'assurer que la voie est libre ! Au cas où…*

Il gravit les marches et, arrivé sur la dernière, poussa légèrement sur la cloison qui, offrant peu de résistance, s'ouvrit. Il émergea dans la pièce. Une table aussi large que longue occupait son centre et était prise en sandwich par deux gigantesques âtres, noircis par des siècles d'usage, occupant la presque totalité de deux des quatre murs. Suspendus au plafond par des chaînes qu'un cadre en métal retenait, à l'aide de crochets en fer forgé : des poêlons, casseroles, sauteuses, chinois et passoires de toutes sortes et de toutes tailles. Cette quincaillerie côtoyait étroitement des tresses d'ail, bouquets d'herbes fraîches et séchées ainsi que des louches, longues cuillères en bois et fourchettes à découper. Au premier abord, la cuisine était déserte, mais en service. De la vapeur s'échappait de chaudrons accrochés aux crémaillères, et quatre chevreuils embrochés grésillaient au-dessus de charbons ardents. Il fouilla la cuisine, l'arrière-cuisine et les garde-manger, et revint sur ses pas, n'ayant trouvé personne.

— *Alexandre ! Le champ est libre ! Vous pouvez monter !*

Émergeant de la cage d'escalier, ils suivirent Godefroy jusqu'à la porte de sortie pour se retrouver dans un large couloir de service où des ramasse-couverts sur roues avaient été alignés le long du mur comme les wagons d'un train le long d'un quai.

— *Ce couloir mène probablement aux salons et aux salles de réception*, murmura Godefroy.

— En quoi cela nous aide-t-il à retrouver mon fils ?

— À pas grand-chose en effet, René, répondit Gwendoline un tant soit peu sèchement.

— Si nous pouvons retrouver le hall d'entrée, suggéra Isabelle en essayant d'atténuer la tension croissante qui semblait vouloir s'établir, je pourrais probablement retrouver le passage par lequel je me suis échappée des cachots.

— Excellente idée, Isabelle ! agréa Gwendoline. Allons-y ! ajouta-t-elle, jetant un coup d'œil à monsieur Chamboux.

Une détonation fit vibrer le couloir.

— Nous sommes découverts ! s'exclama Alexandre. Nous n'avons plus une minute à perdre !

— *Par ici !* appela Godefroy en tenant une porte entrouverte. *Par ici ! Dépêchez-vous !*

Ils se retrouvèrent dans un large salon luxueux. Un feu dans l'âtre dévorait férocement une montagne de bûches, et ses flammes se reflétaient sur les murs richement moulurés en lambris de bois laqués en rouge. Les flammes dansantes donnaient à l'ensemble une luminosité surnaturelle en rehaussant les garnitures colorées des sièges et des tapis en soie, sur lesquels était tissée l'image de l'animal mythologique de la licorne encapsulée dans une bordure recherchée de chrysanthèmes et de pivoines. Rugissante, une autre détonation fendilla le plafond à caissons, délogeant une fine poussière blanchâtre. Ils coururent vers la porte laquée noire, flanquée de deux pilastres cannelés couronnés de fleurs de lotus en relief, pour déboucher dans une longue galerie de portraits de toutes tailles allant du simple buste à la pleine grandeur du sujet. Alexandre conclut que les représentations à l'huile étaient celles des propriétaires de Rannoch, de leurs femmes et enfants, étalons et animaux de compagnie. Le couloir était couvert d'un étroit tapis bleu royal délavé aux motifs de petits chardons argentés qui, ayant vu des jours meilleurs, laissaient maintenant entrevoir le plancher en bois franc. Isabelle eut soudainement l'impression que les personnages sur les toiles la suivaient du regard, idée farfelue qu'elle s'empressa de rejeter, même après qu'elle eut cru entrevoir l'un des personnages tourner sa tête.

— Il faut nous presser, murmura Gwendoline. Les portraits vont prévenir Lanctot de notre présence. Si ce n'est déjà fait, ajouta-t-elle après coup. Ce couloir va grouiller d'uroks d'une minute à l'autre !

L'annonce n'augurait rien de bon. D'avoir été découverts plus tôt qu'ils ne s'y attendaient, couplé à la perspective de devoir combattre des créatures sauvages dans l'espace restreint du corridor, mettait en péril non seulement leur vie, mais également le sauvetage de Patrick. Prenant leurs jambes à leur cou, ils parcoururent le reste du passage, Isabelle en tête, en un temps record.

— Isabelle, par où ? demanda Alexandre sur un ton d'urgence, alors qu'ils étaient arrivés dans le grand hall d'entrée.

— Donne-moi une seconde ! répondit-elle, haletante, alors qu'elle essayait de se situer.

Son regard fit rapidement le tour de l'immense pièce à la recherche des points de repère. Après tout, elle n'était passée par ici qu'une fois. L'immense escalier et ses excroissances ; deux escaliers plus petits montant jusqu'à la mezzanine ; la porte d'entrée massive à deux battants en chêne ; l'arche de pierre en retrait drapée d'un rideau de velours noir.

— C'est par là ! dit-elle en pointant vers une porte à la gauche du grand escalier de marbre vert.

— Lutgard ! Godefroy ! Diversion ! Maintenant !

Des cris sauvages glacèrent leur sang. Les créatures approchaient rapidement, le brouhaha de leurs bottes résonnant dans le corridor qu'ils venaient de quitter. Une autre explosion ébranla le plancher d'ardoises multicolores, et fit trépider les énormes chandeliers en cristal qui se mirent à osciller comme un pendule. Traversant la largeur du hall, ils échappèrent de justesse aux uroks, alors que les créatures faisaient irruption dans le hall. Ils se précipitèrent, haletants, à l'intérieur du long passage percé de meurtrières et fermèrent la porte derrière eux. La noirceur du passage s'allumait de manière sporadique en nuances de rouge, jaune et orange qui étiraient et rétrécissaient les trapèzes sur le plancher, les murs et le plafond au gré de ce qui flambait à l'extérieur. Ils restèrent un moment silencieux, respirant à peine, écoutant les pas des créatures retentir dans les marches des escaliers, de toute évidence à la poursuite de Lutgard et Godefroy.

— Suivez-moi, dit enfin Isabelle. L'entrée est au bout ; le mécanisme s'est cassé après m'être échappée.

Elle avait parcouru presque la moitié du couloir lorsqu'un éclair de lumière blanche, suivi d'une détonation assourdissante, ébranlèrent si fortement le passage qu'ils perdirent l'équilibre. Puis, sans préavis, une partie du plafond s'écroula, et le mur de meurtrières implosa, projetant des pierres dans toutes les directions, puis emplissant le passage de poussière et de fumée soufrée.

— Isabelle ! cria Alexandre en suffoquant à cause de la fine poussière.

— « Lumens ! » dit Gwendoline, toussant et se relevant.

— Isabelle, où es-tu ? Isabelle !

Une rafale dissipa de la fumée et de la poussière.

— Elle est ici, Alexandre ! parvint la voix de Gwendoline derrière un amas de pierres.

— Monsieur Chamboux, ne bougez pas ! ordonna Alexandre.

Un des blocs du mur était tombé sur sa jambe. Gwendoline le fit flotter et, d'un coup du poignet, le projeta par le trou béant laissé par l'implosion.

— Isabelle ! Est-ce que tu m'entends ? demanda Gwendoline.

Elle gémit et ouvrit ses yeux qui se remplirent aussitôt de larmes sous la douleur intense.

— Ta jambe est fracturée, ne bouge pas ! Je vais la réparer. M'as-tu compris ?

Elle fixa sa tante d'un regard légèrement vitreux et hocha la tête presque imperceptiblement.

— Ne t'inquiète pas, je ne te ferai pas mal, dit-elle alors qu'elle déplaçait une mèche de cheveux de son visage. Fais-moi confiance !

Isabelle se mordit la lèvre. Fermant les paupières, elle prit une grande inspiration.

— Prête ?

Elle hocha de nouveau la tête.

— « Reparus Cruris ![60] »

L'intérieur de sa jambe se glaça instantanément, et elle perdit toute sensation. Puis, comme si des mille-pattes avaient envahi sa jambe tout à coup, une chaleur de plus en plus intense descendit le long de sa cuisse jusqu'à son pied.

— Comment te sens-tu ? s'enquit Alexandre.

— Qu'est-ce que t'en penses ? répliqua-t-elle sèchement.

— Je suis désolé ! répondit-il mal à l'aise.

Il lui offrit sa main.

— Excuse-moi ! Je ne voulais pas… dit-elle penaude à son tour. J'ai l'impression que ma jambe est faite en ouate.

— Cela se dissipera sous peu, Isabelle, répondit Gwendoline.

60. Répare la jambe !

— Êtes-vous blessé, Monsieur Chamboux?

— Non! Je n'ai rien! On l'a échappé belle! Un mètre de plus et c'en était fait!

— Tu saignes! dit soudainement Isabelle en pointant le filet de sang au-dessus de l'œil d'Alexandre.

— C'est rien! répondit-il en s'essuyant le front du revers de la main.

— Laisse-moi voir! demanda Gwendoline.

— C'est une égratignure de rien du tout! Laissez!

— Oui, une petite égratignure comme tu dis qui a besoin de points de suture! Alors, sois un gentil garçon et laisse-moi te soigner sans que je n'aie recours à un sort pour t'immobiliser!

Elle pointa sa baguette sous son nez.

— Alors?

— D'accord! D'accord! Ce ne sera pas nécessaire! dit Alexandre en reculant la tête.

— Bien! C'est tellement mieux quand tu m'écoutes! répondit-elle ironiquement.

— Ouais! Ouais! Ouais! Faites ce que vous avez à faire!

Le nuage de poussière finit par se dissiper complètement et révéla le trou béant par lequel ils pouvaient maintenant apercevoir les montagnes découpant l'horizon de leurs formes géantes. Une gerbe d'étincelles rouge éclata dans le ciel noir d'encre. Presque au même instant des centaines de flambeaux s'allumèrent et se mirent en mouvement, montant à l'assaut du château.

— Notre « armée » attaque! dit Alexandre avec un pincement au cœur.

— Que fait-on maintenant? demanda René.

— Nous continuons, René! répondit Gwendoline. Un peu d'aide pour libérer cette montagne de pierres ne ferait pas de mal!

Ils s'affairèrent à dégager la dalle de pierre servant de porte au donjon jusqu'à ce qu'il ne reste plus que quelques débris.

— Maintenant, pour savoir ce qui nous attend derrière cette porte !

Elle fouilla dans sa cape et en ressortit la petite boîte sculptée qu'elle avait utilisée pour entrer dans la boutique de Lanctot, et l'ouvrit lentement. Ses araignées-espionnes, une grosse poilue et deux petites, grimpèrent sur le couvercle.

— Allez ! ordonna-t-elle en les déposant sur le sol.

Elles se dirigèrent immédiatement vers une fissure à la base de la dalle et disparurent.

— Nous n'avons plus qu'à attendre qu'elles reviennent faire leur rapport.

La plus grosse des araignées sortait déjà du trou, suivie de près par les plus petites. Gwendoline s'accroupit et les ramassa. Immédiatement, la plus grosse se mit à tournoyer et à sautiller dans le creux de sa main, communiquant avec sa maîtresse qui faisait oui de la tête et imitait ses onomatopées. Elle ouvrit le couvercle de sa boîte, et les insectes s'y glissèrent.

— Bien ! commença-t-elle. Voici la situation. Nous avons de la chance ! Patrick est encore là, gardé par deux trolls chaotiques. Bien qu'imposantes par leur taille, ces créatures sont peu intelligentes, et leur réactions, plutôt lentes ; mais faites attention, leurs massues ont la grosseur d'un tronc d'arbre, et ils sont experts dans leur maniement. Essayez donc de les éviter si vous tenez à rester en un seul morceau ! Pour l'instant ils dorment, couchés en travers de la porte de la cellule de Patrick. Alexandre, je suggère que tu ouvres la porte pendant que j'entre dans le donjon et que je m'occupe des trolls.

Il hocha la tête.

— « Expendere ! »

Alors que la dalle remontait dans le mur, Gwendoline se précipita à l'intérieur.

— « Petrificus Totalis ! » rugit-elle.

Les trolls figèrent instantanément sans émettre le moindre son.

— Venez ! appela Gwendoline.

— « Levitatum ! »

Gwendoline enleva les trolls devant la cellule et les déposa sans ménagement au fond du donjon parmi l'amas de caisses, de tonneaux et d'étendards.

— Patrick ? appela René en donnant des coups de poing sur la porte.

— Papa ! lui revint la voix légèrement assourdie. Papa ! C'est toi ?

— Oui, mon fils ! On va te sortir de là ! Enlève-toi de derrière la porte, Alexandre va l'ouvrir !

Il pointa la chevalière.

— « Expendere ! »

Patrick sortit en courant et se jeta dans les bras de son père. Une déflagration secoua le donjon, et le plafond de la cellule que Patrick venait de quitter s'effondra dans un vacarme assourdissant et les enveloppa d'un épais nuage de poussière grise.

— « Sycletia Ægidius ! » cria Alexandre. Sortons d'ici avant que le reste ne nous enterre vivants !

Ils se ruèrent vers la sortie. Une autre déflagration retentit, si près que le bouclier en pétilla. Les cellules s'écroulaient les unes après les autres comme des dominos, réduisant le donjon à un amas de décombres. Plus personne ne serait jamais enfermé ici ! Parcourant la longueur de ce qui restait du passage de meurtrières, ils débouchèrent une fois de plus dans le grand hall d'entrée. La dévastation du château était intense. Une partie du toit avait été arrachée. Les deux battants déchiquetés de la porte d'entrée gisaient au milieu du hall, arrachés des chambranles par les sorts. Le grand escalier de marbre vert s'était effondré et séparé des deux autres, interdisant l'accès aux étages. Des cris provenant de l'extérieur résonnèrent dans l'air.

— Silence ! ordonna Gwendoline. « Natura Imitasio ! »

Calernon et des elfes firent irruption dans le hall.

— *Fouillez partout !* commanda-t-il. *Il ne doit plus en rester beaucoup, s'il en reste !*

Les elfes se dispersèrent et disparurent dans les différents couloirs prenant naissance dans le grand hall d'entrée.

— *Calernon! Bonne nouvelle!*

— *Quoi, Lutgard?*

— *Nous sommes vainqueurs! Le château est à nous!*

— *Pas encore tout à fait! Où sont les autres?*

— *Ikhnatan termine sa chasse aux uroks; Émméfa et Traban et leur famille sont retournés au campement avec les blessés pour que Bubobuso les soigne,* répondit Lutgard.

— *Et le Porteur de Gaia, l'as-tu vu?*

Lutgard secoua la tête.

— *Toi?*

— *Non, moi non plus! J'espère qu'ils n'étaient pas ici, c'est l'aile que nous avons le plus pilonnée.*

— *As-tu trouvé Lanctot?* demanda Lutgard.

Il regardait l'ampleur de la destruction avec chagrin. L'architecture du grand hall d'entrée était ce qui se faisait de plus fin en la matière, et plus personne ne serait capable de lui redonner sa majestueuse beauté.

— *Non, nous le cherchons encore,* répondit Calernon. *C'est pour cette raison que j'ai dit que le château n'était pas encore entièrement à nous. Il ne reste qu'un seul endroit où mes hommes et moi n'avons pas fouillé. La tour principale.*

— « Liquificus Natura! » prononça Gwendoline.

Les cinq apparurent, surprenant Lutgard et Calernon.

— *Alexandre!* s'exclama Lutgard souriant. *Vous êtes sain et sauf!*

— Oui! Et ce n'est pas grâce à vous! À avoir été bombardés de la sorte, on peut dire que c'est un miracle si nous sommes encore en vie!

— *La plus forte concentration d'uroks se trouvait ici,* répondit Calernon. *Nous n'avions pas le choix!*

— C'est parce que Lanctot savait où nous étions! renchérit Gwendoline. Ses portraits dans la galerie l'avaient prévenu.

— *Je suis désolé, Porteur de Gaia! Nous n'avions pas le choix!* répondit l'elfe.

— *Oui, bon,* dit Lutgard, un peu gêné. *L'important, c'est d'avoir réussi à libérer Patrick, n'est-ce pas?*

— Mission accomplie, clama Alexandre. Il ne me reste plus qu'à m'occuper de notre cher Lanctot. Boucler la boucle, et nous pourrons tous rentrer chez nous et reprendre notre train-train!

— *Je viens avec toi!*

— Non, Godefroy! Reste avec eux. Ce règlement de comptes m'appartient!

— Lanctot est un sorcier plus redoutable que tu ne le penses, Alexandre, mit en garde Gwendoline.

— Peut-être avez-vous raison, peut-être avez-vous tort, Mademoiselle McTavish! Quoi qu'il en soit, c'est moi qu'il poursuit depuis le début. Ce serait dommage de le décevoir, maintenant que nous sommes si près du but, ne trouvez-vous pas? À chacun sa magie! Je ne sais pas comment la sienne s'appelle, mais la mienne se nomme Gaia!

— C'est pas nécessaire de prendre des risques inutiles, Alex!

— Tu as raison, Belle, mais cette tâche me revient. En tant que porteur de Gaia, je dois y faire face. Nous nous retrouverons au campement. « Ita Vivam! »

Alexandre sortit du grand hall. L'aube commençait à diluer le ciel d'ébène et à colorer les nuages à l'horizon de crème et de rose pâle; aujourd'hui il ferait beau, dans tous les sens du mot. Traversant la cour intérieure en pavé, il se dirigea d'un pas décidé vers la tour principale du château, même si ses muscles étaient tendus et son estomac, noué à l'idée de ce qui l'attendait. Si le choix lui avait été offert et, malgré ce qu'il avait dit devant ses compagnons, il aurait cent fois préféré retourner chez lui dans son cabinet de travail et s'écraser dans son fauteuil favori en compagnie d'un livre d'aventures. S'il avait su que sa vie changerait du tout au tout, il aurait, sans la moindre hésitation, refusé la chevalière. Il était trop tard à présent. Il restait une tâche à accomplir, et non la moindre. Si jusqu'à présent il avait réussi à se débarrasser des créatures sans trop de difficultés, la perspective de faire face à un sorcier aussi redoutable que Lanctot n'aidait en rien à calmer ses nerfs. Pourtant, il devait se montrer brave, même si le courage n'était qu'un état d'esprit et non une réalité absolue, ni une condition sine qua non à la réussite de sa quête de justice. Car justice devait être rendue — il l'avait juré quand il était sur le promontoire — pour tous ces innocents qui avaient péri, au nom de tous ceux qui avaient donné leur vie pour ce moment qu'il s'apprêtait à vivre. « "Ita Vivam !" — Sur ma vie ! — "Ita Vivam !" » se répétait-il tel un leitmotiv alors qu'il s'approchait de la tour principale de Rannoch.

XXIX

Le vitrail

Lanctot s'était retiré dans son quartier général en haut de la tour principale du château de Rannoch avec le chef des uroks. Les créatures monstrueuses avaient été vaincues, et seule une porte séparait Alexandre de la victoire finale. Une porte cloutée donnant accès à la tour où son ennemi s'était réfugié. Après toutes les explosions, les cris et le fracas métallique des armes, le château était finalement silencieux. Ne restait plus que le bourdonnement des explosions dans ses oreilles et le chuchotement de son sang circulant derrière ses tympans. Lanctot pouvait entendre le raclement des pas dans l'escalier de pierres, et ils se rapprochaient. Son souhait allait-il enfin être exaucé ? Était-ce le garçon ? Avait-il été assez stupide pour venir seul ? Il se dirigea vers son bureau et retira le tissu chatoyant noir recouvrant la parfaitement ronde, parfaitement transparente, boule de cristal.

Alors qu'il passait lentement ses doigts au-dessus de l'orbe, des volutes de fumée se formèrent et dansèrent à l'intérieur de la sphère, la brouillant. Une image apparut. Un rictus se transformant en un sourire se peint sur ses lèvres minces. C'était lui ! Enfin ! Il n'était plus qu'à un instant de tenir dans sa main le prix qu'il avait convoité depuis si longtemps. La chevalière allait enfin être en sa possession et pour toujours ! « Merci ! » articula-t-il en silence. Le garçon était là, s'avançant, s'approchant inexorablement de l'ultime piège qu'il lui avait tendu. Ses fidèles araignées avaient tissé à quelques centimètres de la porte leur plus belle œuvre à jour. Une toile absolument symétrique avec une particularité. Elle était invisible. Et elles attendaient patiemment, des milliers d'entre elles, immobiles ; elle attendaient l'arrivée de leur proie pour s'en délecter. Elles fondraient sur lui comme des milliers de gouttes de pluie, le mordraient jusqu'à ce que tout le venin dans leurs dents soit épuisé. Et lui, Lanctot, regarderait, regarderait jubilant alors que le garçon mourrait lentement, son corps se contractant, se contorsionnant dans d'atroces douleurs et, après que tout serait fini, qu'il ne bougerait plus, que son dernier souffle dégonflerait son torse, il récolterait le fruit du labeur de ses araignées, sa récompense, l'ultime trophée !

La porte implosa dans un bruit assourdissant. Des nuages de fumée, des débris et des araignées volèrent partout dans la pièce. Deux larges morceaux de bois du chambranle se logèrent dans le plastron de la cuirasse de l'urok, le projetant au mur opposé à l'entrée et l'y clouant. Il ne représenterait plus jamais un danger pour qui que ce soit.

— À nous deux maintenant, Lanctot ! cria Alexandre.

Alors qu'il pénétrait dans la pièce, il le vit, à travers la poussière qui retombait, debout derrière son bureau, sa main pointée sur lui.

— « PETRIFICUS TOTALIS ! » hurla Alexandre.

Le jet rouge sortant de Gaia frappa le vitrail derrière Lanctot. La rosace éclata et une pluie de verre coloré s'éparpilla dans la pièce. Alexandre était sidéré. Lanctot venait de disparaître une autre fois, devant ses yeux, juste avant que le faisceau ne l'atteigne.

— Est-ce que ça va ? demanda Patrick de l'encadrement de la porte, hors d'haleine et toussant.

— Il est parti !

— *N'aie pas de remords ! Tu as fait la seule chose que tu avais à faire !* ajouta Godefroy derrière lui.

— Non ! Vous ne comprenez pas ! Je ne l'ai pas tué ni même pétrifié ! Il a disparu comme la dernière fois dans le donjon de mademoiselle McTavish, juste avant que le sort ne l'atteigne !

— Qu'est-ce que ça veut dire qu'il a disparu avant que le sort l'atteigne ? demanda Patrick, perplexe.

— *Oh !* dit Godefroy. *Oh ! Ce n'est pas une bonne nouvelle !* ajouta-t-il inquiet.

— Ne crois-tu pas que je le sais ? répliqua Alexandre, rouge de colère.

— *Je vais rassembler les autres ! Nous allons organiser une battue immédiatement !*

— Et où proposes-tu de commencer tes recherches, Godefroy ? Il pourrait être n'importe où !

— Il n'a pas pu aller très loin !

— Tu ne sais pas de quoi il est capable, Patrick ! C'est un sorcier très puissant et très rusé ! Nous devons le retrouver, Godefroy ! Rapidement !

— *Je suis entièrement d'accord avec toi, Alexandre.*

Il fit une pause pour réfléchir.

— *Écoute, je doute fort qu'il soit encore dans le château. Voilà ce que j'en pense. Nous avons vaincu son armée de créatures, libéré Patrick des trolls chaotiques et déjoué ses plans pour voler Gaia. C'est un homme défait ! Je suis certain qu'il est parti se terrer pour panser ses blessures, peut-être même pour lever une autre armée ! Mais quelles que soient ses raisons, je suis persuadé que c'est pour être, avant tout, hors de portée de Maldubh !*

— Pourquoi ?

— *Parce qu'il est convaincu qu'il peut encore te battre. À ses yeux, tu n'es qu'un garçon sans expérience ; il sait qu'il finira par s'emparer de Gaia, et que ce n'est qu'une question de temps. En revanche, et ceci est plus important encore, Maldubh jugera son échec comme une insulte, une salissure à son image du sorcier tout puissant. L'échec chez Maldubh rime avec défaite, et tous ceux qui l'ont contrarié dans ses attentes, ou qui n'ont pas réalisé ses objectifs, ont disparu depuis longtemps. Rappelle-toi ce que Gwendoline a dit. Leur mission était claire. Trouver Gaia et la ramener, quel qu'en soit le coût !*

— Et il ne l'a pas fait ! dit Alexandre.

— Comment ce Maldubh saurait-il que Lanctot ne nous a pas vaincus ? demanda Patrick.

— *Oh, il sait ! Sois-en certain ! Il le sait parfaitement. Il a des yeux partout !*

— Comme ça, il va s'en prendre à nous maintenant ? demanda Patrick inquiet.

— *Non, pas à toi !*

— À Isabelle alors ?

— *Non ! Elle n'a rien à craindre non plus, mais il viendra pour Alexandre quand il jugera le moment propice, ce qui n'est pas, heureusement pour nous, dans l'immédiat. Il sait que nous sommes au courant de ses aspirations et que nous serons sur nos gardes. Après tout, il n'est pas le seul à avoir des espions ! Non, il va attendre son heure jusqu'à ce qu'il ait tissé un plan infaillible !*

— Espérons que ce ne soit pas de sitôt ! soupira Alexandre. Tu as raison, Godefroy, il n'y a plus rien à faire ici.

Il fit une pause ; ses traits se durcirent, la colère montait en lui à nouveau.

— Si ce n'était que de moi, je ferais disparaître cet endroit de la surface de la terre !

— *C'est en ton pouvoir, bien entendu. Toutefois, une meilleure solution serait de l'envoûter ; le sort nous alerterait alors s'il revenait ou si quelqu'un d'autre tentait d'en prendre possession.*

— Fais comme bon te semble, Godefroy ! En attendant, je ramène Isabelle, Patrick, Yoann et son père à Tegnon. Je vais commencer les recherches pour trouver leurs parents.

— Ouais ! On a une fête à organiser ! dit Patrick en souriant.

— Quoi ? demanda Alexandre, incrédule.

— C'est une promesse que j'ai faite ! dit-il gêné, se rendant compte trop tard qu'il avait mal choisi son moment pour en parler.

— Tu ne crois pas que c'est un peu prématuré d'organiser une fête, compte tenu de ce qui s'est passé et de ce qui nous reste à faire. Ce que tu peux être enfantin parfois !

— Désolé !

— De toute façon, j'ai trop d'autres choses à faire après vous avoir déposés à Tegnon !

— Comme ? Et qu'est-ce qu'il pourrait y avoir de plus important que de m'aider à retrouver ma mère ?

— Bien des choses ont changé, Patrick. J'ai des responsabilités maintenant. Je dois rejoindre les amis qui m'ont aidé à te libérer.

— Qui ?

— Des amis à qui je dois beaucoup !

— Je croyais que *moi*, j'étais ton ami !

— Ça ne fait pas partie des changements ; tu es toujours mon ami, mon meilleur ami !

— Alors pourquoi tu ne m'emmènes pas avec toi ?

— J'aurais cru que tu aurais préféré retrouver ta mère et ton frère avant tout, non ? N'avais-tu pas dit à Isabelle qu'elle était tombée dans l'Irole ?

Patrick rougit, un sentiment de culpabilité l'envahissant tout à coup.

— Euh… oui… bien sûr… je suis désolé, Alexandre… je ne voulais pas…

— Écoute, Patrick, je sais comment tu te sens, c'est normal, réellement, je comprends. Laisse-moi régler mes affaires et, quand ce sera fait, je te raconterai tout.

Patrick fixa le plancher.

— Je ne t'ai même pas remercié pour m'avoir sauvé, dit-il en tendant sa main.

— C'est à ça que ça sert, des amis ! répondit-il en même temps qu'il lui donna un léger coup de poing sur l'épaule. Viens ! Allons-y maintenant, nous prendrons les autres en chemin. Ça va aller, Godefroy ?

— *Vas-y ! Gwendoline, Lutgard et moi allons élaborer les sortilèges pour cet endroit !*

Alexandre, suivi de Patrick, s'apprêta à sortir de la pièce. Alexandre se retourna et jeta un dernier regard vers le trou béant que son sort avait laissé. La campagne se déversait dans ce qu'il restait du quartier général de Lanctot et disparaissait progressivement, alors que Godefroy réparait le vitrail à coups de « *Reparus !* » Alexandre voulait graver dans sa mémoire cet endroit. C'était cet espace avec le donjon où il avait échoué à défaire Lanctot encore une fois.

— Viens ! dit-il un peu trop sèchement. Tu ne m'échapperas pas la prochaine fois, se promit-il.

XXX

Les oubliettes

Lanctot atterrit lourdement sur les pierres froides du plancher, le souffle coupé.

— Alors, mon cher ami, votre sursis a expiré. Avez-vous ce qui m'appartient ?

— Je ne comprends pas, sire, répondit-il, tremblant.

— Ma chevalière ?

— Euh… non, sire ! Je ne l'ai pas !

— Pour qu'elle raison, Lanctot ?

— J'étais sur le point de l'avoir lorsque…

— Des excuses, des excuses et rien que des excuses ! Dites-moi, Lanctot, savez-vous ce qui va se passer maintenant ? ajouta-t-il en plissant les yeux d'une manière menaçante.

— Non ! S'il vous plaît, sire ! Renvoyez-moi, et j'irai la chercher ! Je sais qui l'a et où elle est ! Je le jure !

— Vous avez juré une fois de trop, Lanctot !

Une main invisible le souleva et le projeta sur le mur de l'autre côté de la pièce, aussi facilement que s'il avait été une poupée de chiffon. Maldubh glissa silencieusement comme si ses pieds étaient des roulettes et, s'arrêtant à quelques pas de lui, le domina de toute sa hauteur.

— Je crois que vous n'aviez pas bien compris les conséquences qu'amènerait votre échec ?

Terrifié, Lanctot secoua la tête.

— Parce que vous avez échoué, n'est-ce pas, Lanctot ?

Il se mit en boule.

— Non seulement êtes-vous incompétent, mais également complètement nul !

— Ce n'était pas ma faute, sire !

— Un autre de vos misérables prétextes ? cria-t-il. Et c'est sans aucun doute la faute de Gwendoline McTavish une fois de plus, n'est-ce pas ?

— Oui, sire ! cria-t-il à son tour. Elle s'est retournée contre vous !

— Vous m'en direz tant ! ricana-t-il.

— Oui !

— La preuve, Lanctot ! Où est la preuve ?

— Elle a conduit une armée à travers la forêt de Rannoch !

— Oui, je suis au courant de cette petite équipée ! Et vous êtes-vous arrêté un seul instant pour penser qu'elle était, en fait, en train de nous livrer le porteur de la chevalière ? Bien sûr que non !

Muet, il agita sa tête.

— Et évidemment, vous vous sentiez obligé de rendre sa livraison le plus difficile possible, n'est-ce pas ? Envoyer des créatures pour faire votre sale boulot, passons ; au moins, cela démontrait de l'initiative et était louable, félicitations ! Pour ce qui est du reste…

Le soupçon d'un sourire apparut sur les lèvres de Lanctot.

— Néanmoins, cela avait pour effet d'augmenter grandement ses chances d'être tuée ainsi que le Porteur ! Et vous n'y aviez pas songé ?

Il fit une pause.

— Ou y aviez-vous pensé ?

Il plissa ses yeux jusqu'à ce qu'ils ne soient qu'un mince filet où l'on pouvait à peine distinguer ses pupilles, et se mit à faire les cent pas.

— Je commence à comprendre, Lanctot.

Il s'arrêta brusquement de marcher et lui fit face.

— Ce que vous vouliez par-dessus tout était qu'elle tombe dans votre piège et soit tuée !

— Non, sire ! C'est faux !

— Ah oui ? Vous n'étiez pas seulement satisfait d'avoir Hilda ainsi que ses dépendances ; il vous fallait également la mort de son ancien propriétaire ! Ce que Maldubh donne, Maldubh le reprend ! Vous ne pourrez plus revendiquer vos droits sur Hilda et, qui plus est, sur Rannoch ! Et de toute façon, vous n'en aurez plus besoin là où vous allez !

— Non, sire, je vous en prie ! dit-il, implorant.

— Oh oui, Lanctot ! Votre nouvelle demeure vous attend ! Je n'ai pas de patience avec les ratés ! Je n'ai plus besoin de vous ! Adieu, Lanctot, mes oubliettes vous attendent !

— Sire ! S'il vous plaît ! Donnez-moi une autre chance ! S'il vous plaît ! dit-il, larmoyant. Je vous rapporterai l'anneau !

— Lanctot, toutes vos chances ont rendu l'âme !

Il claqua des doigts, et Lanctot disparut. Mettant ses mains derrière son dos, il glissa lentement jusqu'à la fenêtre et fixa du regard la vallée en dessous. Gaia lui avait échappé une fois de plus.

— C'est la dernière fois !

À propos de l'auteur

Né en Afrique du Nord, d'origine française, A. E. Sébastien émigre à l'âge de 9 ans avec ses parents et 2 frères au Canada en 1957. Après avoir terminé ses études, il est engagé par une compagnie d'aviation internationale. Ce poste lui permet d'élargir non seulement ses horizons, mais de découvrir le monde et ses différentes cultures. Il s'établit en Angleterre pendant 15 ans et termine sa carrière comme directeur au service à la clientèle chez British Airways, après 23 ans de service.

Ses champs d'intérêt en littérature sont variés. Les genres vont de la bande dessinée aux ouvrages classiques en passant par la littérature moderne, avec un penchant particulier pour les œuvres de fiction et de fantastique.

Sa passion pour l'écriture s'est manifestée très tôt, écrivant de la poésie et de courtes histoires à l'âge de 13 ans. Après avoir mis sa plume de côté pendant un très long moment, il se lance le défi de mettre sur papier une œuvre substantielle. C'est ainsi que voit le jour son premier roman .

II

ALEXANDRE
et les fantômes de
CARNOUSTIE

I

Le procès

Les dernières journées douces du mois d'août tiraient à leur fin. Réticent, l'été essayait de retarder son inévitable disparition. De la baie, chaque soir amenait, aussi régulier que le balancier d'une horloge, un refroidissement croissant de l'air salin. Cette fraîche parcourait l'étendue d'arbres bicentenaires du parc de Hilda tandis que la mer, bouche grande ouverte, se gavait du soleil s'éclatant en morceaux de plus en plus petits alors qu'il sombrait dans les eaux de l'horizon.

Un feu crépitait joyeusement dans la cheminée, prodiguant généreusement sa chaleur à la pièce.

— *Je ne suis pas d'accord, Gwendoline ! Je crois que tu vois des choses qui ne sont pas là ; de plus…*

— Mais tous les signes sont là, Godefroy ! dit-elle.

Elle l'interrompit et le regarda fixement par-dessus la monture en argent de ses lunettes rondes de lecture.

Elle replaça nerveusement une mèche imaginaire de cheveux dans son chignon perché sur sa tête. De peur d'être entendue, elle baissa le ton jusqu'à ce qu'il devienne un chuchotement.

— Toutes ces étranges manifestations ! Je t'assure qu'elles ne sont pas confinées qu'à *Càrn Fheusda*[1].

Elle fit une pause.

— Non ! Les hameaux environnants rapportent les mêmes bizarreries.

— *Balivernes ! Quoi ? Des habitants chuchotant d'étranges phrases ? Dans une langue incompréhensible, je suppose !*

— Précisément ! Comment…

Elle s'arrêta, stupéfaite.

— Comment le sais-tu ? demanda-t-elle perplexe.

— *Je n'en savais rien ! Toutefois, toi plus que tout autre, tu devrais savoir que ces endroits sont renommés pour leurs étrangetés et, quant aux habitants, bien…*

Il gloussa.

— Ne te moque pas des gens. C'est vrai qu'ils peuvent être un peu bizarres parfois, je l'admets, mais je n'invente rien !

Elle lui donna l'exemplaire du journal *Le Pinson de Càrn Fheusda.*

— Tiens, regarde !

Il prit le journal à contrecœur et le déposa sur ses genoux. Se penchant en avant dans son fauteuil, il prit la tasse sur la table basse ovale marquetée devant lui, but une gorgée de thé et la déposa avec une lenteur délibérée. Se raclant la gorge, il tourna finalement son attention vers la première page. Au-dessus de la photo d'un champ vide couvrant la moitié de la page, il lit la manchette suivante :

---

1. Carnoustie.

LES VOYEZ-VOUS ?...

DES MOUTONS EN PÂTURAGE DISPARAISSENT MYSTÉRIEUSEMENT !

Lyudmila Parnell, collaboratrice spéciale.
D'après certains témoins, des troupeaux de Borerays et de Moorit Shetlands se volatilisent. Après avoir reçu un appel téléphonique pour le moins énigmatique, très intriguée, nous nous sommes mise en route et avons pénétré profondément dans la campagne tout spécialement pour vous, nos fidèles lecteurs, afin d'enquêter. Voici le fruit de nos recherches. Un mot d'avertissement : ne vous attendez pas à de grandes énigmes ni à des surprises à vous chambouler l'esprit. Ce que nous pouvons affirmer, toutefois, est que les éleveurs locaux sont de plus en plus inquiets. Et après, vous entends-je dire ? Bien, soyons équitables et prenons un instant pour réfléchir avant d'écarter catégoriquement ces allégations de disparitions. De nos jours, qui d'entre nous ne serait pas inquiet de ces faits, je vous le demande. Donc, afin d'élucider la question à fond, nous avons abordé un des éleveurs (qui a insisté pour garder l'anonymat ; dans quel but, nous ne le savons pas, car être interviewé par Le Pinson de Càrn Fheusda *et nous-mêmes, bien, n'importe qui aurait pensé que son moment de gloire était arrivé. Enfin, noblesse oblige, et tout ce qui s'ensuit, nous avons convenu de ne pas révéler son identité en échange de son témoignage). Voici la question que nous lui avons posée : qu'y a-t-il de si anormal dans la disparition d'animaux ? Certains ne disparaissent-ils pas de temps à autre ?*
« Oui certains, tués surtout par des bêtes sauvages, mais il reste toujours quelques ossements. Ce qui est anormal, c'est qu'il ne reste rien. Et ce n'est pas qu'un seul mouton. On met le troupeau à paître au matin et, quand c'est le temps de les rentrer, il n'en reste que la moitié ! Dùghlas McGreevy, mon voisin, son troupeau a presque complètement disparu ! Volatilisé ! La bonne

femme et moi, on a dû prendre ses enfants pour qu'ils ne meurent pas de faim. On vit des temps difficiles ! Écrivez bien ce que je vous dis : on se dirige tout droit vers la plus grande catastrophe depuis la guerre ! La situation doit être réglée rapidement ou on peut dire adieu à notre industrie de la laine et de l'élevage des moutons. C'est tout ce que j'ai à dire ! » Vous voici donc maintenant renseignés, mes fervents lecteurs, en direct de la bouche du mouton, si je puis m'exprimer ainsi. Bien ! Ceci soulevait plus de questions que de réponses. Premièrement, serait-ce un complot d'une multinationale étrangère voulant annihiler notre industrie du mouton ? Et si c'était le cas, dans quel but ? Puis, tout à coup, nous avons eu un éclair de génie (nous en avons parfois, vous savez !). Qu'en était-il de la gendarmerie ? Était-elle au courant de l'histoire ? Immédiatement, nous nous sommes dirigée vers leur quartier général et avons interrogé le sergent de garde Artaban MacRoth. Était-il au courant des évènements et, si tel était le cas, que faisait-il pour retrouver le coupable ? Ne vous étonnez pas, chers lecteurs, mais nous avons heurté un mur de pierres (au figuré, évidemment). Il a refusé de répondre. « Ceci est une enquête en cours, madame. Nous n'avons aucun commentaire pour l'instant ! » S'il pensait nous décourager, il ne s'était pas levé d'assez bonne heure, ou bien il connaissait mal Lyudmila Parnell ! Enhardie par le manque d'explications et déterminée à avoir des réponses claires pour vous, nous sommes allée à côté, à l'Hôtel de Ville, et avons parlé à mademoiselle Hermance Nolween, assistante personnelle du maire Donald Hutcheon. Nous avons demandé à notre chère Hermance si monsieur Hutcheon était au courant que les moyens de subsistance de nos éleveurs étaient décimés petit à petit. « Oh oui ! Monsieur le maire est très au courant. Il a mis sur pied un comité pour examiner la situation qui publiera ses constatations aussitôt qu'elles seront disponibles et, évidemment, vous serez la première à le savoir, Mademoiselle Parnell. Je vous appellerai personnellement. » Comment se faire envoyer balader, nous avons pensé ; mais mine de rien nous avons approfondi un peu plus et avons demandé, dans l'éventualité où la situation ne serait pas résolue rapidement, si des mesures seraient mises en place pour aider ceux dans le besoin. « Oui, oui, bien sûr ! Nous étudions cela également. Monsieur Hutcheon a demandé à monsieur Georges Ballantyne, le propriétaire, comme vous le savez, du pub Le Cochonnet et le sifflet, de diriger une commission d'enquête dont les recommandations seront divulguées à la prochaine date (à être déterminée) de la réunion du conseil municipal. C'est la seule information que j'ai pour le moment. Monsieur le maire vous contactera sans aucun doute pour un communiqué de presse, Mademoiselle Parnell, j'en suis certaine ! » Une autre mince excuse ou était-ce la vérité ? Nous vous laissons juges, chers lecteurs. D'un autre côté, alors que nous sommes assise devant notre fidèle Remington, écrivant cet article une lettre à la fois, nous ne pouvons nous empêcher, osons-nous le dire ?... Y aurait-il quelque chose de beaucoup plus sinistre qui se prépare ? Des forces menaçantes en jeu ? Après tout, ne sommes-nous pas au pays des mages et des sorcières ? De quoi réfléchir, mes fidèles lecteurs et lectrices, de quoi réfléchir... N'oubliez pas, nous vous encourageons à nous faire parvenir vos commentaires. Aussi, tel que promis, mes chers lecteurs et lectrices, ne manquez pas notre prochaine chronique hebdomadaire « Toiletter sa perruche pour cette occasion très spéciale » dans l'édition de dimanche. À bientôt !

— *Cette Lyudmila Parnell est cinglée !* éclata Godefroy alors qu'il déposait le journal.

— Cet article date d'à peine trois semaines, commenta Gwendoline.

— *Et alors ? Il pourrait aussi bien dater de cent ans ; il n'y a rien de nouveau dans ce reportage.*

AdA éditions

www.ada-inc.com
info@ada-inc.com

www.facebook.com/EditionsAdA
www.twitter.com/EditionsAdA